QUE VOCÊ É ESSE?

QUE VOCÊ É ESSE?
ANTONIO RISÉRIO

1ª edição

EDITORA RECORD
RIO DE JANEIRO • SÃO PAULO
2016

CIP-BRASIL. CATALOGAÇÃO NA PUBLICAÇÃO
SINDICATO NACIONAL DOS EDITORES DE LIVROS, RJ

R473q   Risério, Antonio
         Que você é esse? / Antonio Risério. – 1ª ed. – Rio de Janeiro: Record, 2016.

         ISBN 978-85-01-07786-8

         1. Romance brasileiro. I. Título.

                                    CDD: 869.3
16-32780   CDU: 821.134.3(81)-3

Copyright © Antonio Risério, 2016

Todos os direitos reservados. Proibida a reprodução, armazenamento ou transmissão de partes deste livro, através de quaisquer meios, sem prévia autorização por escrito.

Texto revisado segundo o novo Acordo Ortográfico da Língua Portuguesa.

Direitos exclusivos desta edição reservados pela
EDITORA RECORD LTDA.
Rua Argentina, 171 – Rio de Janeiro, RJ – 20921-380 – Tel.: (21) 2585-2000.

Impresso no Brasil

ISBN 978-85-01-07786-8

Seja um leitor preferencial Record.
Cadastre-se e receba informações sobre nossos lançamentos e nossas promoções.

Atendimento e venda direta ao leitor:
mdireto@record.com.br ou (21) 2585-2002.

Para Sara Victoria,
"The nakedness of woman is the work of God." (W. Blake)

Para Sérgio Guerra,
sonhos de sol nas duas margens do Atlântico.

Para Gustavo Falcón, Jorge Caldeira,
Luiz Chateaubriand Cavalcanti,
Pedro Novis e Sérgio Fialho,
amizades em meio às marés da vida.

Palavras do velho Cacciaguida ao seu trisneto Dante Alighieri, na *Comédia* (Paraíso, Canto 17):

> ... *Coscïenza fusca*
> *O della propria o dell'altrui vergogna*
> *Pur sentirà la tua parola brusca.*
>
> *Ma nondimen, rimossa ogni menzogna,*
> *Tutta tua visïon fa' manifesta;*
> *E lascia pur grattar dov'è la rogna!*
>
> *Chè, se la voce tua sarà molesta*
> *Nel primo gusto, vital nutrimento*
> *Lascerà poi, quando sarà digesta.*

"Estes poetas! Chega-se ao ponto de esperar que um dia
ponham no papel algum romance a sério!"

Paul Celan

"Nunca fiz mais do que fumar a vida."

Fernando Pessoa

"Bem sabe os que sabem as madres da esperança."

Jacob Rosales

"Mas este grande assunto — felicidades futuras
— fique para seu lugar."

Antonio Vieira

Sob o céu sombrio, o camaleão se oculta pelo meio da ramagem, deixando provisoriamente de parte o verde brilhante que cobria seu corpo, para assumir uma coloração mais escura ou fosca, algo embaciada, tirante ao cinzento. Quando nos encontramos no quintal, perto da piscina, ele incha, cresce para o combate. Olho nos seus olhos e o que vejo é uma miniatura de dragão medieval. Não devo deixar que os cães o destruam, despedaçando-o pelo arvoredo adentro.

*

Eu achou que não era com ele. Mas esse era um eterno problema. Eu nunca acertou quando era ou não era com ele. Dessa vez, era. Uma mulher morena, de olhos azuis, com os cabelos amarelos descaindo em ondas sobre o casaco jeans verde-escuro, tentou dizer alguma coisa a ele. Eu não entendeu nada. Ou quase nada, digamos. Apenas tropeçou em duas ou três estrelas que se desprenderam do casaco da moça. Mas quem seria mesmo aquela mulher?

*

Era briluz. O temblor dos cremores lejava ao sil, em meio ao pleanar dos lessissóis. Que cruvistricada sendita tremira por ali? Fatrontei. Pendiventos trimalhavam nos crimos da entremirra soltente. Mas prem craí? Zunchivos à cazemba? Garfalhos? Ecoã... Krispi, krispi. Trevolinas em lestríades o melgaravranço. Luste!

Climbório ugades palmíferas. Triem sumará? Fraipo? Detraclores, serevém. Lálinas sautrascantes cromuscam no letréu sonalso. E sevinguém grede ao fur provinar. Mas Ukinos fremará tandraças de ezpri a ezpró ou silvinará zumtum? Dobus, dobussombrei. Dombrei. Li — lás.

*

Se um dia eu resolver dar um tiro na cabeça, podem ter certeza de que não será na minha.

MAPA

A. O Solar do Sertão — 15

   1. UM POUCO DE CADA — 41

B. Mania das Marés — 91

   2. A DESTREZA DA SINISTRA — 115

C. Abertura dos Poros — 163

   3. ENTRE A GRANA E A GRAMA — 189

D. Alma de Borracha — 253

   4. JOGO DE BANDIDOS — 279

E. Autorrelevo — 353

   5. PONTO DE PARTIDA — 355

A. O Solar do Sertão

1

Como disse, minha mãe era uma princesa africana. Uma princesa egbá. Veio para cá ainda muito jovem, mais jovem do que sou agora, quase uma menina. Naquela época, na África, o povo de minha mãe vivia em guerra com outros povos. Com os reis do Daomé. Com os hauçás que criam em Maomé e Alá. E mesmo contra reinos, cidades e gentes que falavam a nossa mesma língua, que já não conheço tão bem. E ela teve de fugir para Abeokutá, onde foram refeitos os templos e assentamentos da Mãe cujos filhos são peixes: Iemanjá, a filha de Olokum, a dos pelos espessos na boceta, a que vira e revira quando vem a ventania, a que bebe cachaça na cabaça, a que permanece altiva diante de qualquer rei, a que se estende na amplidão.

A mãe de minha mãe, que já se despediu de nós há tempos, também foi princesa dos egbás. Possuía as suas casas, os seus campos, o seu templo, as suas joias, os seus orikis, a sua escravaria. Quando ela se foi, atravessando o céu que nos separa do orum, minha mãe, embora pouco mais do que uma criança, não só herdou, assumiu tudo. Do comando da guarda ao das festas e oferendas à Grande Deusa. Numa de suas mais breves viagens, supervisionando essas coisas, surpreendidos pelos fons ou por hauçás, os soldados que a protegiam foram rendidos — e a princesa, raptada. Pouco tempo depois, seus raptores a venderam a mercadores negros do Daomé, que, por sua vez, a revenderam, no porto dos escravos, a mercadores brancos do Brasil.

Aqui, minha mãe reencontrou a sua irmã mais velha, há tempos desaparecida. Ambas foram parar na casa do mesmo senhor, um comerciante algo moreno, de nome Cipriano, que era, também, dono de engenho em terras próximas da cidade, com casa-grande, capela, senzala e canaviais a perder de vista. A irmã de minha mãe carregava consigo, àquela altura, uma pequena filha mulata. Filha dela e do seu senhor, que a comera — e engravidara — mais ou menos contra a sua vontade. O senhor não era exatamente violento, mas viril e domina-dor. Gostava de foder, embora, depois de alguns tragos, confessasse a amigos que, apesar do imenso prazer de pegar, morder e montar um outro corpo, sentindo o contato com as coxas, a respiração, os gemidos da pessoa que amassava sob seu domínio, preferia mesmo gozar sozinho, em delírios masturbatórios, que era quando o seu gozo vinha mais potente, inteiro e gostoso, esporrando para o ar.

Este mesmo senhor, que engravidara minha tia, emprenhou também a minha mãe. Não sei se ela gostava ou não de foder com aquele homem grosseiro metido a gentil, que passava a mão na sua bunda, levando-a para a cama. Não haveria como evitar o estupro. Ele era o senhor; ela, a escrava. E talvez fosse melhor aceitar tudo em silêncio, preço que se paga para não sofrer além do que já se vai sofrer. Mas, também, sexo é sexo. E quem sabe o senhor fizesse as coisas muito bem feitas... Seja como tenha sido, o que conta é que minha mãe mantinha porte e postura dignos. Era mulher ativa, bela na briga, fazendo jus à sua linhagem real. Mas, de uma daque-las fodas com Cipriano, nasceu uma criança mulata, um menino mestiço, o pequeno bastardo, eu. E foi ali, naquela casa, que me alfabetizaram, inclusive com a obrigação de dar conta de lições de latim, desde que o padre Ambrósio vivia dizendo que eu era um pro-dígio, a prova irrefutável, já naquela minha idade, de que os negros também podiam produzir uma inteligência superior.

Minha mãe e minha tia, de qualquer forma, jamais se esqueciam de sua estirpe. E dos seus deveres. Gente da casa real de um povo, de um reino africano, tinham papéis e missões a desempenhar junto aos seus, aqui igualmente escravizados. As duas tramavam sem cessar. Entraram, ambas, para uma irmandade religiosa que agrupava pretos. Juntas, recorreram a outros africanos que integravam a mesma Irmandade, alguns até inimigos de antes na velha África, e conseguiram conduzir, a bom porto, o seu intento. Compraram ou arrendaram, não sei ao certo, um terreno nas cercanias da igreja que abrigava a Irmandade, próximo da velha catedral, antigo colégio dos jesuítas, com sua fachada de pedra e seus altares de ouro, e do palácio do governador, que ficava, então, no Paço Municipal. E aí principiaram a montar um templo, refazendo, axé por axé, os pejis que tinham refeito em Abeokutá.

Mas, como se aliaram a africanos de procedências diversas, quase todos falantes da mesma língua, mas também alguns daomeanos, tiveram de ampliar o elenco, o leque das adorações. Um templo só para Iemanjá não resistiria sozinho, naquele momento. A deusa continuaria a viver em cultos domésticos, celebrada em cômodos sagrados de casas particulares, à espera do domínio da sua luz sobre cidades e campos. Assim, cada africano envolvido, naquela aliança de contas sagradas, assentou ali o fulgor de um deus. O pau duro e enorme do irônico senhor do paradoxo e das ciladas encruzilhadas, o chifre de búfalo e o erukerê do caçador que vive pleno na solidão dos campos, pedras de raio para o dono da retórica e da justiça, xaxarás e cicatrizes do grande médico onixegum, espelhos para a inteligência feiticeira da senhora da brisa e da água fresca, os ferros da forja do leão da floresta fechada, ibiris manguezais da pantaneira mais velha de todas, o arco-íris do oluô do olho preto, o rubro todo rubro de Oiá-Iansã, a alvura imaculada do orixá da criação, velho com vigor de jovem, dono da paz altíssima e do celeiro imenso do céu.

Mas, enquanto elas cuidavam de fontes e fundamentos, de prendas e oferendas, assentando o templo segundo determinações do jogo de Ifá em seu opon de madeira — Orumilá-Ifá, o senhor de todos os segredos, o desvelador de todas as demandas, o decodificador de todas as mensagens, o decifrador de enigmas em qualquer língua —, fui dado de presente a um senhor de engenho amigo do hoje finado Cipriano, que, por sinal, alforriou minha mãe e sua irmã em testamento.

Aquele senhor se encantou comigo. Falou diversas vezes do meu jeito, das minhas maneiras educadas, do meu corpo bem-feito, dos meus dentes fortes e claros, da minha gengiva roxa, dos meus lábios, dos meus passos resolutos, da minha disposição para servir, do meu olhar desanuviado e alegre, embora eu, na sua voz, não sentisse mais do que o amargo amargor de quem queria ter, mas não tinha, firmeza. No andamento da conversa em ziguezague, ele fez enfim uma proposta repentina de compra ao amigo Cipriano, que, ainda sóbrio, desviou do assunto. Mas, já bem adiantado o entretenimento, a caminho do cair da tarde, depois do consumo de boa parte de um barril de vinho, entre rodelas de salsicha e densas baforadas de charuto, Cipriano, algo bêbado e eloquente, disse que não me venderia. Vender seria desfeitear o amigo. E que este, sem direito a negar ou denegar a oferta, simplesmente me levasse consigo, como um presente do velho e bom amigo de sempre, Cipriano. Apenas escutei aquelas palavras — e mais nada: um escravo é um escravo é um escravo.

2

As terras do velho Bulcão, vistas do alpendre da grande casa caiada de janelas azuis, pareciam mesmo não ter fim. Tudo ali falava de riqueza, ainda que decaída. E havia regras para tudo. Eu não podia, nem tinha como, sair dali, a não ser fugindo para as praias da Sau-bara, para os esconsos rebrilhosos do Iguape ou do Jequiriçá, para as redondezas do Acupe, para um quilombo qualquer.

Mas eu me queria livre, não escravo foragido, perseguido por ferozes cães de fila ou por feitores fodidos. Bulcão era senhor áspero, brutal, cheio da ira mais suja. Chicoteava escravos pessoalmente, cuspia na cara dos cabras, enrabava pretinhas novinhas, que gemiam de dor, enojadas, sangrando. Minha mãe viajava milhas para me ver. Chegava à noite, cansada, me via escondido dos olhos do feitor, numa pequena cabana de palha supostamente abandonada. Ela sempre falava alguma coisa, jogava os búzios para mim, Oxumarê reinando, me beijava e então partia de novo a pé, rumo ao saveiro no cais ainda escuro, quase antemanhã. Atravessando as ondas da baía, saltava na rampa do mercado e prosseguia a pé até à casa de Cipriano, o fodedor falastrão, corno manso enviuvado, opção punheteiro.

A vida no engenho era a um só tempo fácil e difícil. Difácil. Nos davam farinha, alguma carne-seca, bananas. Completávamos a die-ta com os peixes que pescávamos e os mariscos que mariscávamos nos mangues, como o guaiamu azulado. Além disso, havia as frutas que a natureza ofertava, entre cajus e araçás. E sempre sobrava alguma cachaça, da boa. Em inícios de agosto, o começo da safra. Padre Luís rezava missa, abençoava o engenho, aspergia água benta sobre a maquinaria. E começava o trabalho, duríssimo, sob o açoite dos olhos do feitor. Durante o dia, a faina nos canaviais. À noite, a moagem da moenda. Quase não havia folga. E era preciso não vaci-lar, para não cair em algum tacho quente e ser fritado como sardinha ou xixarro. A colheita era feita por homens e mulheres. A gente cortava a cana rente ao solo, cabendo às mulheres enfeixá-las para o transporte. O engenho do Bulcão não era ainda movido a água, mas a bois emparelhados. Crianças conduziam os animais, andando horas e horas cruéis em círculo pequeno, no compasso da moagem.

Mulheres cuidavam da moenda. Passavam canas, carregavam o bagaço, regavam as engrenagens, cuidavam das candeias. Aqui e ali, alguma delas, entre exausta e bêbada, podia ter as mãos trituradas pela máquina. E a faina prosseguia, à luz das fornalhas. Um escravo, certa vez, se suicidou, atirando-se em cheio no meio das chamas. E o filho da puta do Bulcão, por seu turno, não hesitou em jogar naquele fogo uma jovem escrava grávida, que se recusara a foder com ele, velho decrépito. Em seguida, o caldo das canas seguia para as gamelas, para a casa das caldeiras, onde era cozido para chegar à consistência do melado. Retirado das tachas, o melado ia para a casa de purgar, endurecendo nas fôrmas por duas semanas, até ser filtrado. Em menos de dois meses, o açúcar estava pronto. Num dia de sol, cheio de azuis, era extraído das fôrmas. O branco, no topo do vaso, o mais caro. O pardo, no meio, tinha menor valor. No fundo da fôrma, escuro, o mascavo — o que valia menos. Como em nossas vidas: o branco, o mulato, o preto.

Mas era um trabalho que ia de julho a maio, quando as chuvas chegavam. Junho, mês do milho assado, da canjica, das fogueiras e dos foguetes de São João, Xangô menino, ficava para nós. E o sacana do Bulcão não implicava, ao menos, com uma coisa: os batuques noturnos dos pretos. Dizia que os atabaques tocavam para o melhor do seu sono. Na verdade, pensava ele que, se os pretos pudessem bater seus tambores, relaxariam, diminuindo em número as suas revoltas e fugas. Como se as danças fossem inimigas das mudanças.

3

Na senzala, uma flor. Francisca. Chica. Chiquinha. Tinha um pequeno defeito na mão esquerda, que nascera entortada para dentro. Mas era o que havia de mais bonito naquele lugar. E como eu ficava na casa, obrigado a aguentar as lamúrias e os porres do Bulcão, quase pulei de alegria quando soube que ela viria ser mucama.

Não conseguia tirar os olhos dela. Do seu corpo, da sua boca, de seus peitinhos, das suas coxas, sonhando com o calor de suas entrepernas. Tudo o que eu queria se resumia então a uma coisa: ela. Veio, afinal, o namoro. Juras para mais de uma — para duas ou três vidas inteiras. A gente se pegava em toda passagem mais apertada. Um dia, na escada, quando ela levava uma canja para o velho Bulcão, tomei a sua mão e a espremi no meu pau. Chiquinha, toda dengosa, fazia de conta que assim não, que eu fosse com calma, devagar. Até que trepamos de madrugada no alpendre da casa-grande. Depois disso, foi foder e mais foder. Fodas no meu pequeno quarto de agregado, em sua cama de mucama, no meio dos vagalumes do jardim, nas sombras garatujas das candeias da moenda, no açude perto do pomar das mangueiras e até no terreiro de barro onde ela fazia pedidos à luz das estrelas cadentes.

Mas eu tinha um rival. Um outro escravo, desabusado, atrevido, pau-d'água, embusteiro, cheio de lorota e lábia. Era o quase liberto Domingos, já de meia-idade, cabra de vida libérrima, filho de antigos angolanos, capoeirista afamado em toda a região, sempre com uma pena de pavão luzindo em seu chapéu de feltro verde. Eu não sabia como resolver aquela parada. Até que um dia Francisca, com a sua cara mais putinha, me disse que queria ficar com nós dois. Motivo: eu era o seu amor, mas Domingos era o rei da foda. Naquele dia, sentindo-me humilhado como nunca, estalei, pela primeira e última vez, a palma da mão em cheio na sua cara. Me dei por vencido, enraivencido, remoendo a grande mágoa.

Num dos dias de folga do mês de junho, depois de comer mungunzá no balcão improvisado na cabana de Zenaide, ali mesmo ao lado da senzala, mas perto da oficina dos artesãos livres, saí caminhando ao léu sob a lua cheia, até resolver seguir em busca da venda de Joviniano, numa descida enlameada ao lado da capela de São Brás, onde todos costumavam se encontrar.

Domingos foi o primeiro que vi, vestindo seu eterno terno branco. E ele me endereçou um sorriso sacana, com os seus lábios finos e frios, sempre molhados sob o bigode ralo, aparado a navalha na cara magra — e cínica. Me comi por dentro, roendo ruindo tudo. Virei uma cachaça de vez, cachaça azulada, trazida dos alambiques dos velhos sambas de roda de Santo Amaro da Purificação. Domingos, como sempre, caprichava em seus gestos de braços abertos, suas anedotas gargalhantes e escrotas, seu gingado espaçoso de parlapatão dono do terreiro. Tomei outras talagadas. De uma em uma, pensava no que fazer. Queria sair dali. Ir embora para sempre, deixando de uma vez por todas Francisca, Bulcão, Domingos e toda aquela gente. Mas não sei bem o que aconteceu. Fui tomado por alguma coisa. Quando dei por mim, tinha virado fera, montado raivoso, em vociferação pavorosa, sobre um corpo dobrado no chão. Esfaqueava Domingos, num dia de folga, numa festa de pretos, despachando-o de vez para os quintos do inferno.

Bulcão não gostava de Domingos. Não o mandava escafeder-se pelo simples e desprezível motivo de que tinha medo dele. Diziam as más ou boas línguas, aliás, pois aqui devo incluir Diná, Hortênsia e Severino, que Domingos comera, durante largos e lerdos tempos, não só a boceta de Dona Genésia, a finada esposa de Bulcão, que gostava — como poucas — de foder, bem assim como o cu deste mesmo suposto senhor, fazendo-o, certa vez, chupar o seu pau ajoelhado nos primeiros degraus da escadaria externa da casa-grande, perto da meia-noite, em combinação para que outros vissem o lambe-lambe, o caralho entrando e saindo da boca do patrão, a porra explodindo na cara do amo dominado, empurrado feito puta para o chão de terra batida, levando tapas na cara e beliscões de ferro na bunda, até entrar, quase corrido e louco de prazer, no casarão enorme do canavial.

Bulcão se viu livre de Domingos. Finalmente. Mas não me quis mais nas suas terras. Até ali, eu só tinha estranhado uma coisa. O Bulcão nunca me obrigou a comer a bunda dele, nem se mostrou inclinado a comer a minha. Embora, de vez em quando, eu tivesse desejos de fêmea, quando via um molecote lindo chamado Joãozito, com seus peitos bem desenhados e suas pernas grossas e rijas. Sempre que olhava demoradamente para ele, sentia que, a seu lado na cama, ou no matagal ou na beira do rio, eu poderia fazer o papel de seu homem, ou da sua mulher, de mulherzinha mesma. Nunca fiz isso porque a presença de Francisca me levava para mundos machos. Mas, enfim, Bulcão me disse, sem meias palavras, que não queria um assassino circulando livremente dentro de sua própria casa. O assassino, completo eu, do seu ex-amante. Do seu macho de ampla envergadura e ímpeto rasgante, que o apertava contra o colchão e a cabeceira da cama, aplicando-lhe palmadas fortes no traseiro, enfiando inteiro o caralho duro no seu cu latejando de prazer, aberto para receber jorros de esperma, em penetrações e arrombamentos que não respeitavam feriados nem dias santos.

Com a morte de Domingos, sofri duas coisas. Vi que Chiquinha gostava mais dele do que de mim, para quem ela se recusou, desde o dia fúnebre sangrento, a abrir as pernas. Ou talvez o falecimento tenha o dom de santificar temporariamente as pessoas, não sei. O fato é que eu passei a ser tratado por ela como se fosse um renegado. Havia outras pretas e mulatas muito gostosas por ali, mocinhas prontas para o lambarar, tanto na fazenda quanto no arraial. Mas a humilhação que Francisca fez pesar sobre mim me deixou sem sangue nas veias. A outra coisa foi que o velho Bulcão me despachou. Seria difícil me vender, escravo homicida que eu era. E ele me presenteou, como escravo-jagunço de confiança, a um senhor de terras no sertão.

4

Segui com o meu novo senhor, a quem logo me afeiçoei, pelo tom de sua voz sempre pausada, pela cara larga, pelo olhar firme de seus olhos azuis, pelas palavras claras. Ele me tratava de um modo diferente, como senhor nenhum antes o fizera. Era como se a mentira não fizesse parte de sua vida. E parecia completamente distinto tanto do hesitante Cipriano — que só se fazia enérgico ao custo de algumas canecas de vinho —, quanto do sádico Bulcão, que estremecia de prazer a cada chicotada que dava no dorso de alguém, mas que sozinho, entregue a si mesmo, era um veado, um corno, um covardão de marca maior. Antes de tomar o rumo do sertão, todavia, passamos pela cidade. Fomos à casa de Cipriano, que também era amigo do meu novo senhor. Mas a minha mãe não estava. Pedi permissão, então, para vê-la na Irmandade.

Fui ao terreiro. Não havia ninguém no entorno da gameleira frondosa. Entrei na casa do santo. E aí parei, paralisado, entre o surpreso e o enternecido. Minha mãe acariciava uma jovem linda, sua namorada. Dei uns três ou quatro passos para trás. E reentrei no recinto, assoviando. Minha mãe percebeu tudo. Mas não disse nada. Apresentou-me, normalmente, a Tetê, filha de Iansã. Oiá, ô. Mulher neblina no ar, leopardo que come pimenta crua, beleza preta no ventre do vento, vento que passa desgrenhando as brenhas e despenteando os campos. Olhei bem para Tetê. Seus olhos dourados dardejavam. Mas era uma cintilação que não feria. Antes, enfeitiçava. Gostei logo dela. Falei para as duas do meu novo senhor, da minha nova viagem. Minha mãe e Tetê ouviam, comentavam. Quando me despedi, me abraçaram e me beijaram. Tetê ficou na porta da casa. Minha mãe, a princesa-ialorixá que abençoava os meus caminhos, seguiu comigo até ao portão. Naquele pequeno trajeto, de passagem, em tom estudada e levemente casual, me disse, entressorrindo com seus olhos ao mesmo tempo calmos e

24

decididos: "Os homens acham que as melhores mulheres são as de Oxum. Não são, meu filho. As melhores são as de Iansã, que têm fogo no corpo todo."

5

Sertão do Rio das Contas, zona de jazidas de ouro. Atravessamos o rio — o antigo Jussiape dos indígenas, principal conhecença daquelas paragens — quando o mundo caminhava para o sol-pôr. Januário fora até ali para conversar e acertar coisas com seu amigo Marcolino Moura, jovem político do império brasileiro, inimigo brilhante e inflamado da escravidão. Mas depois seguimos adiante, em busca de terras mais ao sul, descendo no sentido das fronteiras das Minas Gerais. Quase três dias inteiros de viagem, em nossos cavalos fogosos, galopando na reta final, sob um céu já cheio de estrelas.

O solar ou sobrado de Januário, que levou quatro anos para ser inteiramente edificado, não era assim tão rico de requintes, marquesas e porcelanas, quanto a casa-grande do velho Bulcão, sobreluzindo clara no verde dos canaviais. Mas diziam não existir outro igual em todos aqueles sertões. Era construção imponente, quase quadrada, desenhada por mestre de risco trazido de Mariana ou Sabará, Congonhas do Campo, talvez, não me lembro mais — e não casa baixa, de um só lanço, acachapada ao rés do chão. Tinha dois andares, telhado de quatro águas, beiral, três degraus de pedra que conduziam às portas de umburana da fachada, paredes de adobe de barro vermelho, rebocadas e caiadas, janelas ou portas-janelas altas, de balaústres, sem vidraças, abrindo-se para o terreiro ajardinado, o pomar e a lagoa. No interior assoalhado do casarão, todo caiado de branco, ficavam as salas, os quartos de dormir com seus urinóis e bacias de flandres para o banho de cuia das moças, as alcovas e camarinhas, uma sala de aula para os filhos e as filhas do senhor, a capela ou oratório com santos de pedra-sabão e altar forrado a ouro, o escritório do fazendeiro, a despensa imensa, a cozinha de chão de tijolo, com seus caldeirões de ferro, tachos de cobre, alguidares, panelas, tigelas e gamelas, bacia de latão para as sangrias. Os móveis eram poucos, sempre de madeira escura, como a estante de cerca de trezentos livros, e havia potes de barro que guardavam a água de beber, trazida do riacho. Fifós e lampiões iluminavam as raras noites de cerveja inglesa e vinhos portugueses, ali onde também eram servidos — coisa rara no sertão — quitutes africanos do Recôncavo.

O solar apresentava ainda uma peculiaridade sua, bem singular naqueles campos. Era um solar-fortaleza, como bem antigamente, graças à disposição de sua entrada principal. Uma grande porta de madeira, de quase três metros de altura, na frontaria, era o único acesso à escada que levava ao andar superior do prédio. Mas ela abria somente para um pequeno cômodo, onde uma parede sólida e grossa ocultava o corpo da escada. Paralela à porta, essa parede possuía um postigo quadrangular de observação e, estrategicamente dispostas, seteiras feitas para receber canos de armas, fossem pistolas, espingardas ou fuzis. Com isso, pessoas distribuídas pelos degraus da escada, devidamente escudadas pela parede espessa, poderiam tranquilamente fuzilar eventuais salteadores, que porventura pretendessem penetrar na mansão, derrubando a porta principal. Este recurso de engenharia fora considerado necessário, na época da construção do solar, como proteção contra possíveis assaltos indígenas ou incursões armadas de facínoras do sertão, bandoleiros que já haviam atacado fazendeiros vizinhos. Ou também, quem sabe, como medida de defesa contra senhores que se fizessem inimigos.

No terreiro dos fundos da casa, ficavam o paiol de milho, o forno e a senzala. Um pouco afastados do solar, a casa de engenho e a tenda do ferreiro. Mais distantes, a horta, o curral, a estrebaria, os cercados para porcos, carneiros e outras criações e o apiário para o mel de abelhas. Por ali, vivia muita gente. E mais gente ainda, pelas extensões todas da fazenda imensa. A começar pelos moradores do solar. Por Januário e sua prima e mulher, Dona Bárbara, que se tratavam de ioiô e iaiá. Por seus nove filhos, entre rapazes e moças — aqueles, virando o mundo de pernas para o ar, cavalgando pelos campos, dando em cima do mulherio da senzala, comendo escravas, como as gostosas e fogosas Amália, Anfrísia e Eufrásia; as moças, ao contrário, contidas, silenciosas, enclausuradas no sobradão, quase sem ver o mundo, embora Sinésio, espécie de pajem alforriado, fizesse sacanagens com uma delas, Ana Francisca, donzela doida por siriricas e que nunca se recusava a masturbar o rapaz ou chupar seu pau. Moravam ali, ainda, um irmão e uma irmã do senhor, ambos solteiros. E negrinhos variados, nascidos de ventre livre, nove ao todo, com poucos meses e poucos anos de idade, mimados de quarto em quarto.

Os escravos eram em número menor do que nos canaviais do canalha do Bulcão. Mas não eram poucos. Alguns tinham sido escravos em suas terras natais, na África, e agora eram escravos no sertão do Brasil, a exemplo do velho Cosme, que também se chamava Massengo Bongolo, Tata Massengo, bruxo e curandeiro ambundo, com os cantos e segredos de seus inquices, figurações de água e vento. Outros foram comprados no Recôncavo, em meio à crise dos canaviais, com senhores dependurados nas mãos dos comerciantes poderosos da Cidade da Bahia. Mas a maioria tinha nascido aqui mesmo. Eram pretos e mulatos sertanejos, como Félix, Mateus, José Segundo, Sebastião e Francisco Crioulo, homem de tiro e tirocínio, jogador de facas, cozinheiro de mão cheia. Eram vaqueiros, lavradores, artífices, artesãos, fabricantes de ferraduras e rapaduras, jagunços quando necessário, formando a guarda pessoal do senhor. Outros — principalmente, outras, comandadas pela velha Perpétua e pela escrava Inês — cumpriam rotinas no próprio solar, fazeres de afazeres domésticos, longe do pastoreio e da caça: levavam cartas, limpavam a casa, cozinhavam, lavavam louças, dobravam roupas e lençóis, faziam café e cafuné em sinhá Bárbara e suas meninas, que desmaiavam de prazer. Além disso, havia negros livres na fazenda, trabalhando assalariados, com suas cartas de alforria sempre à mão. E todos, além de trabalhar também para si mesmos, em determinado dia da semana, frequentavam, como o próprio sinhô Januário, a venda do mestre carpina Martinho, plantada em azul vistoso na beira da estrada, um misto de boteco e armazém, vendendo fumo, cachaça, sal, petiscos e diversos mantimentos.

As terras se estendiam em todas as direções. Pastos e plantações. Paisagem de cactos, pés de pequi, umbuzeiros, unhas-de-gato e juazeiros. Região seca, apesar de seus rios, como o Brumado e o do Antonio. Terras amplas de vales, serras, boiadas, ametistas escuras, algodão, cana-de-açúcar, suçuaranas e estrelas, muitas estrelas. Região de livramentos, cheia de mamelucos, desde que os brancos chegaram ali, rolando pelo chão com muitas índias. De negros e negras vindos de lonjuras africanas. De mulatos paridos por amor, por despeito, vingança ou estupro. E de judeus, um bom número de judeus, que vieram há tempos para cá, fugindo de devassas no reino, de perseguições da Santa Inquisição, e passaram a viver largos, livres e folgados, nas folgadas larguras livres dos sertões.

Aqui, também eu passei a ver e a viver as coisas. Escravo tratado como liberto. Homem de confiança do senhor Januário.

6

Damiana. Escrava. A mulata, amuleto. Meu talismã. Quem foi mesmo que disse que amor só acontece uma vez? Que a história não se repete?

A vi pela primeira vez no pomar ao lado da casa, colhendo jabuticabas para Ana Francisca, a do grelo lascivo, orvalhado. Foi como se eu tivesse tocado num peixe elétrico. Num potente e inflamável poraquê. Fiquei atordoado com o choque. Uma cãibra que foi da mão ao coração. Damiana me ressuscitou para o amor. E me senti feliz por sermos jovens, luminosamente jovens.

Damiana, correspondendo de leve aos meus primeiros acenos brejeiros, já conseguia expulsar Chica de dentro da minha pobre cabeça. E a coisa foi ficando séria, até que nos enlaçamos, encoxados num canto junto à porta da cozinha, no meio de uma tarde calma de setembro. Mordi levemente a sua boca, o pau duro roçando aquela xota. Seus olhos luziam, sorriam como se já tivesse chegado o tempo alegre das águas. Damiana não saía de meus sonhos. Me atava, emaranhava, enovelava — me enredava em seus caminhos. Enleios, floreios e meneios de mulher cheia de fogo e luz, de mulata cheirando a céu e mato, de mocinha da palavra doce e das coxas quentes.

Até que um dia, noite alta, fomos juntos, entre carícias e malícias, deitar na grama, na beira do riacho. Esperei vê-la bem nua, toda nua, sob a lua branca do sertão. Mas ela não se despiu. Pediu que eu tirasse a sua roupa. Sentia prazer naquilo, no gesto do homem retirando a veste, desnudando-a para o amor. E o mais, não contarei. Digo apenas que não foi uma trepada. Foi uma foda. Em sua inteireza inteira.

7

Não soube logo de onde vieram os tiros. Os cavalos relincharam, violentos, nervosos. Eram salteadores que saíam do mato, avançando para nos cercar. Januário, abrindo fogo de imediato, fez voar pelos ares o rifle prateado que um deles trazia na mão esquerda, em veloz cavalgada. Será que pensavam que andávamos desarmados? Que seria tudo muito fácil, porque éramos dois — e eles, quatro?

Enquanto o meu cavalo se encurvou e se retesou e escoiceou o ar, fuzilei, metralhei, com a correia de couro passada sob a perna e presa no cão da arma, que puxava sem parar, desprezando o gatilho e detonando bala atrás de bala. De sua parte, Januário fez fogo e mais fogo. Era famoso, no sertão, por não perder um tiro. Eles fugiram. Ou melhor, um apenas conseguiu se safar. Dois estavam caídos no chão e um terceiro cambaleava sob a lua. Fui em sua direção. Desci num salto do cavalo tenso, que agitou para o alto a crina castanha. E enfiei a faca metálica no seu ventre, no seu peito... Um estampido, barulho de bala, a fumaça se despedindo leve do cano prateado da pistola de Januário. E, então, percebi. Um dos sacanas que julguei morto estava somente ferido fundo. Conseguira se levantar. E vinha de punhal em punho pelas minhas costas. Januário salvou minha vida, acertando o meio da testa do filho da puta.

8

Dias depois, ao entardecer, tomando uma azulosa na venda de Martinho, sinhô Januário fala de mim com afeição. Me considera. Acha que sou pessoa culta, por conta dos estudos de gramática, história, filosofia e latim, a que minha mãe me obrigou, e pelos quais tomei gosto, ainda na casa do finado Cipriano. Em terras do Bulcão, as coisas não foram bem assim. Li apenas cinco livros, emprestados por um cônego louro do Recôncavo, Luiz Almeida. A Bíblia dos judeus, com o Novo Testamento dos cristãos. Dois romances românticos franceses. As *Horas Marianas*, do padre Sarmento. E um tratado sobre doenças venéreas.

Moléstia à parte, nunca me julguei burro. Ou ignorante. Só não gostava de ler poemas, que os achava todos igualmente postiços. Mas agora era o meu senhor quem me elogiava. Falava dos livros que eu retirava de sua estante de jacarandá. Dizia-me inteligente, leal e, mesmo sendo jovem, sério e responsável, de uma alegria sem excessos. Eu conquistara, enfim, a sua simpatia e confiança. Nascia, entre nós, alguma amizade. E eu, muito simplesmente, lhe devia a vida.

Chegamos ao solar. Januário, como de praxe, repetia: aqui, estou seguro; aqui, ninguém entra; aqui, nada me atinge. E eu o ouvia com muito carinho. Aquele era um homem especial, com a sua pele trigueira, os seus cabelos pretos escorridos, os seus olhos azuis, surpreendentemente comuns naquelas terras distantes. Um homem realmente culto, que estudara muito jovem na Cidade da Bahia, mas fora obrigado a deixá-la quando explodiu a Sabinada, a revolução federalista de 1837.

Como dele se dizia naqueles sertões, era homem que sabia latim e não errava um tiro. Aos 15 anos, preparava-se para fazer o curso jurídico em Olinda. Acabou tendo de ir à Bahia, mas para logo deixá-la. E ficou meio sem saber o que fazer. Assumiu, no entanto, o comando das propriedades do pai, já em suas últimas energias. Mas guardou o amor pelos estudos. Falavam disso os livros de sua estante escura, quase todos lidos e anotados. Obras de literatura, em várias línguas. Volumes de história natural, química e física. Livros religiosos. O célebre dicionário de Morais.

Januário lia o *Robinson Crusoe*, poemas de Longfellow, peças de Molière. E ficou vivamente alegre quando viu que eu lia os seus livros — e que, assim, ele tinha com quem conversar sobre aqueles assuntos, coisa impossível entre os senhores rudes das redondezas. Falávamos sobre as revoluções francesa e norte-americana, eu quase só escutando. Muitas vezes, ele me olhava pensativo. Homem sanguíneo, intempestivo, sim. Agressivo, às vezes. Cheio de rompantes temerários. Mas que tinha autoridade e era também um guia, um protetor. E sabia dizer coisas que eram boas de ouvir.

Uma noite, bateram na porta do meu quarto. Depois daquele assalto que enfrentamos, todo cuidado era pouco. Mas logo ouvi a voz de Januário, me chamando, baixo. Quase um sussurro. Por sorte, não estava aninhado na cama de Damiana (ao contrário das demais escravas jovens, ela não dormia em esteira: tinha um cômodo só para ela e uma cama rude, mas larga e confortável). Vesti a velha calça de estopa e abri a porta. Januário fez sinal para que eu o seguisse. Saímos andando em silêncio, fazendo voltas que não entendi. Chegamos perto do curral e voltamos. Passamos pelo pomar. E demos de novo nos fundos do casarão. Januário me disse então que ficasse de sentinela, na parede lateral do paiol de milho, de olhos postos na senzala, aonde ia. E que, a quaisquer ruídos suspeitos, vindos do solar ou do mato, fosse rápido avisá-lo. Assumi o posto, acompanhando com o olhar os passos do meu senhor. Ele foi em direção à senzala, um prédio comprido e baixo, de muitas e várias portas. Parou diante de uma delas. Bateu. A moça abriu. Ele entrou, fechando a porta atrás de si. Gelei. Do meio do crânio ao olho do cu. Quase caí. Aquele era o quarto de Damiana.

Passei uma hora terrível, com navios naufragando dentro de mim. Não sabia o que pensar — e os pensamentos me atropelavam. Suei frio, fumei freneticamente. Até que a porta se abriu e Januário deixou Damiana com um beijo nos olhos. Veio em minha direção e recomeçamos a andar. Eu não sabia como reger meus passos. Passamos pelo pomar e chegamos, enfim, à grande porta de umburana do solar. Januário me apertou os ombros com suas mãos firmes e calosas, me agradeceu com os olhos, abriu a porta, entrou. Não consegui voltar para o quarto. Dei umas voltas pelos terreiros em torno da casa. E acabei deixando meus pés me levarem, cegamente, à porta de Damiana.

— O que há entre você e Januário?

— Nada.

— Não minta.

— Não quero morrer, nem ser vendida. Ele é o amo.

— E eu?

— O meu amor.

Também ela ouvia estórias de romances românticos... Choramos, nos abraçamos, trepamos. Pela primeira vez, naquelas idas e vindas de amor e raiva que então me tomaram, virei-a de bruços. E comi a sua bunda, sem dar atenção aos gemidos de dor que ela procurava conter. Mas passei dias perdidos em pensamentos desencontrados. Até arrumar de algum jeito as coisas nas prateleiras da cabeça. Damiana tinha dois homens, que a comiam escondido: o senhor Januário e eu. Será que nenhum senhor de escravos é brocha? Será que nasci fadado a confusões? Januário comia Damiana, ocultando-se das vistas de Dona Bárbara. Eu comia Damiana, deixando Januário na ignorância. Porque Januário é o seu amo — porque sou o seu amor.

Àquela altura, comecei a pensar em fugir com Damiana para longe dali. Para Minas, para Pernambuco, para a Paraíba, para o Pará, não sei. Damiana me pedia calma. Dizia que, se fizéssemos isso, tínhamos de fazê-lo muito bem-feito, sem o menor risco de erro. O diabo foi que Januário passou a frequentar cada vez mais frequentemente o quarto da minha preta. E eu ali, de vigia, noite após noite encostado na parede do paiol, com retorno seguro pelo pomar. Eu, zelador do caralho alheio, atalaia do pau senhorial, responsável pela segurança do comedor, sentinela das fodas do meu senhor com a minha sinhá. Numa noite, irresisti. Encostei o meu ouvido na porta de Dâmi. E ouvi o que não queria. Claros, claramente, os seus doces gemidos. Fiquei excitado. Tive raiva, tive ódio, tive tudo. Detonei a conversa do amo e do amor. Não havia nenhuma outra explicação: Damiana gostava, pura e simplesmente, de foder com seu senhor. Gozava gostoso no seu pau, feito cabrita, aquela puta.

9

Damiana na senzala, fodendo, mais uma vez, uma vez mais, com Januário. Eu, o idiota, de novo no papel de espia, de jagunço. Ao longe, o luar clareando o corpo ondulado, azul e enorme da Serra das Éguas.

Range a porta da senzala. Só eu ouço. É Januário deixando a cama da putinha que ainda como, enlouquecido, contra mim mesmo. Vem, como sempre, até onde estou. Seguimos juntos na noite fria do sertão. Fazemos um trajeto ainda mais enviesado, por conta de sua crença na crescente necessidade de um disfarce. Passamos a porteira do curral, que geme alto na noite de lua. Os cães se mantêm quietos. Um boi muge, move as patas no chão lamacento da chuva de ontem, se afasta para o meio de duas vacas prenhes, brancas, com seus olhos de paz e súplica, como se estivessem prestes, sempre, a ir para o matadouro, olhos enluarados de alguma loucura misteriosa e mansa.

Chegamos ao pomar e à porta do solar. Januário gira a grande chave de ferro na fechadura enegrecida pelo tempo, enferrujada de orvalho. A porta se abre. Ele bate no meu ombro e se despede. Tiro o chapéu com a mão esquerda, cumprimentando-o, boa noite. Ele se volta e começa a subir os primeiros degraus da escada de madeira do solar. Deixo o chapéu cair no lustroso assoalho de pau d'arco. Rápido, com a mão direita, puxo a faca — e, num salto, o alcanço. Com a mão esquerda, tapo a sua boca. Com a direita, enterro sucessivamente a faca nas suas costas. E, depois, no coração, no ventre, no peito. Abro, enfim, a veia do pescoço. Ele está morto, caído numa poça de sangue escuro.

Se Damiana não for minha, não será de mais ninguém. Mas agora, com a mão tremendo, com o sangue enchendo meu coração aos borbotões, feito enxurrada enorme de rio transbordando, vencendo seus açudes e barragens, não consigo bater à sua porta. Pego o embornal que deixei no sereno do pomar, com pólvora, balas e alguma comida, paçoca de carne de bode, para a permanência nas brenhas. E saio, mais um negro-mulato fugido daquela fazenda, daquele solar. E saio como sou — cigano, judeu errante, árabe suicida, bandoleiro ou quilombola, guerreiro em chamas, para o aberto da noite das estrelas brilhantes.

10

Serra das Éguas. Abram caminho, abram clareira, para este que endoideceu de dor. Para este cigano, negro, árabe, índio, judeu. Para este assassino de seu único amigo. Para quem matou aquele que salvou sua vida. Para este que não proíbe, nem perdoa. Para este que não tem mãe, nem irmã, nem esposa, nem filha. Para o malfeitor, o bandido sem casa e sem família, o demônio mulato veado maluco de mão trêmula, de pau duro e de olhos de fogo. Fiquem de lá, cascavéis. Fiquem de lá, suçuaranas. Fiquem de lá, bichos todos, morcegos sedentos, corujas leprosas, gaviões que fogem das trevas. Fiquem de lá, espíritos chagosos do bem e do mal, sanguessugas de falsas orações. Não quero conversa com nenhum de vocês. Sou o pior de todos. Meto um tiro no cu de cada um. Damiana, a puta, que engula a gala de todos os seus remorsos. Que morra afogada em lágrimas de esperma e sangue. Que lamba agonizante as porras ressecadas e ressequidas que mancharam um dia as suas coxas e as dobras de seus lençóis encardidos. Que goze a morte em teias de tarântula comendo aos poucos e para sempre as carnes em brasa rubra da roda viva de sua boceta.

11

Dizem que há minas de minérios por aqui. Mas não é o que procuro agora. Encontro raízes para comer, uma que outra fruta raquítica, a nascente de algum rio, tudo entre pedra e areia, entre areia e pedra. Cobras e caças não faltam. Mas não posso disparar uma só bala. Deve ter gente no meu rastreio, na minha persiga, na busca do meu suposto esconderijo — e eles ouviriam o tiro. Uma coisa é apagar um escravo, como fiz com Domingos. Os donos do mundo não se importam. Outra coisa, bem diferente, é matar um senhor. Os demônios engolem ávidos as moedas e saem todos, furiosos e enfuriados, farejando sangue no ar. Todos no encalço de suas veias, a fim de lhe extorquir e esfolar. Tenho, portanto, de me manter na moita, na gruta, na greta, na gruna, sem fazer qualquer disparo. Tenho de viver na noite.

Mas, de repente, quem ouve um estampido sou eu. Tiro de espingarda. Na minha direção. São os que me querem. Para tentar fugir, tenho de conhecer o rumo deles. Desço me esgueirando entre folhas carnudas, espinhos, touceiras. O olho mais preciso do que a mira de um fuzil. Até que vejo. Não é nada. Um caçador solitário avançando prudente pela trilha estreita, olhando alternadamente para o chão de cobras e para o ar de pássaros. Ele se aproxima — e eu também. Deixo ele chegar bem perto, atento apenas para bichos. E o apanho de surpresa. Ele cai de joelhos nas pedras esverdeadas, os olhos se projetando para fora do rosto, o cu se abrindo em fezes e sangue, estrangulado. Troco de roupa com ele. Pego o boné, o lenço vermelho amarrado ao pescoço, a camisa engomada já suja e cheia de suor, o cinto, o gibão, as sandálias de couro. Deposito o meu velho chapéu sobre seu rosto ainda vermelho, mas já sem vida. Desejo às suçuaranas bom repasto. Quando encontrarem meu esqueleto, os ossos esbranquiçados com as minhas roupas, verão que morri.

12

Olhando do alto de um morro para um outro alto de morro, descortino um acampamento de negros fugidos. Um quilombo. E é para lá que vou, entrando de peito aberto.

Passo a paliçada, cumprimentando a sentinela. E vou adiante, cruzando umas roças de milho, mandioca, batata-doce e feijão. Caminho olhando para os lados, para frente e para trás, marcando todos os sinais daquelas terras altas, cercadas pela floresta. Não quero mais chicas, domingos, januários ou damianas no meu caminho, mas também tenho de saber como sair daqui, se e quando preciso for. Chego, enfim, à orla do povoado. Olho-o desde fora, descansando na colina mais próxima. É pequeno e algo viçoso, confuso aglomerado de mocambos, casinhas de palha, com duas ruas, cercado por meio muro (arruinado) de pedras. Tomo o seu rumo. E logo estou na singela póvoa. Não é uma aldeia indígena, não sugere as cidades africanas descritas por minha mãe, nem é um arraial lusitano, com certeza. Talvez uma mescla precária de tudo isso. Vejo o que logo estarei conhecendo: alguns índios, uns poucos brancos com jeito de transgressores da ordem deles, muitos mulatos e cafuzos, crioulos que desprezam os nativos da África, alguns pretos realmente pretos.

Chego a uma capela. Paro, entro. É dedicada a Santo Antonio. Capela caiada clara, com suas janelas de madeira, sem pintura. Com a imagem do santo, a pia da água benta, bancos e cadeiras de madeira vagabunda. Será que há também por aqui templos para inquices, voduns, orixás? Fico sabendo que não. Prossigo. Vejo, ao largo, uma forja. Uma oficina de ferreiros. Uma fábrica de facas, facões, enxadas, foices e machados. É um barracão de madeira. Bem maior do que a tenda do ferreiro da fazenda de Januário. Mas não quero saber de lembranças. Caminho para o centro da póvoa. Para o largo ou praça da cisterna e do mercado, onde ficam os que comandam. Apresento-me então na casa grande das autoridades locais. Sou bem recebido. Oculto a história de Domingos — distorcendo, a meu favor, a de Januário e Damiana. Não demoram muito. Indicam, para minha morada provisória, uma cabana onde há redes, esteiras, cestos e abanos. Produtos de cerâmica. E, no cercado ao lado, algumas galinhas e dois porcos. Mas desconfio dessas dádivas. A conversa foi meio esquisita. E também aqui há chefes, homens arrogantes que dão ordem, república onde reinam reis.

Há alguma insatisfação no ar. Contam-me logo, na noite bruxuleante do mocambo, que, no início, aqui não havia mulheres. Os quilombolas não hesitaram. Armaram emboscadas, faiscaram em incursões de surpresa, e assim raptaram negras, índias e mesmo algumas brancas. Nessa mesma primeira noite, antes que eu me recolhesse ao meu canto, conheci uma preta de peitos amputados, que não dizia nada. Tinha sido seviciada por sua antiga senhora. Quando o dia começou a luziluzir, com um sol que lucilava de leve, vi que havia escravos seguindo para as plantações do quilombo. Todos mulatos. Fiquei com mais de um pé atrás. Um preto, que tivera um dos olhos vazados pelo feitor de um engenho, me contou que faltavam braços para as plantações. E que os chefes, então, saíam em expedições guerrilheiras para sequestrar homens, trabalhadores para as roças do quilombo. E chamou a minha atenção. Me disse para tomar cuidado. Que eu não era preto, mas mulato. E mulato não muito escuro.

A desgraça fraterniza os desgraçados. A minha impressão era a de que aquela gente sofria menos aqui do que nas mãos dos senhores brancos. E, por isso, aqui permanecia. Mas não havia igualdade alguma. Um reduzido grêmio de poderosos decidia as coisas. Cabia, aos demais, obedecer. Ainda não haviam determinado qualquer tarefa para mim. Mas, acompanhando os escravos ao campo, concluí, com eles, que eu seria mais um deles. Esperava-me o trabalho forçado nas forjas ou nas roças. Me desavim. Não tinha rompido um amor, matado meu único amigo, fugido para a Serra das Éguas, a fim de acabar aqui como serviçal de fulano, sicrano ou beltrano, fosse branco, amarelo, azul, vermelho ou preto. Se acho que não nasci para ser escravo de senhores brancos, muito menos vim ao mundo para ser escravizado num quilombo. Melhor lamber azeite nas lamparinas dos engenhos. Ali, ao menos, a dominação não tinha disfarces.

Já havia estudado a minha fuga desde a chegada. À noite, saí suavemente do mocambo. Encomendei a Deus o olho vazado do ex-escravo negro e os peitos amputados da preta silente. Olhei para o alto. Era deslua. Um céu de nuvens ruivas prestes a desatar. Nenhuma estrela. Caminhei para fora do povoado. Bocetas não são bússolas, mas olhos gravam atalhos. Subi rápido a colina, que desci serpenteando. Me arrastei um pouco mais. Havia um galo bem perto da última guarita. Se o filho da puta cantasse, chamaria a atenção e eu poderia ser visto. Fui deslizando devagar. Dei o bote, estrangulei o galo, deixando-o sem voz na areia clara, antes que ele movesse as esporas, tingindo a noite com seu canto vermelho.

Restava-me, agora, a última sentinela. O mameluco que cumprimentei, quando aqui cheguei. Resolvi esperar. Eu não tinha o direito de errar exatamente no golpe que me livraria os caminhos. Olhei bem. Pensei. Me aproximei feito gato de sua pequena torre de argila. Fiquei um tempo grudado nos blocos de adobe, sem que ele me visse. Afinal, o sacana ressonou. Entregava-se ao cansaço ou ao sono de todos os dias (há horas em que até os deuses dormem). Então, com a mão mais leve de toda a minha vida, retirei a faca de sua cinta e, enquanto ele revirava os olhos, fazia sons, quase acordando, o feri para sempre. Foi um golpe só, uma facada certeira, no âmago da alma, no centro do coração. Ele ainda estrebuchou, com a boca tapada, mas para nenhum agravo. Remexia um pouco, feito lagartixa ou cobra depois que tem a cabeça decepada. E assim o atirei, da guarita no extremo limite sul do quilombo, despenhadeiro abaixo. Seu corpo caiu pesado no rio que corre se afastando dali. E fui embora, respirando alegre, pelas narinas abertas, o ar de mais uma noite sem fim.

13

Descobriram o meu cadáver na Serra das Éguas, comido por suçua-ranas. Estavam todos vingados. Descobriram que eu tinha fugido daquele quilombo. E não tinham como se vingar, por mais que batessem os terrenos em volta. Eu estava longe como nunca estive, depois de andar e delirar. Estava metido nesse matagal, enfiado no meio da Serra das Bocetas, ao sul do Paraguaçu.

Todas e tantas e tontas mudanças. Coisas que, como depois vim a perceber, me fizeram destilar os últimos rastros de inocência e honestidade que ainda se achavam depositados no fundo de minha alma condenada. Hoje, quando às vezes me sinto um pouco melhor, algo consolado da torpe crueza de tudo, não sou mais do que uma ideia de mim mesmo. Uma ideia solta, desgarrada, ferida no mais amplo azul. Se pudesse, subiria um dia a serrania celeste, as serras que as nuvens esboçam entre as estrelas do céu. Será que saberei reconhecer no futuro o que ainda resta de algumas das qualidades de minha delicadeza? Não sei. Sinceramente, não sei. De momento, tudo o que eu quero e posso querer é uma ilha peregrina, uma ilha andarilha, onde eu sozinho.

1. UM POUCO DE CADA

1

Daniel Kertzman recebe o troco das mãos do motorista nissei, desce do táxi e caminha rápido sob a fina chuva daquele outono paulista. A grande porta de vidro do hotel se abre à sua aproximação. Ele hesita, com o jornal nas mãos. Não sabe se termina de ler as notícias do dia, que deixara pela metade por conta das demandas da agência onde está fazendo um trabalho, ou se passa pelo grande balcão de madeira da recepção, magnetiza o cartão e sobe direto para o quarto. Na dúvida, acaba se dirigindo a uma poltrona de veludo quase escarlate, deixada ao lado de uma mesinha no foyer do hotel, próximo ao bar. A um aceno, o garçom traz a sua tradicional dose de uísque e ele acende o cigarro, reabrindo um dos jornais do dia.

Àquela hora, já começo de noite, a enorme claraboia de vidro que cobria o lobby do hotel não tinha serventia alguma. Não havia o que ver no céu de São Paulo, a não ser eventuais luzes giratórias de aviões distantes e helicópteros bem próximos. Estrelas inexistiam. E nem mesmo se tinha notícia segura de que a lua ainda frequentasse as molduras e paisagens dos campos de Piratininga. Mas isso, agora, não era problema dele. Seguiu olhando entediado as páginas dos jornais, que pareciam um retrato perfeito da mesmice mental em que vivia o país, quando o assunto era economia, cultura ou política. Mas tinha de economizar o seu ânimo, pois sabia que logo mais deveria ser convocado pela agência MD-Tudo — oficialmente, a Solis Nômisma — ou por uma concorrente sua, a Léxis, para trabalhar na campanha de um dos candidatos à prefeitura paulistana. E ele já estava ficando cansado desse negócio de marketing eleitoral, reino de estranhezas, lavagem de dinheiros e golpes baixos, onde ninguém está genuinamente preocupado com o país ou a cidade, mas em continuar satisfazendo a própria sede de riqueza, prestígio e poder.

Uma notícia que leu, todavia, chamou a sua atenção. Despertou seu temperamento às vezes agressivo e seu sentido irônico. Um rapaz queria processar um hospital da cidade — porque foi amputado e depois reconheceu sua perna sobrando num contêiner de lixo. Bem, não devia ser nada agradável dar de cara com a própria perna largada numa lata de lixo. Mas as pessoas estão mesmo perdendo a noção das coisas. Processar o hospital por quê? Danos imorais? O sujeito por acaso queria que depositassem seu pedaço de perna onde? Num museu? Numa vitrine de shopping center? Numa redoma de vidro no meio de uma praça? Numa galeria de arte? Onde?

Suas perguntas foram interrompidas por um dos funcionários da recepção, que foi até ele levando a encomenda que chegara à tarde, trazida por um motoboy. Era um pequeno pacote com livros. Os olhos de Daniel ficaram mais vivos. Rasgou o pacote sem dificuldade e se olhou no espelho: *Muirakitã — Uma Antologia do Novo Conto Brasileiro*, organizada pelo crítico Carlos Ávila, professor numa daquelas novas faculdades que tinham aparecido em São Paulo, de uns anos para cá. Na capa, os nomes dos nove contistas selecionados. Entre eles, Daniel Kertzman, "O Solar do Sertão". Ficou relativamente feliz. Era o primeiro texto seu que aparecia em livro. Só não gostava muito de ver, naquela mesma capa, o nome de sua primeira ex-mulher, Klara Waxman, assinando uma criação mais experimental, meio pop, meio expressionista, como de costume. Queria que todas as suas ex-namoradas e ex-mulheres vissem o começo do seu sucesso como escritor. Não lhe agradava partilhar esse primeiro êxito com uma delas. Mas tudo bem. Assinou a conta do bar e se dirigiu para o elevador. Apertou o número do andar onde estava morando. Lá no alto, a porta se abriu e ele percorreu o longo corredor de assoalho nunca visto, coberto por um velho carpete vinho, discretamente manchado aqui e ali.

Abriu a porta do quarto, entrou, ligou para o *room service* e pediu um balde pequeno de gelo. Enquanto esperava, sentou-se numa poltrona verde-musgo com um dos exemplares do livro nas mãos e ficou a pensar, mas sem qualquer liame lógico. Estava contente. E, ao mesmo tempo, algo angustiado. Mas não pôde deixar de rir do seu diálogo com a funcionária do hotel que atendeu à sua ligação.

— É do serviço de quarto?

— Não, senhor. Aqui é o "rum-cérvice".

2

Atormentava Daniel Kertzman o fato de não conseguir escrever sobre coisas que via a seu redor, que aconteciam à sua volta. Sua vida pessoal daria assunto de sobra para mais de um livro, pensava — e, no entanto, ele jamais lograra recriar esteticamente uma única cena de sua já longa peripécia existencial.

Por que um filho de judeus da Amazônia escrevia sobre algo que nunca chegara a conhecer? O que tinha ele a ver com um escravo fugido zanzando pelo sertão? Seu mundo era outro. Klara, ao contrário, falava de coisas presentes, reais, por mais tolas que parecessem. Das lojas de roupas, de sorveterias, filmes, pizza com ketchup, agências de publicidade, restaurantes japoneses ou italianos, canções de sucesso, calcinhas e vernissages, pipocas e pastéis, as notícias do dia, mulheres ingênuas ou atrevidas, sexo entre elas. Mas ele não conseguia nunca falar de si mesmo, do seu mundo.

O amigo Francisco Rosa, mestre em teoria literária, tinha uma tese simples a esse respeito. Dizia que Kertzman não conseguia tematizar coisas reais de sua vida e do seu entorno porque tudo o que queria era ficar o mais distante possível de si mesmo. Quando ouviu isso, nosso autor não se preocupou em contestar. Limitou-se a observar lateralmente que, no caso de "O Solar do Sertão", talvez tivesse escrito sobre a caatinga e o semiárido porque conhecera pessoalmente uma das duas principais personalidades femininas do cangaço, do "banditismo social" brasileiro: Dadá, que fora mulher de Corisco, o diabo louro.

Dadá morava então numa casa bem modesta do bairro do Barbalho, em Salvador. Com ela, aprendeu diversas coisas canga-ceiras. Acreditava-se ali, por exemplo, na magia do nome. Coisa que se via de duas formas, ao menos. Primeiro, como "rito de passagem", segundo a fórmula da antropologia: o camponês que caía fora da rotina rural e mergulhava no cangaço, era rebatizado, ganhava um nome de guerra. Mas não era só. Se, num recontro com as volantes policiais, morria um cangaceiro de nome Suçua-rana, adiante seu nome seria dado a um novo cabra que passasse a integrar o bando. Herdando a nominação, o sujeito incorporava o tirocínio, a experiência e as forças do finado. Além disso, a polícia ficava meio confusa, sem saber com certeza se tinha ou não tinha dado fim a um antigo membro do bando. Dadá cuidava desses ritos. Na leitura de Kertzman, era como se, no tarô do cangaço, Maria Bonita fosse a imperatriz — e Dadá, a sacerdotisa.

Francisco Rosa sorriu. Dadá, disse ele, não tinha nada a ver com "O Solar do Sertão". Aliás, o texto era muito mais africano do que sertanejo. Daniel Kertzman fez de conta que não ouviu. O rapaz que reclamava horrorizado da visão de sua perna num contêiner de lixo do hospital deveria ser informado de que Dadá, ela mesma, amputara a dela. Tomou um tiro numa fuga, ficando presa na cerca de arame farpado que separava uma fazenda de outra. Para escapar dali e não ser presa ou fuzilada pelos macacos que vinham na persiga, puxou da bainha de couro o facão amoladíssimo e cortou metade da própria perna, na altura certa em que a bala da volante a atravessara, esmigalhando nervos e ossos. E o pedaço de perna ficou ali, sob o céu azul do sertão, à espera de raposas e ratos do mato, ou dos urubus.

Dadá lhe disse, também, que não gostava de *Deus e o Diabo na Terra do Sol*. Aliás, reclamava cromaticamente: o cangaço foi um filme colorido, era um absurdo tratá-lo em preto e branco. Ao mesmo tempo, adorava a película em que se achava linda, com Leila Diniz fazendo o seu papel. "A cabrocha era uma gostosura, uma iguaria de dar água na boca de qualquer homem — e com uns risos de matar de inveja", comentou certa vez.

Kertzman serviu mais uma dose de uísque e prosseguiu. Também o cinema brasileiro, observou, tinha lá o seu problema com essa ficção incômoda a que damos o nome de "realidade" — uma palavra que só devemos escrever entre aspas, no dizer de um romancista russo. E não somente com relação ao cangaço. Até porque Glauber (com esse nome alemão, de *Glaube*, fé ou religião, do verbo *glauben*, acreditar) e seus companheiros tendiam a achar que eles é que eram a realidade. Mas isso em nada diminuía ou aumentava o valor das obras feitas, continuou Kertzman, na esperança, quem sabe, de que um dia alguém viesse a dizer coisa parecida em favor de seus próprios presentes rabiscos.

3

A história de vida de Daniel Kertzman, que ele achava que devia recriar um dia num romance, começava no continente europeu. Em princípio, sua família paterna fugiria de Berlim para Nova

York, nem bem começada a ascensão do nazismo. Mas, por um mal-entendido nunca devidamente explicado, veio dar numa cidade de que jamais tinham ouvido falar: Belém do Grão-Pará, no Brasil, país que também praticamente ignoravam. Sua mãe nasceu aí. Seu pai, não. Tinha nascido na Áustria. Chegou ainda jovem na Amazônia, recém-formado em engenharia elétrica. E os dois se conheceram numa festa, numa bela sinagoga de Belém.

Aos poucos, a família Kertzman foi descobrindo, fascinada, que Belém do Pará e toda a Amazônia tinham um antigo e rico passado judaico. Os primeiros judeus a chegar ao mundo amazônico vieram do Marrocos, séculos atrás — e alguns deles se embrenharam pela selva, em busca do Eldorado. Não poucos judeus, aliás, se amasiaram ali com índias e caboclas, que não faziam nem teriam como fazer ideia do que fosse o Yom Kippur, o Dia do Perdão. Muito tempo depois dos marroquinos, e sem qualquer ligação com eles, foram chegando por ali uns askenazes e outros sefaradis. Foi em Belém do Grão-Pará que surgiram as primeiras sinagogas brasileiras, como a Shaar Hashamaim e a Eshel Abraham, ambas das primeiras décadas do século XIX. Havia cemitérios judeus até em Macapá, Parintins, Manacapuru. E mesmo hoje ainda há muitos judeus em Belém e Manaus, assim como em Cametá e Santarém, embora grande parte deles tenha migrado para São Paulo e para o Rio de Janeiro, quando começaram a escassear as muitas moedas geradas pela borracha dos seringais.

Uma nota dissonante, na história da integração dos judeus no mundo amazônico, aconteceu às primeiras luzes do século que passou. Em 1901, uma turma de caboclos atacou pequenos grupos judeus sediados na região do Rio Tocantins. Foi a época do "mata--judeu" e do massacre de Massauari, em Maués. Saquearam suas casas comerciais em Cametá e Bragança e ameaçaram surrá-los à exaustão, argumentando que os "estrangeiros" eram "desleais", infringindo conveniências há tempos estabelecidas nas transações do comércio da borracha. Mas a pilhagem daqueles nativos ficou para trás. Dissolveu-se esquecida. E a harmonia, apesar de eventuais estranhezas, voltou a predominar. Foi como o sumiço do vento, quando o sol reabriu.

O pai de Daniel Kertzman era um judeu esperto como qualquer árabe. Ganhou dinheiro em Belém, desde muito jovem. Passou um tempo em São Paulo, onde fez um belo pé de meia e retornou ainda mais rico para aquelas extensões amazônicas, pensando em investir no ramo tradicional do comércio e desbravar o que seria um novo campo na região: o turismo. Brincava dizendo que judeu errante e turismo eram coisas afins. Já o avô materno de Daniel, o pai de sua mãe, Rachel, embora tenha chegado na pindaíba, juntamente com outros judeus sefaradis, também soube ganhar bastante dinheiro por ali. Recomeçou a vida tentando fazer fortuna nos seringais, quando a Amazônia exportava látex para o mundo. Não deu certo. E ele se voltou então para desenhar, fabricar e vender joias. Casados e ricos, os dois jovens, José e Rachel, começaram uma vida sem dificuldades, a não ser a das brigas que fazem parte da biografia (autorizada ou não autorizada) de todos os casais do mundo.

Adiante, mudaram-se de Belém para São Luís do Maranhão, desceram para Fortaleza e depois decidiram tomar o rumo do Rio, onde muitos judeus tinham aportado. No Rio, José continuava embolsando um volume razoável de moedas, agora com uma loja de produtos variados, mas principalmente itens novidadeiros, como no ramo da venda de aparelhos de rádio, e uma agência imobiliária, que adiante renderia bastante, com os prédios que empresários judeus começaram a construir em Copacabana. Um irmão de José foi parar em Ilhéus, no litoral da Bahia, cidade que, então, vivia nadando na riqueza dos cacauais. Atraído nessa direção, o velho José Kertzman acabou abrindo o primeiro cinema do lugar, um hotel no litoral cacaueiro e uma grande loja na capital da Bahia.

Assim, Daniel foi criado, entre a infância e o começo da puberdade, pelas praias da Barra e de Copacabana, bairros então chiques, hoje mais do que avacalhados. Mas José e seu irmão Isaac, embora não tenham ficado inimigos, se desentenderam e se afastaram, desfazendo a sociedade comercial que vinham construindo. José ficou com a parte baiana do negócio, que estenderia em direção a Pernambuco e outras praças nordestinas.

Bem. Os pais de Daniel não tinham nada de, digamos, extraordinário. Mas eram pessoas muito interessantes. O pai, viciado em bridge, era um tarado incorrigível, frequentava bordéis e acabou até montando uma loja de lingerie para Francisco, o irmão mais velho de Daniel. Dona Rachel, por sua vez, parecia ter dupla personalidade. Nos encontros e reuniões sociais, era uma *lady*, citava Shakespeare e, além de francês, falava iídiche, a "língua dos judeus", do alemão *jüdisch*, e era apresentada como estudiosa da Torá (ou Pentateuco) e do idioma hebraico. Já dentro de casa, caprichava em palavrões, fumava um cigarro atrás do outro, falava raquítia, jogava no bicho. E talvez essa bipartição fosse bem mais profunda, porque, embora fosse vista como exemplo de vitalidade e alegria, como alguém que amava vivamente a vida, Rachel, a bela judia amazônica, se envenenou numa noite chuvosa do mês de maio, na casa de veraneio da família.

4

Naquele tempo, pelo menos, era praticamente impossível que um judeu deixasse de conhecer outro judeu. Eles andavam sempre juntos, viajavam em companhia uns dos outros, davam festas ou promoviam reuniões em suas casas, moravam quase colados entre si. Em Salvador, por exemplo, viviam quase todos no mesmo bairro — Nazaré —, ao qual, na intimidade, chamavam "o gueto".

Foi justamente aí em Nazaré que Daniel conheceu Klara, ambos quase crianças. Klara, a sempre serelepe, moleca em tempo integral, como se fosse o erezinho da sinagoga. E tanto aqueles anos passaram rápidos que logo Daniel passou a ver a Klara adolescente, cada vez mais viva e irônica, peitos estourando sob a blusa, sensualidade despertando em esplendor. A vontade de comê-la começou então a tomar conta dele. E, quando passaram o Yom Kippur juntos, ele pensava consigo mesmo que ela o faria quebrar até o mais sagrado dos jejuns.

A sinagoga fez também a amizade de Daniel Kertzman com Gabriel Gorender, de uma família de judeus da Bessarábia, que morava perto do Convento de Santa Clara do Desterro. Uma família de relevo na paisagem do comunismo baiano: um tio seu integrava o Comitê Central do PCB, o Partido Comunista Brasileiro, e havia outro que também vivia na clandestinidade. Mas Gabriel era apenas um simpatizante, um "companheiro de viagem", não um militante do partido. E a impressão que dava era a de ser a encarnação de um desejo permanente de conhecer e experimentar tudo. Por conta de uma paquera juvenil extrajudaica, Maria Eugênia, passou até a frequentar a missa matinal de domingo no Mosteiro de São Bento, onde ficou amigo do abade, que visitava quase toda semana. "É um sacerdote socialista", dizia ele, fascinado pela figura e pela sabedoria do monge católico. Enfim, em toda a comunidade judaica não haveria ninguém tão atirado na vida da cidade quanto Gabriel. Ele acompanhava os acontecimentos, participava de tudo, se envolvia e, muitas vezes, com tal entusiasmo, que vestia a camisa das coisas e causas que o tomavam.

Partícipe ativo das antigas festas populares do lugar, onde não fazia feio dançando miudinho o velho samba de roda do Recôncavo, não demorou a chegar ao candomblé, que alguns comunistas também frequentavam. E como se metia e se imiscuía em tudo, com um interesse que nunca se esgotava, logo se viu consultando o jogo de búzios, onde Oxóssi se revelou seu eledá. Ao fazer oferendas e cumprir certas obrigações, Gabriel se converteu no primeiro caso conhecido de sincretismo afrojudaico na vida religiosa baiana. Foi ele, por sinal, quem levou Daniel, pela primeira vez, a um terreiro de candomblé, dia de festa de Oxum, senhora da água fresca, dos pássaros e das brisas.

Em todo caso, havia já um precedente dentro da própria família Gorender. O tio comunista do comitê central, o velho e erudito Jacob, frequentou o candomblé na juventude, guiado pelas mãos de um vizinho seu, o pintor Rubem Valentim, hoje visto como uma espécie de Mondrian dos terreiros negromestiços do Brasil.

Mas a paisagem baiana era também isso: judeus da Bessarábia bebendo água de coco na praia de Amaralina.

5

Gabriel adorava pintura e música. Poderia passar a vida ouvindo Schubert, Bola de Nieve e Tom Zé — costumava dizer. E, aqui e ali, nunca deixava de fazer alguma referência (e reverência) a Modigliani, pintor e personalidade que o fascinavam, com as cores e a elegância formal, algo aristocrática, de seus retratos e nus femininos.

Gabriel mencionava sempre o amor de Modigliani pela figura humana: era o que se via de imediato em sua "retratística", como diziam os especialistas no assunto. E sublinhava a pobreza em que o artista viveu, enquanto Cézanne tinha pai banqueiro, Degas pertencia à nata financeira francesa e o baixinho Toulouse-Lautrec não só era muito rico, mas também muito mimado.

— Foi a pobreza que obrigou Modigliani a abandonar a escultura e a trabalhar com os materiais mais baratos. Você sabe como ele conseguia as pedras para fazer suas esculturas? É incrível. Como não tinha dinheiro, ele juntava uns amigos à noite e então eles arrancavam pedras das calçadas de Paris.

E Modigliani chegou a ser um escultor de primeira, com suas peças pétreas. *Cabeça* era uma realização ousada e primorosa. Parecia coisas africanas, obras da produção escultórica negra, feitas naquele clima em que se expressavam Brancusi, Picasso e mesmo Matisse. E não vamos esquecer que Modigliani era frequentador constante do Museu Etnográfico do Trocadéro. Ao mesmo tempo, *Cabeça* é criação muito original, toda dele.

— Penso que, na verdade, quem mais influenciava Modigliani era o próprio bloco de pedra que ele ia esculpir. A morfologia da pedra indicava o caminho e ele avançava com toda a sua originalidade, precisão e elegância.

Gabriel dizia ainda que, se o pintor produzia aqueles olhos cegos, sem íris e sem pupilas, como se fossem folhas secas pregadas no rosto das suas figuras alongadas, era para poupar suas personagens, salvando-as de ver as desgraças do mundo. E havia uma adorável ousadia sexual no seu trabalho: Modigliani pintava pentelhos. Rompia assim com toda uma longa tradição convencional da nudez artística, que não admitia a representação plástica de pelos púbicos.

— Na sua opinião, Gabriel, qual o melhor, o grande quadro de Modigliani?

— O melhor, não sei. O meu favorito é o *Nu Vermelho*. Aquilo é uma coisa única. O corpo parece um desenho solto, independente de tudo, que por acaso foi colado em cima de um fundo que já existia. E é de um erotismo encantador, quase sublime. Só Modigliani poderia tê-lo feito. Mas gosto muito também de outras pinturas dele. E nem sempre por razões estritamente estéticas. De *A Judia*, por exemplo, que, para mim, é o verdadeiro retrato da tristeza.

Além de tudo, Gabriel falava de uma identificação pessoal. Cultivava, também desregradamente, as três grandes paixões do pintor: haxixe, álcool e mulheres. Apenas substituíra o haxixe por maconha. Mas enchia a cara quase diariamente, lembrando que, nos cafés parisienses, a falta de dinheiro fazia Modigliani trocar desenhos seus por copos de conhaque ou taças de vinho. E, se alguma boceta alegre ou distraída cruzava o seu caminho, o pintor simplesmente se esquecia de para onde estava indo — e seguia concentrado atrás de sua caça.

6

Outra figura da qual Kertzman se aproximou muito, mesmo que apenas por um breve tempo, nessa época de maior agitação e frequência à sinagoga, foi Imre Cohen, judeu de ascendência húngara.

Um pouco mais velho que ele, Imre era um rapaz muito inteligente e interessante, embora nunca deixasse de demonstrar que, sempre que fosse conveniente, poderia se mostrar um crápula sem escrúpulo. De fato, Imre se revelaria um *social climber* obsessivo, doentio, excessivamente louco por riqueza e prestígio. Moedas eram música para a sua alma, se é que tinha uma. Muito cedo, começou sua carreira política apadrinhado pelo governador local, que lhe sugeriu — impôs, seria mais exato dizer — a troca de nome. Em vez de Imre, que nenhum baiano do povo gravaria ou pronunciaria com naturalidade, escolhesse um nome de sonoridade parecida, a exemplo de Irineu ou Mário. O sobrenome Cohen não seria problema. O eleitorado baiano não costumava se fixar em sobrenomes, salvo raras exceções. Falava, antes, de Juracy, de Waldir e do ainda relativamente jovem Antonio Carlos, entre outros.

Imre não perdeu tempo. Foi prontamente ao cartório indicado pelo governador, onde alterou seu prenome. Em termos fonéticos,

Mário quase reproduzia Imre. Mas, graficamente, Irênio era mais próximo, pela coincidência de letras. Adotou, então, o prenome Irênio. E entrou em cena até com certo brilho. Mas o governador, político sagaz e de vistas apuradas, uns dois anos depois, numa conversa noturna com um pequeno grupo de correligionários na varanda do Palácio de Ondina, profetizou: "Cohen vai se atrapalhar cedo. Um político, para chegar longe, tem de gostar mais do poder do que de dinheiro. E ele gosta mais, muito mais, de dinheiro."

De fato, ele era o avesso mesmo dos comunistas da comunidade judaica. Porque havia ali, no meio deles, pessoas clandestinas, pessoas perseguidas, que dedicavam suas vidas ao que pensavam que viria a ser a emancipação final da humanidade. Mas Imre, embora posasse de "progressista", nunca pertenceu àquele grupo do messianismo marxista. Longe disso. Aderiu à ditadura para fazer carreira e, sobretudo, transformar a riqueza de sua família em ainda maior fortuna pessoal. Mesmo que na base da corrupção. Da mais deslavada ladroagem — já que, com o passar dos anos, se transformaria em habilidosíssimo gatuno. No larápio Imre Cohen.

7

Yanka Rubin. Polonesa. Dançarina. Esta mulher — jovem, bela e enérgica, de formas firmes e gestos exatos — viria para transformar radicalmente a sensibilidade e a sensualidade adolescentes de Klara. Foi como um cometa brilhante no céu daqueles dias. Era tarde da noite e Klara, sem conseguir dormir, apagou a luz da varanda e se estirou numa marquesa antiga que ficava praticamente ao relento, divisando estrelas discretas, quase dissimuladas. Percebeu então que a luz azulada do grande abajur com desenhos orientais se derramou suavemente pelo terraço. A música também entrou em cena, talvez Mahler, mas Klara não teve certeza. Apenas viu no centro de tudo a figura esplêndida de Yanka Rubin, envolta num lençol de linho. Yanka começou então a dançar divinamente — e estava nua sob o lençol. Klara não acreditava no que via. E foi a primeira vez que uma mulher a possuiu.

8

Se alguém aproximasse o ouvido até bem perto dos prédios antigos, dos casarões coloniais daquela cidade, poderia chegar a escutar coisas absolutamente inesperadas: narrativas russas, histórias envolvendo o Volga, cantos cossacos... os cossacos com seus belos cavalos.

Era o que de fato se ouvia na penumbra de casas de famílias judias que tinham vindo de terras ucranianas para a Cidade do Salvador da Bahia de Todos os Santos, cidade que se estendia longamente no espaço, como se fosse o seu próprio nome escrito por extenso na paisagem.

9

Desde o começo da adolescência, embora Daniel Kertzman cultivasse amizades no meio judaico, seus amigos mais amigos não eram judeus, mas o cearense Luiz Accioli Mariano de Campos e Eduardo Barreiro Bacelar, filho de imigrantes da Galícia. Accioli vai aparecer no seu devido tempo. De momento, quem se vê, repartindo o baralho e dando as cartas, é o jovem galego baiano. Ele e Daniel foram colegas numa escola pública e se aproximaram graças a um amor comum: o violão, que surravam sem pena, com as poucas notas e a batida grosseira dos embalos da jovem guarda de Roberto e Erasmo Carlos. Amor pelo violão que logo os dois abandonariam. Mas a amizade, que aí nasceu, permaneceu firme até hoje, atravessando décadas.

Intrigava, em Eduardo, o fato de ter um olho de cada cor, a lembrar Alexandre, o Grande, que, segundo as crônicas da história, tinha um olho azul e o outro verde. O direito era nítido, de desenho normal, castanho de uma das colorações possíveis do mel das abelhas de Nossa Senhora do Rosário do Porto da Cachoeira do Paraguaçu, a cidade histórica e barroca, nas cercanias da qual Eduardo viria no futuro a senhorear um sítio guardado por cães nervosos e vermelhos, onde se veriam árvores de muitas frutas, alguns animais, aves (galinhas, gansos) e um apiário. O outro olho era estranho, enevoado, de um azul remoto e apagado, sem vida ou brilho. Um olho baço, descorado, descolorido, opaco. Como alguém podia ter os olhos assim tão diferentes? — era a pergunta que logo ocorria. E o dono dos olhos, visivelmente incomodado, desviava então o rumo da conversa, para falar de música e mulheres. De futebol, torcedor fanático que era, não perdendo um jogo do Galícia na Fonte Nova. Ou de política, assunto que, naqueles dias, soava como algo quase proibido.

Só mais tarde Daniel Kertzman soube a razão desses olhos distintos um do outro. Foi durante uma disputa de furapé, jogo comum entre crianças baianas. Nesse jogo, cada um caminha demarcando espaços desenhados lance a lance, com uma pequena haste de ferro que joga para que ela caia de pé e de ponta, enterrando-se no chão de barro. Um irmão de Eduardo lançou a haste. Mas ela bateu numa pedra oculta sob a flor da terra, ricocheteou e se reprojetou no ar, atingindo seu olho. Eduardo sentiu a pontada dura, a dor, o olho cheio de terra. Mas não quis contar à mãe, com receio de que ela castigasse seu irmão. Deixou a narrativa para o dia seguinte, acreditando que até lá tudo se teria resolvido. Quando acordou, tinha perdido um olho, que era esse agora desbotado, sem sangue, sem ímpetos de ser realmente azul. Um olho submerso em si mesmo, incapaz de mirar o mundo, esquecendo-se até do que já vira.

Eduardo Bacelar tinha nascido numa família de comunistas. Ali pelo tempo em que foi deputado, membro da Assembleia Constituinte, Carlos Marighella assinou a ficha de filiação de sua mãe, a venerável Valentina, ao velho PCB, vulgo Partidão. Seu pai fora comerciante rico em Salvador, dono de casas e de um caro carro importado, mas acabou falindo. Ficou arrasado. Morreu. E a família entrou em parafuso financeiro. Eduardo, garoto ainda, dava aulas de violão e matemática para descolar algum troco, a fim de não pesar ainda mais no orçamento familiar. E jogava capoeira, sem temor dos mestres e do mundo. Era ou parecia ser, em tudo, o vero dono de si mesmo. Seu próprio proprietário. Curiosamente, andava sempre encasacado, como se houvessem brisas frias naquela cidade.

10

Pela inteligência, Deus consolidou o céu. Accioli costumava citar esta passagem do Livro dos Provérbios, quando divisava algum lance especialmente lúcido ou, ao contrário, não achava que determinada atitude ou estratégia primasse pela inteligência. E uma de suas referências era o sionismo. A visão moderna do Sion, do monte em Jerusalém onde ficava o Templo de Salomão. Assim como inúmeros jovens judeus se deixaram incendiar pela Revolução de 1917, outro tanto se acendeu com o sionismo. Com o sonho de fundar um país, de criar uma pátria para os judeus. Com o mito da terra prometida. Ou, no dizer de Accioli, a utopia suicida do judaísmo contemporâneo.

E, como tudo se reflete em todo canto, quando o mundo é mundial, repercussões de tudo isso se fizeram sentir também por aqui. Os judeus mais velhos contavam que o assassinato de Trótski, o maior líder comunista judeu do século XX, chocara a pequena comunidade judaica da Bahia. E que o sionismo provocara dissensões até agressivas em terras baianas. Diziam que, depois da Segunda Guerra Mundial e da criação do Estado de Israel, em 1948, houve um racha, uma divisão séria no meio dos judeus que viviam na antiga capital colonial. A narrativa era mais ou menos a seguinte.

A história dos judeus, em nossas latitudes tropicais, é a história de uma integração. De uma assimilação. Desde os primeiros brilhos do século XVI, desde os primeiros cristãos-novos, desde o Caramuru. Rompeu esse padrão assimilacionista a irrupção de Joseph de Liz, no século seguinte. Era chamado "o judeu francês". Um jovem radical, brilhante, culto e sedutor, que falava diversas línguas e fora enviado ao Brasil para instruir cristãos-novos na fé judaica. Não queria saber de integração. E por isso mesmo morreu queimado, numa fogueira da Inquisição, aos 24 anos de idade. Entre nós, o sionismo descendia dele. De Joseph de Liz.

Como não há quem ignore, a Segunda Guerra gerou uma nova diáspora judaica pelo mundo. Uma nova onda migratória para as Américas. Para o Brasil, a Bahia. Muitos judeus vieram para cá depois do conflito. E esses judeus, juntamente com alguns outros que já se encontravam na Bahia antes disso, se sentiam mais ligados a um projeto de Israel, "Erets Israel", que ao Brasil. Defendiam, inclusive, que os judeus que estavam aqui deveriam enviar recursos financeiros para lá. Eram os sionistas. Sua fórmula era chapada: integração = desintegração. A palavra de ordem: recusar a assimilação e assumir uma só identidade: a judaica.

Acontece que a comunidade contava também com uma forte vertente de coloração comunista. Na época da ditadura do Estado Novo, a "polícia política" falava até de uma "ala idichista" do Partido Comunista Brasileiro. Na Bahia, essa ala não fornecia meramente quadros rasos para a militância, mas membros do alto escalão, dirigentes nacionais da esquerda brasileira. E esses judeus comunistas navegavam nos mares do internacionalismo vermelho.

Estavam muito mais interessados em fortalecer a Rússia, combater o imperialismo norte-americano e subverter socialmente o Brasil do que em promover uma aproximação maior com Israel e mandar dinheiro para a nova nação, a nova configuração estatal que surgira em terras de Jerusalém. Para alguns integrantes da esquerda marxista judaica, na verdade, o sionismo não passava de uma variante da ideologia do nacionalismo burguês. Além disso, eles consideravam inaceitável a pretensão de se criar um Estado judeu em terras habitadas há séculos por uma população árabe.

Essa divisão entre sionistas e marxistas, apesar da consciência social dos primeiros (que levaria à criação do *kibutz*), repercutiu em todos os núcleos da diáspora planetária dos judeus. Na Bahia, também, claro. E aqui o resultado foi que, entre as décadas de 1950 e 1960, a comunidade se esvaziou quantitativamente e se enfraqueceu no plano qualitativo. Esvaziou-se em função da migração de judeus daqui para São Paulo e o Rio. Enfraqueceu-se porque o confronto entre sionistas e progressistas dividiu os judeus, afastando-os uns dos outros.

Numa visão de mais longo alcance, observavam os socialistas mais velhos, podia-se dizer que a base do sionismo estava no fato de, ao longo de um exílio duas vezes milenar, Jerusalém ter permanecido viva na imaginação de judeus do mundo inteiro. Mas a Palestina havia de há muito se convertido num espaço árabe. Quando o judaísmo avançou para se expressar na formação de um Estado-Nação, deveria ter levado isso em conta, radical e milimetricamente.

Em 1909, Tel-Aviv repontou sobre as dunas. Mas não seria grande coisa. Dez anos depois de seu nascimento, as terras palestinas abrigavam 600 mil árabes e 60 mil judeus. Só a fúria predatória do nazismo viabilizaria no futuro a formação de uma nação judaica. Israel, pensava Kertzman, era um subproduto, um efeito colateral do ódio, da sanha assassina do nazismo. Da ação exterminadora de uma Alemanha alucinada. Do racismo inscrito no cerne do nacionalismo germânico.

No entanto, o jogo se inverteu. Muitos judeus chegam ainda hoje à conclusão delirante de que é preciso exterminar os árabes para Israel viver seguro. Mas a verdade é que Israel realizou conquistas territoriais e dominou a região. Assenhoreou-se de sua vizinhança. Tornou-se um leviatã ocupador e opressor. E assim, humilhando e martirizando árabes, criou o ódio antijudaico no mundo muçulmano. O novo antijudaísmo islâmico-árabe foi produzido pelos israelenses. No próprio Israel, o rabino Leibovitch levantou pesadamente a sua voz, para denunciar a degeneração do sonho de Israel num Estado "judeo-nazista".

Kertzman lamentava que o país tivesse virado base militar norte-americana. Mas muito mais grave era o seu isolamento de navio no deserto, tentando raivosamente se mover numa tempestade de areia. A solidão de Israel. Mas tudo pode mudar. Pela inteligência, Deus consolidou o céu. Judeus respeitados querem outros rumos. Como Marek Edelman, um dos comandantes da insurreição de Varsóvia, que, para a irritação suprema de ortodoxos e sectários, declarava: "Em mim não há lugar nem para um povo eleito, nem para uma terra prometida." E acrescentava, num argumento imediata e perfeitamente compreensível para um judeu brasileiro:

— Quando se deseja viver no meio de milhões de árabes, deve-se deixar a mestiçagem fazer a sua obra.

11

Sujeito ao mesmo tempo forte e delicado, de pele marrom e cabelos castanhos encaracolados, sempre à altura dos ombros, Accioli combinava duas coisas que pareciam nunca andar juntas: era, ao mesmo tempo, estudante de economia e aprendiz de design gráfico, trabalhando desde cedo na diagramação de jornais, folders, folhetos e panfletos. Chegou mesmo a diagramar um daqueles calendários antigos, onde mulheres apareciam seminuas em bombas de postos de gasolina ou trocando pneu de carro em alguma oficina sobrecarregada de graxa e esperma.

Accioli nasceu em Fortaleza e veio ainda criança para a Bahia. O avô materno era comunista. Os filhos, nascendo um atrás do outro em terras do Vale do Cariri, eram batizados com nomes dos principais líderes bolcheviques. Cearenses chamados Lenine ou Staline, por exemplo. As moças seguiam a norma familiar, de modo que sua mãe se chamou Svetlana, nome da filha de Stálin, que não era tão bonito quanto Natália, mas pelo menos tinha escapado de ser xará da mulher de Lênin, chamada Krupskaia, nome de bela sonoridade, mas que soaria por demais esquisito numa filha mestiça dos campos do Ceará.

Accioli era rapaz sério, responsável e, ao mesmo tempo, moleque consumado. Chegou a estudar na Universidade de Brasília. Dividia com um colega, o paraibano Paulo Gramacho, um pequeno apartamento situado nas quadras mais baratas do plano piloto. Accioli era bom de copo, apreciador de cerveja e da cachaça de alguns alambiques de renome, mas não chegava ao extremo de Gramacho, que bebia todo dia santo — e todo santo dia.

O pior era que muitas vezes chegava em casa chumbado, tarde da noite e acordava Accioli, chamando-o para uma saideira. Accioli reagia, xingava, voltava a dormir, mas aquilo era uma chateação além da conta, evoluindo para o insuportável. E ele resolveu dar uma lição no infeliz. Uma noite, ao ser acordado, topou a parada.

— Vamos, vamos tomar a saideira. Mas não tem nada para beber aqui. Vamos no bar da rodoviária, o único lugar aberto na cidade a esta hora da noite.

Gramacho já estava torto. E Accioli jogou pesado, empurrando-lhe doses consecutivas da cachaça mais vagabunda do boteco.

Gramacho apagou. Prontamente, Accioli o deixou ali escornado, foi ao guichê, comprou uma passagem, voltou. Com a ajuda de dois frequentadores do boteco, depositou o passageiro no ônibus, não sem antes recomendá-lo ao motorista. E assim, com um sorriso de satisfação tomando-lhe a boca de um canto a outro, despachou Gramacho, desmaiado de bêbado, para Belo Horizonte.

Quem também tomou uma lição inesquecível foi Maria Angélica, mulher do nosso cearense. Accioli deixava a turma com inveja, em anos de namoro com aquela gostosura de coxas carnudas, que deveria premiá-lo com fodas formidáveis. Foram morar juntos. Mas Maria Angélica caiu na besteira de cornear o cabra. Accioli se separou ruidosamente, passando uma descompostura fenomenal na jovem senhora folgazã, que foi chamada de cadela para baixo. Meses depois, dizendo ter reconsiderado o ocorrido, aceitou-a de volta em seus braços e alugaram um novo abrigo. Accioli mostrou-se então marido cheio de cuidados e carinhos. Como Maria Angélica manifestava desejo de conhecer Buenos Aires, prometeu levá-la até lá, assim que entrasse de férias, dali a um mês. Não demorou e já estavam arrumando as malas, fazendo os últimos preparativos para partir.

Accioli saiu para o seu último dia de trabalho na repartição, antes das férias. Mas não voltou no horário. Teria acontecido alguma coisa? Não voltava hora nenhuma. Nervosa, Maria Angélica telefonou para colegas de trabalho do marido, que não entenderam a situação. Accioli trabalhara apenas até à hora do almoço e se foi, viajante. Nem retornou para o turno da tarde. Noite adentro, nada: em alto desespero, Maria Angélica se destemperou numa ronda de delegacias, postos de polícia e de saúde, hospitais. Nada. Só muito tempo depois, contaram-lhe o acontecido. Naquele dia, Accioli almoçou com a nova namorada, Elzinha, e viajaram em seguida para Buenos Aires, como haviam combinado há mais de um mês, deixando Maria Angélica a ver pavios.

Mas Accioli tanto era capaz de se articular a sangue frio quanto de se desreprimir a sangue quente, explodindo em descomposturas e xingamentos. Podia desataviar qualquer adversário, insultando-o de frente, rosto a rosto. Ou de invectivá-lo à distância em que estivesse. Como aconteceu na missa de sétimo dia do seu pai, celebrada numa igrejinha litoral. O padre vinha rezando a missa nos conformes, até que chegou a hora do sermão, momento do reverendo se dirigir à comunidade nos termos do que ali se processava. Mas não. O padreco não tomou conhecimento da família e dos amigos ali reunidos, pranteando ainda o falecido. E começou a fazer uma espécie de comício, celebrando Lech Walesa e o sindicalismo polonês.

Accioli foi ouvindo e se irritando. E, quanto mais ouvia, mais se irritava: nenhuma sílaba sobre a razão daquelas pessoas se encontrarem ali. Até que se descontrolou de vez. Levantou-se, empurrando forte e rudemente o antigo banco de madeira cheio de fiéis e se apressando para deixar a igreja. Mas foi pior. Não se conteve. Parou entre as duas alas de bancos, ao pé do púlpito, mirou o padre gesticulando demagogicamente — e sua voz trovejou:

— Eu vim aqui para a missa em homenagem ao meu pai, não para ouvir discurso sobre sindicato. Mas, se é isso o que o senhor quer fazer, vá à puta que o pariu. E meta o seu sermãozinho no meio do olho do cu.

12

Na redação do *Jornal da Bahia*, onde Kertzman principiou a fazer alguns trabalhos, uns estranhos gemidos começaram a soar na sala do diretor do departamento comercial da empresa. Os repórteres ficaram temerosos. Acharam que o sujeito estava passando mal e poderia morrer. Invadiram então a sala. E foi um vexame só. O cara estava era muito bem. Os gemidos eram de gozo. Já que estava de quatro, debruçado no sofá e sendo galhardamente enrabado pelo office-boy do jornal.

13

Accioli morreu cedo — e quase leva Kertzman com ele. É que o cearense era dono de uma coisa incomum na cidade: uma velha e potente moto alemã, que tratava carinhosamente como "a assassina". E passou no bar fronteiro à redação do *Jornal da Bahia*, a fim de dar uma carona ao amigo. Kertzman fechou a conta e montou no coxim da moto, quando outro amigo, o velho João Guerra, diretor do jornal, apareceu do nada e foi logo reclamando.

— Nada disso, você não vai embora agora não. Vai tomar uma comigo. Faça o favor de descer daí.

Como Kertzman ensaiasse um protesto, Guerrão o retirou de cima da moto e bateu nas costas do piloto, dizendo: "Pode ir Accioli, depois eu deixo ele em casa." Accioli partiu feito um torpedo, enquanto Guerrão e Kertzman se acomodavam numa mesa do bar, pedindo cerveja e conhaque. A poucos quilômetros dali, voando em cima da moto pela Avenida Centenário, Accioli derrapou numa curva e, em altíssima velocidade, explodiu em chamas num poste.

No dia seguinte, o *Jornal da Bahia* dava a notícia. Morre cedo quem os deuses amam.

14

Apesar de Marek Edelman, não foi no horizonte de uma ideologia da mestiçagem que aconteceu o namoro do judeu Kertzman e de Sâmia Khalil, certamente a mais bela árabe e talvez a mais linda mulher da escola. O que houve foi encantamento. Encantamento e paixão. Kertzman parecia totalmente enfeitiçado. O mundo passou a se resumir em Sâmia, que era uma potranca do Líbano, uma égua alazã à solta nos jogos da cama.

Foi a primeira vez em que Daniel passou a evitar Klara. E a primeira vez em que Klara se esforçou para espicaçar e ferir o amigo. Em vez de encarar o namoro, usava o sentimento judaico para atacar a traição de Kertzman. "Enfim, temos um jovem e mais ou menos belo judeu empregado em serviços sexuais no harém de uma nova Sherazade." Dizia, ainda, que a mais nova película em cartaz no colégio era *As Mil e Uma Noites de Insânia de um Pobre Judeu*. Uma covardia típica, mas irritante. E Kertzman nunca se esqueceu de que naquele momento, aproveitando-se da situação, Eduardo Bacelar teve um pequeno caso com Klara e talvez até a tenha comido, coisa que ambos negam mesmo hoje, décadas depois do fato consumado.

Mas tudo se desfez tão rápido quanto se fez. Depois de algum tempo, Kertzman e Klara estavam de novo juntos, como se nada tivesse acontecido. Pelo menos, aparentemente. Muitas vezes, parecia que Klara não vivia as coisas de verdade. Parecia que olhava a vida como se estivesse assistindo a um programa de desenhos animados. Talvez, daí, a leveza com que se movimentava, semelhando-se ou simulando-se imune a mágoas. Mas os fatos tinham acontecido, sim. Tinham a sua carga, o seu peso, os seus efeitos. E não foi só o envolvimento de Kertzman, fulminante e cheio de intensidade, mas também o de Klara. E com a mesma mulher.

15

Daniel encontrou Imre (já começando a ser mais conhecido como Irênio), por acaso, no bar do iate clube — ou, pomposamente, do Yacht. Ele vinha com Luiz Accioli e Imre-Irênio estava em companhia de outro cafajeste, o trambiqueiro Alírio Magalhães, futuro puxa-saco seu. Diante da solicitude de Imre, pararam para uma única dose de uísque antes do almoço. Passou por eles, casualmente, um dos rapazes mais ricos e bonitos da Bahia, Marcelo Alves, sucesso absoluto entre as mulheres. Virando-se para Imre-Irênio, Alírio não resistiu:

— Olha aí, Irênio, esse cara tá comendo a cidade inteira.

— Eu sei... Ele puxou a mãe.

16

"Ich bin meshugene fur dich", disparou de repente o malandro no meio do samba. Rachel tomou um susto: a língua alemã por dentro do batuque, iídiche em pleno baticum? Rivka se levantou da poltrona dando altas risadas e abaixou o volume da vitrola, para falar: "É o Moreira da Silva, o sambista, você não sabe? Eu só coloquei o disco por causa dessa faixa. O grande amor da vida dele é uma polaca. Uma de nós, da minha laia. Uma das 'kurves'. Uma prostituta judia chamada Estera Gladkowicer. Ele é mesmo *meshugge fur sie*, louco por ela. Eu a conheci menina ainda, lá na zona, no centro do Rio." E Kid Morengueira ainda falava de um botequim em Berlim num outro samba, "Esta Noite Eu Tive Um Sonho", parceria com Wilson Batista, em que, lá pelas tantas, soltava: "Meine Puppe, meine Lieben"... minha boneca, minha amada.

Bem, era uma longa história. Tudo começava há tempos, em 1915. Mais precisamente, no final daquele ano. Rivka era uma adolescente pobre vivendo num *shtetl*, paupérrima comunidade rural de casas de chão de barro batido e cobertura de palha, nas cercanias de Varsóvia, quando atravessou o Atlântico, caindo no canto de sereia de uma promessa de casamento que jamais aconteceria. E foi apenas a bordo de um navio todo iluminado, deslizando à flor da água já entre Montevidéu e Buenos Aires, que ficou sabendo de sua nova realidade, da armadilha em que a prenderam: seria uma escrava do sexo, fodendo incansavelmente num prostíbulo, a fim de gerar lucro para o seu dono. Estava com 15 anos de idade.

Rivka não foi a única. Naqueles anos, levas e levas de meninas pobres, de mocinhas judias que viviam nos guetos urbanos e nos *shtetls* rurais de cidades da Europa Oriental, foram enganadas por homens também judeus — e vendidas como escravas por uma poderosa máfia judaica. Seu destino: as Américas. Nova York, inclusive. Os cortiços miseráveis do Lower East Side. Mas, principalmente, a América do Sul. Com esses criminosos em ação, Buenos Aires e o Rio de Janeiro se tornaram os principais centros mundiais do tráfico de mulheres brancas, do comércio e da exploração de escravas sexuais, do sofrimento e da humilhação de judias violentadas, reduzidas à prostituição, sob o açoite de proxenetas cruéis que também iam a sinagogas e seguiam a Torá.

Na verdade, a máfia, a Zwi Migdal, tinha negócios distribuídos por uma parte razoável do planeta. Comandava puteiros e prostitutas espalhados pelo mundo, de Bombaim a Nova York, de Johannesburgo a Xangai. Mas seu raio de ação mais forte e lucrativo estendia-se do Rio da Prata à Baía de Guanabara, onde subornava de garçons a governadores — e botava a polícia no bolso, registrando delegados e autoridades da área de segurança pública em sua folha de pagamento. Quartel-general das operações, Buenos Aires. Para lá eram encaminhadas moças miseráveis de Varsóvia, Łódź e outros centros da Europa Oriental. A pobreza extrema daquela parte do Velho Mundo era a grande mãe, parindo sem cessar legiões de putinhas judias no Novo Mundo. Escravas brancas. Prostitutas judias comendo o pão que o judeu amassou. Prostitutas judias vivendo diariamente a morte nos cortiços das Américas.

Em Buenos Aires, um lote ou manada de jovens mulheres nuas foi a leilão. Entre elas, Rivka. O evento aconteceu no salão mais oculto, na parte dos fundos de um ponto comercial chique da Recoleta, onde os filhos da puta se encontravam no final da tarde para beber champanhe e comer croissants. Só faltavam sons de porteiras rangendo e mugidos de vaca: os rufiões examinavam as mocinhas como um fazendeiro examinaria novilhas. Olhavam seus dentes, sentiam seus peitos firmes, beliscavam e alisavam suas bundas, conferiam a saúde da carne, bolinavam. Algumas choravam incontrolavelmente, mas a maioria permanecia imóvel, anestesiada ou hipnotizada, com o rosto sem expressão e os olhos vazios. A beleza de Rivka — com suas pernas bem formadas e o jogo de cores contrastantes entre a sua pele láctea, as mechas de seus cabelos vermelhos e os olhos azuis — agradou a diversos mafiosos, que chegaram a um acordo qualquer entre eles, todos gângsteres da mesma grande gangue.

Rivka foi arrematada e seguiu para o Rio, onde o mafioso que a comprou centralizava seus negócios. Os traficantes judeus controlavam vários puteiros na então capital do Brasil. E seu comprador, Chaim Markovich, sempre de olhos zombeteiros e sapatos impecavelmente engraxados, era dono de parte razoável daquela esfervilhante rede de bordéis.

17

Rachel soube, por uma jovem historiadora judia, da existência de uma mulher com o mesmo nome de família que o seu. Ela tinha chegado ao Rio muito jovem, adolescente ainda, quase uma criança. E foi forçada à escravidão sexual. Seu nome era Rivka. Durante anos, ela integrou o time das "polacas", vivendo na zona do meretrício, sob o açoite de proxenetas.

Rachel decidiu procurá-la. A jovem historiadora, Fanny Rosenberg, disse que ela tivesse cuidado. Fora obrigada a cortar os contatos que tinha com prostitutas judias que chegavam aos montes ao Rio de Janeiro, todas originárias dos guetos e *shtetls* pobres da Europa. Um processo gradual. Quando começou a pesquisar a matéria, tentaram persuadi-la a não tocar naquela ferida. Prosseguiu — e foi advertida. Pouco depois, ameaças anônimas. Até que a sua própria família a fez recuar, obrigando-a a se afastar daquelas mulheres e a esquecer o assunto. Uma noite, sua mãe pediu: "Fanny, pelo menos enquanto eu estiver viva, não mexa nessa história." E Fanny obedeceu, sem ousar fazer qualquer pergunta.

Estigma. Tabu. Ninguém queria tocar no assunto. Todos ansiavam esquecer. Apagar aquilo da memória da família, da comunidade, da cidade, do país. A nascente comunidade judaica, começando a se firmar no Rio, não desejava saber daquilo. Combatia proxenetas e putas. Era tudo muito terrível e desmoralizante. Mas Rachel resolveu não recuar. Para seu horror maior, ficou sabendo da máfia, da Zwi Migdal, judeus traficando judias. Judeus enterrando a carne de jovens judias na moenda que girava sem cessar, atravessando as noites claras da Guanabara. E é claro que nenhum judeu honrado, "respeitável", gostaria de admitir a presença de um proxeneta ou de uma puta enfeitando sua árvore genealógica. Viam aqueles transgressores como uma gente criminosa que desgraçava qualquer judaísmo.

Anos mais tarde, Daniel Kertzman leria sobre o silêncio daqueles judeus respeitáveis no livro de uma jornalista canadense chamada Isabel. Eles achavam que, ao chamar a atenção para o assunto, estariam contribuindo para avivar e aprofundar toda uma carga já histórica de preconceitos. Os próprios rabinos achavam que era perigoso falar do tráfico de mulheres brancas. Que os judeus tinham que parar com a mania de estar sempre proclamando seus pecados ao mundo.

18

Certa feita, numa viagem de férias com a família, Rachel tomou conhecimento da existência de uma sinagoga das putas no centro do Rio. Na célebre Praça Onze, região de imigrantes baianos e judeus, da casa da Tia Ciata com suas rodas de samba e da vida comercial e cultural da comunidade judaica, com suas escolas e restaurantes.

Sem dizer nada a ninguém, Rachel foi até lá — e assim, finalmente, conheceu Rivka. A sinagoga tinha sido criada e era dirigida por uma organização de putas, a Chesed Shel Ermess, a "sociedade da verdade". Sentindo-se em denso e quase absoluto abandono, vítimas de traficantes cruéis e combatidas e desprezadas pela comunidade que poderia socorrê-las, as prostitutas judias resolveram recorrer a elas mesmas, solidariamente, criando uma associação que lhes desse amparo na velhice e providenciasse para elas, quando o destino apagasse a luz da sala, um enterro segundo os preceitos e procedimentos da fé, com direito ao banho purificador final e à recitação do *kaddish*.

Corria o ano de 1943. Exterior. Dia. Num canto da rua, um cachorro morto apodrecendo ao sol. A trilha sonora poderia ser feita de canções infantis de judeus pobres da Polônia. Rachel entrou na sinagoga e perguntou por Rivka. Não teve de esperar. Num instante, estava à sua frente aquela mulher polonesa, ainda bela, apesar dos traços de fundo sofrimento que tomavam conta do seu rosto, do seu olhar errante, dos seus olhos, como se eles estivessem estranhamente vazados.

Fanny Rosenberg tinha se equivocado. Os nomes de família não eram os mesmos, mas apenas parecidos, foneticamente muito próximos. Mas remetiam a realidades bem distantes entre si. Rachel era uma sefaradi — Rivka, uma askenaze. Ou seja: uma judia originária da Península Ibérica, onde o judaísmo ganhou traços bem particulares e produziu cerimônias típicas, como a das Siete Candelas. E uma judia filha do mundo nórdico: "askenaze", de *Ashkenaz*, Alemanha em hebraico. Eram agrupamentos judaicos que não se entendiam nada bem. Mas, ao contrário do esperável, elas acabaram ficando amigas.

Foi assim que Rachel ficou sabendo que, sob a regência de proxenetas judeus, havia uma excepcionalmente bem estrutura-da malha de puteiros sórdidos no Rio de Janeiro. Eram antigos casarões de famílias ricas, agora transformados em cortiços, que cheiravam a lavanda, mijo, sangue e esperma. Os judeus domina-vam, davam as cartas, eram os reis daquele segmento do submundo carioca. Coisa de homens, claro — mas também havia mulheres nas articulações do tráfico e em posições de prestígio na cadeia dos prostíbulos. Eram as "madames" do crime, tão frias, maldo-sas e funestas quanto os homens. Mais: Rachel aprendeu que as judias eram o proletariado da prostituição. Enquanto as putas francesas, as *cocottes*, bebiam champanhe com seus machos ricos na Confeitaria Colombo, as "polacas" eram obrigadas a circular entre o canal do Mangue e o cais, atendendo imigrantes sujos e marinheiros tuberculosos.

Rivka lembrava então que, de repente, tudo aquilo desmoronou. Foi estourado. "Quando o nazismo se espalhou pelo mundo, sua influência chegou também ao Brasil", dizia. Houve uma coin-cidência tão terrível quanto favorável. Ela já estava na casa dos seus 30 anos e procurava um modo de escapar da máfia, quando se acirraram os discursos contra os judeus nas principais cidades do país. Apesar das ambiguidades e contradições, o antissemitis-mo marcou o governo de Getúlio Vargas e seus companheiros germanófilos. Foi o tempo dos anauês dos camisas-verdes do integralismo. Da inclinação do ditador brasileiro pela Itália de Mussolini e a Alemanha, o III Reich de Hitler. O antijudaísmo grassou. Os judeus não eram o povo que os poderosos queriam para branquear a população do país. Não concorreriam para uma arianização adequada daquela gente mestiça. Eram parasitas, usurários, comunistas, etc. E, o que mais dizia respeito a Rivka, corrompiam moralmente a nação. Em especial, pervertiam sexualmente a juventude brasileira.

"Atiçavam o ódio contra nós", recordava Rivka. E não demorou para que teorias gerassem agressões, discursos produzissem fatos. Rivka frisava, aliás, que, quando a indignação se transformava em violência, nunca se dirigia seletivamente aos opressores: atingia, sem distinção, rufiões e putas — os escravistas e as escravizadas. A polícia já aparecia prendendo e arrebentando. Prostíbulos fechados, proxenetas presos e deportados, prostitutas atiradas na rua. Alguns e algumas despachados de volta para suas terras de origem, países então já ocupados pelos nazistas, onde não poucos foram tragados no holocausto. Discretamente, aproveitando-se da conjuntura provisoriamente adversa à máfia, Rivka se moveu para montar seu pequeno negócio. E deu certo. A polaca era agora a proprietária de um pequeno prostíbulo, perto da Central do Brasil, onde acolheu uma jovem prostituta russa de olhos verdes e mais umas poucas outras que foram aparecendo.

Rachel convidou Rivka a ir com ela à exposição de um pintor judeu, o russo Lasar Segall. Rivka sorriu. Era uma "impura", uma rejeitada, os judeus "puros" a expulsariam do coquetel, como o fizeram várias vezes do seu teatro no centro do Rio. Ou nem sequer a deixariam entrar na galeria de arte. No entanto, pensava Rachel, eles deveriam se dar as mãos. Parte da imprensa do Rio investia contra Lasar Segall e a arte moderna, classificada como lixo judaico-comunista. E a mesma onda antissemita que atacava a exposição de Segall, atacava também as prostitutas judias. Elas, se conhecessem, amariam aqueles quadros. Segall pintara, maravilhosamente, mulheres do mangue.

19

Em 1945, grávida do primeiro filho, Rachel convenceu Rivka a mudar de cidade e de vida, levando-a consigo para trabalhar em sua loja de antiguidades, na capital da Bahia. Sorriam. Quando a mãe de Daniel Kertzman começou a visitar Rivka no Rio, teve de arrostar fortes resistências. Quando disse que ia levá-la para a Bahia, menos mal. Ninguém se opôs de fato. Os judeus respiraram um pouco mais aliviados. E a Bahia não conhecera polacas. Em Salvador, elas simplesmente ocultaram o passado de Rivka, a amiga carioca de Rachel. E agora elas estavam ali, ouvindo Moreira da Silva pronunciar um verso iídiche num de seus sambas.

20

Ainda bem cedo, flutuando à toa na boa correnteza da vida, como se não houvesse problema em ser levado a qualquer lugar, Daniel aprendeu que namoros, quando duravam mais do que um piscar de olhos ou um estralar de estrelas, não passavam de uma sequência de laces e desenlaces que se alternavam desenjoando, até ao dia em que tudo se destronava.

O problema era que, enquanto o laço se estendia, perdurando em direção ao infinito, havia incertas doçuras que viciavam. Um olhar moreno demorado atravessando a balbúrdia dos outros numa festinha de aniversário, por exemplo. A mão entre as coxas num lance de escada, entre um e outro andar do prédio. A blusa erguida para que ele visse seus peitinhos, enquanto subiam o elevador. O elogio casual quando ele se considerava fadado ao fracasso. O simples fato de ficar juntos, como dois animaizinhos, num pedaço de jardim. Um bilhete recebido na hora certa. A troca de carícias molhadas no açude da fazenda.

Mas uma coisa o intrigava. Era sempre o escolhido, nunca quem escolhia. Foi assim com Nanda Berenstein, a primeira namorada, num domingo de manhã. Estava sentado no para-choque de um fusquinha, cansado, depois de uma partida difícil na quadra de futebol de salão do colégio, quando seu time levou um 6x4. Com um sorriso leve, mas que também parecia ser de troça, Fernanda disse:

— Fique triste, não. Você perdeu no jogo, mas ainda pode ganhar uma coisa muito melhor hoje.

— O quê?

— Uma namorada.

Ele ficou desnorteado, sem ideia do que falar ou fazer. Até que ganhou um beijo rápido no rosto e sentiu a mão dela pousando sobre a sua. Ficaram um bom tempo, namoradamente. Com a delícia de que Nanda era bem mais safada e escolada do que ele poderia imaginar. De freirinha ou de putinha, talvez — porque de santinha não tinha nada.

Glorinha foi ainda mais direta, escancarada, no veraneio de Itapoã. Olhando ostensivamente para ele, fez o gesto quase obsceno de um beijo de língua na palma da mão. E tanto Fernanda quanto Glorinha eram bem mais ricas e cobiçadas do que Ana Maria e Cláudia, duas moças que cortejou sem sucesso, nesse período. Foi recusado em ambas as investidas — e com desculpas esfarrapadas. Fez ainda uma carta se declarando, inutilmente, a uma colega de sala. Mas, em seguida, foi mais uma vez objeto de paquera e conquista feminina. Custou a acreditar, por sinal, que a loura e linda Dóris, esmerando-se em sensualidades adolescentes, pudesse querer qualquer coisa com ele.

Rapazes mais traquejados e fortes, semestres à frente dele, a adulavam sem parar. Dariam tudo por um beijo dela. E, no entanto, ela o convidou para dançar uma canção romântica de Roberto Carlos, na festa de aniversário de Elaine. Ele ainda tentava decidir se aquela canção era uma balada explícita ou um bolero disfarçado, quando ganhou um beijo silencioso, provocador, seguido de uma mordidinha no pé do ouvido. A partir do que não mais dançaram mantendo entre si a tal da distância regulamentar, mas devidamente encoxados, misturando carícias.

Daniel: As mulheres que eu quis nunca me quiseram.

Accioli: Você não tem do que se queixar. É melhor ser escolhido. A responsabilidade é menor.

Daniel: Não é. O escolhido se vê louco para estar à altura de quem escolhe. E se acha sempre descartável. Pior, acha que a pessoa pensou assim: na falta do que sonho, agarro esse mesmo.

De todo modo, a vida amorosa de Kertzman seguiu adiante na mesma batida. Klara Waxman o escolheu.

— No seu caso, as coisas foram apenas explicitadas. Mas é sempre assim. Quem escolhe — mesmo — são as mulheres.

Mas, assim como Accioli tinha alguma inveja dessa história de mulheres escolherem Daniel, Daniel invejava o invariável êxito de Accioli em suas investidas feminis. Ali estava de fato um jovem femeeiro bem-sucedido, em suas surtidas e seus assaltos — um futuro *maître de plaisir*. Daniel admirava e invejava tudo, a começar pela narrativa da conquista de Maria Augusta, que, por sinal, confirmava o ocorrido.

Naquela época, Guta morava no sopé da Ladeira da Barra e ia à missa na Igreja de Santo Antonio, inserta no cimo de um morro que margeava a baía. Accioli se aproximou do padre, da igreja, da sacristia e, sempre com a conversa eloquente de uma sua inescurecível vocação sacerdotal, fez-se coroinha no pedaço. Nesta sua nova função celestial, Accioli era o incensador oficial de tudo. Lançava rolos claros de fumaça pelo turíbulo, tocava a sineta dourada, recitava e cantava em latim, multiplicava-se em genuflexões. E acompanhava o padre quando este, percorrendo de uma a outra ponta a pequena amurada fronteira ao altar, introduzia hóstias em bocas de fiéis ajoelhados.

Naquele momento da santa missa, o coroinha levava uma salva dourada até bem perto da boca do suplicante, a fim de prevenir riscos de a hóstia ir ao chão. Quando chegou a vez de Guta e ela comungou de olhos fechados, gostosa e contrita, Accioli tocou de leve no seu queixo a salva sagrada. Algo assustada, Guta abriu os olhos e olhou para o alto. Accioli, sério, piscou para ela. Algumas semanas depois, Guta se rendeu.

Quem se mantinha à distância desses idioletos e de suas idiossincrasias era Bacelar, que se aprazia em ironizar amores. Achava que tais casos eram para mais tarde, quando se impingissem casórios. Até lá, estava livre para comer todas as empregadas domésticas do planeta. As domésticas e as selváticas. Logo, na raia larga do mulherio, seu ofício era outro. Um jovem de tesão aceso, graxeando grinfas, conduzindo novilhas para o seu curral.

Mas não comeu apenas empregadas — domésticas ou selvagens. Foi também, entre todos os amigos de Daniel, o único a trepar com uma freira. Uma freirinha do Convento do Desterro — que, aliás, sempre teve o seu lugar de destaque na história sexual dos baianos, desde os tempos coloniais. E ainda também o único a ter um caso com a própria dentista, a doutora Selma, passando por uma cena de filme pornô. Selminha era casada e eles transavam em horário comercial, no consultório dela. Numa dessas vezes, Bacelar sentado na cadeira mecânica do paciente, Selminha se entregou gostosamente à felação. Mas, como tinha ido com muita sede ao pau, não evitou que Bacelar esporrasse em sua boca.

Surpresa, quase assustada, sem saber o que fazer, a moça acabou despachando o esperma no equipamento do consultório. Mais precisamente, na "cuspideira" — aquela minibanheirinha de água circulante, onde os dentistas mandam a gente cuspir.

21

Quando Kertzman e Sâmia se afastaram, feridos um com o outro, Klara acabou se aproximando da moça. Respeitava Sâmia e se mantinha à distância de sua beleza. Mas a professora de desenho chamou as duas que sabiam desenhar, a fim de formar uma pequena equipe encarregada de conceber o visual e as peças que seriam realizadas para a celebração do cinquentenário do colégio. Com isso, as duas se aproximaram. Sâmia: "Tem uma coisa que eu admiro muito nos judeus. É a educação que os pais dão aos filhos, a formação cultural. Os árabes contemporâneos são relaxados nisso. Acham que refinamento cultural é coisa supérflua e até desprezível, principalmente com relação às mulheres." Klara: "Então você destoa, amiga, porque tem uma ótima formação." E, depois de uma pausa ligeira, quase alada, se dissolvendo para a moça: "Mas o que eu mais admiro, em você, é a sua beleza."

Havia mais uma moça, também de ascendência árabe, Janice Chalhoub, na equipe montada pela professora de desenho. Acontece que, bem ao contrário de Sâmia, a atarracada Janice tinha modos meio toscos e uma aparência beirando o indecoroso, do tanto que era feiosa. Klara carregava uma visão tradicional das classes sociais e associava as elites à beleza, como aprendera nos dois anos em que morou no Rio de Janeiro. Sâmia não pensava muito diferente. Para elas, Janice era pouco educada e muito feia para ser rica do jeito que era. Sua família praticamente dominava o comércio varejista da Bahia, espalhando lojas na capital e pelas cidades mais crescentes e endinheiradas do interior. Mas Janice — com olhos enormes espocando na cara redonda, corpo desengonçado, batatas da perna excessivamente gordas e cabelo pixaim puxado grosseiramente para trás, formando rabos de cavalo horrorosos, que pareciam de arame — não correspondia a nenhum padrão de beleza que, na imaginação de Sâmia e Klara, distinguiria ou deveria distinguir os ricos.

Mas Janice era talvez a aluna mais fria e inteligente da escola. Klara sabia que a afastava porque desejava Sâmia só para ela. Mas por que Sâmia aceitava o jogo? Também sonhava ficar a sós com Klara? As mulheres bonitas às vezes formam uma das mais terríveis e implacáveis máfias do mundo. São escrotas com as feias e desleais entre si. E ali se configurou a primeira parte disso, com a marginalização de Janice e sua feiura. Klara queria apagá-la. Um dia, disse: "Essa Janice sempre parece que dormiu fora da geladeira." Sâmia: "Como assim?" Klara: "É, pode reparar: ela está sempre com cara de azeda." Sâmia não se aguentou de rir. O humor de Klara a conquistava. Mas Klara queria mais. Queria sexo. E foi aí que a coisa degringolou.

O lance até rolou no dia da apresentação do projeto do visual do aniversário da escola. As duas saíram para comemorar no Brasa, entraram no chope e na vodca, ficaram bêbadas, se agarraram e acabaram na cama. Klara, a sempre dominadora, de nariz empinado e ordens explícitas, se viu então rendida. Prostrada. Na cama, a força e a beleza de Sâmia, suas coxas poderosas, se impuseram. Sâmia assumiu o comando e deitou por cima dela, beijando sua boca, mordendo seus peitos. Desde a estreia com Yanka Rubin, era a primeira vez que isso acontecia, na crônica de suas transas homossexuais. Os espelhos do quarto do hotel não mentiam. Exibiam uma Klara completamente subjugada, vencida, como uma fêmea frágil, cedendo e obedecendo aos mandos e desmandos de uma verdadeira e triunfante garanhona árabe.

Tudo bem, aconteceu, foi gostoso. Demais, até. Mas aquela não era a viagem de Sâmia. Ela bloqueou, impediu reprises. Um dia, inclusive, confessou, deixando a frase escapar casualmente no meio de uma fala sobre cinema, sua paixão pelo professor de física. Klara tomou um susto. Dois sustos, para ser exato: primeiro, pela confissão; segundo, porque o professor Aurino era negro. Pela primeira vez, Klara se via diante do quadro que até então nem julgara existir: uma mulher branca (na medida em que uma filha de gente do Líbano pode ser branca) apaixonada por um negro.

— Mas, se você gosta mesmo é de preto, como foi namorar Kertzman, que é tão claro, apesar dos olhos e cabelos escuros?

— Você morreu de ciúme, né? Eu sabia. Mas deu vontade. Ele é muito inteligente e foi muito sedutor. Além disso, você sempre me evitou. Tinha uma coisa esnobe. Então, ao mesmo tempo, eu lhe dava uma lição.

— Não lhe evitava por esnobismo. Vou ser sincera. Já lhe comi, posso dizer a verdade: a sua beleza me incomodava.

— Klara, meu bem, ouça uma coisa: quem lhe comeu fui eu.

— Será?

— Você sabe disso muito bem. Você não tem nenhuma dúvida.

E Sâmia permaneceu assim. Ainda hoje, professora de física numa faculdade em São Paulo, divorciada, não perde nunca a oportunidade de vir a Salvador e ir ao Curuzu, na época do verão, dedicando-se à caça dos mais belos exemplares de pretos do Ilê Aiyê.

22

Kertzman não sabia se o latinório estava certo ou errado, mas entendia o pensamento do amigo. Accioli dizia que a Bahia tinha deixado de ser a *musa speculatrix* para se converter em *mater enganairitz*, na Grande Enganadora. Mas esclarecia que "enganairitz" não era latim — e sim provençal.

— Mas não é isso que interessa. Isso aqui, hoje, é o paraíso do engano. O reino da enganação. Até a pobreza baiana, embora bastante visível, é enganadora. Você vê o retrato da pobreza na África e na Ásia. Lá, a pobreza não mente. São corpos esquálidos, esqueléticos. A pobreza baiana, ao contrário, é uma pobreza gorda.

Kertzman, já começando a rir, perguntou:

— E essa gordura vem de onde, Accioli?

— Vem de uma alimentação de merda, de péssima qualidade.

— De bolachões vagabundos e coisas do gênero — indicou Bacelar.

— Então, quando você vê um gordo passando numa quebrada da favela, num beco imundo da periferia, você pode tranquilamente dizer que ali vai um sujeito explodindo de pobreza. São uns 100 ou 150 quilos de miséria.

23

Daniel Kertzman: Você já leu o romance *Tio Kuba nos Trópicos* de Esther Largman?

Gabriel Gorender: Não, não li.

Daniel: Literariamente, não pesa na balança. Mas é um livro bem interessante. Fala da comunidade judaica aqui na Bahia. E ela faz uma relação entre judeus e camaleões, seres mutáveis, adequando-se ao ambiente em que se encontram, aderindo às cores do caule da vida. Para nós, que circulamos milenarmente pelo mundo, a sobrevivência passa pela aculturação. O sincretismo, a tradução e a transfiguração fazem parte da nossa estratégia de vida. As misturas se mostram vitais.

24

Conversando à noite numa das varandas do casarão da família Kertzman, no bairro da Graça, Eduardo Bacelar fez uma exposição que deliciou os presentes à pequena reunião etílica, dizendo mais ou menos o seguinte: "A grande diferença entre os cristãos e os judeus é que os cristãos acham que o Messias já veio e os judeus permanecem à sua espera. Ora, se o Messias já passou por aqui, a verdade é que o mundo continuou a mesma merda. E, se é que ele ainda vem, isso quer dizer que o mundo ainda está na mesma merda. O que significa que temos ou a merda pós-Messias ou a merda pré-Messias. Em todo caso, merda. Um brinde à merda, então!" Foram todos às gargalhadas, brindando com seus copos de uísque ou de cerveja.

Klara adorou. Adorava quando Eduardo se entregava às suas inclinações demolidoras. Não só porque ele tinha esse aspecto de bomba arrasa-quarteirão como um dos traços mais vivos de sua personalidade. Mas, também, porque suas falas eram sintéticas e divertidas, sem o peso e a sonolência que geralmente marcavam as dissertações intelectuais de alguns membros da turma. Eduardo nunca parecia estar querendo demonstrar cultura, nem cultivava qualquer espécie de gravidade. Entre os raríssimos autores que costumava citar, aliás, havia um que dizia justamente que a gravidade não passava de uma misteriosa atitude do corpo para ocultar os defeitos da mente.

Daniel Kertzman tinha descoberto essa característica de Klara desde os tempos do começo do namoro, desfecho de trocas mais intensas e maliciosas de olhares, ainda no recinto e nos recantos da sinagoga do Campo da Pólvora, ao lado do pavoroso prédio elefantino do fórum, em Salvador. Klara era sagaz, luminosa, mas não tinha a menor paciência para conversas que soassem profundas ou cheirassem a mofos de erudição. E se entediava com argumentações compridas, que se prolongavam em ritmo de lesma ou caracol. O que a atraía eram flashes, raciocínios rápidos, tiradas à queima-roupa. Além disso, mesmo com relação ao passado histórico, tinha muito mais interesse em pessoas do que em fatos gerais e interpretações analíticas. E amava detalhes, pedrinhas preciosas, como costumava dizer.

Kertzman consolidou esta sua percepção de Klara quando viu que, se contava para ela a história da vida de alguém — a de Montaigne, por exemplo, com três de seus antepassados judaicos queimados vivos nas fogueiras da Santa Inquisição —, ela se deixava envolver inteiramente pela narrativa. Mas quando, certa vez, começou a lhe explicar que o fechamento do mundo ocidental aos judeus era inseparável de um autoapartheid judaico se estendendo por séculos, viu que ela se mostrou inicialmente enfastiada e, em seguida, deixou de prestar atenção no que ele dizia. Rápido, Kertzman trocou de tecla e a fez se acender vivamente surpresa ao saber que dois de seus escritores favoritos — Miguel de Cervantes e Fernando Pessoa — tinham ascendentes de sangue judeu, de cultura judia. E um dia vibrou quando alguém lhe disse que o título do livro de Cervantes vinha de uma palavra judaica muito usada na Bíblia: *queshot*, isto é, "verdade".

Mas, se Klara um dia ficou realmente fora de si, foi quando lhe chegou a revelação, feita por um velho crítico de cinema da província, numa conversa na sala de projeção do Instituto Goethe, de que Hollywood tinha sido uma invenção de modestos, mas ousados e ambiciosos imigrantes judeus, que apostaram todas as suas fichas na nova forma artística do século XX — e acabaram montando empresas cinematográficas poderosas e brilhantes como a Metro Goldwin-Mayer, a Paramount, a Columbia, a 20th Century Fox. Ao inventar Hollywood, prosseguiu lhe dizendo o professor Walter da Silveira, esses judeus se fizeram os principais artífices-divulgadores do *american dream* e definiram ideologicamente a sociedade e a sociabilidade norte-americanas para os próprios Estados Unidos e para o mundo, em maré de alcance planetário. Enfim, Hollywood fora criação de judeus em busca de uma pátria, de uma utopia de lugar.

— E por que os judeus não inventaram também o Brasil?

— Participaram ativamente de sua invenção — observou o professor. — Seus ancestrais estão aqui desde o século XVI.

— Mas não é a mesma coisa. Tinha de ser um lance assim, recente e espetacular, como Hollywood. Um lance terrível, uma porrada cheia de luz.

Anos mais tarde, Kertzman de vez em quando repetia a observação: das três intervenções culturais judaicas nos EUA de que mais ouviria falar em sua vida — a Escola de Frankfurt, o modernismo "racionalista" na arquitetura e Hollywood —, Klara Waxman ficou para sempre ligada à última. Não exatamente por superficialidade, mas por seu temperamento hiperativo, por sua sensibilidade pop. Gostava de desenhar e escrever — mantendo-se nessa linha. E tinha talento para as duas coisas. Mas, um dia, entre fazer um estágio não remunerado num escritório de arquitetura e ganhar o primeiro salário numa agência de publicidade, não teve a menor dúvida: escolheu começar a bancar sua própria independência material. E passou a se mover com desenvoltura no ambiente semiletrado das agências. Era mais do que previsível.

Quando procurava descrever-definir Klara para alguém que não a conhecia ou a conhecia pouco, Eduardo Bacelar, por sua vez, costumava recontar o pequeno trecho de uma conversa de anos atrás, que se interrompeu no momento mesmo em que começou, entre Klara e um jovem filósofo que tencionava impressioná-la.

— Você gosta de Kant?

— Gosto. Mas só na língua do p.

25

Kertzman conversava com Gabriel Gorender. Quando a elite brasileira adotou a chamada "ideologia do branqueamento", os judeus não interessavam. Eles não eram considerados exatamente europeus, exatamente brancos, exatamente arianos. Pelo contrário. E, ainda por cima, eram parasitas urbanoides, que jamais iriam substituir a mão de obra que sumia — a dos escravos negros na imensidão das plantações do Vale do Paraíba. Dos intermináveis cafezais sudestinos.

Mas os judeus continuaram a se mover bem no Brasil porque o Estado assumia posturas antijudaicas, mas o povo não. Vargas e Dutra olhavam com toda a simpatia um assassino frio como Hitler e a figura de opereta que foi Mussolini. Logo, tinham fortes inclinações antissemitas. Mas Vargas, pelo menos, era contraditório. Ou, quando nada, ambíguo. Dutra poderia detestar os judeus, mas, quando tomou o poder, aquele projeto de pequeno chefete fascista se viu diante da vitória dos aliados e de um Brasil se democratizando. Nesse caso, o que quer que tentasse fazer mais não seria do que um voo de galinha.

Anos e anos depois, o antijudaísmo voltaria a florescer. Desta vez, em consequência do que Israel tem feito com os palestinos. Os skinheads não contavam. Eram gangues de garotos degenerados investindo contra pretos, veados, judeus e nordestinos. O problema eram certos segmentos mais letrados da população. Inclusive, em ambientes de esquerda.

— Voltamos a ser os mercadores do mal.

— É mais grave, Gabriel. Arquétipos não morrem. Voltamos a ser o Mal.

26

Eduardo Bacelar: Tem uma coisa que vocês não devem esquecer. Os judeus não foram os únicos desgraçados na história da humanidade. As coisas até se equilibram, numa comparação com as massas negras da África. Os africanos nunca sofreram *pogroms*, é verdade. Em compensação, atravessaram o Atlântico como escravos. Os judeus, não. Vinham como homens livres.

— Daniel, quero que você conheça João Schindler.

— Como vai, João?

— Tocando o barco, rapaz. Sempre tive curiosidade, vontade de lhe conhecer. Bacelar e Gabriel falam muito de você.

— Espero que bem...

João Schindler deu um quase sorriso. Não era exatamente simpático, mas transmitia segurança e uma energia muito boa. Estranho era que, apesar do sobrenome alemão, era um cabo--verde, um caboclo de pele morena, cabelos muito pretos e traços indígenas. Com o tempo, depois de muitas informações passadas por Eduardo Bacelar e Gabriel Gorender e de conversas com o próprio Schindler, foi que Daniel conseguiu compor o quadro e a narrativa da interessante peripécia de seu novo amigo.

Em resumo, a história era a seguinte. No final do século XIX, um prussiano naturalizado norte-americano, Wolfgang Schindler — parente próximo de Oskar Schindler, futura personagem do cinema de Spielberg — adquiriu terras em grande parte do litoral norte da Bahia, pertencentes, em sua maioria, a sesmarias da antiga Casa da Torre de Tatuapara, atual Praia do Forte. Cônsul dos Estados Unidos na Cidade da Bahia, Schindler era um empreendedor ousado e incansável. E entrou em campo para agitar a região.

Começou a criar bois, cabras, ovelhas. A plantar coqueiros e mais coqueiros. A incrementar o extrativismo de piaçava, coquilho, castanha de caju, mamona, raízes medicinais. Atento para o chamado *rubber boom* que empolgava a Amazônia, quando a nova indústria automobilística europeia e norte-americana voltou seus olhos para as imensas reservas de seringais ali encontráveis, ele partiu para a extração do látex da mangaba, sonhando entrar no time dos que supriam a demanda internacional por borracha. Schindler era dono, ainda, de armazéns para estocar seus produtos, fábricas de beneficiamento de fibras e diversas embarcações, que levavam suas mercadorias até Salvador, de onde eram exportadas para a Europa. Como se não bastasse, o prussiano dinamitou a barra do Rio Sauípe, para franquear passagem a barcos e barcaças, construindo ali o seu próprio porto.

E entrou, ele mesmo, na dança da mestiçagem. Mantinha sua mulher alemã à distância, num casarão do Corredor da Vitória, em Salvador. Ao tempo em que montou uma casa para sua mulher cabocla em Sauípe, fazendo filhos ali, quase na beira do mar. O curioso é que ambas tinham o mesmo nome: Marlene. "É uma vantagem", dizia Schindler. "Posso me atrapalhar à vontade e chamar o tempo todo uma pelo nome da outra." Para distingui-las, quando contava essas histórias, João Schindler as denominava Frau Marlene e Sinhá Marlene.

E o velho não descansava. Desinquieto e folgazão, doido por sexo extragermânico, outros filhos foi fazendo, nesse mesmo período, enquanto gozava no centro das grossas coxas de uma negra esplendidamente escultural, Andresa, que empregou na casa de seu cônjuge, sua companheira cabocla. Desconfia-se de que ele comia bem Sinhá Marlene e apenas rotineiramente Frau Marlene — mas que Andresa era a sua grande tara. Até porque uma vez os dois tiveram um bate-boca no porto, testemunhado por terceiros, que deixou Schindler acabrunhado por uns bons cinco ou sete dias. Foi que, no calor da troca de alguns desaforos, Andresa entregou um detalhe não muito respeitável da intimidade deles:

— Vá se compreender, criatura. E deixe de fazer pose: você gosta mesmo é de gozar quando eu enfio esse meu dedo no seu cu — disse ela, exibindo ao sol de Sauípe seu roliço, longo e carnudo dedo do meio da mão, o maior de todos ou dedo médio, projetando-se rijo e cilíndrico entre seu-vizinho (o anular) e fura-bolo (o indicador), ambos devidamente recolhidos ou, digamos, agachados.

Ali, por volta de 1920, nasceu mais uma filha de Wolfgang Schindler e Sinhá Marlene. Chamou-se Ingrid — e Schindler a reconheceu, como fazia com todos os filhos e filhas que iam brotando no seu caminho, nascendo de Sinhá Marlene ou de Andresa. Nessa mesma época, porém, o velho prussiano entrou em parafuso, vendo-se obrigado a vender parte de suas propriedades a uma companhia inglesa de borracha, a British and Brazilian Rubber Planters and Manufacturers. Esta "companhia inglesa", como era geralmente chamada, permaneceu cerca de três décadas na região, onde não só deu prosseguimento às atividades desenvolvidas por Schindler, como introduziu ali as culturas do sisal e da seringueira. Mas a companhia foi à falência na década de 1940, com as suas terras passando então às mãos do Bank of London, detentor da penhora, que, poucos anos depois, as vendeu a outro empresário alemão, o jovem Norberto Odebrecht, que, depois de se formar em engenharia, havia organizado a sua construtora, pagando inicialmente as dívidas que seu pai fora obrigado a contrair, em consequência da perseguição aos alemães no Brasil, à época da Segunda Guerra Mundial.

Ingrid cresceu, portanto, num período em que a família se foi empobrecendo ano a ano, até estacionar maioritariamente na classe média baiana, com um ramo mais bem aquinhoado, instalado na alta classe média, e um ramo de poucos recursos, acantonado em camada de baixa renda. Ingrid ficou a meio caminho entre um extremo e outro da família. E cresceu formosa e gostosa. Alta, morena, sexy, de rosto e peitos inesquecíveis. Passou boa parte da vida na farra, quando se tornou, inclusive, *crooner* de uma banda que tocava na noite e atriz de teatro. Mais tarde, já por volta dos 35 anos, teve um casamento breve com um rapaz bem mais jovem que ela, filho de comerciantes portugueses que aqui chegaram fugindo da ascensão do fascismo em Portugal, com a ditadura salazarista. Desse engano nupcial, como ela dizia, nasceu o filho João, primeiro e único rebento. O ex-marido nunca tomou conhecimento do menino. Mas, ao menos, bancou sua frequência às melhores escolas locais. E hoje João era o que era: estudante de Direito, membro de uma das células do PCB naquela faculdade e agora, também, filho de santo. No candomblé, como de praxe, a iniciação implicou um novo batismo. E ele ganhou o nome de Omolu Ìgbóná.

Ou seja: o primeiro amigo de Kertzman com uma ascendência registradamente alemã era um caboclo. Um caboclo germânico: "Kabokler, der Kabokler", brincava Kertzman. E que acabara de ser iniciado no candomblé, para o qual fora levado por uma meia-irmã — "irmã por parte de pai" —, Conceição, uma das muitas netas de Andresa e do velho. Cena imperdível, pensava Kertzman: um Schindler-Ìgbóná na camarinha da Casa Branca do Engenho Velho. Filho de Obaluaiê, o onixegum, senhor das pestes, conhecedor dos segredos da vida e da morte, com seu corpo cheio de cicatrizes.

28

— Karl Kraus costumava dizer que não há nada mais falso do que a fidelidade feminina. Num dia, a mulher é fiel a um; dias depois, a outro; mais tarde, a um terceiro... e assim por diante. Penso que isso é perfeito. Mas acho melhor não dizê-lo em voz alta, ou as feministas me trucidam.

29

Klara: Na sociedade em que a gente vive, é assim. Se você é homem, pode se dar ao luxo de adiar um pouco a preocupação com a sobrevivência. Se você é mulher, não. Esta é uma questão sempre urgente. O problema é encontrar um caminho para ganhar dinheiro.

Eduardo: Pode-se ganhar dinheiro com qualquer coisa. Na Grécia antiga, por exemplo, havia a arte mágica da onirocrítica. E houve quem ganhasse a vida interpretando sonhos. No mundo moderno, os psicólogos se especializaram nisso. Aliás, "psicólogo" é uma falsa palavra grega, montagem de "psiquê" e "logos" — o que significaria, literalmente, colecionador de borboletas.

30

Exterior. Noite já cobrindo quase inteiramente o dia. Daniel Kertzman e Eduardo Bacelar tomando cerveja alemã e comendo mortadela à subluz de um boteco do Itaim Bibi.

Kertzman: Acho que você vai ficar surpreso com meu ponto de vista. Mas penso que, se um dia Israel conseguir superar a sua solidão no Oriente Médio, vai ser pelo caminho da reaproximação com o Irã.

Bacelar: Não me surpreende não, Daniel. Os inimigos históricos dos persas não são os judeus — são os árabes. E antes da Revolução de 1979, da vitória do messianismo populista de Khomeini, Israel e o Irã andavam mais ou menos de mãos dadas. Entretinham relações políticas, econômicas, culturais e militares.

Kertzman: Mesmo depois, rapaz. Durante algum tempo, depois da queda da monarquia Reza Pahlavi, os dois países ainda andaram de mãos dadas, como você diz, a fim de encarar Saddam Hussein. O Irã foi parceiro de Israel na orquestração do ataque aéreo que detonou o reator nuclear usado por Saddam para fazer a bomba.

Bacelar: O importante, nesse caso, é que a retórica radical do governo iraniano contra Israel, de Khomeini a Ahmadinejad, nunca conquistou plenamente, nunca entusiasmou a população do Irã. É coisa mesmo de discurso chapa-branca e de seu longo cortejo de bajuladores.

Kertzman: E milhares de judeus vivem hoje relativamente tranquilos por lá. Existem sinagogas em Teerã. A comunidade mantém escolas para crianças judias. E o governo liberou para os judeus coisas que são proibidas aos muçulmanos, como fazer festas misturando homens e mulheres e consumir vinho.

Bacelar: Isso eu não sabia.

31

Daniel Kertzman era uma pessoa essencialmente íntegra. Estava longe, muito longe, de ser um mau-caráter. Mas, como quase todos os mortais, também não era nenhum santo. Aqui e ali, cometia os seus pecados ou pecadilhos. Um deles foi que fez de tudo para que não incluíssem o texto de Klara na *Muirakitã*. Sondou diversas possibilidades. Mas seus movimentos esbarraram todos em Carlos Ávila, organizador da antologia, intelectual sério, incorruptível.

A presença de Klara no livro realmente o incomodava. Não que ela não tivesse talento. Tinha — e não era pouco. A vivacidade do seu estilo — retratando tramas, transas e traumas do cotidiano — chegava a ser invejável. Mas, porra, ela poderia ter procurado publicar em outro canto. A chatice era aparecer no mesmo livro. E como, na capa do volume, a relação dos autores estava em ordem alfabética, os nomes dos dois vinham juntos. Mas não era só. Embora não gostasse de admitir nem para si mesmo, sentia-se contrafeito, importunado mesmo, com Klara falando publicamente de sexo, daquela forma livre e solta com que o fazia: e tudo na primeira pessoa do singular! Assim como ficava chateado ao não se reconhecer em nenhum personagem, como se nunca tivesse feito parte da vida da escritora. Não, não tinha a menor intenção de voltar com Klara, mas também não duvidava de que aquela fora uma separação muito mal resolvida. Mas, enfim, melhor era tocar o barco.

Estava só naquele apartamento relativamente amplo do hotel, ali na Alameda Lorena, perto de onde Marighella fora assassinado. Comia nos bons restaurantes da região, das delícias do Arábia à *paella* do Don Curro. Mas não alimentava encontros sociais. Não acompanhava as saídas da turma tarde da noite, esticando da agência para os bares e restaurantes do Itaim Bibi ou para uma pizza na Dona Veridiana, em Higienópolis — até porque, para a quase incredulidade dos paulistas, não gostava de pizza. Mas evitava essas reuniões rotineiras não porque não se deleitasse ao sabor da farra e da conversa, mesmo que diárias. Mas porque, naqueles dias, buscava entretenimento bem diverso. Estava mais para ficar encarapuçado no seu canto, sob o céu encinzeirado da cidade. Queria solitude, soledade, solidão.

Em Brasília, na procurada solidão de um apartamento assim, no setor hoteleiro sul, escreveu os primeiros textos que considerou razoáveis para publicação. "O Solar do Sertão" foi um deles. Havia outros agora, quase uma dúzia, como "Mania das Marés" e "Alma de Borracha", por exemplo. E os poemas, que ainda não se arriscara a mostrar a ninguém. Seria fácil então, pensava, permanecer nesse caminho, produzir vários textos nessa linha. Mas não ficaria satisfeito com isso. Pensava em publicar em livro a dúzia de contos candangos, mas não prosseguiria naquela batida. Preparava-se para outras empreitadas. Para falar do seu mundo. Mas sabia que era necessário, antes, organizar suas memórias. E nada melhor para isso do que a solidão de um quarto de hotel.

B. Mania das Marés

1

Acordo cedo no centro da póvoa da muralha ovoide, sem sentir a música surda que vem das ruínas das citânias que há no alto. Ando algo sem rumo ao longo dos arruamentos irregulares. Mas os meus olhos, por Santa Luzia, quase não têm para onde escapar, esconder--se, fugir. Sou um negro, um árabe, um cigano, um índio, um judeu. Jovem, como sempre. E chove, chove muito. Chove sobre as campinas ao longe, sobre a velha igreja de pedra, sobre as plantações de trigo, sobre viúvas e solteiras, sobre a rua do cais. Chove sobre cantares e cantarias.

Quando o sol irá trazer o retorno de seus rebrilhos às lâminas densas desse rio verde, onde pretendo aposentar toda a minha memória, levando-me enfim ao grande mar? Passo as mãos pelos meus cabelos pretos, sempre a mudar de cor. Pelo meu corpo meu que quase desconheço. Pela minha vida. Não tenho amor, não tenho casa, não tenho dinheiro, não tenho nada. Não tenho sequer a mim mesmo, de quem sou senhor e servo, marido e esposa, nas raras vezes em que me revejo. Tenho apenas a minha idade, afoiteza e vontade. E é assim que me diviso à partida pelo mar oceano, em longínqua fuga da terra, voando por dentro de um céu sem limites. E sem saber da real natureza da aposta que faço.

Aqui, nas águas desse rio denso, quero me esquecer de tudo. O que sei que não é possível. Mas me disponho a lavar a minha alma de tudo que sei, pretendi ou fingi aprender. Disponho-me a limpar os meus olhos com a água fria desse rio fundo. E a partir como falso náufrago, em busca do naufrágio que planejei.

Na desmedida do impossível.

2

Criança que beija um espelho, bem tarde começa a falar. Duas crianças que ainda não falam — e se beijam — não começam a falar uma sem a outra. Beijei um espelho. Beijei Nuno. Mas logo cedo começamos a falar — e a ouvir o que os mais velhos diziam, ensinando que, quando troveja, devemos fechar portas e janelas, para que não entrem relâmpagos.

Rapazes, brincávamos juntos. Fazíamos moinhos de vento no inverno — e de água, no verão. Armávamos ciladas aos pássaros. Bebíamos vinho. Nadávamos no rio e no mar. Namorávamos catarinas, beatrizes e terezas. Um dia, nos tocamos casualmente sob a água. E pareceu que estávamos esperando há tempos por aquilo. Porque nos deixamos ficar, como se nada estivesse acontecendo. Até que começamos disfarçadamente a nos pegar. E eu beijei Nuno mais uma vez e o virei de costas e o penetrei e foi gostoso — e ele foi doce para mim. Depois, despertando de repente da sua passividade, e já possuído pela ira, Nuno se levantou de um salto. Ameaçou-me, rugindo. Reagi. E ele avançou num raio sobre mim. E me pegou e me apertou, e eu gostando e fingindo resistir, e ele me mordendo e me batendo, e eu cedendo e me cedendo, e ele me deitando de bruços e me domando, e ele dono dos meus quadris, penetrando com força por trás e entrando em mim, e me doendo e me comendo — e eu fui doce para ele.

Ficamos então um tempo sem nos encontrar. E, quando voltamos a nos ver, seguimos namorando catarinas, beatrizes, marianas, margaridas e terezas. Tudo foi surdez, cegueira e silêncio sobre o que se passara entre nós. E nunca mais chegamos um ao outro tão perto perigosamente assim.

3

Naquele tempo, ainda era possível ir à casa de Nuno. Uma casa humilde, mas com imagens de santos, lâmpadas votivas e um genuflexório para as orações. Apesar de tudo, eu não me sentia um estranho ali. Nem eles me estranhavam. Os cristãos se contentavam então com os seus santos óleos. Ainda não odiavam o nosso santo sangue, o óleo sagrado que variava em nossas veias. Ainda não queriam, claramente, a nossa crucifixão.

A família de Nuno cumpria com rigor as regras da sua fé. Oito dias depois do nascimento, com o trio de padrinhos esperando na capela, a criança fora levada ao batismo nos braços do irmão mais velho. Recebeu a bênção no seu primeiro corte de cabelo. Aprendeu o padre-nosso, a ave-maria, a salve-rainha, o credo. Sorveu preceitos e preconceitos. Ouviu sobre os pecados teologais e as virtudes mortais. Ansiou pela Páscoa e pela sepultura eclesiástica. Confessou em segredo na sua freguesia. Aceitou a violência das punições, dos jejuns e dos jesuses. Mortificou-se. Esperou epifanias.

Mas não era esta a vida de todo cristão? Depois do batismo, a crisma; depois da penitência, a comunhão; depois da comunhão, o pecado; depois do pecado, a extrema-unção? Nuno era fiel ao figurino. E, assim como todos os seus, praticava desmandamentos. Comera a mulher de Gonçalo, o mareante. E cobiçava a de Martim, o tanoeiro. Começou a lidar às escondidas com os piratas que rondavam a foz do grande e grosso rio verde. Matou um cego. Se masturbou. Acreditava em presságios escritos nas estrelas e no coração dos pássaros; em mulheres se transformando em bruxas na noite aldeã; na virtude do canto dos galos — e em sexo. Empregava todos os santos nomes em vão. E não hesitaria em usar a hóstia consagrada em feitiços de amor e moedas.

Apesar de tudo, como disse, não me sentia um estranho em sua casa. Em sua rua. Em sua vila. Até que as coisas começaram a ficar ásperas demais para nós. Antes disso, na verdade, eles já nos cutucavam com varas de calibre variado. Mas nada que, para mim, não fosse facilmente suportável. Mesmo em meio à família de Inez, escapavam, na minha presença, dizeres ofensivos que eram comuns às pessoas, tavernas, confrarias, lojas e oficinas do lugar. Que, na quarta-feira de trevas, não se devia fiar na roca, porque neste dia fiaram as judias as cordas que prenderam o Senhor. Que não se devia cuspir em ninguém, pois só os judeus cuspiram no Cristo. Inez ficava inquieta, corava, se constrangia. Tratava de desviar os olhos ou a conversa. Mas eu não ligava. Eu, o judeu, até poderia oferecer a outra face. Eu, o judeu, caminhava sobre as águas.

Em dias dos meus pais, houve coisas que foram pesadas. Invadiram a rua, o bairro dos judeus, numa noite de natal. Contaram-me que eles vinham para celebrar Jesus e nos tomar. Tudo. Davam lugar ao seu ódio e ao seu ressentimento. À sua inveja. Mataram crianças, mataram velhos, queriam a matança de todos os judeus. Roubaram ferros de trabalho, panos da Irlanda, camisas e faldrilhas, coisas de estanho, espelhos, capas, peças de dormir, cera e papel, cartas de perdão, sacos de dinheiro. Judiaram com a judiaria. E de tudo fizemos para fugir. De tudo fizemos para desconcertar o acerto. Para não pousar em penedos, para não penar em prisão. E para abrir, em dia claro, nova judiaria.

Nunca fomos bem-vistos. Fôramos os responsáveis pela morte do Cristo na cruz. Matávamos crianças inocentes, bebendo-lhes o sangue novo. Praticávamos a usura, a vida na vileza dos metais. Não passávamos de idólatras e sodomitas, comendo e dando cus.

Profanávamos hóstias consagradas. Flagelávamos imagens do Senhor. Éramos parentes de Satã.

Mas, apesar de todos os pesares, aquelas terras e gentes vinham há tempos significando, para nós, um páramo sereno. Uma paisagem de paz. Assim não andávamos pela Andaluzia, nem pelo norte da África. Circulando de cidade em cidade, fabricando alfaias, frequentando a feira franca, fazendo festas e enterros, levávamos as nossas vidas. Eu podia me encontrar com Inez na saída da missa ou sob as janelas da sinagoga. Mais que isso: eu podia, simplesmente, me encontrar com Inez — a moça Inez, das pernas gostosas, das coxas morenas, dos lábios silvestres, do coração suplicante, dos peitinhos duros que saltavam inteiros para dentro das minhas mãos.

Não posso, nem quero, me esquecer do começo. Dos primeiros olhares. Do tateio sensível no escuro. Dos nervos quase aflorando. Do coração caindo, despencando no estômago. É sempre igual? Decido-me. Levanto-me num raio, cruzo a rua reta, interrompo o seu caminho. Ela se assusta, arrepiada. Digo o que quero, em meias, mas fortes palavras. A boca treme, sorri. Criatura toda feita de recato e fogo, de desejo novo, ali na minha frente. Arisca, eriçada, entregue. A doce Inez, com os seus olhos meigos, que a foder convidam.

Resolvemos, então, botar o navio ao mar. E apareci com ela pela primeira vez a namorar em público, encostado à parede do prédio escolar, em tarde domingueira, naquela cidade mínima. Tudo muito discreto e casto. Mas, quando nos víamos na penumbra, ou em remansos esconsos do rio, éramos crianças de uma outra natureza. Havia roçado de crica e pica. Havia amor. Havia carícias que a deixavam linda, molhada e louca.

Às vezes, chegávamos a imaginar a grande arca de madeira saindo de uma casa velha para uma nova, com as nossas roupas e os trastes do enxoval. Casamento com taças se partindo, com noivas de sete voltas. Por conta disso — pobre de trabalho, pobre de esmolas —, cheguei a surripiar uns poucos bens de um pobre diabo bêbado caído num canto da feira. A assaltar um viajante que tomara o rumo incauto de uma estrada solitária. A roubar licores e perfumes de uma puta. E — baixeza das baixezas, em troca do vil metal — a enterrar meu cano rijo no vaso traseiro de um padre.

Distraídos na embriaguez de nossos sonhos e de nossos tesões, não percebemos de imediato as mudanças. Seguíamos alegremente sob o sol, quando o mundo caiu, desabou sobre as nossas cabeças. Sem tirar nem pôr, não poderíamos mais nos ver. Deu-se, então, o nosso último encontro. Despedida de ódio e glória, adeus de beleza infernal.

Inez deitada na relva de uma curva do rio, não muito longe do açude, do dique das açucenas. Inez menina puta das minhas punhetas mais gostosas. Inez finalmente alargando as pernas. E eu me metendo desvairado pelo meio delas. Fodemos como duas crianças ferozes e loucas. Como dois cães imundos, raivosos e vadios. Como dois anjos. Não foi bom, nem foi ruim — que isto é muito pouco para o que aconteceu. Graça desgraçada, foi tudo o que queríamos e podíamos fazer. Fiquei lá dentro dela para o resto da minha vida. E colhi a sua flor. Cabaço que carregarei comigo por toda a eternidade.

Vivíamos, até então, mais ou menos misturados. Cristãos e judeus, nas vielas onde vida havia. A judiaria eram pedras polidas pela noite, pelo silêncio, pela passagem leve da lua, pelo orvalho sereno das antemanhãs, pelos pés que ali pisavam há muitos e longos anos. Pedras que subiam sinuosas, ladeiras curvas caprichosas cheias de sol, cheias de verdes e flores vivas, frente a alvas casas caiadas, às vezes de porte severo, com seus peitoris pétreos, as portas quase sempre em arco. Os nossos não cessavam de chegar, fugindo dos reis católicos da Espanha. Aqui entravam ao preço de oito cruzados por cabeça, com direito a ficar por oito meses. Verdade que muitos conheceram o cativeiro — e só os mais ricos e poderosos puderam comprar a permissão para uma permanência supostamente definitiva. Verdade, ainda, que nos forçavam a aceitar o batismo, a fazer o perverso teatro do converso, como se não tivéssemos mais a Torá, a cabala, os nossos rabinos e midrashitas. Do contrário, todos perderiam filhos e posses. Mesmo assim, queríamos a nossa residência neste reino lusitano. Mesmo eu, judeu ficto convicto, assim o desejava. E assim o desejei.

Mas viéramos trazendo a peste e a heresia, em meio aos ritos mosaicos. Tínhamos um deus que cheirava a sangue e farejava carniça. Malditos, então, os seguidores da Lei de Moisés, os que não comiam carne de porco, os circuncidados, os suicidas. Malditos os seus mestres, mercadores, trovadores e mesteirais. Malditas as varandas que não haviam, malditos os azulejos inexistentes, malditos os porões e os beirais de suas casas. Louvados eram os poetas que nos ultrajavam. Benditos eram os nobres que nos ofendiam. Santos eram os cavaleiros que nos atacavam.

Os judeus foram todos apartados daquele mundo luso. Encerrados na judiaria, por meio de portão. De altas portas que se abriam — e se fechavam — ao nascer e ao pôr do sol. Passaram os tempos do antipapa, do anticéu, da antiluz. E nada mudou. Mouros, mercadores e marinheiros nos odiavam. Mas partilhávamos, ainda, os banhos, o cárcere e o açougue, altar do degolador judeu, santuário do cristão carniceiro, sangue e vísceras dos animais mais humildes, mais tristonhos e mais milagrosos.

Mas aí soubemos que deram sumiço no rabino que havia indicado o Caminho das Índias. Que ficara, impedido de partir, o físico e astrólogo judeu que medira a altura do sol na linha equatorial. E as coisas foram ficando graves, agudas e tristes. A convivência de cristãos e judeus passou a ser considerada perniciosa, especialmente quando implicavam mulheres de um e outro lado. Proibiram-me de ver Inez, a mourisca que me enfeitiçava, proibiram Inez de me ver. Que as mulheres serão sempre as culpadas, as cadelas viciadas que vieram para dizer e subverter améns. Cadelas menstruadas que vieram, por todos os séculos dos séculos, apenas para viger, vigiar, macular, trair, atraiçoar e foder.

De repente, lismá, otorto, almapenada, trévora, má-fama, trancoito, tramar, diabarém, felmonte. Derrubando portas e janelas, entraram os relâmpagos. Não adiantava fechar nada. Era um tropel atropelando tudo. Noite de fúria, pela porra de um milagre que negamos a São Domingos. Punhais luziam velozes em nossa frente. Espadas brilhavam no caminho. Não tínhamos tempo de não morrer.

Cascos faiscavam nos cascalhos claros da judiaria. Entre os ofensores, divisei Nuno. Ele, os seus olhos, o seu punho firme, o seu fogo, a sua adaga. E ele vinha matando — matando e dançando. Por que não sou eu, de uma vez por todas, a sua mulher? O seu fado, a sua foda, a sua puta? Por que não o estrangulei, matando-o a pouco e pouco, na beira do rio do nosso amor? Dois mil mortos. Judeus degolados em cada esquina. Barrigas abertas na calçada. Crianças ensopadas de sangue. Desacerto de insetos suicidados. Tralhas metralhadas. Gritos. Desmaios. A lança bateu bem ao lado. Escapei, daquela ira, por um triz. Para ser exato, por três trizes. Três tristes trizes.

Não haveria mais como ver Inez. Confio, para mim mesmo, que continuo a ter o seu amor. Mas a sua presença me foi negada. Imagino que ela ande mal, muito mal, estraçalhada. Que vá até à praia. Que se banhe nas mesmas ondas. Que não jure, a ninguém, amor eterno. Mas, com certeza, será fodida. Por algum cão demente, que não terá o seu amor. Mas fodida. Fodida e bem paga. E gozando. Assim como, para mim, sobrou entornar canecas de vinho grosso — e achantar o caralho nas putas. Restava-me, todavia, o consolo de que, com ela e para ela, sempre fui homem amável e gentil. Os mais velhos tinham-me dito: quem fizer mal a uma andorinha, ficará para sempre com um tremor na mão.

E eis que aqui estou, amanhecendo. As lavadeiras passam com suas peças de pano, levando a lençaria ao som de uma cantiga das mais antigas: *eno alto, eno alto... vai-las lavar alva...* lá no alto, lá onde em sua descida passa o rio, vai deixá-las alvas, vai lavá-las de alvorada, ao nascer mesmo do dia. E eu que, sem renunciar-me, nunca quis ser eu mesmo, sou agora obrigado a não ser o que sou. Mas, para isso, me olho nos olhos. Eu — o do sangue sujo — tenho de estar mais limpo do que um lençol de linho.

4

Quilha contra as ondas, carneiros afogados no deserto, rios evaporando, corações explodindo nas montanhas, livros que ninguém vai ler, leões cheios de luz, soldados que se dissolvem como gelo, foguetes pipocando nas esquinas, brisa de roseiras à beira-mar, espadas que decepam reis, cegos bebendo a claridade do dia, carrosséis distribuindo varíolas, aleijados que trepam com prazer, virgens que se entregam a feiticeiras, amores de marinheiros rudes, frutas que me levam ao engano e à mais doce embriaguez, cores que enfeitam nossas tumbas, mães enforcando filhos vesgos, pais assassinados em bordéis, navios incendiando no porto saqueado, ilhas devolutas no vazio, bocetas, bocetas, bocetas — e bocetadas em flor.

Penso qualquer coisa. Posso pensar qualquer coisa. Vou para onde vou nascer. Antecipando, rasamente, o que me espera. Farei sóis e cometas se gravarem nas rochas. Negociarei azeite, barcos e barris de vinho. Descobrirei aromas errantes, trilhas esquecidas, clareiras clandestinas e caminhos de água. Farei palavras brilharem nos festins, com gente se enamorando sob desastres astrais. Náufrago, salvarei náufragos do naufrágio. Estenderei o brilho das minhas tendas, as demandas da minha aldeia, as dores do meu alaúde, os fastos das minhas festas, as teias das minhas veias. Serei hóspede e hospedeiro do sonho do sítio paradisíaco. Serei aquele que amaldiçoa, profetiza e bendiz, ao cheiro de flores recentes e ao gosto de viçosas coxas noviças.

Sim. Serei o namorado da terra prometida. E a grande vítima de todos os meus caprichos. Mas, por enquanto, o que vai haver é o mar, o vasto mar, com os seus galopes azuis, as suas tribos vencidas, as suas redes invisíveis, os seus mortos sem nome, as suas vulvas submersas, os seus deuses interditos, as suas pistas de treva e luz. O mar — com todas as suas nenhumas palavras.

5

Empó. Tupã catu. Pé ante pedra, toco a praia. Sons de búzios e moreias. E a praia é clara.

O corpo, ferido e esgaivotado, mal se apruma sem proa na areia de tanto azul. Yby-kuí, farelo de terra. A cabeça zanza, aos giros desgovernada, zoada zonza de guizos. Tudo é brilho, navalha, maravilha. E eles me olham com os seus arcos plenos. Com as suas falas fortes, vozearia ralhando no vento. E estão nus. Não sei se entendem o meu naufrágio. Porque eu, eu mesmo, agora em frangalhos de mim, não tenho a menor ideia do que se passou. A praia é plana, a areia é branda. O sol toma conta do mundo. Marujo mareado na maresia, meus olhos se enchem dessa luz. E só quero um abraço. Antes que o corpo ceda. Que o coração se apague. Que a alma escape, desertora. Eles se aproximam, armados e risonhos, com os matizes de sua tez. Caminham sem medo em direção ao encontradiço. Comigo, as contradições. Mas não me defendo. Não me vem sopro de palavra. Estou submerso. Rendido. Não sinto insetos, calor ou nuvens. Não vejo iguapes, nem recôncavos. Estou entregue. Ao sono do sonho do sono. E me deixo levar. E me escureço, anoitecido.

Lá pelas tantas, um fogo me aquece em excesso. Saio devagar da grande casa. A claridade me espanta. Mesmo no que julgo ser o meio da noite, enxergo tudo. Vejo o arvoredo descaindo em direção à praia. Vejo frutos e bichos num outeiro. O riacho que respira na montanha. Sou alma de um outro mundo. Sou o que atravessa a escuridão. O pedaço vivo de um barco que não mais existe. O porto de mim mesmo. O guerreiro que não desiste. Sou a minha própria amplidão.

Volto aos poucos, sem pressentimentos, para dentro da grande casa. Aves, agora, não agouram. A chuva dança lá fora, repentina, mas aqui dentro tenho apenas o ruído sucessivo de suas gotas claras, caindo em palhas trançadas altas. Vejo que eles avivam seus pequenos fogos. Que flechas descansam. E redes flutuam. Não tenho a menor intenção de fazer qualquer pergunta. Eles, pelo visto, também não. Melhor assim. Melhor esperar que a lenha acabe e que já venha o sol, esclarecendo as enseadas. Melhor que tudo vá simplesmente acontecendo, sem ideias orquídeas precisas de nada.

Eu, o estranho, posso me calar. Eles deixam que eu me cale. Não pretendo ocupar o centro do meu próprio palco. Nem quero saber que orgasmo se move entre as coisas do mundo. Além disso, tenho a certeza de estar de férias.

6

Kazarabatana. Acordo, à grita geral. Há uma batalha no meio do mar. Índios contra índios, ferozes em meio às ondas mansas, ânimo em brasa ao largo das gamboas. Bem no ventre, bem no bojo da baía, vejo canoas e mais canoas, todas empavezadas. Ouço cantos de guerra. Vejo guerreiros repontando pintados. Flechas de fogo rasgando a pele do ar, atravessando acesas a nuvem de fumaça das pimentas. Olho para a moça que está no meu mais perto. Para a moça canibal. Espreito os seus deuses em segredo, pressinto a sua pele se eriçando. Ouço, em seus olhos, que ela não recusa os meus. Farejo, em sua carne, que ela quer. Me aproximo, então, da sua chama. Xá saiçu xá ikó. Ela saúda, sem rodeios, esta refrega. Vibra, grita de contentamento, chora risos de alegria pura, a cada conflito, confronto, contenda. A cada desfecho rubro de vero entrevero. Tem fome de sangue, desejo de tudo, vontade de farra. E o que eu quero é a flama, o fogo que afaga, a labareda que antecipo em sua fala.

7

O que sou, diria o marinheiro-astrólogo de Lisboa, fui-o outrora agora. Porque lá, em meses de exílio no oceano, desapareci-me. Uma nave se desprendeu da esquadra na grande travessia para Goa. Ave desgarrada. O escrivão talvez tenha registrado, forma se fazendo fórmula: se perdeo a naao sem hy auer tempo forte nem contrairo pera poder seer. Estive, estava e estou naquela nau. E naao sei. Vivo, desde então, entre brasis, neste ultramar. E sou somente o pouco que sei fazer: diya', daí'a, no dia a dia da minha aldeia — esta palavra árabe, alazã.

Eu já tinha escutado relatos de que os naturais daqui, os brasis, com os seus diademas de plumas de pássaros e os seus corpos quarteados de cores, costumavam fazer festas e acender fogueiras, a fim de assar — e comer — carne humana. Mas são coisas muito diferentes o ouvir dizer e o de fato ver. Na verdade, andando sob este céu, vi coisas que não imaginava na terra haver. Coisas que reviraram de vez a rotina das minhas retinas. Vi cobras gigantescas desdobrando anéis. Bichos de desenho esdrúxulo e cores inéditas. Pedras de outras e raras estrias. Pássaros imprevistos. Solos escuros e pegajentos. Baleias pirapuamas se reproduzindo com estrondo nas praias de âmbar. Caramurus afiando dentes em locas marinhas. Tartarugas movendo brilhos sob a água clara.

Aprendi a ler outros jeitos, outros gestos, outras estradas, outras estrelas. A sentir as plêiades fazendo a mandioca crescer pelos campos. A beber nas folhas das plantas a água deixada pelas chuvas. A perceber que eu, o estranho, arrestava olhares, desviava passos e arrastava corpos, levando cunhãs, moças litorais que mergulhavam alegres na água nua, para a dança dentro da rede ou para a festa no meio do mato. Conheci, também, cipós venenosos, frutas impensáveis, lagamares e marés. Árvores em cuja sombra caberia um país. E muitas outras coisas fabricadas na oficina nem sempre silenciosa da natureza.

De início, muito de tudo me espantou. Mas não me espanta mais. Penso no Pentateuco, mas respeito pajés. Ouço conselhos de caraíbas. Creio em curupiras. Bebo cauim, faço amor, vou a guerras, caçadas e pescarias com meus cunhados e minhas cunhãs canibais. Nunca comi carne de gente. Pelo menos, ainda não. Mas hoje — quando vejo um corpo assando na brasa e as velhas índias lambendo a gordura que escorre pelos varais da fogueira; quando vejo senhoras tupinambás degustando a genitália do morto; ou mães molhando os bicos dos peitos no sangue do sacrificado e dando de mamar a seus bebês, para que eles desde cedo participem do vermelho da festa — confesso que o mundo já não gira ao revés na órbita de minha cabeça.

— Enkoema.

— Yauê.

As coisas passaram a ser simplesmente assim — e, assim, a fazer parte do milagre diário da vida. Também eu deixei há tempos de ser o estranho. Pertenço agora à paisagem de todos os dias. Discurso no idioma deles, com suas consoantes confusas, e eles dizem palavras da minha língua. Existe até uma cunhã que canta comigo, sob luares, cantigas de amigo que falam das ondas do mar de Vigo. Enfim, o jovem náufrago aprisionado entre as pedras da praia, caído nas graças do morubixaba Cipóuna, como escravo predileto e filho favorito, construiu depois as casas, as cabanas, as tendas de sua própria aldeia, onde mora com seus cunhados, suas cunhãs, seus curumins, seus agregados. E não há nenhum senão. Entre o modo como aqui cheguei e o modo como hoje estou, posso dizer: fiz dos trapos, floração.

8

Koema pitanga. Aurora. Manhã de tempo claro, dia de sol clareando os cantos todos da terra e as águas do mar e dos rios da grande baía. De repente, naquela moldura solar, diviso, nítido, um desenho bem conhecido, que há muito deixara de ver. Vívida cruz vermelha estampada em claras velas. A cruz da Ordem de Cristo, filha lusitana da antiga ordem dos cavaleiros templários. Para a mais ativa surpresa de quem até então presenciara apenas a passagem de embarcações francesas ou mesmo espanholas, era uma esquadrilha portuguesa, ao dom dos fados. Caravelas se aproximando das ilhas, das águas e das terras dos brasis. Ao meio-dia, achava-se a armada ainda no meio da extensão azul do golfo de ondas calmas, pontuado, ao fundo, por lugares de pedra e lugares de areia. Um pouco mais tarde, ancorou.

Ao ver os navios colorindo o horizonte, publicando ao céu azul as cruzes rubras, apressei-me a avisar, ao morubixaba mais poderoso da região, meu protetor e benfeitor, que aquela gente vinha da terra que eu deixara para trás, assim que me lancei ao mar oceano. E que falava a mesma minha língua. Pedi, ainda, que ele manobrasse para refrear o fogo dos guerreiros, deixando flechas e ibirapemas em repouso. Para esfriar o ímpeto geral da captura e matança dos forasteiros — com a consequente escolha de algum jovem branco, bem formado e bem fornido, para dourar na churrasqueira, fazendo a delícia de mais um banquete canibal. O homem me olhou — e acolheu minhas palavras.

Fui então ao encontro dos portugueses, que, armados, desciam já dos navios — algo avariados pelo desatar de temporais transatos —, para tomar água e apanhar lenha no arvoredo fronteiro à praia. Um jovem, certamente mestre em arte náutica e nos ofícios do mar, começava a medir a posição do astro-rei, com as suas tábuas de declinação solar. Tomei a sua direção — e ele, visivelmente surpreso com a minha presença ou aparição ali, conduziu-me enfim ao capitão da armada. Conversamos, os três. Falei de mim, falei dos índios, falei da terra — xêretama i pindobetá. Mas não sem deixar de pedir notícias do reino, das suas cidades e de seus habitantes. Nem de me certificar da andadura do calendário cristão, pelo qual aquele mundo marcava os seus compassos e compromissos.

Armei um encontro do capitão com morubixabas do lugar, chefes de cerca de seis mil guerreiros armados, sempre prontos e dispostos para a folia das batalhas. Tudo se passou, como se diz, na paz de Deus. Houve troca de olhares, gestos, presentes. Levando palavras de uma a outra língua, fiz com que todos se entendessem. Ao depois, anoitecendo, veio a festa. Um baile ameríndio não muito longe do mar, a que todos os portugueses compareceram. Compareceram e não conseguiram tirar os olhos de cima das índias nuas, inteiramente enfeitiçados, embriagados da beleza das brasis, com seus corpos coloridos, seus brincos brilhantes, seus braceletes.

9

Aquelas naves logo se foram, perlongando a linha da costa. Mas outras e outras e outras começaram a vir. A vir — e a ficar. Até que o rei ordenou que aqui se fizesse uma cidade-fortaleza, em sítio claro e arejado, de boas terras e boas águas, com porto espaçoso e fundo, capaz de abrigar frotas. Ao chegar, o governador enviado pelo rei logo palmilhou as terras das redondezas do mar. E assinalou o sítio que julgou ser o mais apropriado para executar a empreitada disposta sobre seus ombros. Era homem de meia-idade, fidalgo, dizem que bastardo, com muita experiência de vida e polícia, calejado nos caminhos de ouro e sangue da África e da Índia. E não demorou a ordenar o início do serviço.

Os índios do meu raio de relações, que se contavam às centenas, ou ajudaram ou não atrapalharam a obra construtiva. Mas os índios ilhéus, aliados a outros dos campos escuros do Paraguaçu, todos adversários dos meus, embora fossem igualmente iguais em seus costumes e falassem diariamente a mesmíssima mesma língua, não gostaram do que viram. Sentiram que, mais cedo ou mais tarde, perderiam as terras que tinham tomado, a duras penas e perdas, das mãos dos tupináes — e resolveram embarrancar os caminhos, atravancar os trabalhos. Partiram para atacar de surpresa, com flechas ervadas e incendiárias, as naus onde soldados e artífices pernoitavam, desde que ainda não havia casas ou barracões para eles na terra firme. Quase toda noite, a mesma coisa. Flechas de fogo na escuridão. Riscos esbraseados descaindo no convés. Queimando, ainda que não incendiando de todo, as embarcações ancoradas. Os soldados lusos abriam de volta suas bocas de fogo, reagindo. Mas os ilhéus desapareciam no cenário noturno, com as suas canoas deslizando escurecidas à flor do mar.

O governador bateu na mesa. Firme. O caminho para a construção daquela cidade teria de passar por uma ofensiva de pólvora e chumbo. Por línguas de fogo faiscando rápidas, subindo ligeiras, crepitando vivas na palha parda das malocas. Pela derrota, quebra e falência — final e definitiva — dos índios que viviam nas ilhas. E de seus amigos do Paraguaçu.

Destroçar, desbaratar, achatar, escorraçar, destruir, dizimar — eram os verbos enfuriados que trovejavam pela boca e fuzilavam pelos olhos do governador. Aqueles índios atrevidos teriam de vir prostrados pedir perdão pelo pecado cometido contra os desígnios do Senhor Deus, que incumbira Portugal de conquistar, colonizar e cristianizar o mundo. Eu, o judeu tupinambá, ouvia com pesar aquelas palavras. Mas nada podia fazer. Mesmo porque o meu grande morubixaba, para quem a paz era coisa de mulheres, recebeu com a mais ruidosa e larga alegria a notícia rubra da guerra, quando mais uma vez ressoariam em júbilo ao vento, no espaço aberto e luminoso da baía, os seus cantos quentes de vitória.

10

Fomos então até lá. Até à ilha maior, chamada Itaparica, cerca de pedras, corda de recifes, onde o mar anda o mais tempo em flor. Desembarcamos. O governador, não. Permaneceu em seu navio, sério e solitário, até à meia-noite. E só a esta hora ele desceu, coberto da cabeça aos pés com a sua armadura prateada.

A lua estava clara, alta e clara, rosto cheio de brilho. Caminhamos devagar por toda a praia. Entramos de aldeia em aldeia — e as aldeias estavam todas vazias. Os índios tinham sumido, à notícia do nosso avanço. O que ainda não sabíamos era que nos espreitavam, embuçados no mato, acompanhando passo a passo os nossos passos. E assim, quando nos viram voltar, recuando em direção às nossas embarcações, lançaram-se impetuosos e sedentos sobre nós, entre urros e uivos, com tacapes e flechas infectas. Atacados pelas costas, só nos restava correr. Mas não sem antes também armar uma cilada para eles. Um trecho da nossa tropa, sob meu comando, entrou rápido no escuro escuso de moitas na beira do mar. Eles passaram incendidos, vibrantes, barulhentos. E fomos no seu encalço.

Tiros, tiros e mais tiros. Ilhéus caindo nus no meio da noite, cobrindo a terra de vermelho vinho, quase um grená. E eles entraram em desespero. Saíram correndo pela areia, em direção à praia. E caíram n'água. Mas os nossos índios também sabiam do mar. Mergulharam nas ondas atrás dos ilhéus. E foi uma luta louca, insana, como eu jamais tinha visto. Uma batalha sem capa e sem tacape. Todos nus, furando ou saltando as ondas, entre gritos de ódio e vingança, num corpo a corpo alucinado. Índios afundando, índios afogados, índios perdendo o pé e a razão, índios engolindo grandes goles d'água, índios asfixiados. Ilhéus trazidos à força até à areia, onde eram mortos a porradas e pauladas, ou a golpes quentes de lâmina fria. Nem sei o que sobrou daquilo tudo. Sei que as minhas costas se livraram. Sei que o meu olhar foi são e salvo. Sei que salvei uns outros mais. Mas, quando o dia amanheceu, com a fumaça ainda subindo das cinzas das aldeias incendiadas, nem mais quis lembrar o nome daquela praia.

Não haveria descanso, contudo. Muitos dos índios das ilhas haviam alcançado suas canoas. E fugido para o Paraguaçu, de onde também atacavam o acampamento luso, impedindo-o de se impor e espaçar, espalhando canaviais pelos campos. Era preciso desbaratá-los. Fui destacado então para o comando da empreitada. Para a guerra. E parti, como capitão no qual os índios nossos aliados confiavam. Segui ao encontro de um vigário, o padre Ezequiel, que, de sua póvoa quase invisível, recrutaria índios aldeados. Ezequiel não queria tomar parte na luta. Mas tinha de ir. De fuzil na mão. Atirando. Sem ele, os aldeados não combateriam. E seria só para rezar missas, distribuir rosários, aspergir água benta e benzer escapulários, que os padres serviam? Tudo pronto, tomamos o rumo do grande rio, alisando as armas. E arranchamos numa colina de árvores enormes, em meio a trissados de morcegos e risadas de raposas, antecipando o embate

Ainda era cedo. O sol vacilava. Boa parte dos nossos índios estava dormindo. E o que sabíamos daquelas terras era pouco. O suficiente, no entanto, para não nos deixar parados, esperando o brilho da morte na ponta de uma flecha envenenada. Mesmo porque, se uma coisa aqueles guerreiros sabiam, era guerrear. E eles estavam todos soltos pelos matos, livres de longos pousos nas malocas das aldeias.

Depois de vários dias andando, tateando, tensos, descobrimos enfim os índios inimigos, por meio de seis cavaleiros bem montados, que os encontraram sem que eles os percebessem. Vimos, logo depois, índios atravessando o rio numa canoa. Desconfiamos que nos houvessem visto. Ou que se estivessem prevenindo para não serem surpreendidos. Porque, no dia seguinte, antes do nascer do sol, encontramos cinco espiões, dois a cavalo e três a pé. Os dois que estavam a cavalo se atiraram por terra e se meteram num matagal, onde foram agarrados por nossos índios. Os três outros se salvaram, fugindo para a selva. Assistimos, então, ao primeiro ato da matança. Um dos espiões presos informou, à minha tropa, que os índios do Paraguaçu vinham em nossa direção. O outro não teve tempo de abrir a boca. Um português avançou rapidamente e o atravessou com a espada. Ele tinha uns 18 anos de idade, cabelos compridos caindo por cima dos ombros, olhos de gueixa, a boca gostosa, o corpo todo perfeito.

Prosseguimos. Mas ainda não tínhamos coberto um quarto de légua, quando demos de cara com os demos. Fizemos uma carga contra eles. Sem resultado. Aqueles índios, batendo-se a flechadas, ficavam em movimento contínuo, corpos rebrilhando ao sol, movendo-se com tal rapidez, que não era possível fazer pontaria. Olhos fixos nos fuzis, ziguezaguearam assim ao longo de légua e meia. Errávamos todos os tiros. E eles foram recuando até um bonito afluente do grande rio, que atravessaram a nado, protegidos por um outro grupo de índios, que sustentava o campo, despachando flechas. Nossa gente não ousou atravessar o rio. Uma chuva de flechas poderia vir de dentro da mata. Mas, se tivemos medo, eles também o tiveram. Não se sentiram seguros em suas posições.

Receando serem dominados, decidiram correr e se atirar no grande rio, que resguardava o seu flanco. Mas, como o fizeram de modo precipitado, as flechas, que traziam em carcases nas costas, fugiram-lhes todas. Tive a impressão de que mais de dez mil flechas foram levadas pela correnteza. Fizemos fogo. Mas, como eles estavam afastados, e nadavam mergulhando a todo instante, raras foram as balas que cumpriram o seu destino. Chegaram eles, afinal, a uma daquelas poucas praias fluviais dali. Atiramos, ainda, em sua direção. Como estavam nus, vimos que alguns corpos foram atingidos, tingindo-se de vermelho. Dessa praia, atravessaram, diante de nós, o restante do rio. E, temendo que nós os seguíssemos, caso teimassem pela margem do mesmo rio, enveredaram pelos matos, para alcançar um pequeno lago, a algumas jornadas do lugar.

Depois de algum descanso, e novamente alimentados de caças da região, atravessamos o rio. Eu, a cavalo. Os portugueses, nas pequenas canoas que encontraram. Os nossos índios, a nado. Acompanháramos as pegadas dos inimigos. Iríamos encontrá-los naquele pequeno lago, no interior da terra. Mas lá não achamos ninguém. Os índios haviam desaparecido, quem sabe saltando cercas, montanhas, nuvens, cachoeiras e ventos. O fato foi que sumiram em direção aos litorais. E nós, depois de muito penar, alcançamos a foz do Jaguaripe, onde se achavam. E acampamos. Para o confronto final.

O que eles tinham ali era uma verdadeira fortaleza, que desconhecíamos. Uma ampla caiçara de três cercas de pau a pique e, no seu interior, agora, mais de mil índios flecheiros, daqueles da morte certa, capazes de acertar o olho de um pássaro em pleno voo. Mas haviam cometido o erro fatal de entrar ali. De se fixar no solo. Sitiei, então, a grande aldeia fortificada. Controlei as suas fontes de água. E esperei para ver. Era a antevéspera do Natal. E não havia lugar para mais nada. Apenas para os dois exércitos, pousados frente a frente. Volta e meia, pipocavam pequenas escaramuças, tiros e flechas clareando o ar. Os índios percebiam a tolice que tinham feito? Penso que sim. Os dias foram passando. Crescia a sede ameríndia. A falta de água foi ficando inaturável. Eles teriam de romper o cerco. De qualquer forma. E foi assim que, na noite do Ano Novo, aconteceu a grande batalha. Noite de gritos, de fúria, de pavor. Noite de gente estrebuchando pelo chão.

Aqueles índios começaram a sair em levas pelas cercas. Os mais valentes vinham na frente, desenhando nuvens de flechas. Queriam nos fazer recuar, gastando mais munição do que tinham, que a sua maior parte o rio já levara. E vi que alguns dos nossos tremiam. Não pude deixar que aquilo acontecesse. Atravessei-me diante deles, a brados. Fiz com que se calassem. Com que aposentassem o medo. E bati com a espada firme, faiscante, bem na beira de seus olhos. Fiz-lhes então avançar para dentro dos inimigos, perfurar finalmente a paliçada que nos impedia, matar dezenas e centenas de homens, cativar outro tanto, enquanto um bando debandava espavorido. Veio então o estranho e nervoso alívio da vitória, quando o corpo ainda treme. E muitas índias foram violentadas ali mesmo, no sítio da carnificina.

11

Mairi. A cidade foi crescendo. Plantando-se cada vez mais clara na coroa plana da escarpa cortada a pique sobre a praia. Vi surgir a sua igreja, seus pobres e precários prédios públicos, suas casas baixas, seus muros de taipa grossa, suas portas. Fora dos muros, uma capela, as primeiras olarias, o porto dos pescadores repleto de canoas, a criação do gado vindo de Cabo Verde, a formação de uma feira, por onde os índios gostavam de circular, tomando tragos de água ardente, contando casos de caça e pesca, trocando coisas com portugueses, enquanto as cunhãs sempre nuas vendiam redes, vasilhas, peixes, saguins, esteiras, tabaco, remédios, raízes.

Índios não consumiam sal, nem sabiam do arcanjo Gabriel. Lusos ignoravam seriemas e ipupiaras. Uns e outros principiaram então a saber de coisas — e espíritos — que desconheciam. Aqueles portugueses aprendiam, relutantes e mesmo resistentes, que banho se toma todo dia. Aprendiam a degustar pacas, siris, carapitangas, beijupirás. A engolir e soprar fumaça de tabaco, a erva santa dos brasis. Só não precisavam aprender a comer cunhãs. Foder, eles sabiam, desde cedo — e muito bem. Viviam no cio, eternos putanheiros. E elas gostavam. Demais. Atraíam lusos para os seus lanços nas malocas ou para choças afastadas da aldeia, pequenas cabanas de amor e sexo para solteiros, distribuídas espaçadamente pelos matos da vizinhança.

Padres diziam já missas e sermões. Índios acorriam a cada um de tais eventos. Índios e índias fascinados pelos paramentos sacerdotais. Pelas imagens coloridas de santos com mantos carmins e auréolas de prata. Por cálices, cruzes, campânulas, ostensórios, turíbulos. Pelos sons dos novos instrumentos musicais. Pelos graves cantos em latim. E a cena era muito interessante. Padres pensavam que convertiam — índios, teatrais, se divertiam: a missa era um espetáculo de cores, brilhos e luzes, na maloca sagrada dos lusitanos.

Severos com o ambiente de seus templos, padres tentavam corrigir certos costumes indígenas. Principalmente, a nudez de machos e fêmeas. Corriam sem descanso atrás dos índios, tentando convencê-los a se vestir com um mínimo de decência. Índios e índias se enfeitavam então com aqueles panos, não raro deixando de fora somente o caralho, os peitos, o xibiu. E, durante a própria missa, tentação suprema para os declaradamente castos soldados do Cristo: belas tupis se estendendo nuas, coxas e peitos à mostra, entre o púlpito e o altar. Mas a verdade é que muitos desses padres, que pregavam, desregravam. Descambavam para o vício, para comércios ilícitos, para explícitas trepadas, para a mais franca putaria. Adoravam engatamentos com fêmeas tanto quanto conjunções carnais com machos penetrando-os pelo traseiro.

De qualquer sorte, cruzeiros e conventos iam, cada vez mais, coroando aquelas colinas. Curumins pescavam palavras. Portugueses dormiam nas inis, ao som da maré vazante. O sol nem sempre cabia em si, de tanta luz. E o mundo se reinventava, furta-cor.

A baía azul, centro de riquezas e perversões, era o eixo onde tudo se engrenava. Mas me vi realmente confuso no meio daquilo tudo. Intérprete de ordens, advertências e comunicados oficiais. Encarregado de trasladar decisões, pedidos ou ameaças dos morubixabas. Tradutor de pregações bíblicas em praças de aldeias, com padres bradando pragas e batendo nos peitos, à maneira dos caraíbas. Em suma, eu, que sempre fui o estranho, era, agora, intérprete e interpretante. O intermediário formal e informal entre aqueles mundos, ora atendendo a uma convocação do governador, ora a um chamamento de chefes indígenas, ora a solicitações sacerdotais. E não me achava em casa em nenhum dos lados ou ambientes. Não me sentia reinol ou nativo. Não era peró, nem tupi. Passei então a viver de permeio, através, nos interstícios.

E começaram a acontecer coisas que eu não desejava. Chefe de minha própria aldeia, agora em recanto escanteado pelos lusos, estava na classe dos homens que — como os caraíbas, os morubixabas, os pajés, os grandes guerreiros — tinham o direito de possuir algumas esposas, e não somente uma só. E eu as tinha, todas para mim: uma e mais uma cunhã-muçu, duas jovens cunhãs. No total, quatro, oîorundy. E eu, o amado, sauçubëpyra.

Os padres, no seu afã sufocante de abolir hábitos que julgavam demoníacos, implicaram seriamente comigo. Começaram a pressionar. Envolveram o governador. Não era admissível que eu morasse com quatro mulheres, cada qual em sua rede, que eu visitava variavelmente, conforme a vontade da noite. A barra pesou. Intimado, tive de ceder. De eleger, humilhado e abatido, apenas uma delas. Confesso que foi muito difícil. A dor doía atrás das montanhas do peito. Elas sofriam e choravam, como só as índias sofrem e choram. Mas não teve jeito. E, no fim, fiquei com a que eu mais queria — Ypotira, kunhã i porangëbae. Moça feita para as festas do sol. Moça filha das chuvas claras do verão.

De vida ferida, dividida, tive de pagar ainda outros preços. Me esforçava para evitar que os índios fossem à luta contra os lusos.

Mas, também, para defendê-los dos desmandos destes. Sobreveio, então, a intriga. O falatório, a má-fé, a insídia. Passaram a me acusar de protetor dos índios e traidor dos portugueses. De inimigo de Portugal. Queriam-me preso ou descartado, expulso para longe dali. Queixas se acumulavam com o propósito de me indispor com o governador, cuja proximidade comigo, por conta de minhas tarefas de intermediação, provocava ciúmes e invejas em militares, funcionários, clérigos e colonos. O ambiente foi ficando insuportável. Índios desconfiavam, de um lado — e, do outro, portugueses queriam comer o meu fígado. Cheguei a pensar em sumir sozinho, ou fugir com a minha aguerrida Ypotira, para um outro e bem distante país. Um dia, de passagem por uma aldeia da catequese, com a sua capelinha caiada de branco quase na orla do mar, encontrei por acaso o velho e já cansado superior dos jesuítas, que, com o seu sorriso irônico de sempre e seu gosto por imagens navais, me aconselhou:

— Barlaventeia, amigo, do trigo podre da intriga.

Perdi a impaciência. Resignei-me com o que passara a reinar. Este nosso mundo, então já com alguns pretos dentro dele e em véspera de mais pretos ainda, não era mais, de modo algum, o mesmo. Terra dos lusos, terra dos pretos, terra dos brasis — terra de mouros, de ciganos, de judeus. E isso até voltava a me animar um pouco, em ocasiões. Um mundo dividido entre senhores e escravos, mas que, apesar de tudo e de todos os enganos que propiciava, ia-se misturando mais e mais. Começos de um mundo outro. De um mundo realmente novo. Iluso-brasileiro.

2. A DESTREZA DA SINISTRA

1

Klara Waxman era uma moça irresistível. Tinha passado no vestibular para arquitetura e exibia agora o mais belo e atraente par de coxas jamais visto naquela faculdade. Seus olhos ora faiscavam, ora eram um doce convite. Dona de uma conversa deliciosa e de uma inteligência aguda e rápida, tinha ainda a vantagem, na opinião dos rapazes que a cortejavam, de ser louca por sexo. E gostava também de mulheres. No começo da adolescência, passara uma temporada em Tel-Aviv, mas resolveu voltar. Não caberia inteira num *kibutz*, costumava dizer.

Defendia uma tese amorosa que, embora não deixasse de fascinar, parecia mais que tudo incomodar suas colegas de curso. Uma mulher jamais deveria se casar com um homem por quem fosse apaixonada — afirmava. O ideal era o contrário: casar-se com um homem apaixonado por ela, que, então, deveria ser algo desprendida e superior, no âmbito conjugal. Se pintasse alguma paixão, tudo bem. Era sempre possível e prazeroso ter um caso extradoméstico por algum tempo. Desde que não demorasse além da conta. A época, os anos de 1967-1968, era propícia a esse tipo de viagem. De fato, muitos, naqueles dias, pareciam ter embarcado para sempre numa aventura, fosse ela política, estética ou existencial. Ou todas ao mesmo tempo.

Nemésio: É preciso ter os pés no chão.

Kertzman: Quando você está no meio de um terremoto, isso não faz muita diferença.

Um diálogo talvez excessivo, na opinião de Bacelar, mas que bem dava conta do clima da época, no ambiente dos jovens então mais críticos, inquietos e criativos. Ou que bem falava das emoções daquela sucessão de greves, loucuras, festas, passeatas — quando muitos chegaram a ter certeza de que estavam ganhando as massas e na véspera de derrubar a ditadura militar. As ruas pareciam nossas, as pedras queimavam, os pássaros se projetavam contra as vidraças, o mundo rodopiava — no quase sonho de Aninha Fogueteira. Ali, sim, estava-se no meio do redemoinho. E parecia que tudo era possível. "Apesar da violência, da angústia e do desespero, havia luz em nossos olhos e alegria em nossos fulgurantes corações juvenis", declarou Kertzman, num depoimento gravado anos depois.

— Um comício poderia ser tão lúdico quanto um espetáculo musical. Tudo era, ao mesmo tempo, renúncia e diversão. É interessante. Havia uma pureza quase franciscana em nosso esquerdismo. Havia romantismo — e uma ingenuidade genuína. Até porque ninguém deixava de ter conhecimento das prisões e da fuzilaria stalinista, mas não sabíamos das atrocidades e canalhices que aconteciam dentro das engrenagens das organizações ou agremiações comunistas a que pertencíamos.

E tínhamos um senso realmente desmesurado de nossa própria importância. Achávamos que a mínima coisa que fazíamos era ou viria a ser fundamental para a libertação de nosso povo e a transformação do país. Para o futuro da humanidade. Como se a nossa energia movesse a máquina do mundo, o sol e as outras estrelas.

2

Judeus à direita e à esquerda.

No primeiro caso, impressionava a carreira velocíssima de Imre/Irênio Cohen na burocracia estatal, durante a ditadura civil--militar. Chegavam a interceder junto a ele para livrar a cara de amigos perseguidos e empregar comunistas, que de outro modo "passariam necessidades", como se costumava dizer. O governador aceitava os pedidos feitos via Imre, enriquecia ironicamente a sua equipe de trabalho, aperfeiçoando e aprofundando planos, graças ao talento e aos conhecimentos técnicos de seus adversários ideológicos. Àquela altura, Imre ainda era apenas o gatuno habilidoso. Mas já começava a percorrer galhardamente o caminho que o transformaria de gatuno habilidoso em ladrão descarado.

No segundo caso, Klara e Kertzman, como muitos outros de sua geração, se filiaram ao PCB. Militavam ambos, agora, nos quadros da esquerda universitária. Kertzman discordava de algumas teses do partido, que considerava deliriosas. Além disso, não via com bons olhos o anti-intelectualismo da organização. Era uma coisa contraditória: o partido atraía intelectuais, mas cortava suas asas. Seus intelectuais não podiam ser criativos ou inovadores, porque a verdade já tinha sido revelada no Sinai vermelho. Tratassem, então, de se manter dentro das balizas dogmáticas, enquadrando-se nas orientações gerais da matriz moscovita e nas linhas traçadas localmente pelo comitê central e a direção regional da agremiação. Isso era péssimo, frisava Kertzman. Era preciso pensar e repensar o Brasil em profundidade. E o Partidão simplesmente congelava a vida mental de seus militantes intelectualmente mais bem preparados.

Klara não estava nem um pouco preocupada com isso. O que interessava, dizia ela, era derrotar a ditadura e caminhar pé ante pé, passo a passo, de degrau em degrau, em direção ao socialismo. O que a tomava, além do orgulho de ser uma militante comunista, uma jovem integrante das células do PCB, era a alegria da ação. Sustentada, claro, pela crença inquestionável na vitória final do socialismo. E incluindo, no caminho de sua xará Clara Zetkin e das mulheres socialistas de Weimar, a luta em favor da igualdade entre os sexos.

O Partidão era uma organização política clandestina, mas não somente isso. Especialmente em seus redutos de classe média alta e burguesa, não deixava de ser também uma espécie de clube social, com seus membros promovendo festas e passeios. Uma das militantes mais animadas, nesse sentido, era Aninha Fogueteira, que na verdade se chamava Cristiana Carvalho: o apelido veio da personagem que ela ajudou a criar e interpretou, numa peça de teatro escrita e montada na Faculdade de Filosofia. E um dos prazeres maiores da moçada comunista daquela época era organizar saveiradas. Simples: alugavam um saveiro no cais, levavam bebida e comida e saíam a passear pelo campo azul da baía, nas noites em que a lua era mais clara.

Mas era também em tais expedições etílico-sexuais que rolavam conversas mais desamarradas, longes e livres dos olhares superciliosos dos dirigentes partidários. Abriam-se, assim, janelas para novas informações e riscos dissidentes. Foi nessas saveiradas que Kertzman se convenceu de que socialismo e democracia não eram termos antagônicos. Nem deveriam se manter distantes entre si. E que só do entrelaçamento deles poderia nascer de fato uma sociedade realmente nova.

3

Accioli tinha o dom de detonar mitos e desnudar ilusões. Como a conversa fiada, dizia ele, de que haveria uma forte solidariedade entre os militantes da esquerda, quase todos pertencentes à classe média tradicional. Ele estava agora com um amigo comunista demitido do emprego em consequência de suas posições políticas. O sujeito começava a naufragar em problemas financeiros. E o que seus companheiros de organização faziam para ajudá-lo? Nada. Talvez até porque achassem que ser pobre era moralmente superior a ser remediado, ironizava Accioli, que não era comunista. Afinal, lembrava ele, "proletarizar-se" não tinha sido uma palavra de ordem do PCB para seus militantes pequeno-burgueses, incluindo aí, na mistura desse balaio, artistas e intelectuais que tinham caído no conto da sereia soviética?

— Não, meu amigo, não existe a tal da solidariedade esquerdista. Ou, se existe, é mínima e seletiva. Aqui, a direita é muito mais generosa e solidária. A esquerda, você sabe, faz o discurso da solidariedade universal. Mas, no plano particular, no que diz respeito à vida individual e cotidiana das pessoas, o que prevalece mesmo é aquele famoso princípio marxista que diz que, em tempo de murici, cada um cuide de si.

Kertzman se apressou a tentar contestar Accioli, citando dois exemplos de militantes socorridos e auxiliados pela rede esquerdista.

— Não, Kertzman, o que funcionou aí não foi a solidariedade vermelha. Foi a solidariedade judaica. Você deu exemplos de dois judeus. Para a comunidade judaica, eles não são comunistas judeus — mas judeus comunistas. A ordem se inverte. E a comunidade é solidária no judaísmo. Na base da identidade judaica. É um *mitzvah*, um preceito sagrado, ajudar um irmão judeu em dificuldades.

Accioli sabia do que estava falando. Ele conhecia relativamente bem o assunto. E até a estrutura institucional e a teia informal que faziam firme a solidariedade entre os judeus. Citou até a B'nai Brith, que era uma espécie de maçonaria judaica. Uma organização centrada na ajuda mútua, no campo da solidariedade objetiva entre os judeus.

Mas não ficou só por aí. Naquela noite, Accioli estava mesmo com a capeta. E avançou também, um pouco mais tarde e com umas birinaites a mais no juízo, contra o que classificava como "o mito da meritocracia universitária". E o fez sem meias palavras: "É preciso denunciar essa mentira. Acabar com essa balela, com essa lengalenga de que a universidade brasileira é meritocrática", esbravejou. De seu ponto de vista, a tal da meritocracia universitária era facilmente desmontável. "Quem é aprovado para o mestrado, por exemplo? Pode conferir. Regra geral, é quem está fazendo alguma pesquisa que se subordina à pesquisa geral do professor, o que faz do mestrando uma espécie de funcionário de seu mestre. Quando não, é admitida, num abrir e fechar de olhos, a mocinha gostosa que acena com promessas sexuais ao coordenador do mestrado."

E Accioli, dizia Bacelar, morreu antes que a realidade desse ainda mais munição para seus argumentos. Sim. Porque, anos depois do seu falecimento, se assistiria também, com professores negros em incansável ação extracurricular nos campus decadentes do sistema acadêmico nacional, ao surgimento da meritocracia da cor.

4

O libertarismo sexual de Klara Waxman não era bem acolhido pela maioria de suas colegas de faculdade — e menos ainda pela maioria de suas companheiras da comunidade judaica.

Estas reclamavam que Klara alimentava abertamente o estereótipo racista de que as moças judias se entregavam facilmente ao sexo, o que não era verdade. De fato, lembravam, não havia notícias de que jovens judias alargassem as pernas com maior frequência ou facilidade do que as demais jovens brasileiras. Klara era um caso especial, singular até — insistiam. Sua inspiração, aliás, era francesa — vinha de Sartre e Simone de Beauvoir, como o próprio Kertzman explicou, nas três ou quatro vezes em que chegou a ser questionado sobre o assunto.

Bacelar, por sua vez, fazia estudadas e até algo inspiradas defesas da disposição bissexual ou pansexual da amiga: "Mesmo que a gente não exerça, a gente é bissexual. A humanidade é pansexual. Mesmo Renoir, que inventou as mulheres do século XIX e compreendeu como ninguém o corpo feminino, pintou um quadro gay — um garoto nu, de costas, com a bundinha iluminada e um rosto meio de moça, envolvendo um enorme gato dengoso com o seu abraço." Lembrava ainda que, etimologicamente, a palavra "sexo" vinha, em última análise, do latim sectio, que significava "corte". Para então arrematar:

— Somos todos limitados, "seccionados", ao contrário de Klara, que decidiu se aceitar plena, se realizar como pessoa inteira.

Ou ainda, igualmente sofisticado:

— Os tempos bíblicos foram polígamos. Mas não cultivaram a poliandria. Quase dois milênios depois, Klara veio para inverter o jogo, vestindo a fantasia poliândrica. Poliândrica e plurissexual.

5

O velho Gandhi ensinava que a verdade nunca traz prejuízo a uma causa justa. A frase ocorreu a Daniel Kertzman quando o táxi deslizava já pela Avenida Atlântica, a caminho de um restaurante português no Leblon, onde se encontraria com dois amigos queridos, que não via há tempos.

Mas se a ditadura e seus agentes chegavam a ser sistematicamente mentirosos — seguia pensando —, também os comunistas não primavam pelo respeito aos fatos. Foi por isso que a revelação dos crimes de Stálin teve um efeito tão devastador. Mas a mentira continuou prevalecendo depois disso. Na própria Rússia, na China maoista, em Cuba. Mesmo no Brasil, mesmo sem nunca ter chegado ao poder, tropeços e trapaças marcavam e manchavam a ação da esquerda. É claro que o conhecimento dessas coisas, ainda que gradual e relativo, afetava fundamente Daniel e alguns dos simpatizantes e militantes da causa. Não chegavam a destruir o sonho socialista, mas produziam já uma distância com relação às organizações políticas então clandestinas. O ideário permanecia — a práxis, muitas vezes, enojava.

Em 1952, Stálin, ainda prosseguindo no cultivo canceroso do seu ódio por Trótski (o judeu Lev Davidovitch Bronstein), estabeleceu um novo dogma, uma nova e intocável verdade: todo judeu era um inimigo potencial do comunismo — vale dizer, do mundo fraterno e solidário que transfiguraria a história da humanidade. Quando leu isso, Kertzman ficou pensando em judeus como Klimt e Modigliani. Como eles eram cultural e humanamente superiores a Stálin! Mas, com o tempo, acabou passando tranquilamente por cima do antijudaísmo stalinista. Afinal, nem tinha vivido aquilo. E mesmo judeus mais velhos, como Jacob Gorender, diziam que não se podia confundir o comunismo com o erro de uma época, de uma conjuntura, de um grupo ou, muito menos, de um indivíduo. Tudo bem, tudo bem. Vamos em frente, vamos trabalhar. Vamos acender os faróis do socialismo para clarear todas as praias do planeta.

Mas agora era diferente. Vivera o lance. Pode-se então dizer que, para Daniel Kertzman, a grande decepção veio com o fim brutal da Primavera de Praga, sob o avanço inexorável das botas do exército soviético. Ele acompanhara tudo, passo a passo, desde que as coisas se fizeram mais explícitas — mais nítidas e mais agudas —, chegando a um ponto sem retorno. A inflexão se deu em meados de 1968. Kertzman vibrou quando dezenas de intelectuais da então Tchecoslováquia avançaram a peça que, desde aquele momento, se tornou incontornável no xadrez e na vida do país, com a publicação do *Manifesto das Duas Mil Palavras*, defendendo o aprofundamento do processo de democratização iniciado no interior do próprio PCT, o partido comunista local. Aquilo, dizia ele então em rodas de conversa e militância, era um sopro do ar mais vivo na alma dos socialistas antiautoritários do mundo inteiro.

A vanguarda cultural e política do país investia com brilho e coragem contra a burocracia estatal e o sistema policialesco, reivindicando liberdade de expressão e buscando a renovação democrática do socialismo. Lutava-se enfim por uma alternativa libertária. Com isso, a Tchecoslováquia saltou para o centro do palco, para a linha de frente do debate internacional sobre um novo socialismo, com todas as suas implicações culturais. Logo, logo, foi o tal do rastilho de pólvora. O lance já não era uma coisa só de escritores, intelectuais, jornalistas. O movimento se espalhou pelo país, enramou-se vívido em meio à juventude tcheca e eslovaca, com aqueles jovens cabeludos como nós namorando alegres pelas ruas de Praga.

Sim. Aconteceu o Maio de 68 francês, aconteciam loucuras nos EUA. Mas a Primavera de Praga tocava Daniel Kertzman de modo muito especial, único. Era a esperança de não deixar o sonho se dissolver, de encontrar um novo caminho, caminho do pluralismo socialista, um novo socialismo. Praga e o Brasil, claro. Aqui, o tropicalismo — renovação na arte, no pensamento e na vida. O tropicalismo de "Panis et Circensis" e "Enquanto Seu Lobo Não Vem". Das roupas dissonantes e dos gestos dissidentes. Ali estava a mescla inusitada, a desconcertante e desafiadora miscelânea mental de Kertzman, naquela conjuntura. Praga e Tropicália, Caetano e Dubcek, eram naquele momento os referenciais incandescentes na sua cabeça. Cabeludos de Praga e da Bahia, uni-vos!

Até que tudo desabou. Em dois atos. No dia 20 de agosto, perto da meia-noite, as tropas do Pacto de Varsóvia (Moscou e seus servos e vassalos) invadiram a Tchecoslováquia. Veio a inesquecível reação da população local. As pessoas apagaram as placas com os nomes das ruas, apagaram os números das casas. Por todo canto, cartazes e placas diziam a mesma coisa: MOSCOU 1800 KM — e uma seta apontava a direção da capital russa... Terminando por revirar tudo no coração de Kertzman, o PCB veio à semiluz (ou à semitreva) da clandestinidade para apoiar a invasão, a destruição criminosa da aventura democrática do socialismo, que tão bem começara.

Acabou-se então a possibilidade de qualquer conversa. Daniel Kertzman simplesmente virou as costas para aquela "maçonaria calhorda", como então declarava. No Brasil, quatro meses depois, o caldo da ditadura engrossou de vez. Praga e Tropicália, Kertzman — a dupla derrota: todos presos, alguns feridos, outros exilados. Repetia-se a cena do nazismo e do stalinismo de mãos dadas para destruir Stravinski e Walter Benjamin. Era tudo muito claro, mais uma vez: a direita e a esquerda inteiramente irmanadas no combate feroz a quem sonhasse mudar a arte e/ou a vida.

6

Eduardo Bacelar tinha desenvolvido uma mania que não deixava de ser a cara dele, sempre fascinado por destrinchar jogadas, golpes e intrigas. Era um jogo, na verdade. Quando um filme policial entrava em cartaz na cidade, ele ia ao cinema com algum amigo ou amigos. Depois de uns dez ou quinze minutos de filme, saía da sala de projeção e deixava o prédio. Mas não ia embora. Sentava-se em algum banco da rua ou entrava em algum boteco ali perto. Enfim, ficava nas proximidades da porta do cinema, esperando a sessão acabar.

Era aí então que se entregava à mania ou jogo que lhe dava imenso prazer. Concentrava-se no pouco que vira do filme, acionando uma série de operações lógicas, como dizia, a fim de concluir o mais rápido possível quem, segundo o seu escrutínio analítico, era o culpado, o criminoso, o vilão da fita que estava sendo exibida. Isto feito, escrevia o nome do suspeito num pequeno pedaço de papel, que pedia ao porteiro do cinema que guardasse, para que depois todos pudessem conferir se ele tinha acertado ou não.

Como todo esse ritual, da saída da sala à entrega do papel ao porteiro, nunca demorava mais do que uns dez ou quinze minutos, a mesma duração do que gastara vendo o filme, passava então a hora e meia que restava lendo algum livro (com a capa trocada ou devidamente forrada, para que nenhum tira, que por acaso passasse, visse que ali estava um consumidor de literatura marxista, logo um subversivo a ser enviado para o xilindró e o pau de arara), ou selecionando números de placas de automóveis para jogar no bicho ou comprar bilhetes de loteria. Tinha certeza de que um dia seria premiado — como de fato o foi, comprando com esse dinheiro, entre outras coisas, o sítio em Cachoeira e a confortável casa onde passou a morar com a quarta mulher e as duas filhas mais recentes, num dos condomínios da praia de Piatã, na Bahia.

Daniel Kertzman e Gabriel Gorender eram dos amigos mais constantes nessas idas ao cinema, verificando depois o resultado das perquirições de Bacelar. E era raro que ele deixasse de acertar na mosca. Regra geral, depois da sessão cineinvestigatória, iam tomar cerveja em algum bar discreto, ou mesmo jantar em restaurantes que a esquerda não frequentava. Era aí, então, que Bacelar voltava a seus toques catequéticos, embora sem qualquer insistência maior. Em resumo, dizia que Daniel não podia perder o "vigor revolucionário", que o Partidão nada tinha a ver com o verdadeiro caminho para o socialismo, que este passava pela derrubada da "ditadura dos patrões", e que, por isso mesmo, ele deveria aceitar o convite para ingressar na Polop, a organização esquerdista "Política Operária", inspirada em Trótski e Rosa Luxemburgo. Kertzman cortava. Não aceitava nenhum tipo de "ditadura do proletariado". E, afora isso, achava a opção pela luta armada simplesmente burra. "Não temos de lutar contra os milicos exatamente no esporte em que eles são muito melhores do que nós", dizia. E fim de papo.

Mas, se Bacelar não conseguiu levar Kertzman para a Polop, contribuiu para afastá-lo definitivamente do PCB. E mais: foi capaz de recrutá-lo para uma ação prática "altamente secreta", como dizia, à qual Kertzman se entregou irresponsavelmente, com o prazer de quem ia a uma expedição de caça nos redutos remanescentes de Mata Atlântica que ainda se viam então no Recôncavo Baiano. Não haveria a menor possibilidade de dar nada errado, garantia Bacelar, que, embora sem empáfia alguma, sempre falava como se fosse perito em balística, explosivos, ações militares e coisas do gênero.

A ideia era simples. A fim de neutralizar o avanço da esquerda estudantil numa escola pública, o colégio Severino Vieira, o secretário de Educação iria lá para um evento. O grêmio do colégio, nas mãos de gente que militava no MOL, Movimento de Organização e Luta, braço secundarista da Polop, exigia agora a abolição do uso obrigatório de uniforme para alunos do turno noturno, que eram em sua maioria trabalhadores, pessoas mais velhas, alguns até chefes de família, que não deveriam gastar dinheiro com fardamentos escolares. Em resposta, o secretário iria ao colégio, faria um discurso no palanque que se acabara de montar com esta finalidade e, surpreendendo a todos, faria uma distribuição gratuita de uniformes para os alunos do turno noturno. Acontece que o pessoal do grêmio soube do que estava planejado e resolveu agir, sob a orientação de Bacelar, militante universitário mais calejado e plantado em posto superior na estrutura da organização.

No dia marcado, Bacelar passou no casarão da família Kertzman, tomaram duas belas doses duplas de uísque e foram se encontrar com os demais membros do pequeno grupo que entraria em ação. Foi tudo muito fácil. Metade do grupo entrou pelo matagal existente nos fundos da escola, foi diretamente ao posto do vigia, que dormia a sono solto, com a arma em cima de uma mesinha. Acordaram o cavalheiro, vendaram seus olhos e amarraram fortemente suas mãos e pés. Enquanto isso, a outra metade, com Bacelar e Kertzman, tinha saltado o portão principal do prédio, avançado rapidamente em direção ao palanque plantado no pátio de cimento. E assim, enquanto um grupo ia levando as fardas até ao caminhão da escola, o outro incendiava o palanque. Serviço terminado, todos para casa, deixando os uniformes no galpão de um jovem empresário militante da Polop e abandonando o caminhão roubado numa entrada deserta da Pituba, antes da formação do bairro. Os uniformes foram depois deixados numa esquina próxima ao colégio, com os alunos do noturno pegando o que lhes cabia.

Foi esta excursãozinha mixuruca a única e exclusiva "ação prática" de que Daniel Kertzman participou — mais uma diversão entre amigos queridos do que qualquer outra coisa. Depois disso, decidiu cortar todas as suas ligações também com as demais organizações, não por medo de nada, que ele não tinha, mas porque considerava uma estupidez, mesmo que heroica e generosa, a opção pela luta armada. Meses depois, recebeu a notícia de que Bacelar fora preso no Rio e que dificilmente escaparia de ser torturado, na base de muita porrada e choque elétrico.

7

— Tem fósforo?

O sujeito atravessou a rua para fazer essa pergunta. E, enquanto Daniel abaixou num segundo os olhos para pegar o isqueiro no bolso da calça jeans, viu a sombra da submetralhadora no passeio, um carro frear subitamente ao lado e ouviu novamente a voz tranquila do sacana: "Você está preso." A frase produziu uma espécie de choque elétrico no estômago. Daniel viu que não tinha saída. Entregou-se. Entrou no fusquinha e seguiu com os milicos vestidos à paisana, que o levaram ao quartel do Barbalho. Operação Pena Branca, disseram ao soldado de sentinela à entrada do quartel. Foi revistado e levaram sua roupa, deixando-o apenas de calção — um calção folgado, preto, comprido e feio que os soldados usavam para fazer ginástica. Trancaram-no então dentro de uma sala de janelas fechadas.

Kertzman não conseguia fixar o pensamento em nada. Tinham prendido o homem errado, pensava. Àquela altura, já não fazia parte do PCB e não guardava quaisquer segredos da vida e das operações clandestinas dos militantes. Não chegava a ser tratado como traidor, mas quase. É que não traíra o partido ou algum de seus membros, mas traíra o ideal, a bandeira e o sonho do comunismo, comentavam. Naquele momento, era apenas um civil, um paisano pacífico, que deixara para trás o comunismo soviético, tornando-se mais um simples democrata brasileiro. Mas quando o ouviriam? Kertzman aguardava ansioso a hora do interrogatório. Tempos atrás, teria talvez a altivez dos melhores comunistas do seu partido. Agora, não. Havia se transformado num sujeito inofensivo. E estava somente preocupado em desfazer o equívoco de sua prisão. Coisa que, na sua imaginação, logo se resolveria.

8

Pessoas eram então presas por razões muito variadas. Algumas, com pesadas culpas no cartório da ditadura. Outras, por motivos fúteis, humorísticos até, como o professor de filosofia que, numa aula, se dissera neokantiano — e os milicos ficaram intrigados, querendo saber mais sobre esse novo ramo do marxismo. Variavam também imensamente as situações em que as pessoas eram capturadas. Frederico Abreu, por exemplo, torcedor fanático do Bahia, fora preso no banheiro do estádio da Fonte Nova. Mas nada se igualava à prisão de Paulo Herrera. Ele estava em casa, tarde da noite, deitado nu em sua cama de casal, dormindo ao lado da mulher. Tocaram a campainha da casa. Ele acordou. Pensou que eram dois sobrinhos seus chegando de uma excursão pelas ilhas da baía. Para não descer nu, vestiu a primeira roupa que encontrou ao lado. Era um baby-doll vermelho e sexy de Fernanda, sua mulher. Quando abriu a porta, para a sua tremenda surpresa, deu de cara com os milicos de armas em punho, que ficaram perplexos, mas logo explodiram em gargalhadas.

— É o primeiro comunista de camisola que vejo na vida — disse o sargento.

Para se impor, Herrera arriscou a vida. Gritou com o sargento. "Olhe aqui, seu babaca. Se você quiser me matar, me mate. Mas me respeite", disse, soltando faíscas rubras pelos olhos. Os soldados ficaram paralisados, sem saber o que fazer. Movendo-se rapidamente e com passos firmes, Herrera acendeu a luz da sala, deixou a porta aberta, subiu as escadas, trocou de roupa já com a mulher acordada, desceu de volta e se entregou. "Podem me levar." Os soldados, dessa vez, mantiveram um silêncio mais do que respeitoso.

9

— Kertzman já foi comunista. Era do Partidão. Mas hoje não faz parte de mais nada. O que ele quer é ganhar dinheiro com os negócios do pai.

Foram as palavras do velho Marcos Lima, preso claustrofóbico que vivia mordendo os próprios dedos e cuja cela ficava de porta sempre aberta. Outros comunistas também trataram de livrar a cara de Daniel. Mas aquilo já estava demorando bem mais do que ele previra. Primeiro, deram um susto nele. Entraram de súbito na sala onde estava trancado — sentado no chão, sem camisa, descalço, só de calção — e dispararam uma metralhadora sem balas na sua direção. A sensação foi bem estranha. Kertzman passou a mão pelo ventre para sentir os buracos das balas e só então percebeu que aquilo fora um truque para desestabilizá-lo. Sorriu, do modo mais irônico que pôde.

De imediato, veio a série ininterrupta de interrogatórios onde as mesmas perguntas se repetiam, num lugar lacrado e escuro, com faróis acesos em sua cara. Em terceiro, a humilhação no pátio do quartel. Colocaram ele descalço e de calção diante do pelotão, enquanto um milico, de megafone na mão, dizia: "Vejam só o merdinha que está nos desafiando." E não foram poucas as risadas da tropa. Depois disso, foi deixado numa cela fria, incomunicável, dormindo num chão de cimento (sem colchão, sem camisa, sem lençol), cagando e mijando numa velha lata de óleo. A cela fedia e mais nojenta ainda era a comida gordurosa que chegava. Numa parede ao fundo, uma frase subliterária escrita a carvão por algum comunista que o antecedera ali na "geladeira", como a cela era chamada pelos soldados: "Homem, forja aqui a tua têmpera." Até que, depois de uns dez dias incomunicável, foi transferido para a base naval de Salvador, onde voltou a ver pessoas.

De fato, Kertzman reencontrou vários amigos na base naval, classificados pela ditadura em graus diversos de periculosidade. E agora podiam conversar, tomar banho de sol e até jogar futebol. O pequeno presídio da base era um corredor, com celas de ambos os lados. O portão principal ficava sempre fechado. As portas das celas individuais, não. Eram fechadas às seis da tarde e abertas às seis da manhã. Nesse longo intervalo, os prisioneiros conversavam, liam, jogavam xadrez, etc. E nem todos eram presos políticos. Havia três marinheiros entre eles. Sandoval, que na adolescência participara das ligas camponesas de Francisco Julião, há tempos não agitava mais, mas, ao ser chamado de "filho da puta burro" pelo comandante da Base de Aratu, mandou-lhe um murro em cheio no meio da cara. Negão, por ser desertor. E Bolinha, flagrado dando a bunda na guarita, durante seu turno de vigilância, quando devia estar zelando pela segurança da base.

— Bolinha, você é fanchono? — perguntou com um riso maroto Sérgio Augusto, militante da Polop, um dos raros moleques bem-humorados da organização.

— O que é fanchono?

— Veado arrependido.

— Ah, meu filho, não me arrependi de nada não.

Com o tempo, Bolinha se achou totalmente à vontade naquele meio, onde ninguém o tratava com preconceito. Adorou, quando alguém lhe contou a antiga anedota: "Bolinha, meu caro, o negócio é o seguinte. Em matéria de veado, o Exército não gosta, a Aeronáutica não se importa e a Marinha prefere." Além disso, os presos políticos se davam bem com o conjunto de marinheiros da base. Estava previsto, inclusive, um exame geral para a promoção de cabo a sargento. Alguns presos se revezavam ensinando português e matemática a Pedro Pedreiro, o cabo mais próximo deles. Mas Pedro era algo desmemoriado. De repente, se atrapalhava com a lógica matemática e vinha todo esbaforido perguntar: "Na multiplicação, menos com menos dá menos ou dá mais?" Não é preciso dizer que logo toda a base passou a chamá-lo de "sargento mais com menos".

Mas a grande farra se deu quando, numa noite, se esqueceram de fechar as portas das celas ao entardecer. Foi uma diversão só. E o grande número do espetáculo, para deleite e aplausos gerais, ficou por conta de Bolinha, que se enrolou num lençol, improvisou um turbante e deu um verdadeiro show de cabaré ou teatro de revista, dançando e rebolando entre caras e bocas e mil trejeitos de mãos, ao longo do corredor do presídio, enquanto cantava, em ritmo mais vivaz, o Hino da Marinha, com uma ligeira e brejeira alteração na letra.

> Qual cisne branco em noite de lua
> vai deslizando no lago azul
> minha galera também flutua
> nos verdes mares de norte a sul...

> Linda galera que em noite apagada
> vai navegando num mar imenso
> nos traz saudade da coisa amada
> da coisa minha em que tanto penso.

> Qual linda garça...

10

Em meio aos presos, com suas múltiplas histórias, um caso chocou Daniel Kertzman e outros companheiros que ficaram sabendo do ocorrido.

A "repressão", como então se dizia, confundiu Sílvio Araponga com seu irmão Sérgio Rabeta — e o prendeu. Acontece que, enquanto Sérgio Rabeta era militante da esquerda armada e já se encarregara de fuzilar gente, despachando dois ou três infelizes para o além, Sílvio Araponga não tinha nada a ver com o assunto. Não era simpatizante do Partidão, que dirá do terrorismo. Gostava mesmo era de jogar bola, foder e tomar cachaça.

Mas se revelou de uma dignidade extraordinária — e até mais que isso. Solidário e corajoso, Araponga decidiu não esclarecer os fatos. Ficou preso como se fosse o irmão — e pagou caro por isso, sob tortura. Já Sérgio Rabeta se revelou de uma extraordinária indignidade. Em vez de se entregar para libertar o irmão, pegou uns documentos falsificados pelo pessoal da Polop, uma pasta cheia de dinheiro e sumiu no mundo, deixando que Araponga se fodesse nas garras ferozes dos milicos. Só meses mais tarde, enviou uma notícia à família: encontrava-se são e salvo no Chile. Foi então que Sílvio Araponga disse a verdade. Os militares ficaram furiosos. Mas mesmo eles não deixaram de olhar com admiração o gesto generoso de Araponga. Quanto ao irmão, que já mostrara ter falhas graves de caráter, certamente não faria nada de especialmente bom na vida.

Hoje, ninguém conhece a história de Araponga. Mas Rabeta, provavelmente por ser quem é, com uma sede louca pelo poder, fez carreira política, chegando a ser secretário e ministro de governos do PT. E dizem que, quando dorme, sonha com os anjos.

11

Greve de fome. Exigia-se saber o que acontecera com um preso chamado Antonio Machado, militante do PCBR, retirado de sua cela à noite e levado ninguém sabia para onde por agentes do Cenimar, o centro de informações — e, sobretudo, de tortura — da Marinha, por cujas mãos não poucos comunistas foram "desaparecidos".

O sargento Silveira respondeu que a informação que tinha era a de que Antonio Machado tinha sido transferido de madrugada para o Rio de Janeiro, em função de umas acareações que iam fazer por lá. Mas é claro que ninguém acreditava no que ele dizia. Se fosse verdade, Machado teria vindo pegar as suas coisas e se despedido deles. Além disso, o Cenimar era um ralo escuro. Uma goela infernal, impiedosa, pela qual muita gente era tragada, sumia.

Na primeira noite da greve, um grave senão. Alguns presos começaram a ouvir um barulhinho parecendo de ratos andando em cima de pequenas estilhas de vidro. Prestaram atenção. Até que identificaram com precisão. Não eram pés de camundongos em fragmentos vítreos. Era alguém abrindo a embalagem plastificada de qualquer coisa. Mais precisamente ainda, de algum comestível. No silêncio escuro e total do cárcere, ouvia-se o ruído de alguém comendo biscoito. Biscoitos de baunilha. Era Giancarlo Montecuculo Carmo, que cometia não o pecado da gula, mas o da honra.

No outro dia, cercado pelos demais presos, Giancarlo Montecuculo Carmo negou, na maior cara de pau do mundo, que estivesse furando ridícula e vergonhosamente a greve, em companhia dos vários pacotinhos de chocolate e biscoito que ganhava de sua *mamma*, nos dias determinados para as visitas das famílias. E a cena, para a raiva e o desprezo de todos, se repetiu mais tarde, naquela mesma noite: pés de camundongos sobre vidrilhos, embalagem rasgada e amassada, alguém roendo e corroendo com extremo cuidado, desta vez, outro tipo de biscoito. Primeiro, umas bolachinhas de mel; depois, wafers com recheio de morango.

— Você não tem vergonha, rapaz? Até Bolinha, que não tem nada a ver com a história, está cumprindo a greve. Que porra de comunista, que merda de gente é você, bicho?

A vontade dos presos era bater, dar um corretivo no sacana do Montecuculo. E ele escapou por pouco. Naquele dia, preocupado com a saúde dos presos e sem querer notícia ruim no seu turno de trabalho, o tenente-médico chamou Marcos Lima, decano da galera vermelha ali catrafilada, e disse a ele: "Oficialmente, Antonio Machado se matou. Vocês não podem fazer nada. Melhor acabar com essa greve." Com paciência e sensatez, porque há delirantes vitoriosos mesmo dentro de presídios, o velho Marcos, que não se cansava de cantar canções de Frank Sinatra e Anísio Silva, convenceu o grupo.

— Mas que lição a gente vai dar no Carmo, no Giancarlo? — alguém perguntou.

— Deixa o Montecuculo para lá, respondeu o sempre sereno Marcos. É como naquela pergunta do povo do Recôncavo: para que gastar vela com defunto ruim?

12

Ao deixar finalmente a prisão, depois de três meses trancafiado, a vontade de Daniel Kertzman era andar por toda a cidade, enchendo a cara aos poucos, aqui e ali, nos mais variados bares, entre o Porto da Barra e a ponta da Penha, na Cidade Baixa. E convidou Gabriel Gorender para a excursão.

Saíram quase ao entardecer, tomando um cambuí e a primeira cerveja gelada no Farol, servidos por Cara de Cágado, garçom amigo. E foram circulando. Beberam na Ladeira da Barra e no Campo Grande. Horas depois, num restaurante do centro antigo da cidade, o Varandá, onde pararam para comer lagostas e verduras grelhadas, encontraram Cordeirinho, militante comunista que não viam há um bom tempo, trabalhando agora como gerente do estabelecimento.

Kertzman (acendendo um cigarro): Pensei que você tinha ido para a luta armada.

Cordeirinho: De jeito nenhum. Nem na clandestinidade permaneci. O pessoal ficou puto comigo, mas fui sincero. Disse que não queria ser clandestino porque podiam me prender. E aí, se me torturassem, eles estariam fodidos: eu sabia que não ia aguentar a barra, que ia acabar entregando todo mundo. Então, era melhor eu cair fora.

Gabriel: Mas eles não lhe destacaram então para algum trabalho mais maneiro?

Cordeirinho: Tentaram, mas eu também não topei. Não dava.

Gabriel: Por quê?

Cordeirinho: Rapaz, eles ficaram mais putos ainda, mas eu disse a mais pura verdade. Disse que os trabalhadores brasileiros estavam satisfeitos com esse negócio de "milagre econômico", que estavam ganhando melhor, etc. E que, se eu fosse dizer a eles que era hora de pegar nas armas pra derrubar o governo, me mandariam tomar no cu.

Comeram, conversaram, beberam. E seguiram em frente. Na Praça Municipal, desceram o Elevador Lacerda. Deram uma volta ali na Praça Cayru e foram até ao cais. O mar, à noite, parecia ficar mais denso e poderoso. Deram um tempo ali, conversando, repassando cenas de vida, memórias. Feita a digestão, prosseguiram a pé pela Jequitaia e foram parar no Bonfim. Uma verdadeira andarilhada urbana. Acharam ainda um daqueles ônibus vazios que às vezes circulavam tarde da noite, entraram e só foram saltar no Caminho de Areia.

Gabriel frequentava há anos aquele ponto, que conhecera com seus amigos do candomblé e da capoeiragem. Pararam no tabuleiro para cumprimentar Dona Zefa, famosa pelo seu pequeno e maravilhoso abará, que já vinha com a própria massa devidamente apimentada. Ela ficava sempre ali, na porta do boteco de Camilo. E só começava a mercar quando dava meia-noite. Taxistas paravam de madrugada para tomar um trago e comer um ou dois abarás, que ela vendia puros. Dizia que esse negócio de botar vatapá no abará não era coisa do tempo dela, mas invencionice de gente moça, que não deixava nada quieto.

Gabriel era conhecido naquelas quebradas. Sabiam das coisas boas que ele fazia. Agora, juntamente com João Schindler (Omolu Ìgbóná) e Dom Timóteo, o abade do Mosteiro de São Bento, era membro da comissão de defesa do terreiro da Casa Branca, que estava ameaçado de perder parte da sua propriedade. Meses antes, ele se envolvera na briga pela preservação fundiária de outro terreiro, o Ilê Axé Iyá Omin Yamassê (o Gantois da Senhora Dona Menininha, mãe de Cleuza e avó de Zeno), contra um sujeito rico, dono de empresa, um tal de Ferdinando Serralho, que invadira parte do terreno do terreiro com o intuito de fazer ali uma agência de publicidade e montar uma revendedora de motos. Ganharam a parada. E o puto do Serralho, que vez por outra encontrava nos raros restaurantes chiques da cidade, olhava para ele com ânsias de ódio.

O lance da Casa Branca era mais complicado. Porque tudo tinha começado com uma jogada malandra de um membro pouco confiável da alta hierarquia do próprio terreiro. O sujeito, achando-se garantido por suas guias e seus ebós, vendeu um pedaço do terreno do velho Ilê Axé Iyá Nassô Oká. E o cara que comprou estava começando a implantar um posto de gasolina no seu lote. O pessoal do terreiro convocou seus aliados na cidade, pessoas respeitadas como o abade, e agora iriam todos em comissão pedir ao governador, que mandava e desmandava na Bahia, para ele dar um jeito naquilo. Era simples, dizia Gabriel. Se o governador dissesse que era para não fazer posto de gasolina nenhum, o cara não seria louco de contrariar. Só teria a perder, a pagar e a penar.

— Mas me diga uma coisa, Gabriel: você acredita mesmo em orixá?

— Rapaz, vou no terreiro como vou na sinagoga. Não sou uma pessoa religiosa, mística. Verdade que aprecio mais o politeísmo do que o monoteísmo. Acho bem esquisita essa ideia de um deus que, como o dos judeus e cristãos, quer destruir os outros deuses. O deus do judaísmo, como o do cristianismo e o dos muçulmanos, é um deus antideuses. Mas talvez eu deva lhe dizer o seguinte: acredito em tudo e não acredito em nada.

Justamente a essa altura da conversa, quem apareceu diante do tabuleiro de Zefa, pedindo seu abará, foi João Omolu Ìgbóná Schindler. Já formado, era agora o advogado João Schindler, trabalhando no Juizado de Menores. Mas, principalmente, era um filho de santo graduado, que já caminhava para o seu deká. Atuava assim, juntamente com Gabriel e outros, na proteção dos terreiros baianos, mas cuidando especificamente dos aspectos jurídicos da defesa da integridade territorial das casas de santo. Quis saber de Daniel, da prisão, de como ele estava. Convidou-o a ir ao terreiro. Daniel respondeu com gosto às perguntas e prometeu uma ida ao ilê. Gabriel iria com ele. Até que, depois de comer três abarás, Schindler se foi, em meio a uns abraços bem afetuosos.

Kertzman estava adorando aquilo tudo. Liberdade, cerveja gelada, abará de Zefa, o encontro com João Schindler e as histórias de Gabriel. "E o abade, Gabriel. Você fala como se esse cara já tivesse virado santo." Gabriel sorriu.

— Um dia eu levo você para conhecer ele, lá no mosteiro... Daniel, esse cara morava no Rio, elite rica da zona sul, e ia se casar com uma mulher do mesmo clube. Mas aconteceu um negócio pesado, não sei se acidente ou doença, e ela morreu. Ele ficou arrasado. Fodido. Chegou então à conclusão de que jamais conseguiria dizer a outra mulher as palavras de amor que tinha dito a ela. E aí saiu de casa, à noite, chovendo, sem nada nas mãos, foi até o mosteiro lá no Rio e bateu na porta. Quando abriram, ele pegou a carteira de identidade dele, jogou fora, no meio da rua, e entrou. Foi assim que ele virou monge.

— Isso não é lenda, Gabriel?

— É o que todos contam, meu irmão.

— Eu jamais me tornaria monge por causa de uma mulher. Não conheço uma que mereça isso.

O assunto deslizou então do abade para as mulheres. Rolaram ainda umas duas cervejas e pronto. Camilo começou a fechar o bar. A dupla se levantou e andaram ainda um pouco pelo passeio, conversando espaçadamente. Só voltaram para casa quando o sol repontou, esclarecendo a enseada.

— Por que será que bebemos tanto?

— A natureza tem horror ao vazio, meu amigo.

Durante o porre, Gabriel disse uma coisa que ficou ecoando dentro do centro da cabeça de Kertzman: "Depois que perdi o medo, não tive coragem para mais nada." Agora, porém, não teria o espasso, a folga ou o intervalo de um passeio, para poder pensar no assunto. Era tempo de cuidar da vida.

13

Daniel Kertzman gostava da violência rude dos Rolling Stones e, principalmente, curtia a gaita melancólica e algo primária, a poesia certeira, mesmo que às vezes desnecessariamente prolixa, de Bob Dylan. Klara Waxman era fã total dos Beatles. Mas isso não impediu que os dois se casassem.

Curiosamente, casaram-se em São Paulo, onde pensaram em morar. E, mais curiosamente ainda, colocando suas assinaturas no livro postado à frente de um juiz ardiloso que se dizia poeta e depois teria sérios problemas com a Justiça, denunciado por abuso sexual pelo próprio filho, cujo cu tentou comer, enquanto este dormia. O menino acordou apavorado com o pai nu, de caralho duro, subindo em cima dele. Acabou adoecendo de humilhação e ódio. E mais não se sabe sobre este ponto e matéria, a não ser que pai e filho são até hoje inimigos.

Daniel e Klara, trabalhando ambos na área publicitária, montaram uma casa nada ostensiva, mas simpática e bem confortável, com varanda, quintal e canil. Klara decidiu tudo quanto a móveis e utensílios. Mandou fazer uma bonita estante de maçaranduba.

Montou sua prancheta de arquiteta já destinada a nunca exercer a profissão. Armou um escritório claro e lógico para o marido. Escolheu o automóvel. Daniel se ressentia de não ter podido levar com ele os belos cães que viviam no casarão da família. Mas arranjou no interior do Paraná dois boxers pretos de alto pedigree, Otto e Ayla, e descolou no Rio a linda Gipsy, a nova e sedutora gata de companhia. Além disso, Klara gostava de criar peixes e plantas. E tinha um casal de cágados que viviam enfurnados entre os arbustos do quintal, fazendo sabe-se lá o quê, que ninguém nunca viu cágado fodendo.

Como todos conheciam as teses casamenteiras de Klara, rezando que a mulher não deveria casar com um homem pelo qual fosse apaixonada, mas com um de que apenas gostasse e cuja companhia considerasse agradável, vieram as gracinhas. Principalmente, da parte das mulheres. Diziam que, na hora da verdade, Klara tinha jogado sua teoria no lixo, contrariado o que pregava e se casado com seu grande amor. Mas haveria chuvas e trovoadas na estrada daquele casamento. Complicações sucessivas. Por Daniel, o casamento deles seria só deles. Mas Klara não aceitava a limitação repressiva, a "monogamia burguesa", como sempre dizia. Um casal revolucionário não podia ser monogâmico. Não podia circunscrever um espaço onde um fosse dono do outro. Nem perder tempo com coisas babacas, tipo "fidelidade".

Kertzman não pensava assim, mas foi ele o estúpido que começou o jogo, caindo na armadilha que Klara armara, ao atirar a fogosa e gostosa Luzia Leonelli nos seus braços. De sua parte, por suas vezes, Klara acumulava casos e acasos, abraçando homens e mulheres. Preferia mulheres, confessava. Só não bandeava de vez porque — como ela mesma também não cansava de repetir, dando destaque à palavra — gostava de ser *penetrada*.

14

— Sair agora não, Daniel. Hoje é o último capítulo da novela.

Daniel ficou realmente surpreso. E mais surpreso ainda com a sua própria surpresa. Nunca tinha se tocado para o fato de que telenovelas tinham começo e fim. Sempre achou que o que corria ali na tela eternamente azulada da tevê era uma espécie de fluxo perene. Jamais paravam de passar, no mesmo canal — e com os mesmos atores — os mesmos diálogos, os mesmos gritos, as mesmas músicas, as mesmas lágrimas. Nunca ele suspendeu o que fazia para acompanhar aquelas tramas. Agora, se surpreendia com essa história de começo e fim. Na sua percepção, telenovelas só tinham meio e ficavam invariavelmente nesse meio, passando-se e se repassando sem cessar, uma depois da outra, à maneira de um rio que corre dentro do seu leito para sempre igual.

Mas a verdade era que ele, também, nunca fora um ser radiofônico ou televisual. Não tinha paciência para a mescla de ignorância, blasonaria, jactância e narcisismo dos apresentadores de programas. Achava, aliás, que as emissoras e o corporativismo dos que ali trabalhavam chegava a um exagero execrável, porque vendia bijuterias vagabundas como diamantes verdadeiros, deseducando o país. Bastava morrer um diretorzinho de cena ou um repórter policial qualquer, que logo eles eram transformados em personalidades fundamentais da nossa cultura ou em herói justiçado por bandidos. Todo cretino virava gênio. Mais espaço para a merda de um cantorzinho de música brega ou caipira do que para Sá de Miranda ou James Joyce, diria, repetindo anos mais tarde o mesmo julgamento. Mas, desde que foi morar com Klara, a televisão passou a ter uma certa presença, mesmo que incômoda, em sua vida. Como agora, atrapalhando um jantar com lagostins grelhados que planejara no Chez Bernard.

15

Bacelar achava que a disposição de Klara, que parecia querer tudo ao mesmo tempo — de pessoas a roupas e joias; ou de flores a móveis e animais —, somando-se ao seu temperamento de alta voltagem, não iria conduzir nada a nenhum bom desfecho, quanto mais a um final feliz. Por isso mesmo, aproveitando-se de um silêncio que se instalou entre eles, enquanto estavam somente os dois na varanda da casa, começou a falar em tom de fábula:

— Quando era bem jovem, nada lhe dava maior contentamento e satisfação do que colecionar escaravelhos. E por puro prazer estético, já que nunca os dissecava ou submetia a quaisquer procedimentos científicos. Um dia, enquanto arrancava velhas cascas de árvores no bosque da escola, ele viu dois escaravelhos raros e guardou um em cada mão. Mas, naquele mesmo momento, viu um terceiro escaravelho, de outra classe, que era simplesmente imperdível. O garoto meteu então dentro da boca o escaravelho que estava em sua mão direita, a fim de capturar o terceiro. Mas aí deu um grito terrível de dor: ao se ver preso dentro do escuro da boca do garoto, o escaravelho reagiu com uma forte descarga de um fluido intensamente ácido, que lhe queimou a língua como um lança-chamas. O jovem, atordoado, não teve saída. Viu-se forçado a cuspir quase num vômito o escaravelho, perdendo-o — e também ao terceiro que tencionava amealhar.

— Entendi, amigo, sei o que você quer dizer... Nessa loucura de querer três lindos escaravelhos, você só conseguiu ficar com um.

— Eu não, querida. Quem perdeu os dois belos escaravelhos foi Darwin.

— Darwin?

— Sim. Li essa história na biografia dele.

— Tudo bem, Eduardo. Mas me diga uma coisa: quem são esses escaravelhos?

Novo silêncio. Eduardo deu apenas um leve sorriso — e já se preparava para falar das plantas do jardim, quando Klara explodiu:

— Lise Tréhot teve Sisley e Renoir. Lília Brik teve Óssip e Maiakóvski. Frida Kahlo teve Diego e Trótski. Safo teve as mulheres que quis. Simone tem Sartre, aquele escritor norte-americano e suas meninas. Só eu não posso? Não me apoquente, Eduardo, não me encha a paciência. Se for o caso, deixe eu engolir todos os sapos e cuspir todos os caralhos e escaravelhos que existirem no mundo. Eu não sou Darwin. Sou Lília.

16

Klara andava sempre com o olhar faiscante e o coração coriscando. E adorava empregar um "todo mundo" na linha de montagem de seus argumentos — todo mundo vai ver o filme, todo mundo leu o livro, todo mundo gosta da comida de lá, todo mundo tá usando isso, todo mundo acha, todo mundo etc. Até que Daniel a desconcertou:

— Klara, para com isso. O que você chama de "todo mundo" é a moquequinha que gira à sua volta ou a cuja volta você gira — e mais ninguém.

Ela engoliu. Mas arranjou um jeito de devolver. Gostava de provocar — especialmente, em pequenas reuniões sociais na casa deles ou em casa de amigos. E sabia bater no ponto certo, com alguma perversidade. Disse, naquela noite, que sua "ídola", seu exemplo de vida, era uma elegante senhora baiana, conhecida de todos, que dava aulas de "etiqueta" a cada primeira-dama que adentrava o palácio. Por quê? Simples: quando aquela senhora resolveu fazer uma plástica geral, teve a conta das operações de recauchutagem rateada entre dois antigos ex-namorados, dois ex-maridos e um ex-amante.

Daquela vez, Daniel resolveu não perder a parada.

— Pois minha "ídola" é Lady Mary Wortley Montagu, **uma se**nhora elegantíssima do século XVIII. Ela dizia que, de um modo geral, nunca teve grande estima pelo assim chamado sexo frágil. E que o seu único consolo, por ter nascido entre as mulheres, **era** a certeza de que nunca teria de se casar com uma delas.

17

— Em matéria de ignorância e estupidez, a publicidade é um prato cheio. Você lembra daquela propaganda de um automóvel que falava de caranguejos na praia e o que mostrava era, na verdade, um bando de grauçás?

— Claro. Mas nem acho que isso seja o pior. Ontem, vi uma propaganda de água mineral que foi um chute na canela. Aparecia um cara com pinta de professor de educação física, dizendo: "Para cuidar bem de sua saúde, é preciso adquirir novos hábitos. Entre eles, o de beber água." Beber água é novo hábito? Pelo visto, sim. Aliás, nem sei como a humanidade chegou até aqui sem beber água, muita água. Em futuros comerciais, eles poderiam falar de outros novos hábitos que precisamos adquirir. Ingerir alimentos, por exemplo. Ou, quem sabe, fazer sexo.

— Tem campanha publicitária que parte do princípio de que todo cidadão é imbecil.

— Mas achar que o público é estúpido é uma das condições de sobrevivência da publicidade.

— Veja a campanha desse banco europeu que acabou de abrir uma filial aqui. Todo mundo sabe que a vida de qualquer banco é dinheiro. Bancos são instituições feitas de grana e voltadas para a grana. Movem-se rigorosamente sob os signos da usura e do lucro. Mas esse banco está com uma campanha perguntando:

"Em que momento vamos parar de pensar tanto em dinheiro?"
Nunca vi maior cinismo.

— Qualquer tipo de empresa poderia fazer essa pergunta,
menos um banco.

— Se o pessoal desse banco estivesse falando sério, abriria mão
de um micromilímetro de seu lucro e compraria para mim uma
cobertura no Rio de Janeiro, na beira do mar.

18

— Você tem dinheiro, você devia me pegar dirigindo um lindo
carro novinho em folha.

Daniel não se tocava, sorria, achava que aquilo era charme de
namoro. Mas tinha quem pensasse diferente, vendo que ele estava
cego. Foi Beth Cayres quem chamou sua atenção: "Não brigue
comigo, mas tenho de falar. Sou mulher, conheço as mulheres e
não aguento mais. Você não vê a voracidade de Sylvia? Não vê que
ela quer tudo? Se você não se guardar, essa mulher vai tomar tudo
que você tem." Daniel não levava a sério. Depositava os disparates
na conta de que Sylvia não suportava ser apenas amante.

— Eu quero ter um homem!

— Arranje outro.

— Eu não disse "outro". Eu disse "um".

Sylvia era sexualmente reprimida, grilada mesma, quando estava sóbria. Mas, depois de alguns goles de cerveja, era uma leoa
impetuosa, dando-se a largos saltos e solavancos, corridas abertas e
compassadas pelos campos. Como se daria a metamorfose? Porque,
de repente, a moça tensa cheirava a sexo por todos os poros. A
moça que não gostava de sexo oral se revelava a rainha das lam-
badas e das lambidas, senhora suprema da língua. A moça que se
recusava a fazer sexo anal aparecia nua, deitando-se de costas na

cama, a bunda se abrindo gostosa, como fruta amadurecendo. E que um dia lhe disse que fantasiava que era um veado e ele estava comendo seu cu na esquina de uma rua escura da Cidade Baixa, perto da casa onde morava.

Mas o namoro não demorou a dançar. Era como se houvesse alguma maldição lésbica no seu caminho, ruminava Kertzman, depois de ouvir, da boca da própria Sylvia, que ela reencontrara Ofélia, sua grande e delirante paixão adolescente, entre os beiji-nhos rápidos trocados no intervalo das aulas, horas do recreio na Escola Técnica, e os longos e suculentos beijos a que se entregavam na Ribeira, uma chupando e mordendo a boca da outra, quando a praia estava deserta."Beth vai ficar satisfeita", começou a pensar Kertzman, assim que entrou no táxi. "Talvez ela tenha razão, talvez seja melhor assim." Quando finalmente chegou em casa, cumprimentou Otto e Ayla, fez uma carícia na dengosa Gipsy e, cansado, largou o corpo todo no sofá.

Sahada Josephina ao telefone: Não quer me convidar para jantar? Kertzman já não suportava mais aquela farra sexual permanente. A pior parte, para ele, era a etiqueta do *marit gilós*, como diziam os antigos provençais, em seus castelos no sul da França, na Occitânia, no Languedócio. Em tempos medievais, naquela região, era considerado de extremo mau gosto, coisa altamente deselegante, o marido ter ciúme da mulher, enquanto esta se entregava a doces, crispadas, nervosas ou trepidantes trepadas com seu amante. Klara exigia o mesmo dele, que pensava: alguém comendo sua mulher e você na obrigação de achar tudo normal, como se fosse o sujeito mais feliz do mun-do... Não tolerava mais isso. Antes um adultério bem-feito do que um casamento aberto. E as conversas do casal ficavam cada vez mais difíceis.

— Klara, não se engane. Se eu quiser, posso arranjar uma dúzia de mulheres lindas esta noite.

— Tudo bem, Daniel. Mas não se esqueça de que somos casados em comunhão de bens. Fico com metade delas.

Gipsy lhe dava alegria, ao subir na mesa onde ele estudava e se espreguiçar, colocando a pata sobre a página do livro que estava lendo, brincando de morder a caneta. Gipsy gostava de dormir sobre a escrivaninha do seu escritório. E isso o alegrava. Mas a separação era inevitável. Comentou com Beth Cayres: "Chegamos a uma situação horrorosa. Eu me divirto quando saio com minha turma, ela se diverte quando sai com a turma dela. Mas, quando estamos juntos um com o outro, a gente só se aborrece. Nossa vida se resume aos seguintes termos: muita tensão e pouco tesão." Não dava mais pé. Amor nenhum valia aquela dor permanente. E não havia mais como recolocar o coração na senda da alegria.

Provocações sem fim. Klara, que nem era boa cozinheira, debochava: "Meu pesto é melhor do que seu texto." Os que conheciam o casal, mesmo superficialmente, esperavam para qualquer hora o desenlace. Ficaram todos surpresos, no entanto, ao saber que foi o apaixonado Kertzman quem pediu a separação. Tristeza mesmo, dizia ele, era não poder levar seus bichos — Otto, Ayla, Gipsy — para o hotel onde se foi hospedar, o velho Hotel da Bahia, no Campo Grande, palco de tantas lembranças estudantis de sua vida.

19

— Mas, na Grécia, já existia a história de Anfitrião. Ele foi guerrear. E Zeus, que não perdia tempo, fez como ainda hoje fazem os botos amazônicos. Assumiu a forma dele e comeu Alcmena, sua mulher. Como se fosse pouco, ainda ofereceu um banquete em sua casa. Pois é. Num casamento aberto, o marido é Anfitrião. Quem goza e se diverte, em sua casa, não é ele. Durante um bom tempo, minha postura foi sempre a de tratar de desengrossar o caldo. Até que cansei. É isso. Agora, voltei a ficar solteiro.

20

Sylvia se arrependeu amargamente de sua decisão de romper com Daniel. Queria ambas as coisas: ter o seu caso (de preferência, casada) com Kertzman e manter sua relação voluptuária com Ofélia. Telefonou algumas vezes para o "ex" procurando reatar. Numa dessas vezes, recebendo um telefonema da moça já bêbada e exaltada no meio da noite, Kertzman foi frio, cortante:

— Sylvia, vamos combinar uma coisa: só ligue para mim em horário comercial, ok?

Sylvia bateu o telefone. Chorava. Tentava encontrá-lo de surpresa nos lugares. Etc. Quando viu que nada estava dando certo, recorreu à via mágica. Conseguiu, num terreiro de candomblé, um pai de santo que, a troco de um bom dinheiro, fizesse uns "trabalhos" para ela. Mas cometeu o conhecido erro crasso. Achou que Klara ainda era, para Kertzman, o vínculo principal. E, prontamente, passou a arriar despachos na porta da casa dela. Klara ficou furiosa. Contratou um vigia com uma máquina fotográfica e registrou tudo, assim como o conteúdo dos ebós. Numa das fotos, Sylvia aparecia com um cesto de galos pretos sacrificados. Klara mostrou tudo a Kertzman, que levou o material fotográfico para a ialorixá Menininha do Gantois, graças a Gabriel Gorender. A mãe de santo examinou tudo e deu o seu parecer de *connaisseuse*: os despachos visavam a separar Kertzman de Klara, o que era pura perda de tempo: tentar no futuro o que já tinha acontecido no passado... Mas Menininha, senhora madura, sorriu com ironia, observando:

— Se esse tipo de ebó funcionasse, sua geração inteira já teria ido para a cama com Dina Sfat.

21

Por aquele tempo, Klara passou dias e dias entre a raiva e a tristeza, amaldiçoando-se e se ferretoando pelo fim do casamento. Tratando-se nos termos mais duros e ásperos possíveis, como puta, ninfomaníaca, tarada, vagabunda. Até que Gabriel Gorender cortou o forte encadeamento autodepreciativo daquelas palavras de açoite, de autoflagelação discursiva, recitando o Eclesiastes. "Não permitas à tua boca incriminar o teu corpo", lembrou ele — palavras de Qohélet, filho de Davi, rei de Jerusalém.

22

Depois do suicídio da mulher, o velho José Kertzman nunca mais foi o mesmo. Não conseguia entender aquele gesto e o quanto de culpa pelo desenlace fatal cabia a ele. Tornou-se calado, soturno e foi ficando cada vez mais deprimido. Só o nascimento do primeiro neto conseguiu alegrá-lo. Mas apenas por poucos instantes. Desistiu das viagens e se desinteressou dos negócios. Era, na verdade, um morto-vivo. E sempre pensando em também se matar. Até que veio um câncer fulminante e o levou de vez.

Com a morte do pai, Daniel e sua irmã Violeta recebiam uma bela herança. Daniel não demonstrava o menor apreço, o menor gosto por aqueles tópicos e meandros do dia a dia administrativo e das transações comerciais. Propôs então ficar apenas como uma espécie de sócio passivo, recebendo sua parte nos lucros a cada fim de estirada semestral. Violeta assumiria o comando pleno das operações, fazendo o que achasse melhor para a performance empresarial da companhia. Não precisava nem consultá-lo. Caso lhe ocorresse algum palpite ou sugestão que considerasse de relevo para os negócios, avisaria.

Não faltaram piadas sobre o assunto. Afinal, existia na face da Terra um judeu que não queria conversa com o comércio? Que manifestava inapetência para jogar com dinheiros? Ah, então o mundo ainda não estava inteiramente perdido. Depois disso, tudo era possível. A menos que se tratasse de uma jogada muito esperta de raposa criada em sinagoga... Daniel, que bem conhecia a longa história desse estigma, dessa maldição monetária, limitava-se a sorrir.

Um dia, em conversa com Eduardo Bacelar e Violeta, durante um jantar, observou que somente na Europa cristã do século XI os bairros judeus foram transformados em guetos. A partir dessa época, os judeus foram proibidos de trabalhar em diversas profissões. Restou-lhes o comércio de artigos vendidos de porta em porta e o comércio de dinheiro, os empréstimos a juros que os cristãos não tinham permissão para fazer. Ou seja: os cristãos confinaram os judeus não só em bairros, mas também no gueto do comércio e das finanças. Para depois acusá-los de só se interessar por isso. O estigma era, de cabo a rabo, uma criação do antijudaísmo católico dos tempos medievais. Mas que ele, Daniel, se sentia muito mais próximo de um judeu como Cristo do que de um judeu como Rothschild, o banqueiro do mundo.

23

Uma coisa que intrigava Daniel Kertzman era a facilidade com que a esquerda esquecia seus discursos e aderia de corpo e alma, profissionalmente, à publicidade. E sua crítica a este esquecimento e a esta adesão não se prendia a um plano imediatamente político ou puramente moral.

Claro que não achava nada agradável a paisagem que via. Os chefões das agências fazendo cortesia com o chapéu alheio e gozando com o pau dos outros. Uma legião de especialistas (de ambos os sexos: os homens, com suas gravatas coloridas e suas vidas cinzentas; as mulheres, com suas vidas cinzentas e suas calcinhas coloridas) em orçamento, corretagem, atendimento, mídia e gestão. E os redatores e artistas de esquerda como camelôs estéticos, conferindo brilhos extáticos ao comércio. Ex-contestadores radicais degradando-se em exemplos de conivência e submissão. Comunistas caprichando em campanhas e estratégias para vender automóveis e apartamentos. E o que era lastimável: achando-se muito importantes e autoelogiando cansativamente os anúncios e campanhas que faziam.

Mas também era curioso ver direita e esquerda juntas no patronato, como no caso da dupla Robertão e Robertinho, unida pelo dinheiro. Robertão era homem claro e direto em suas ideias, atitudes e propostas. Podia-se reclamar de sua sovinice no trato de contratos, traço que partilhava com outros patrões publicitários. Mas só. E ele tinha quem fizesse o *dirty work* da empresa: a dupla Cláudio Caralho e Camila Fodida. Afora isso, era pessoa bem-humorada e afável, sem precisar dizer uma coisa aqui e outra, diferente, ali.

Robertinho, ao contrário, jogava em zonas cinzentas: pertencera ao PCB, fora simpatizante do projeto de luta armada da Ação Libertadora Nacional, caíra em prantos com a notícia da fuzilaria que liquidou Marighella e agora pregava, em campanhas caras e rebrilhosas, que o melhor da vida a pessoa encontrava nas lojas Duas Américas. Mas era obrigado a ter duas caras somente porque, embora um vendedor vendido, continuava se achando homem honradamente socialista. A velha cara se fizera máscara e a nova máscara se tornara rosto.

Então, para apaziguar a cabeça, amenizar a culpa e, sobretudo, convencer os amigos da sinceridade do que dizia, mantinha um pequeno mecenato social e cultural, depositando uns trocados no

circo de um bairro pobre da periferia e outras merrecas em pequenos shows e peças de teatro, com parcelas insignificantes de seus
lucros na empresa. Era investimento sem retorno em educação e
cultura, repetia com solenidade, vangloriando-se. Por isso mesmo,
para melhor cumprir tão nobre finalidade, sua agência contava
com um departamento especial, encarregado de filtrar projetos
para tais filantropismos purgatórios. Era o departamento ou setor
chamado Senzala Nova, coordenado por ninguém menos que o
brioso, íntegro e proeminente socialista Giancarlo Montecuculo
Carmo, grevista voraz.

Será que aquelas pessoas não viam o caráter esquizoide da
viagem em que tinham entrado? Em princípio, ser comunista
e trabalhar em publicidade não eram coisas conciliáveis. Havia
que saber lidar com isso. Assumir com clareza a contradição,
acomodando-a no batente da vida, onde era preciso providenciar
condições de sobrevivência. *Il faut manger*, repetia um editorialista
comunista do *Jornal da Bahia*, consciente da situação dilemática
em que vivia. Mas aqueles publicitários de esquerda pareciam
programaticamente alheios a si mesmos. Como se fosse normal
o duplo papel que desempenhavam. Na hora do almoço, discutindo o andar da carruagem no país, falavam como socialistas
de convicção profunda, inquebrantável. Em seguida, na agência,
selecionavam algumas mentiras para vender uns apartamentos a
mais à classe média.

Agências eram peças sistêmicas na estrutura geral do lucro,
ensinava Accioli. E mentir fazia parte de sua essência como empresa, completava Gabriel. Nessas e em outras conversas, Kertzman
sublinhava que a esquerda estava se misturando, até ao ponto de
se tornar irreconhecível, com o que havia de mais calhorda no
establishment. Entre os que passaram por aquele meio e foram sub-
metidos à tentação publicitária, a bela e tenaz Aninha Fogueteira,
cheia de vitalidade sob os cachos avermelhados de seus cabelos,

aparecia como uma exceção realmente muito rara. Escrevia bem e era vivamente criativa. Mas não chegou a completar um mês numa agência. Desejou que Satanás retornasse ao inferno e adotou uma postura tão clara quanto intransigente: fazer publicidade era vender falsos sonhos — e ela se recusava a dedicar sua vida a vender sonhos falsos.

"Deus abençoa a morada dos justos", passou então a dizer, citando a Bíblia, embora não fosse católica ou protestante, mas "mar-qui-sis-ta", como ela mesma dizia, sorrindo deliciosamente ao escandir a expressão. Kertzman gostava muito de conversar com ela. Era uma grande amiga — cada vez mais. E os dois, charlando à vontade, não se cansavam de debochar da "genialidade" que a corporação publicitária atribuía ostensivamente a si mesma o tempo todo, várias vezes por dia. Aqui, era o diretor de criação a conclamar: ouçam a ideia genial que eu tive; ali, era a vez do redator fulgurar: olhem a frase genial que eu fiz para essa campanha; acolá, estremecia envaidado o diretor de arte: bolei um visual genial, que vai arrasar de vez. E o mais risível era que se elevavam em tais titilações por conta tantas vezes de uma ideia boba, de uma vulgaridade plástica, de uma frase absolutamente banal. Quando não gastavam uma semana à caça de um reles trocadilho.

Por tudo isso, quando Kertzman aceitou se tornar sócio de uma amiga de Sahada Josephina, a noviça empresária Cleise Andrade, na montagem de uma pequena agência, Aninha Fogueteira não gostou da notícia. Mas, enfim, deu de ombros e cruzou displicentemente suas mais que desejáveis coxas atléticas: não daria tempo para fazer nada. Um advogado tinha aprontado tudo. Kertzman tascou a assinatura no final do contrato. Mas Aninha teve a chance que não esperava para desconvencer o amigo de entrar naquele esparro: Cleise assinou a papelada com o nome de solteira, que retomara desde a sua separação. A papelada voltou. Cleise ficou puta. "Quando a gente muda de vida, querida, tem de avisar ao cartório." Era Aninha, sorrindo e passando a informação falsa de que, infelizmente, o amigo tinha viajado para passar o fim de semana em Olinda. Horas mais tarde, jantando com Kertzman e Accioli num restaurante recém-inaugurado na Barra, mostrou ao viajante a estupidez que ele quase ia fazer. E concluiu:

— A confusão do cartório foi providencial, Daniel. Você pode até ficar numa agência, mas que seja como um trabalhador. Como dono, patrão, chefe do negócio — aí já seria demais. Deus resolveu lhe poupar da patranha do dinheiro e da corrupção da alma, meu querido.

24

Gabriel acordou péssimo. Tinha transado com uma moça e estava arrasadamente arrependido. Achou que havia despertado paixão numa pessoa errada e num meio onde aquilo não deveria ter acontecido. Ligou angustiado para a moça:

— Eu não queria que tivesse acontecido. Todos vão sofrer com essa história. Do fundo do coração, vou lhe pedir uma coisa. Por favor, me esqueça.

— Ah, não se preocupe. Esquecer você é muito fácil.

25

Kertzman estava com um chapéu nigeriano na cabeça, chapéu charmoso, de pano colorido, presente de Mestre Didi. Sentado à mesa, olhava a festa, com vontade de dançar, mas não sabia com quem. Lúcia passou pela mesa, retirou o chapéu de sua cabeça, colocou na dela e saiu girando e sorrindo, com olhares desavergonhados. Como era casada com Roberto Boaventura e poderia estar simplesmente bêbada, ele dispensou a possível trepada. No dia seguinte, Lúcia telefonou.

— Fiquei com o seu chapéu.

— Eu sei.

— Só vou lhe devolver depois que a gente transar.

— Sinto muito, Lúcia, mas não vai rolar. Eu gosto muito mais dele do que de você.

Desligou então o telefone. Acendeu um cigarro e ficou pensando no que deveria fazer. Levantou-se, pegou a chave do carro e saiu. Seguiu em linha reta até ao escritório onde Boaventura estava trabalhando. Entrou em sua sala. E foi direto ao assunto. Contou o acontecido, detalhe por detalhe: da tomada do chapéu ao telefonema.

— Bem, agora você já sabe. Preferi lhe dizer tudo, cara a cara, a ficar sujeito a alguma história distorcida que ela inventasse. Pode me expulsar de sua sala, se quiser. Ou até me dar um soco, mas...

— Kertzman, essa vagabunda não vai destruir a nossa amizade.

26

Já distante de qualquer militância política tradicional, Daniel Kertzman e alguns amigos fizeram, clandestinamente, uma intervenção pública na cidade, que, na época, mereceu muitos comentários, e ainda outro dia foi objeto de citação em nota de rodapé numa tese de mestrado em sociologia política.

Tudo por causa da irrupção bélica dos neopentecostais, ditos evangélicos, no cenário da cidade. O que indispunha Kertzman com essa gente doente e arrogante, segundo dizia, era o fato de que, como judeu, testemunhara que a diversidade religiosa, então existente no Brasil, nunca havia apresentado qualquer sinal de que poderia descambar para a violência. Católicos, espíritas, judeus, protestantes, macumbeiros, etc. conviviam respeitosamente. Poderiam passar por eventuais fricções, mas seriam sempre atritos menores e muito localizados, incapazes de comprometer seriamente o relacionamento civilizado entre as diversas formas de culto do extranatural que vicejavam no país. Foram os evangélicos que viraram a mesa, provocando polarizações agressivas, para enfim destruir aquele ambiente de paz que caracterizava o campo religioso, em escala nacional.

Inicialmente, agrediram o catolicismo. Em seguida, no Rio, avançaram, na base da baixeza e da virulência, contra a macumba que luzia nas favelas. Até que resolveram chamar para a guerra os terreiros de candomblé, no lugar onde eles eram mais belos e poderosos. Na matriz da religiosidade de origem negro-africana em nosso país. E chegaram à Bahia na base da baixaria e do berro, a fim de se expandir e se fortalecer para um dia poder argumentar da única forma que sabiam: com xingamentos e porradas. E o que fizeram então foi ostensivo. Picharam pontos bem visíveis da cidade com o grito de guerra que tinham escolhido para entrar em cena aqui. "Deus condena o Candomblé." A frase apareceu em tudo quanto foi canto, encimando túneis e viadutos, cobrindo muros.

Gabriel ficou puto da vida, claro. E Kertzman fez então a sugestão: juntar um grupo de amigos e dar uma boa resposta àquele insulto. A ideia era dar o troco com uma pichação que os deixasse babando de raiva. O melhor caminho para isso passava por algo que viesse com uma dose de humor. Até que, ao saber da intenção dos rapazes, animada com a iniciativa, Aninha Fogueteira comentou: "Deus nunca viria à Bahia condenar o candomblé. Se fosse para condenar alguma coisa, escolheria uma puta escrotidão, uma tremenda monstruosidade." Foi o bastante. A moçada vibrou, antes que ela entendesse. E assim Daniel, Aninha, Gabriel e alguns amigos candomblezeiros saíram para fazer o planejado. Na base do uísque, da cachaça e da maconha, circularam de madrugada pela cidade, alterando a pichação original dos fanáticos. E, então, toda a cidade amanheceu lendo, aplaudindo — e rindo com satisfação do que passou a ler em quase tudo quanto era canto.

DEUS CONDENA O CANDOMBLÉ?
NÃO, DEUS CONDENA A DITADURA.

27

Daniel, no começo do ano:
— Sexo e amor não andam necessariamente emparelhados.
Daniel, no meio do ano:
— Alguém já disse que, depois de alguns anos, toda relação é incestuosa.
Daniel, no fim do ano:
— Sexo? Cansei.

28

Anos e anos mais tarde, um encontro que bem poderia ter acontecido na época do seu pertencimento ao Partidão.

Kertzman foi até à casa de Gabriel, estranhamente escurecida àquela hora da noite. Abriu o pequeno portão branco, acarinhou o velho cão akita que não engordava nunca, e já esticava a mão para acender a luz da varanda, quando notou a presença de uma pessoa na penumbra.

— Gosto de ficar assim. "No escuro", vocês dizem. Mas é que a luz da lua, aqui no Mar Grande, me faz bem. Me sinto em paz — só e sossegado.

Kertzman reconheceu de imediato aquele senhor. Era Jacob Gorender. Um dos comunistas mais célebres do país, membro do comitê central do PCB e fundador do PCBR, o Partido Comunista Brasileiro Revolucionário. E um dos maiores intelectuais do país, um pensador, autor de um clássico, O *Escravismo Colonial*. Escrevera a obra-prima inovadora sem pertencer ao mundo acadêmico, à casa-grande universitária. Por opção? Gorender abriu uma garrafa de vinho, serviu uma taça a Kertzman e foi falando, com uma voz totalmente tranquila.

— No meu caso, foi uma escolha. Eu estava cursando a Faculdade de Direito, na Bahia, quando interrompi o curso para me tornar soldado da Força Expedicionária Brasileira, na Segunda Guerra Mundial, embarcando para a Itália. Fiz a campanha da Itália como soldado de infantaria. Ao voltar me engajei no trabalho da militância no Partido Comunista Brasileiro. Fiquei nisso cerca de 25 anos. Não posso dizer que, ao longo desse período, eu tenha tido uma vida intelectual livre, com chances de ser criativo. A militância é extremamente absorvente. E o movimento comunista no Brasil teve fases de forte anti-intelectualismo, de repressão mesmo aos intelectuais.

— Além da clandestinidade do militante, havia ainda a clandestinidade do intelectual dentro do próprio partido?

— De certo modo, sim. Todo intelectual tem dúvidas. A ausência de dúvida é anti-intelectual. Mas ter dúvidas, naquele contexto, não era permitido. Foram anos terrivelmente dogmáticos, de glorificação da União Soviética e de Stálin. A gente tinha que sufocar as dúvidas. Sufocar as incertezas.

— Barra pesada.

— É curioso. De um lado, a esquerda atraía grandes artistas e intelectuais, como Carlos Drummond e Oswald de Andrade, nomes do primeiro time da cultura brasileira. De outro lado, a esquerda reprimia a vida intelectual. Mas uma coisa eram esses intelectuais, que não tinham militância diária e já eram intelectuais antes de entrar no PCB, e outra coisa era eu, que ingressei no partido com os meus 18 ou 19 anos de idade e me tornei um militante profissional. Ainda assim, eles também sofreram. De qualquer modo, eu só comecei a ter uma vida intelectual, no sentido autêntico da palavra, quando saí do partido.

Finalmente, Gabriel retornou. Tinha resolvido o perrengue para o qual fora chamado, apaziguando os ânimos dos dois casos do amigo Yulo Cardoso, figura quase folclórica da ilha: sua mulher Vanessa e o eterno rival dela, o soldado Reginaldo Flores, que não se cansava de comê-lo num quartinho dos fundos da biblioteca municipal, em pleno expediente de trabalho. Mas o que importava era que Gabriel estava de volta. Entrou na roda, no papo e no vinho. Enrolou um baseado, acendeu, tragou fundo algumas vezes. Passou então o charo a Daniel, que fez a mesma coisa. Depois de uma breve hesitação, Daniel ofereceu o morrão a Jacob, que o recusou discretamente, como quem não quisesse uma cocada ou uma caneca de mugunzá. E a conversa continuou se movendo.

Jacob Gorender tocava em temas variados. "A historiografia foi o âmbito em que o marxismo foi mais produtivo no Brasil". "A universidade está fazendo de Gilberto Freyre o que ele nunca foi em vida: uma figura acadêmica. Logo ele, que não se submeteu ao jogo universitário e chegou a ser malvisto pela universidade paulista. Freyre era herético." Até que chegaram ao leste europeu, então num momento tumultuado, com Gorbatchov em perigo. "Esta é a maior crise na história do marxismo. Porque o que está em crise, agora, não é uma coisa ou outra. É o marxismo como construtor de uma nova sociedade."

29

Àquela altura, começou a virar moda "fazer psicanálise", onda que invadiria a década. Todo mundo frequentando uma coisa que, para orgulho de João Gilberto, até então não existia na Bahia, mas que de repente passou não só a existir como a proliferar. Era chique dizer "meu analista", assim como depois, na década seguinte, entre os novos-ricos da publicidade e do marketing eleitoral, seria chique dizer "minha decoradora".

30

Bacelar quem é vivo sempre aparece. E reapareceu, depois de um bom tempo sumido, em plena e total barafunda amorosa.

— Kertzman, eu já estou morando com ela. O problema é a outra.

— E quem é a outra?

— Minha mulher, porra.

31

Enfim, a viagem. Daniel ia ficar uma semana em Barcelona. Revendo Gaudí, bebendo bem, comendo delícias, ensaiando umas duas ou três palavras em catalão. E mijando na catedral. Fazia a mais absoluta questão disso, por sinal. A velha catedral de Barcelona era a única igreja com sanitário que ele conhecia.

Perguntou ao motorista do táxi se era possível desligar o ar-condicionado e abrir as janelas. Claro que sim. Acendeu então um cigarro e foi sentindo a brisa marinha da cidade, a caminho do antigo aeroporto de Ipitanga. O motorista devia ter pouco mais de 60 anos. E era o típico mulato educado da Bahia, uma espécie em extinção, com sua voz grave e pausada, seus gestos largos, seu sorriso ora aberto, ora malicioso. Tinha pinta de antigo torcedor do Ypiranga, do "mais querido", pensava Kertzman. Daqueles que davam passagem a mulheres e crianças até em estádio de futebol, coisa que não mais se via, com as torcidas se tornando cada vez mais grosseiras e agressivas.

Lá pelas tantas, quando Kertzman acendeu o segundo cigarro, o motorista não resistiu. Começou a falar dos males do cigarro. Kertzman manobrou para cancelar a conversa. Até que, diante dos argumentos do motorista, que parecia gostar de uma discussão civilizada, foi direto ao ponto. Disse que sabia muito bem que cigarro matava, mas era uma escolha sua. Gostava de fumar e ia continuar fumando. Não adiantava ninguém tentar convencê-lo a deixar o vício. Era tempo perdido.

— Mas o senhor sabe também que o cigarro pode prejudicar o seu desempenho sexual.

— Sei. Mas e daí, meu amigo? Se eu ficar brocha, vai ser um problema a menos na minha vida.

O motorista não esperava por aquela. Deu uma risada lenta e gostosa, saboreando o que tinha escutado. E, ainda sorrindo, comentou:

— O senhor está certo. Eu também já não disputo nenhum campeonato profissional. Mas se alguma senhora me convidar para um amistoso...

C. Abertura dos Poros

1

— Desde a assinatura do ato de Abertura dos Portos, meu jovem... Desde 1808, não somos mais meros funcionários, soldados ou servos de Portugal. O Brasil, que já era mais belo, fez-se também mais rico e mais forte que Lisboa. E, agora, os portugueses querem novamente nos escravizar? Querem o rio da história ao reverso, em curso da foz para a fonte? Impossível.

Era o velho e estimado Agostinho, homem muito rico e respeitado, senhor de letras e línguas, falando ao final do jantar, na sala do amplo solar do meu sogro, com suas varandas se abrindo para os vários verdes de um bosque. Entre as suas mãos simetricamente dispostas sobre a toalha de linho claro, que cobria por inteiro a grande mesa de jacarandá do sertão, restava, intacto ainda, o cálice quase cheio de licor da França. Da mesma França de que ele bebera tantas ideias. E esta era a conversa que eu ouvia, ultimamente, em todos os lugares por onde andava. Já estava passando a hora de o príncipe dar um basta. Anunciar a ruptura sem curso e sem recurso. Publicar em alto e bom som, silenciando os céus, para todas as estrelas escutarem, a simples e definitiva autonomia do Brasil. O nascimento, em dia de sol aberto e luminoso, de uma nova nação. De um império que irrompesse irradiando futuros.

— O senhor mesmo, me diga — prosseguiu Agostinho, desta vez olhando diretamente para mim. O senhor nasceu em Portugal, em

Coimbra, onde há séculos nossos jovens estudaram latim, teologia e leis. Mas o senhor veio para cá ainda criança. Foi aqui que cresceu, se criou, fez-se homem, formou família. Aqui nasceram as duas mulheres de sua vida. Duas distintas, belas e graciosas mulheres do Brasil — disse ele, deslizando carinhosamente o olhar pelas figuras claras e enfeitadas de Ana Angélica, minha esposa, e Joana, minha filha querida. Depois então de uma breve pausa, voltando-se novamente para mim:

— É aqui que o senhor vive... e vive muito bem. Com certeza, Portugal ainda ecoa, de algum modo, em sua alma. É natural. Nunca se apagam de todo os revérberos do lugar onde se nasce. Nem mesmo os bichos esquecem a lapa ou a loca em que foram paridos. Mas será que esta sua mesma alma já não é mais brasileira que reinol? O senhor trocaria os trópicos pela existência coimbrã, da qual o seu tio sabiamente o tirou, menino órfão, na busca esperançosa de melhores dias?

Era embaraçoso demais para mim. Constrangedor. Agostinho, valendo-se da sua idade e de seus conhecimentos, não perdia tempo conversando, costume lerdo e vagarento do comum dos homens, destinado apenas a adiar desfechos. Ele, ao contrário, estava sempre a discursar. Incisivo. Mas as suas palavras, dirigindo-se determinadas na minha direção, deixaram-me, naquele momento, quase sem fôlego — e, certamente, sem fala. O que eu poderia dizer? Limitava-me a mirar de volta o seu semblante solene, fingindo — ou talvez fingindo que fingia — concordância. Mas a situação me exasperava. Meu desejo era que Portugal e o Brasil não caminhassem ríspidos para o divórcio. Soubessem se conduzir de modo a se fazerem nações irmãs. Eu não queria me ver na obrigação de escolher entre o norte e o sul do grande mar atlântico. Entre Brasil e Portugal. Entre o meu pai — que, depois da morte de minha mãe, arrastou-se de Coimbra a Lisboa, onde vivia pobre, sustentando-se com os dinheiros que eu enviava — e a minha filha, minha brasileirinha mimosa e mimada, sempre tão cheia de luz. Eu até poderia abandonar Ana Angélica e Luíza. Mas meu pai e Joana, minha Joaninha, jamais. A carruagem se encaminhava, todavia, no rumo de uma estrada onde nada seria sereno. Em que não haveria quietude. E, muito menos, paz.

2

Miguel Luiz Freire era homem de alta influência. Tinha posses e prestígio, sempre logrando introduzir a azeitona de seus interesses nas mais variadas empadas do poder. Era irmão (e fora provedor, quando quis) da Santa Casa de Misericórdia, sócio principal de uma armação baleeira, proprietário de barcos e barcaças, dono de trapiche na beira do mar, negociante do que considerava negociável, intermediário entre negreiros e senhores de engenho no comércio transatlântico de escravos, agiota, emprestando dinheiro a juros a produtores rurais em crise.

Orgulhava-se, ostensivamente, de ser branco. Embora descendesse dos brancos trigueiros de Portugal — e ainda que se soubesse de uma bisavó indígena em sua linhagem. Não gostava de negros. Mas, sobretudo, detestava mulatos. Nutria enervado ódio com relação àqueles pretos clareados que diluíam divisórias, por motivos que, se de fato existiam, guardou exclusivamente para si. Mantinha tudo — a família, em primeiro lugar; os escravos, em seguida — sob o mais absoluto controle, vigiando e contendo severamente atos e passos dos que comiam nas suas cocheiras. E perdia a noção de limites, quando contrariado. Violento, ordenou que seus filhos matassem, a qualquer hora e em qualquer lugar, um jornalista republicano que o atacou nas páginas de um dos pasquins da cidade, chamando-o de tiranete usurário. Missão que foi prontamente cumprida. E com arma pouco convencional, ainda que até hoje responsável por incontáveis mortes nos mais diversos recantos da superfície terrestre: um bisturi.

Não é seguro afirmar que sua mulher existisse — ou que de fato tenha existido algum dia. Pálida, silenciosa, de uma brancura doentia, não era ouvida sequer na cozinha do solar, onde as negras recebiam ordens diretamente do senhor, ou por intermédio de seus filhos. Era omissa até na missa, onde nunca degustava beatificamente a hóstia divina, proibida que fora de se encaminhar ao confessionário, já que seu amo não admitia que assunto nenhum, relativo a seu círculo férreo de coisas e pessoas, viesse a cair em ouvido estranho — ainda que o receptáculo auricular pertencesse ao bispo. As moças — Cora e Ana Angélica — desfrutavam ao menos de um torrãozinho de liberdade, chegando, de quando em vez, a uma que outra janela do solar, para, através de treliças, relancear a rua. Por instantes mínimos, é verdade — mas ainda assim suficientes, pois mulheres são mulheres, para sentir no ar algum longínquo e fugaz perfume de pecado.

Trabalhei durante anos para esse homem. Fui menino de recados, marceneiro, pintor, balconista. O tempo escoava e ele se ia tornando cada vez menos duro e sisudo comigo. Passei a cuidar mais e mais de suas coisas — os filhos do homem eram incorrigivelmente frívolos, irresponsáveis e perdulários —, dos seus papéis, das suas contas, dos seus créditos e débitos, da cobrança de dívidas, da manutenção das embarcações, da compra de roupas, da contratação de empreitadas, das suas listas de mil e uma minúcias. Por essas vias, acabei descobrindo que, se queria distância de mulatos, o velho Miguel Luiz tinha um modo muito peculiar de odiar mulatas. Destas, desejava a maior proximidade possível. De preferência, entrando nelas. A tal ponto chegou a sua confiança em mim, que me tornei o encarregado de recrutar moças carameladas para as suas orgias clandestinas — surubas a que não faltavam chicotadas de parte a parte, bocas submersas em bocetas, dedos atolados nos cus —, rolando no chão noturno do trapiche abafado pelas fortes exalações do fumo ali armazenado, ou no côncavo de embarcações enluaradas, sob cheiro ou fedor não menos intenso, nelas entranhado pelo incessante transporte de peixes e pretos.

Um dia, Miguel Luiz me chamou ao seu escritório, no piso superior do trapiche, para fazer o comunicado mais imprevisto e estapafúrdio que um dia esperei ouvir, em toda a minha vida: "Você vai casar com Ana Angélica. Pegue algum dinheiro aí na arca, apare bem a barba, compre fatos e sapatos novos. De hoje em diante, você é o noivo daquela lesma."

Não havia o que discutir. Era uma ordem. Inquestionável. Irrespondível. A menos que eu caísse fora dali, incorrendo em sua ira — e correndo risco de vida. Mas não demorei a descobrir a razão para tão intempestivo noivado. Miguel Luiz soubera, por uma das escravas que comia, que Ana Angélica estava sendo cortejada — via olhares, flores e bilhetes — por nada menos do que um mulato. Teófanes Aragão era o nome do boçal. Mas nem o seu título de doutor, nem as suas vestes vistosas e frases empoladas, nem o dinheiro que conseguira empilhar, seriam suficientes para embranquecê-lo aos olhos inflexíveis de Miguel Luiz. O velho tarado, que não permitia a entrada de mulatos no solar, muito menos aceitaria a presença de um deles na família.

Mas por que diabo fora eu o eleito para carregar a cruz do casório? Simples. Era não somente seu empregado fiel, o seu homem de confiança, sempre pronto a cumprir as determinações mais insólitas. Como tinha a suprema virtude de ser branco. E branco reinol. Português. Não hesitei, nem haveria como hesitar. Para mim, o casamento seria um ótimo negócio. Quanto a Ana Angélica, com seus tristes e remotos, quase irreconhecíveis traços indígenas, bem, ela que se resignasse ao destino. Ao ditame incontornável do pai, senhor de sua vida (se é que se podia empregar tal palavra a propósito de seus dias) — e, pelo visto, de sua inelutável estreia no atrativo e tumultuado teatro da foda.

3

Em seu testamento, o velho Miguel Luiz, subitamente morto em decurso de um estranho misto de imperícia e imprudência, ao testar um motor de navio, distribuiu dinheiros e propriedades entre a sua prole. Nessa partilha, os rapazes, que ele não julgava insalváveis, receberam os bens mais valiosos. Mas as moças não ficaram de mãos abanando. Longe disso. Mesmo a mim, que felizmente não conduzia sangue do velho nas veias, coube um pequeno, porém precioso, quinhão.

A ganância, de mistura com indisfarçáveis ciúmes e intrigas familiares, ambos canhestra e maldosamente dissimulados em palavrório nativista — a necessidade de mudar a natureza das relações do Brasil com Portugal era tema que vinha se repetindo e modulando, com propósitos muitas vezes díspares e nem sempre abertamente confessáveis, através das últimas décadas —, levaram os irmãos a me excluir da condução do grosso da herança. Mas a parte de Ana Angélica, somada ao que me foi legado, era bem mais que o necessário para que eu, esperto e obstinado, tocasse o meu próprio negócio. Afinal, mais do que qualquer outro tipo de gente, o bom comerciante sabe que Deus ajuda a quem se ajuda — e não, simplesmente, a quem cedo madruga.

Não quero perder muito tempo com o casamento e as confusões em que me meti. Falarei apenas dos fatos mais salientes. Moedas na algibeira, parti para comprar a loja que um patrício colocara à venda. Viúvo, solitário, sem forças e mais vontade para o dia a dia do trabalho, Manoel Ribeiro pretendia retornar ao reino. Passar os últimos anos de vida em sua saudosa Lisboa, à sombra do Castelo de São Jorge ou da Torre de Belém, de olhos postos no Tejo, comendo sardinhas esbraseadas na Alfama, gastando conversa com os amigos ainda vivos. Estava vendendo o que tinha: a casa, a loja, o saveiro, uns poucos escravos domésticos, porcos, pombos, galinhas

— e quem quisesse podia ficar com seu cachorro, animal pesado e preguiçoso, de focinho chato e pelo acinzentado, que não levaria pelas vagas do mar alto.

Meu interesse era somente a loja. Mas logo deixou de ser. Pois quando pisei os pés no recinto que cobiçava, senti-me arrebatado num estremecimento inteiro, perdendo momentaneamente os sentidos de onde estava e o que fora fazer ali. A razão da desrazão? Um sol negro, brilhante, parado no centro da sala, fitando-me firme, no mais denso silêncio que jamais ouvi. Um sol que não cegava, sol fosco, luz negra que me paralisou. Era Luíza, a escrava, com seus braceletes de ouro e seus colares rubros — com uma serpente mágica se movendo luminosa no rio escuro, no Zambeze de seus olhos. Grande e calma deusa negra em seu trono de estrelas. Aos poucos, só aos poucos, recobrei o pulso terrestre, voltei a sentir os pés no chão. E ela imóvel, ali, na minha frente. Corpo sólido, pleno de viço e vigor. No primeiro gesto, o simples ato de apanhar um espanador, pareceu mover o mundo ao seu redor. E a blusa fina, transparente, descaindo então pelos ombros, descobriu-lhe inteiro o peito preto, cheio, rijo e nu.

Voltando a mim, disse ao patrício Ribeiro que estava interessado em ficar com a loja e uns dois ou três escravos, a depender do preço. O velho Ribeiro, arrastando as chinelas e alisando os cabelos brancos, ordenou então, com a voz rouca, que os escravos se perfilassem. Luíza não tirava os olhos de mim — e o seu era um olhar superior, que parecia mesclar altivez, indiferença, desafio e desprezo. Deixava-me confuso, fazendo-me sentir menor e mesmo néscio. Passei a evitá-lo. E a proceder ao exame dos escravos. Três moças e um rapaz. Comecei por este — cutiladas nos músculos, verificando a consistência da carne, a pele sadia, o estado dos dentes, a cor da gengiva. Era um jovem forte, que difundia disposição. Parei em seguida frente a uma escrava bem moça, mulatinha gostosa, cor de mel, com pinta de safada, olhando-me de modo sedutoramente meigo e dengoso. Mais que estudar, palmilhei e dedilhei seu corpo, bolinagem que a fez se abrir num sorriso malicioso. O velho Miguel Luiz jamais deixaria escapar essa foda, pensei para mim mesmo. Adiante, não tive coragem de encarar Luíza. Mas havia que desarmá-la.

Me aproximei por trás, de modo que ela sentisse em sua nuca o ar quente que, como um cavalo prestes a morder o pescoço de uma égua no cio, eu despachava das minhas narinas. Coloquei cada mão em um ombro seu, travando-os com firmeza um pouco acima da curvatura da clavícula — e senti que ela sentiu o rude calcar torquês, o peso das tenazes. E daí as deslizei de leve pelas costas, até à cintura, onde me detive numa carícia breve, com o pau já estourando dentro das calças, antes de alisar vagarosamente as suas ancas e a sua bunda — e depois subir pela frente em direção aos peitos empinados, de um veludo negroazul, que apertei com gosto várias vezes, em compasso lento, quase um adágio. Ela ficou inteiramente crispada — tesa e tensa, à mercê dos movimentos imperiosos que, sem pedir permissão, invadiram acintosa e livremente a sua intimidade, a partir de um campo externo ao domínio do seu olhar.

Quanto à última escrava, uma cafuza meio feiosa, embora de coxas carnudas, examinei por examinar. Apenas, para não trair o hábito, nem perder a prática, dispensei-lhe por prêmio alguns beliscões desinteressados. Voltei-me então para o patrício Ribeiro, a falar da loja, a fingir hesitação na escolha dos escravos, a discutir preço. Eu sabia que não poderia ficar somente com Luíza, sob pena de poder atrair suspeitas da parte de Ana Angélica e, quem sabe, de outros mais. Fiquei assim regateando com o velho, até que fiz a minha oferta final. Negócio fechado. Comprei a loja, o rapaz e a moça, que continuaria encarregada de fazer a arrumação e a limpeza da casa. O cachorro acabaria ficando por ali mesmo, parte semovente do antigo mobiliário, latindo eventualmente para a lua, em troca de uns restos de comida.

170

4

Eu era, agora, o dono do seu corpo. E Luíza sabia muito bem o que esperar. De qualquer sorte, a sua presença me perturbava. Havia algo de muito fundo e misterioso em sua pessoa. E ela como que imantava o espaço à sua volta, para cada canto que se deslocava, em cada ponto onde plantava os pés.

Nos primeiros dias, mal a olhei. Limitava-me a emitir ordens lacônicas, que ela escutava e obedecia, sem dizer palavra. Fixava-me hipnotizado no seu corpo, no entanto, sempre que ela não estava me vendo. E era um corpo esplendoroso. Um dia, vencendo a custo o bloqueio invisível, encostei-me nela por detrás, roçando e depois comprimindo o pau duro na sua bunda, enquanto ela arrumava uma prateleira e eu fingia ajudá-la. Senti nova crispação em seu corpo. E, num esforço supremo, quase sem voz, disse de uma só vez, atropelando sílabas, que, ao entardecer, ela me esperasse — deitada (não ousaria encará-la de pé) — na cama da camarinha, um elevado acima do telhado da loja. Ela ouviu impassível, completamente alheia ao fato de que eu espremia o caralho em seu traseiro, quase babando no ombro nu que reluzia ante meus olhos. Mas era impossível não perceber as inumeráveis chamas que jaziam naquele corpo que era todo sexo. Alguém as atiçava? Como provocar suas labaredas?

À hora marcada, caminhei desassossegado, com passos nervosos, para a camarinha. Repetia para mim mesmo, sem parar, que eu era o senhor — e ela, a minha escrava. Porque era realmente necessário que eu me convencesse disso. Abri finalmente, num rompante, a porta da camarinha, tomado pelo temor de que ela não se encontrasse ali. Mas lá estava ela, deitada de lado, ancorada na cama, totalmente tranquila, absolutamente nua. E assim permaneceu. Não se deu ao trabalho de qualquer gesto, nem mesmo do mínimo movimento de levantar os olhos em minha direção. Era como se eu não existisse. Como se ela fosse uma rainha aprisionada — e eu não passasse do soldado reles que guardava a sua cela, aproveitando-se agora da situação para violentar o corpo sagrado de sua alteza.

Dei as costas a ela, fui a um canto, tirei a roupa, andei até à cama e me deitei a seu lado, também lateralmente, colando meu corpo no seu. Vi que ela não moveria um músculo. Ofendido e humilhado, virei-a bruscamente de bruços. Montei sem cuidados, grosseiramente, em cima dela. Penetrei a seco, em áspera violação, rasgando com rudeza o caminho para dentro de sua bunda, até ao mais profundo do seu cu. Vi que doía. Muito. E me senti loucamente feliz quando constatei que, sob meu peso e minha raiva, o que havia era mulher humana. Mulher que não mexia, nem gemia, mas que, com a dor lancinante das estocadas mais virulentas, mordia desesperadamente os lençóis da cama. Cavalguei então em triunfo — e gozei batendo em sua cara. Deixei-a, por fim, ali. Prostrada. Fodida. E saí sem dizer nada.

A cena foi-se repetindo quase diariamente. Mas com variações sempre mais significativas. Mesmo durante o horário de funcionamento da loja, eu já não era tão lacônico com Luíza. Ela, de sua parte, principiou a me responder, ainda que com expressões monossilábicas. O seu primeiro "sim, senhor" me encheu de júbilo — e a presenteei com águas-marinhas. Na cama, eu a encontrava sempre na mesma posição, pousada de lado. Mas, quando me ajeitava atrás dela, ia, dia após dia, num crescendo de carícias. Beijava, alisava e lambia o seu rosto, o seu ventre, as suas coxas, o seu clitóris. Curtia a sua pele fresca. Naufragava no negrume luzente, no negror cintilante de sua tez. E a deitava, agora, de frente para mim, namorando o seu olhar, penetrando-a pela porta principal. Exultei no dia em que, pela primeira vez, senti a sua vulva intumescida, melada, úmida de prazer. E alcancei a glória quando, contrariada ou contraditória, ela não pôde evitar o orgasmo, tentando em vão abafar gemidos e controlar espasmos, com o meu pau em vaivém vitorioso, por sob a vegetação luxuriante que recobria sua boceta.

5

Certo dia, chegando à loja mais cedo que de costume, deparei um atabaque ao lado do balcão. Gregório, meu jovem escravo, olhou-me algo aflito, enquanto Luíza se aproximava.

— É para feitiçarias?

— Não, meu senhor, não — respondeu-me Gregório, mostrando-se acuado.

— Bem, não é da minha conta.

— Senhor...

— Se for para feitiços, Gregório, não se preocupe. Cada um acredita no que quer. Meu finado tio me ensinou a pensar assim — e eu nem posso dizer isso em alguns meios onde ando, ou acabo preso.

Gregório respirou aliviado. Luíza me olhava com interesse, provando e aprovando minhas palavras.

— Pouco importam credos e costumes de mouros, ciganos, judeus ou africanos. Creio na credulidade de todos. O que conta é o homem que trabalha, que não é ladrão, desleal ou preguiçoso. O resto — como ele fode, o que ele come, como ele reza — é problema que cada qual deve tratar consigo mesmo, de acordo com sua ciência e consciência.

Gregório e Luíza estavam surpresos. Claramente surpresos, alegres até, quase agradecendo o que ouviam. Mas era isso mesmo o que eu pensava. Os ensinamentos do meu tio foram reforçados, anos afora, pelo que eu lia e estudava escondido, francesias filosóficas e literárias, que me davam uma compreensão mais justa do mundo. E concluí:

— Pode guardar o atabaque na camarinha, Gregório. Ninguém vai tirar ele de lá, ninguém vai tomar o seu tambor.

6

Luíza mudava a cada dia. Sorria para mim. Nos abraçávamos felizes nos carinhos e nas encoxações da camarinha, que agora era o seu quarto. Ela mexendo, gemendo, gozando. Mulher agora à solta, deixando-se levar pelo prazer. Até que, num fim de tarde chuvoso, a metamorfose se realizou de vez, Luíza desvelando-se bela, forte e plena. Eu intuía, mas não tinha ideia de quem realmente ela era. Mulher inflamada e inflamante. Vigorosa, viril até. Enérgica e ativa como um homem. O corpo em combustão tomava as iniciativas na cama. Caía sobre mim como uma grande e bela ave de rapina, asas abertas ao vento, garras cravadas no meu peito, galopando solta e radiante com o meu pau inteiro dentro dela. Eu fodia, ao mesmo tempo, com uma deusa e um animal.

Diziam os antigos fariseus que o sábado foi feito para o homem, não o homem para o sábado. Mas em matéria de sexo era diferente: a boceta fora feita para o homem — e o homem, para a boceta. E a boceta de Luíza era especial. Ao tempo em que eu começava a gozar, ela caprichava em rítmicas contrações musculares, a estrangular compassadamente o meu pau, sugando-lhe até à última gota de esperma. E era divino o gozo em sua boca, quando ela me olhava de viés, procurando em meu rosto os traços do prazer. Mulher íntegra e séria — e, ao mesmo tempo, a grande prostituta. A mais franca e adorável adepta da imoralidade sexual que conheci em minha vida.

Em casa, a coisa era bem diferente. Não foi difícil tirar o cabaço de Ana Angélica, que tremia na cama feito vara verde, entre lágrimas e soluços. Aquilo até me excitou. E, na hora exata, ela soube abrir as pernas. Depois, o de sempre. Comida insípida, rotineira, sem sal. Sempre na mesma posição — e a sinhá mais parecia uma tábua. Em todo caso, de início, eu a comia com certa frequência. Não por amor ou tesão. Chegava em casa, tomava um banho, ficava sem ter o que fazer — e, bem, uma boceta é sempre uma boceta. Mas, quando começaram as grandes trepadas com Luíza, o candeeiro se apagou. Meus coitos domésticos foram rareando ao extremo. Tornando-se cada vez mais esparsos. Bissextos. E me sugeriam a contrapartida do dinheiro investido na loja. Tributo de puto.

Expansivo e passional, quando dei por mim, era já prisioneiro de Luíza, que me dizia que os escravos seriam livres no dia em que o Brasil, livrando-se de Portugal, se libertasse de sua própria escravidão. No tocante a mim, ao contrário, comecei a divisar a perspectiva de que seria, para sempre, o seu escravo. Antecipava então que, numa coletânea de casos possíveis, eu escolhera o mais complicado. E estava entregue, coração cativo. A depender de minha vontade, naqueles fulgores extremos, despenderia assim, sitiado e rendido, os últimos anos de minha juventude. Queria dividir a mesa, comer com ela as minhas refeições. E Luíza sabia muito bem que, quando tirava a roupa para mim, desnudava-se diante de um homem subjugado. Vencido pelas adagas ofuscantes do seu olhar. Pelo poder da sua língua, de suas coxas, de seus enlaces lascivos, de seus atos claros, de sua boceta, de sua luxúria inebriante, de sua inteligência feiticeira, de seu sorriso luminoso, de suas palavras de fogo.

Num daqueles nossos encontros crepusculares de sexo e amor — quando, da janela da camarinha, víamos o azul celeste tingindo-se de vermelhos e ocres dourados —, eu quase desmaiado de prazer, ela trouxe lentamente para si o atabaque, sentou-se nua na beira da cama e começou a tocar, de modo quase surdo, a mão no couro do tambor, sussurrando um canto em língua africana. Curioso, quis saber o que diziam aquelas palavras escuras. Luíza não respondeu. Olhou-me com carinho, sorriu, devolveu o atabaque ao seu lugar. Com o tempo, todavia, foi aos poucos me deixando entrever fragmentos, pequenos trechos daquele enredo. Dizia de voduns. De nochês e noviches. Dos barcos da iniciação. Dos pejis. De Dã, Danh-gbi, a serpente sagrada do Daomé. De Xapanã e

Nanã Buruku, senhora das águas paradas e dos pântanos. Paganismo, heresia — dizia de mim para mim. E, ao mesmo tempo, não deixava de a sentir mais protegida do que eu, que tinha somente um deus — e um deus estranho, isolacionista, monopolizador, inimigo dos demais deuses.

Enfim, eu aparecia transparente diante dela, claro e cristalino como a água do mar vista do alto de uma falésia. E ela, removidos todos os véus, também se revelava tal qual mais íntima, secreta e verdadeiramente sua alma era: impenetrável.

7

Numa noite, ao chegar em casa, encontrei um quadro inédito. Ana Angélica ainda acordada, séria, sentada à mesa da sala. Tensa ou preocupada, não sei. De longe, não consegui saber. E preocupado fiquei eu. Se ela soube de Luíza, corro perigo. De vida, inclusive. Seus irmãos — dos quais agora sou credor — terão um bom pretexto para despachar numa viagem sem volta, missão especial no outro mundo, o inimigo luso que roubou e desonrou a família. Deixo que os meus sapatos de couro, roçando o assoalho, denunciem a minha chegada. Ao ouvi-los, Ana Angélica se volta num sobressalto, levanta-se bruscamente da cadeira, visivelmente alvoroçada — e, assumindo ares ingenuamente graves, anuncia:

— Estou grávida.

Me descontraio. Alegre por não ser o que eu pensava, passo a mão teatralmente pela cintura de minha doce esposa, que se alegra com a minha alegria e aceita uma taça de vinho, em comemoração à boa nova.

— Vou convidar meu amigo Pedro Vieira, meu melhor amigo, como você bem sabe, para cear conosco amanhã. Ele será o padrinho desta criança.

No dia seguinte, na loja, fico meio encabulado. Não encontro jeito de dizer a Luíza que vou ser pai. A notícia pode simplesmente abrir uma ferida no seu coração. E não quero isso. Distraio-me atendendo a clientes variados, conversando sobre mercadorias e a situação da cidade, com as chuvas provocando desabamentos de casas e matando pessoas. Mais tarde, quando enfim a tarde cai, já não há como falar de minha nova condição de futuro pai. Luíza passa por mim com um olhar cheio de deliciosa lascívia, roçando a bunda no meu corpo. E, sorrindo, toma o rumo da camarinha. No ar, aroma de vinho. Ela bebeu — e vai plena de volúpia. Sigo seu itinerário. A hora, agora, pertence toda aos melhores prazeres carnais. Luíza se alonga na cama. Esquiva-se e negaceia. Enlaço-a finalmente e a prendo por trás. Acaricio a sua boca e vou descendo lentamente a mão, com destino certo, pelo seu corpo. Ela põe a sua mão sobre a minha e vai acoplada ao movimento. Demoro-me ao redor do seu umbigo. Ela prende então a minha mão sobre seu ventre, solta uma risada clara, vira-se para mim e, subitamente séria, diz:

— Você vai ser pai.

A notícia vem como um raio caído de um céu azul. Entendo agora, entre o tonto e o atônito, minha mão presa no seu ventre azeviche.

— Consultei Ifá. Será homem. Vai se chamar Thiago, o nome do irmão mais novo de Jesus. E viverá num Brasil livre, sem negros escravizados.

8

Faz algum tempo que Luíza desapareceu. Deixou apenas um recado, que Gregório me transmitiu. Mandou-me dizer que era minha, mas precisava partir, que a sua vida não pertencia somente a ela, nem a mim. Me vi descentrado num vazio imenso. O mundo não demorou a desmoronar de vez. Medíocre, perguntei se havia outro homem. Gregório foi enfático: não. Disse que comigo podia falar com franqueza. Era coisa de luta ou de deuses. De conspiração e guerra, ou de iniciação e terreiro. De quilombo ou calundu. A mim, caberia nada esperar. Ela poderia estar de volta em sete meses ou sete anos — ou não voltar nunca mais.

Estive bem perto da loucura, seguida pela mais desoladora tristeza, quase um banzo de escravo africano, comendo o barro dos meus quintais. Lentamente, muito lentamente, comecei a me recuperar. Ou a reconquistar, ao menos, partes do que eu fora. Ignoro explicações razoáveis para o homem e seu futuro. Mas erra quem diz que a dor do amor é incurável. A gente não se livra é da cicatriz imensa, prestes sempre a sangrar, como uma chaga apenas adormecida, no âmago da alma. Havia um buraco enorme, um estrago monstruoso no meu coração. Mas eu estava de pé. Thiago e Joana brincavam juntos à brisa dos azulejos da varanda, sem desconfiar, sequer remotamente, que eram irmãos. Verdade que a vida já não tinha nenhuma graça. Era como um céu sem cor. Não havia para onde olhar. Mas o barco seguia, tocado pelos risos das crianças. No amor, nada. Luíza era a lembrança viva de um vulcão. Ana Angélica, um lembrete de rotina.

9

A guerra era inevitável. Questão de dias, jurava Pedro Vieira. E um irmão meu de criação, Sebastião Ulhoa, levado para a casa do meu tio pela mulher com quem ele se amasiou ao chegar no Brasil, dizia o mesmo.

Ulhoa, que eu não via há tempos, nem fazia questão de ver, tinha o dom de me irritar. Não apenas porque pregava francamente a intolerância no trato com os pretos, que julgava seres infinita e definitivamente inferiores, corrompendo sem remédio o país. Mas, também, por sua insuperável arrogância. Homem culto, professor de grego, via e admirava a si mesmo como o único, verdadeiro, infalível e invulnerável *pontifex maximus*. Suas armas intelectuais eram, de fato, poderosas — e ele sentia um extremo prazer em me humilhar (pensava que humilhava, em verdade) com a carga pesada de seus saberes.

Mas eu, embora me interessasse por línguas e pela nova ciência da economia — que Ulhoa abominava, tachando de pseudoeuropeus os adeptos brasileiros dos princípios liberais do iluminismo escocês —, não era exatamente um filósofo e, sim, um homem prático. Minha vingança estava em que, enquanto Ulhoa gastava meses em seu gabinete planejando possíveis e melhores iniciativas agrícolas e roteiros aquáticos para o país, fossem eles fluviais ou marítimos, era eu quem sabia com quantos paus se faz uma canoa. Além disso, eu era mais jovem, mais bonito e sempre tivera mais moedas e mulheres do que ele, enfurnado em alfarrábios gregos, nos seus plantões platônicos, ou projetando invencionices que dizia ditadas pela razão. Pobre diabo: pouco bebia, pouco jogava, pouco dançava, pouco fodia. Gostava de citar seu mestre de cultura e língua clássicas, que dizia: o ordinário das mulheres desse país é serem meigas — e chulas. Costumava repetir isso *ad nauseam*, mas sem quase prová-las em suas alcovas escuras ou em seus coloridos quartos de cetim.

De qualquer modo, Ulhoa dificilmente errava prognósticos políticos e militares. Na grande maioria das vezes, sabia do que estava falando. E, através do seu *pince-nez* importado, divisava não simplesmente a inevitabilidade da guerra. Ninguém mais se achava em véspera de tomar decisão. O enfrentamento já tinha começado. O príncipe havia declarado a independência do país e se proclamado imperador do mesmo. Por que império e não reino? — perguntei. Porque os brasileiros desejavam uma grandeza que diminuísse Portugal. E porque José Bonifácio dissera ao príncipe que o povo estava habituado ao termo imperador, que empregava com fluência, devido à popularidade, nos cantos todos do Brasil, da Festa do Divino Espírito Santo, quando uma criança coroada anunciava o advento de um tempo de fartura, abrindo as portas das cadeias para futuros felizes. A coroa lusitana, por sua vez, decidira não abrir mão da Bahia, do pedaço do país onde vivíamos. Planejava, ao contrário, retomar o Brasil a partir de nossos fortes, praias e promontórios. A guerra, portanto, começara. O Brasil estava aceso. E Lisboa, cega.

— Bem antes do 7 de setembro, dissertava Ulhoa, pousou aqui uma carta régia nomeando um coronel luso para o comando das armas da província. Foi a primeira peça movida nesse xadrez, dividindo a nossa população em partidos opostos — o brasileiro e o português. Tentamos impedir a posse militar do alienígena. E veio o primeiro choque armado, com disparos em diversos pontos da cidade. Os portugueses levaram a melhor. Naquele dia, soldados e civis lusos saquearam casas de brasileiros. Fizeram arruaças, tirotearam pessoas. Tentaram, inclusive, arrombar e roubar o Convento da Lapa. Os brasileiros começaram então a fugir, a se refugiar no Recôncavo. A conspirar. E o comandante luso pediu reforço a Portugal. Qual é a guerra, então, que vocês ainda estão esperando? Mesmo a sua declaração formal já foi feita, no mês passado, pelo príncipe. Resta-nos sair da cidade e atacá-la de fora, como nos dias da invasão holandesa.

Pedro Vieira discordou. Disse que devíamos reagir aqui mesmo, com armas e palavras. Mas logo veio a notícia de que, por esquinas e jornais, nada mais circulava. Lusos controlavam tudo. E o êxodo se impôs. Ulhoa ficaria por aqui, insuspeito, esquadrinhando Aristóteles e outros totens. Eu, também, para ver no que aquilo ia dar, guardando a minha loja e a minha casa, sob riscos de ser acusado de dupla traição. Confiei a Vieira a guarda de Ana Angélica, Joana e Thiago, que ele conduziria até Santo Amaro da Purificação. Ou às terras de Sapeaçu, menos visada que os centros revoltosos da região. E todos partiram. Doeu-me o descostume de estar tão só. A casa se convertera em navio fantasma. Eu ficava horas a conversar com Gregório, avançando pela noite, sem sair da loja. Até que ele, aceitando o convite insistente, passou a morar lá em casa, atenuando meu desvario. Ganhou solidez, aí, a nossa amizade. Os últimos brasileiros que se retiravam cuspiam afrontas na minha cara. E eu não queria recorrer a portugueses. Ficasse de um lado ou de outro, só teria a perder. A começar por minha própria estima, que me queria afastado da disputa. Para dizer a verdade, eu já não tinha ideia de onde estavam os meus pés. Porque não me sentia em lugar algum.

Começaram a rasgar-se os fuzis. As notícias se tornaram mais esparsas. Depois da casa, a cidade se convertera em navio fantasma. Abríamos a loja apenas por abrir, por falta de outra coisa para fazer. Ficávamos então ali na porta, a ver peças fardadas indo de cá para acolá ou vice-versa. Negros se divertindo à distância de seus senhores. Sabíamos, por alto, de canhoneios na Cachoeira. De uma escuna tomada aos portugueses. Dos saveiros ilhéus não dando tréguas aos navios lusitanos. Das faíscas da guerrilha brasileira. E eu, embora enviasse vinhos ao comandante luso, em periódica genuflexão diante do poder, queria apenas que tudo chegasse logo ao seu desfecho. Já não havia comércio, já não havia cidade. Os brasileiros apertavam o cerco. Estavam no Morro de São Paulo, em Itaparica, na Praia do Forte. Por que não acabar logo com isso? Os portugueses estavam perdidos. Contavam os dias, antes de entrouxar a tropa e sair em surdina para Portugal. A fome os derrotava, numa capital sitiada. Quem nada tinha a perder, entregava-se a todas as farras. Soldados, inclusive, apostando que o que estava em jogo se resumia aos cus dos oficiais. Era o império da esbórnia. O domínio soberano da cachaça e da putaria. Da farra em ruas e casas abandonadas. Do desgoverno de todos. "Povos não deveriam fazer sacrifícios ridículos", dizia então para mim mesmo.

Um dia, ao entardecer, uma claridade estranha veio invadindo a loja, varrendo em brilhos dourados a poeira assentada no assoalho. Era Luíza, resplandecente. Ficamos, eu e Gregório, feito as célebres estátuas de sal, de que fala a Bíblia. Ela se encaminhou para nós, a passos majestosos. Parecia segura do nosso amor. Em silêncio, deixou a blusa escorrer do ombro esquerdo. Havia um buraco de bala, cicatrizado. Deixou a roupa de cambraia descair em dobras a seus pés. Na coxa esquerda, um corte feito por lâmina aguda e longa, também cicatrizado em repuxos roxos, enfarruscando o brilho azul da pele. Tomei a direção da minha casa, juntamente com Gregório, pensando que ela nos seguiria, ou tomaria outro rumo qualquer. Palavras eram entidades de que não se cogitava. Nenhum de nós parecia disposto a invocá-las. Mas Luíza nos deteve. Encaminhou-se para a camarinha. E a seguimos. Sentamos os três na cama. Gregório fez menção de sair. Ela o impediu com o olhar.

— Fomos traídos, disse, finalmente. Disseram que a derrota de Portugal seria o fim da escravidão, que a libertação da Bahia seria a libertação dos negros. Os escravos se empenharam então nessa guerra. Para nada. Davam gargalhadas nos combates, mas agora, que a sorte está decidida, voltarão às gargalheiras. Os brancos brasileiros brincaram conosco. Mas vão pagar caro. Não somos mais africanos. E este Brasil é mais nosso que deles.

Eu ia começar a dizer alguma coisa. Mas ela pôs suavemente o dedo sobre meus lábios — e me calou.

— Brancos vão se estorcer no chão, comendo a comida dos deuses na minha mão. Brancas vão se curvar no barco das iaôs. E todos serão mais africanos que europeus. A guerra, a grande guerra, vai recomeçar depois da expulsão dos portugueses. Guerra sem tiros contra as nossas taras. Porque este país só será um país, com todas as suas bênçãos e maldições, quando todos puderem foder de igual para igual, como eu fodi com você.

10

Não perguntei nada, ao longo dos longos dias que se passaram, com soldados lusos caindo a cada canto, alvejados. Portugal perdera a parada. Na madrugada em que seus navios se retiraram, abrindo velas em fuga para o Atlântico Norte, estávamos sentados frente a frente.

— Thiago está bem.

— Com você, de que outro modo ele estaria?

— Mas...

— Eu sei. Reconheci meu filho de longe, correndo nas terras livres do finado Chaves de Menezes, no Iguape. Não é sobre isso que quero conversar. Antes que você pense em mim, disfarçando-se em sentimentos outros, vamos falar como donos de nossos destinos.

Não soube o que dizer, uma vez mais.

— Eu trouxe o dinheiro justo. Pago a minha carta de alforria. Serei liberta, agora. Porque livre eu sempre fui. E posso ser sua. Liberte Thiago. Se for possível, traga Joana. Diga-lhes que são do mesmo sangue. Que ele é o seu branco — e ela, a minha preta. E vamos viver. Juntos.

11

Naquela noite, Ana Angélica chegou, trazendo as crianças. Seus irmãos, infelizmente, não tinham morrido na guerra. Nenhum tiro vadio os acertou. E eles pararam ali, na porta de casa, com caras de que tinham contas a acertar. O português, afinal, devia explicações, tendo permanecido aqui, com a loja aberta. Fizera uma escolha — e pagaria por ela.

Eu era um homem que nada tinha a temer dos fatos. Até que veio a guerra e cresceu esta criança. Como dizer isto a Luíza? Seria preciso argumentar com meus riscos de degredo, forca e fuzilamento? Se eles fossem os meus escravos, tudo bem. Mas Luíza agora era liberta. E exigia a libertação de Thiago, em nome do nosso amor. De outra parte, havia Ana Angélica, um estorvo, mas também Joana, minha joia. E os irmãos sem descansar a mira dos fuzis.

Eu tinha de refazer, em discurso mais que perfeito, toda a minha situação, encalacrando-me de vez, ou me salvando de uma vez por todas. Teria de ser persuasivo, convencendo Luíza de que Thiago deveria ser levado para longe daqui, mesmo que provisoriamente. Mas é claro que ela não aceitaria isso. Senti que estava a cavar a sepultura do meu único amor. Ana Angélica não me dizia nada. Joana, sim — mas era impossível uma sem a outra. Todo esforço defensivo, perante Luíza, seria inútil. Ela atravessara quilombos e terreiros, confiando-me Thiago. Mas Luíza e Thiago livres constituem risco supremo para mim. Quero e não quero, pois estou vigiado e nenhuma fuga se desenha assim no horizonte. Vou à missa, serviçal do senhor. Mas o meu desespero não tem bálsamo possível. Dividido entre desejos rivais, lembro-me do que um poeta grego dizia: há uma guerra civil no meu coração.

Devia de haver um deus que nascesse para cada nova encruzilhada que se desenhasse nos descaminhos de um mortal. E eu tinha urgência, tinha medo. Me via lutando às cegas comigo mesmo. Concluo que não devo ser impedido de levar a vida que quero. Inconcluo que todo arrazoado autoprotetor só irá desajudar. Penso em consultar Pedro Vieira, mas recuo. Nada de intrusos, mesmo queridos, se imiscuindo na vida da minha família negra ou da minha família branca. Das minhas famílias brasileiras. Será que teria de despachar Thiago, de forma crua e inequívoca, para outro lugar? Para a Paraíba ou o Maranhão? Homens de renome aprovariam o gesto. Encontro rapidamente Luíza no mercado. Digo em sua cara que me vejo claramente em erro. Ela sabe que Ana Angélica é apenas o meu medo. Mas não posso deixar o barco seguir solto.

Sinto-me fadado a submergir no curso do meu próprio pensamento. A me estropiar nas esferas mais ásperas da existência. A me enlouquecer na minha própria loucura. Desejaria que, em ocasiões como esta, as leis divinas se deixassem adormecer — e as humanas, não chegassem a ser escritas. Mas isso é bobagem. Sugiro-me um crápula sem escrúpulos. Em guerra amarga com o que amo, diante de um plano demoníaco para me destruir.

Recorro, enfim, aos conselhos de Pedro Vieira. Faces e facetas em conflito. Tenho, apenas, de tomar a decisão. E ser capaz de suster e sustentar a escolha, sem elaborar listas dos meus vícios e das minhas virtudes. Meu amigo Pedro me exaspera, começando pelo mais medíocre.

— A única língua franca que conheço é o dinheiro.

Antes que isso, Luíza se dispôs a detonar restrições. Não que não gostasse de viver bem, mas oferecera o corpo à luta dos escravos, abandonando confortos que eu dava ou prometia. Comecei a chorar. Havia algo de monstruosamente errado em tudo que eu fazia. Não queria causar qualquer dissensão familiar. Não queria aniquilar ninguém. E nem era de todo clara, para mim, a natureza última dos meus pecados. Eu andava altamente instável. Pedro tentou me consolar. Mas blasfemei: que os santos fossem todos à grande puta que os pariu! Solucei, ainda. E retornei à fúria. Era preciso destruir todas as leis — as que foram escritas e as que nunca serão. As facas pensam. Tenho de me conter, de me contar à distância da inteligência das lâminas. Pedro entende. Diz que há feridas que só podemos cauterizar a ferro quente. Tenho vontade de mijar. Mijar em tudo, sem deixar mais espaço para a graça.

— É preciso escorar a casa, evitar desabamentos.

— Não serei lacaio sexual de ninguém. De ninguém.

Pedro aproveita a ocasião, oferecendo-me uma saída. Envio o mulatinho, que ninguém sabe que já está aqui, para servir ao meu irmão Sebastião, recluso em sua casa na península e agora unicamente ocupado em transformar canais e ilhas da baía numa invejável Veneza tropical. Ninguém vai procurá-lo lá. Mas ninguém, vejo logo, é um modo de dizer, de nomear Luíza. E a minha ideia agora — e tem de ser agora — é rematadamente mais radical. Preciso despachar Thiago para longe daqui. E isto só pode ser feito de forma crua e inequívoca, repito. Vou vendê-lo como escravo. Para o Maranhão — ou para os campos do Rio Grande do Sul.

E assim o faço, sem regatear, trocando meu filho, ou antes, meu pequeno escravo, por um punhado de moedas, de modo que ele suma da minha vida. Luíza, provavelmente, já sabia desse desfecho. Ana Angélica, estúpida e dedicada, jamais desconfiará de qualquer coisa. Joana vai sentir a falta do amigo. E o que resta sou eu. Sobrevivente destroçado dos meus crimes e falcatruas. Mas, acima de tudo, o imperdoável e cínico negociante. O homem que destruiu os últimos vestígios do seu amor. O pai que não soube abrigar suas crianças. O covarde que, desde então, evita espelhos.

12

De repente, quando acabrunhado me disponho a fechar enfim a loja, depois de um dia que repete o fracasso comercial de outros, ouço a algazarra que se aproxima, arruaceira. Sozinho, depois que Gregório se foi, não tenho tempo de cerrar a última das três portas do estabelecimento. E a turba invade gritando o espaço que um dia chegou a ser sagrado, em tardes de potência amorosa. Jovem ainda, reajo como ancião. Deixo que me empurrem contra a parede, que levem o que há de mais raro, que joguem os chás ingleses na latrina, que queimem os mapas dos viajantes mais abastados, que carreguem as últimas joias, que atirem a escrivaninha no meio da rua, que rasguem os mais ricos trajes e os mais belos panos de Paris e da Índia, que quebrem porcelanas chinesas e empalmem vitoriosos as gravatas mais caras, que destruam as vigas e bebam todos os vinhos, que engulam queijos e presuntos, que derrubem portões e senões, que incendeiem a camarinha, que metam os machados esculachando barris de mel e azeite, que escorrem agora pela sarjeta, rumo ao esgoto das ruas. Tudo escurece, tudo é escurecido, sob o uníssono da multidão predatória, que grita: mata, maroto! mata-maroto! O que quer dizer, pura e simplesmente, morram os portugueses.

13

Lestes enganos. Lágrimas de olhos purus. Um mundo feito de rios e cerros frios, de cerrados e serras que se projetam para o mar, de cachoeiras que cobrem o desafio dos rostos das escarpas. Mas, se amas zonas como estas, permanecerás. Como permaneço, a fim de um dia ver o peso, o pico da neblina, um babaçuê, uma devoção nascendo no terreiro da fazenda, um círio me refazendo. Ao largo e ao norte, fica a orla mais linda que arrecifes renegam. Descendo, o cajueiro dos papagaios e, mais abaixo, a multidão de siris que fogem do mangue seco. A Casa da Torre de Tatuapara, os canhões enferrujados da Praia do Forte. Uma catedral brasílica. As colinas e portos clandestinos de um espírito santo. Um mato grosso, três tocantins. A chapada dos coriscos. Uns céus com flechas e estrelas sebastianistas. Guanabarã, Guanabará. Os paranás araucários, as minas, a senhora da ilha do desterro. Sacramentos de rios grandes, missões, piratiningas, pensamentos.

E eu agora assim tão só, pensando. Destruíram e destruí a minha vida. Sem balas e sem balés. Não sou brasileiro, nem luso, mas sujeito avulso, na beira do mar. Daqui, vejo aldeias que se foram, morubixabas feridos, pajés virando pássaros extintos, estrangeiros chegando, a orla gerando guerras. Portugal estendeu então um manto de espadas sobre os trópicos, reis que foram ferramentas, encobrindo com falas do trono a avareza de vassalos que, à falta inicial de ouro, escorcharam índios, negociaram negros. Mas tenho raiva demais. Portugal jamais foi apenas o demônio de povos demoníacos. Estamos todos fodidos, no mesmo barco apodrecido, se não tivermos grandeza. Mas o que faço aqui, de olhos na Ilha da Maré? Portugal foi apenas o pouso onde nasci. O Brasil, porto a que cedo cheguei.

Olhando esse mar, minha vontade é chorar. E choro. Choro muito, engasgando e soluçando por meus erros. Na verdade, não guardo maior lembrança do ultramar. O que seria mesmo, para mim, o Mondego, senão um nome que gravei, mais em desenho de letras do que na algaravia da vida? Longe de lá, expulso daqui. Não há lugar no mundo para um ex-português? Avulso, convulso, choro. Com uma só certeza, que esta praia há de levar. Sou um desesperado — um desesperado desesperadamente brasileiro. Mas agora, sem salvação, e para a minha tristeza, um marginal. Um assassino alucinado que não matou ninguém — escarrado sem dó no rol dos párias da pátria amada.

3. ENTRE A GRANA E A GRAMA

1

Ninguém esperava por aquilo. No meio da reunião da célula da VAR-Palmares, Klara se levantou, apagou a luz da sala, deixando apenas o abajur aceso, dirigiu-se à vitrola com um disco nas mãos, *Abbey Road*, dos Beatles, e colocou a agulha exatamente no começo da faixa que ela queria, "She Came in Through the Bathroom Window". Quando as guitarras explodiram e a voz de Paul McCartney se projetou sobre a massa sonora, em volume altíssimo, Klara começou a dançar freneticamente, como se fosse a bacante de uma nova cultura. Dançou a faixa inteira, diante de uma plateia estupefacta e paralisada, tirando no final a calcinha, que jogou no meio da sala, dizendo: "Tô fora!"

2

Àquela altura, era possível divisar algumas distinções no ambiente jovem mais inquieto e contestador que se movia no país.

Uma grande divisão se dava entre os que permaneciam no espaço canônico da esquerda e os que tinham migrado para as viagens da vanguarda contracultural. No primeiro caso, havia ainda uma subdivisão. De uma parte, ficavam os que achavam que a ditadura só poderia ser vencida no campo da política, por uma convergência sempre maior de todos os segmentos democráticos da sociedade brasileira. No âmbito da esquerda, eram os chamados "reformistas", ainda sob o signo do Partidão, integrando o guarda-chuva maior do MDB, Movimento Democrático Brasileiro. De outra parte, plantavam-se os extremistas, que desprezavam a democracia, tratando-a como entidade burguesa, e achavam que a luta armada seria o caminho para derrotar a ditadura dos patrões e, em seu lugar, implantar a ditadura do proletariado.

Daniel Kertzman estava nas águas da contracultura, do underground, da poesia de Rimbaud incitando a *changez la vie*. Era a aventura de quem considerava que os caminhos tradicionais de transformação do mundo já não levariam a lugar algum. Não se contestava mais somente a ditadura, mas a "civilização ocidental", como se costumava dizer. Era preciso reinventar a presença humana no mundo. E tudo que não fizesse parte do *establishment* e da cultura judaico-cristã, com sua repressão aos instintos, era celebrado. Os pensadores dissidentes dos mundos capitalista e comunista, os grandes místicos como Böhme e Blake, os párias da inteligência ocidental, o *black power*, os sistemas e as estratégias orientais do saber, do *koan* do budismo zen a todas as mandalas do mundo, passando pela macrobiótica e por iogas várias. Tudo ao som do rock e à luz das drogas para a expansão da consciência, a redescoberta da sensibilidade e a renovação da experiência das formas do mundo.

A postura, diante da ditadura militar, era outra: deixa estar, jacaré, que a lagoa há de secar. Na verdade, "Western Civilization is Over" calava mais fundo que "Abaixo a Ditadura". Era a distância entre a granada e o LSD, pedra filosofal da contracultura. Outros insistiam em que, antes de pensar em mudar o mundo, a pessoa devia se preocupar em transformar a si mesma: o importante era a iluminação interior. De qualquer modo, o freak se via como amostra grátis do FUTURO, reconciliado finalmente consigo próprio, a humanidade, a natureza, o cosmos.

3

A família era a instituição mais reacionária de todas. Era preciso reativar os vulcões do sexo. E lá estava Daniel às voltas com outros judeus. Não mais com Marx e os bolcheviques. Mas com o judeu Freud e o judeu Wilhelm Reich, o apóstolo da potência orgástica. Era preciso trazer de volta, com toda a intensidade, a *sexpol* reichiana. Aquilo era muito mais importante do que tudo, de Freud à antipsiquiatria inglesa — diziam os teóricos do movimento, insistindo em que não eram teóricos, nem existia movimento. O transcendental Jung, ao contrário, sobrevivia mal e esgarçado, longinquamente, apenas entre uns místicos pouco ou nada interessados nos prazeres carnais.

Daniel, de todo modo, era um caso mais raro naquele meio, porque não abdicara do racionalismo e era uma pessoa culta, intelectualizada. A maioria dos jovens contraculturais, entre hippies e freaks, estava em outra. Achava que a razão era um caso perdido. Preferia morar em pequenas comunidades. E defendia que o lance era a experiência direta de tudo. "Meu nome é Otávio, mas pode me chamar de Daisy", Daniel ouviu certa vez, numa festa de seus amigos agora cabeludos, curtidores de cintilações lisérgicas. E ele mesmo não resistiu. Acabou transando com Carlinhos e Pepeu, um gato pansexual irresistível, que enlouquecia homens, veados, mulheres e travestis. Pepeu, na verdade, foi uma moça: entrou no seu quarto, tirou a calcinha e se deitou de costas, esplêndido corpo moreno e uma bunda perfeita, irretocável. Achou também que ia comer Carlinhos, mas logo percebeu que cedia e começava a se deixar beijar como se fosse uma mulher. Carlinhos faria dele gato e sapato, se quisesse.

Logo em seguida, daria um passo mais ousado no caminho da veadagem, transando com garotos pobres de Itapoã. Paqueraram os gatinhos na rua, conversaram, combinaram horário e local. Os moços chegaram produzidos — limpinhos e perfumados — para se encontrar com ele e Carlinhos. E toparam tudo. Beijos, por exemplo. Daniel e um garoto foram nus à cozinha, atrás de uma cerveja. Ele pegou a mão do rapaz e a colocou em seu pau. Fez ele pegar devagar, amassando-o lenta e suavemente, enquanto o amansava dizendo: "Pode pegar à vontade, gostoso, que o veado aqui sou eu." Dias depois, ainda não conseguia entender como tinha se atrevido a dizer aquelas palavras.

4

A mulher começou a emitir uns sons mais altos — e logo a se mover como uma égua, e depois a fazer movimentos ondulados na cama, atirando os longos cabelos pretos para os lados e para o alto, sem que ele conseguisse perceber, quando ela parava imóvel, se aquilo que ouvia era riso ou choro. Até que ela se sentou com o travesseiro às costas, apoiado na cabeceira da cama, deixou-se ver de frente, tranquila, e seu rosto era pura luz. Ele não sabia o que fazer, como lidar com o que estava acontecendo. E ela, mais bonita e sedutora do que nunca, falou algumas coisas quase compreensíveis. Era uma cigana ali com ele na cama do seu quarto. A moça que ele paquerou e levou para casa a recebera durante a trepada. Ele a olhava inteiramente perturbado e fascinado. Tomada pela cigana, sua nova namorada ficou dez vezes mais linda.

Não foi a única experiência desse tipo. E ele não sabia se tinha a ver com drogas, com a ingestão de LSD para incrementar as viagens sexo-amorosas. Da segunda vez, no entanto, em lugar do poderoso fascínio da cigana, o que aconteceu foi uma cena cômica, da qual ri até hoje, mesmo sozinho, quando se lembra. Tinha levado a doce e endiabrada Telminha, dona de peitos e pernas adoráveis, para a casa que um amigo emprestara. Deram uma primeira trepada. Depois, ficaram nus na varanda da casa, olhando para o céu, identificando desenhos do zodíaco. Carícias para cá, carícias para lá, o tesão bateu de novo. Ela se ajoelhou apoiando-se na beira da cama. E, quando ele começou a penetrá-la por trás, baixou subitamente um erê, com aquela inconfundível voz infantil, chorosa, suplicando: "Come cuzinho do menino não, come cuzinho do menino não."

5

Por conta da compra e do consumo de drogas — que se resumiam, basicamente, a maconha e LSD: cocaína e heroína, fora —, Daniel se aproximou de Victor Falcón, jovem (e ainda inédito) escritor, um cara extremamente vivo, que recusara convites para trabalhar como redator publicitário, argumentando que não desejava estragar a sua vocação, nem o seu caráter.

Na verdade, Victor tinha sido estudante indisciplinado, relapso e impersistente — para, em seguida, se revelar um sujeito profissionalmente confuso. Abandonara três cursos ainda em seus inícios: letras, teatro e cinema. Mas tinha uma sobrevivência tranquila, vivendo de renda. Do aluguel de um galpão e de uns pontos comerciais que o pai deixara de herança. Não era muito dinheiro, mas dava para mais do que o gasto. Como tinha passado a administração desses bens para as mãos de uma empresa imobiliária, tinha todo o tempo do mundo para não fazer nada.

6

Victor era a encarnação mesma do avesso da isenção. E como, não raro, chegava a ser entusiasta e adepto, bem radical, de coisas claramente antagônicas, seu amigo Zé Simões, músico ao mesmo tempo popular e erudito, pôde defini-lo, de forma perfeita, como "um poço de contradições indignadas". Ele era capaz de, numa mesma noite, passar do papel de comunista inflamado ao de encarniçado direitista. E tudo com a maior sinceridade e convicção. Para, quase ao amanhecer do dia, com todos já pensando em dormir, declarar que, no fundo, no fundo, não tinha interesse nenhum em política. E era assim, com alternâncias de abismo, que se manifestava a propósito de tudo — do feminismo, do concretismo, do tropicalismo, do homossexualismo e de tantos outros ismos que povoavam os papos da turma desbundada, hippie-freak, naqueles tempos de contracultura ou underground.

Além disso, Victor costumava surpreender, fazendo apreciações e análises inteiramente próprias e inusitadas sobre os mais diversos assuntos. Certa vez, por exemplo, disse que era contra o polo petroquímico implantado em Camaçari não porque aquelas fábricas devastavam a vegetação e poluíam grande parte do litoral norte da Bahia. Afinal, dizia ele, aqueles recantos litorâneos não tinham nenhuma graça especial. Eram, antes, um exemplo acabado da famigerada feiura de nascença. Protestava contra a indústria petroquímica por uma questão sensual. Estético-erótica, para ser preciso.

— Podemos saber melhor do que se trata? — perguntou Daniel, vivamente curioso com o desenvolvimento de tão inesperado ponto de vista.

— Claro. A gente costuma pensar a petroquímica como uma entidade extrânea, científica, quase alienígena. Como algo que só dissesse respeito a técnicos. Enfim, a gente fica ouvindo umas palavras para lá de esquisitas — benzeno, butadieno, polietileno, paraxileno, putaqueopariu-eno — e não se toca de que tudo isso está presente no nosso cotidiano. Nos ajudando ou nos atazanando o juízo, diariamente. Porque uma coisa é o que está lá atrás, no início da cadeia produtiva, com as centrais de matérias-primas. E outra coisa é o que aparece aqui na ponta, congestionando o dia a dia das pessoas. Quase tudo que a gente usa hoje é de origem petroquímica — de aros de óculos a liquidificadores, de sandálias a máquinas fotográficas, de colchões a cosméticos, de tênis a botões de camisa e bolas de futebol. E a bonecas infláveis, não vamos nos esquecer.

— Mas, afora mulheres de plástico, o que é mesmo que isso tem a ver com estética e erotismo?

— Pense um pouco. Entre os objetos petroquímicos que perturbam e pervertem nosso horizonte — no caso, nossa vida praieira — estão sungas e biquínis. Peças que realmente impedem tanto uma exibição mais graciosa quanto uma apreciação mais sensual do corpo. Se não existisse a petroquímica, as nossas praias seriam muito mais bonitas. Teríamos um litoral com outra qualidade estética e outra dimensão erótica. Todas essas gatas cobrindo os peitinhos e as ancas com tecidos leves, arranjos de palha e búzios, coisas de cânhamo, linhos naturais. Ou seja: com materiais que desenhariam melhor e mais suavemente o corpo, deixando o observador entrever distraidamente as coisas. Já pensou? Teríamos outro campo visual em nossa vida litorânea. Essa indústria é uma desgraça porque matou essa possibilidade. E agora a gente precisa impetrar, literalmente, um *habeas corpus* — para que as moças brasileiras se vejam livres dos biquínis petroquímicos.

7

A dedicação comum à escrita — ou à *écriture*, como foi moda dizer na época, naquele meio universitário afrancesado — deixou Daniel Kertzman e Victor Falcón, de início, meio desconfiados um com relação ao outro. Eles não gostavam muito da proximidade de literatos, sempre muito chatos em seus interesses estritos e em suas picuinhas sem fim. Mas logo descobriram que não estavam ali para conversas tediosas, citações repetitivas e coisas que tais. Principalmente, que ninguém estava ali para concorrer com ninguém. E, assim, se aproximaram genuinamente.

Ao contrário de Kertzman, reservado quanto à sua fantasia escritural e suas buscas estilísticas, Victor falava abertamente sobre o assunto. Encantava as moças, inclusive, com suas tiradas.

— Eu não entendo essa expressão "sexo oposto". Mulher, para mim, não tem nada de oposto: é sexo *together.*

Encantava ainda mais quando começava a falar de palavras. Da sua plumagem, de sua textura, das suas cores — e até do seu aroma. Aroma? Sim, as palavras deixavam o seu perfume na sala, no quarto, na cama. Assim como em espaços abertos, em praças, pistas de aeroportos, ensaios de escolas de samba, navios à deriva, estádios de futebol. E Victor viajava. Dizia, também, que havia palavras que eram a cara da coisa que nomeavam. Visualmente, a serpente já aparecia no *s* do seu nome. Um amigo seu via o espermatozoide no *e* de esperma. E assim havia muitos outros exemplos.

Mas não era só esse lance da visualidade. Havia palavras que eram elas mesmas, em sua inteireza sintagmática, adequadas ao que se referiam. A palavra "plúmbea", por exemplo, era plúmbea. A palavra "sol", com sua vogal aberta, era clara — a palavra "lua", mais suave. Ao ouvir a palavra "mirabolante", era possível imaginar, de imediato, a natureza do processo em curso. E isto para não falar da palavra "ímã", atraindo imediatamente a limalha dos acentos. Mas o que mais curtia era quando essa iconicidade verbal era tecida intencionalmente, como num recente sucesso carnavalesco de Caetano Veloso. O poeta fazia a multidão cantar "acho que a chuva ajuda a gente a se ver", acumulando sons que reproduziam o ruído da chuva. "Repita isso algumas vezes", pedia. E mostrava: chovia na frase, chovia na letra, chovia na música, chovia no canto — ao tempo em que uma chuva real caía nas ruas, encharcando milhares e milhões de foliões: a festa como apoteose pluvial.

Curtia muito, também, quando quem escrevia conseguia pescar ou extrair umas palavras de dentro de outras, sem nenhum esforço aparente — antes, com toda a simplicidade cantável do mundo. Gostava de exemplificar com uma composição de Jorge Ben:

ela já não é mais minha
PEQUENA
QUE
PE   NA

"E isso é muito mais comum do que as pessoas pensam", dizia. "Vem de Camões a Chico Buarque." E as moças ouvindo enlevadas e ele cativando sempre mais e viajando e viajando sem parar.

8

— Sou fascinado pelas ficções linguísticas.

— E pelas cinematográficas, não?

A piada era até divertida. Mas Aninha Fogueteira não tinha entendido. Ela não sabia o que eram as ficções linguísticas a que ele se reportava. Mas, como privilegiava acima de todas a escuta de Aninha, explicou. Ficções linguísticas eram palavras que não designavam coisa alguma que realmente existisse no mundo, mas que eram absolutamente indispensáveis para a pessoa expressar o que desejava e ser compreendida pelos outros. Por exemplo: "muito", "antes" ou "porém". Nunca ninguém viu um "mas" ou um "porém" no canto da sala, à sombra de uma árvore, tomando caldo de cana ou atravessando a rua. Assim como nunca ninguém viu um "depois" comendo manjericão ou dormindo numa rede. Contudo — "olá, Contudo, como vai? Tem ido ao cinema com seus amigos?" —, como falar ou escrever sem o concurso dessas criaturinhas inexistentes?

9

O publicitário e futuro marqueteiro Umberto Calixto, com suas vãs veleidades lítero-filosóficas, tentava fazer parte da turma, mas não dava. Victor o esnobava, Daniel não o defendia e Zé Simões, entre amigos e pedindo segredo, debochava:

— Aquele ali se acha genial, mas não vai a lugar algum. Você conversa com ele e a "dialética", como ele gosta de dizer, é aguada. Ele não carrega consigo nem os incêndios de ontem, nem as fogueiras de hoje.

Zé Simões, ao contrário, não ostentava pretensões desvairadas. Era sujeito tranquilo e tinha sempre ótimas histórias para contar, fosse de caboclos malucos da Gamboa do Morro, dos professores eruditos do Seminário de Música, de velhos tarados do bairro inventando sorvetes e paquerando graxeiras, de excursões de estrelas da música brasileira, que ele acompanhava como flautista profissional — e dele mesmo.

Mas o mais exótico era que trazia uma coisa única em meio aos desbundados de então: era católico — praticante. Referia-se a eventos em "nossa paróquia". Benzia-se ao passar pela porta de qualquer igreja, capela ou oratório. Rezava todas as noites antes de dormir. Comungava aos domingos. Sabia cantar os hinos em latim. Participava da organização de quermesses. Ouvia queixumes de beatas. Admirava o papa. Era devoto de São Francisco de Assis. Ajudava a carregar o andor em procissões pelas ruas do bairro. Tinha terço e missal.

Mas não era nada careta. Fumava maconha, inclusive. E bebia uísque. Participou sempre de todas as diversões da rapaziada do bairro: paqueras na pizzaria, babas na praia, jogos de basquete, veraneios ilhéus, bailes nos clubes, desfiles de carnaval. E ainda frequentava shows noturnos de música popular, em pontos variados da cidade. Num deles, aliás, acabaram prendendo o maestro Célio Lacerda, que tanto admirava. Um cliente já bêbado, durante o show, pediu uma música — e o maestro, claro, não atendeu. O sujeito, então, jogou pesado.

— Bonitão, é o seguinte. Eu sou Luiz Carvalho, coronel do Exército, hoje na reserva, quero que você toque essa merda e você vai tocar.

— Não vou, não. Sou Célio Lacerda, general da banda, estou na ativa, e só vou tocar o que eu quiser.

Foi o maior fuzuê. Naquela época, ditadura ainda, os milicos aprontavam à vontade. Alguns eram moleques de farra. E o resultado foi que a polícia chegou e acabaram levando o maestro. Quase o negócio fica pior: o milico começou a arengar, dizendo que o maestro devia ser algum comunista filhodaputa, e levou uma vaia. Mas não deu trabalho para soltar o maestro. O delegado já estava acostumado com essas cafajestadas de tenentes e coronéis, conhecia e admirava Célio Lacerda e disse que o melhor era ele ir para casa e descansar naquela noite.

10

Uma farra num puteiro em Belém do Pará. Biritas rolando sem parar. Mais tarde, uma das putinhas que foram comidas veio cobrar. Charmosíssima. Parou ao lado da mesa, mãos nas cadeiras, sorrindo. E disse ao rapaz, provocando gargalhadas e aplausos gerais:

— *Fuck for love... and money for souvenir.*

11

A conversa começou com Daniel Kertzman contestando algumas lendas que compõem o mito de uma suposta "baianidade" — que ele definia como ideologia lucrativa da empresa estatal de turismo, para a qual os baianos (artistas e intelectuais, inclusive) não deixavam de trabalhar, como funcionários desavisados e não remunerados.

— Na Bahia, Caymmi não é a regra. É a exceção. Se fosse a regra, não existiriam aqui a Odebrecht e o Polo Petroquímico de Camaçari. A maioria dos baianos é pontual, não tem nada de preguiçosa e rala para caralho. Agora, tem muito baiano que gosta de fazer charme, posando de Caymmi, chegando atrasado nos lugares.

Haveria muitas outras lendas sobre a Bahia. Com a agravante de que até os baianos (e não só os turistas) acreditavam nelas. Como a lenda de que Salvador era uma cidade solar. "Talvez El Niño mude o quadro, mas, pelo menos até o dia de hoje, chove o tempo todo aqui, como chove também no Rio. No romance de Machado de Assis, o Rio é um lugar quase sempre chuvoso. Em Salvador, chove praticamente o ano inteiro. Solar é Fortaleza." Uma outra lenda, ainda segundo Daniel, seria a da sensualidade, do erotismo. "Baiano gosta de pensar que é o cara mais gostoso do mundo. Se isso fosse verdade, as baianas não adorariam namorar e casar com italianos, franceses e alemães. E parecem sexualmente muito satisfeitas com seus companheiros europeus." Mais:

— Boa parte dos machos da Bahia de Todos os Santos e seu Recôncavo apresentam uma característica muito interessante: quando vão para a cama com um veado, também querem ser comidos.

Gabriel deu uma girada:

— Victor, como você descreveria os baianos?

— Os baianos, em seu conjunto, não sei. Os que vejo aqui em Salvador, nas ilhas da Bahia e no Recôncavo têm algo em comum, pelo menos no momento, com a gente de Alcínoo, na *Odisseia*: gostamos demais de jantares, música, danças, roupa limpa, banhos mornos e amores. Mas concordo também com o que Daniel disse. Além disso, trabalha-se muito — e ganha-se pouco.

O próprio Gabriel finalizou:

— Tem mais uma característica que a gente não deve deixar de lado. Baiano não é muito de fazer. Gosta mesmo é de encontrar pronto.

12

Imre Cohen, com o novo nome de Irênio já ficando velho, chegou a ser prefeito da cidade. Prefeito nomeado pelo governador, durante a ditadura. Gostava de trabalhar, sabia comandar gente e, assim, fez fama de administrador, executivo de alto desempenho. Continuava o corrupto de sempre, claro. Roubar era o seu esporte favorito. Gostava mais de dinheiro do que de sexo ou de qualquer outra coisa. Dólares, acima de tudo. Afora isso, seu sonho era ser governador — coisa que jamais conseguiria.

— Bom era na gestão de Irênio. A gente marcava com ele, pagava cash e estava tudo resolvido — comentava o dono de uma empresa de ônibus, durante uma reunião na agência, reclamando dos trâmites lentos para subornar o sucessor de Imre na prefeitura.

Naquele momento, Imre/Irênio estava se vendendo como nunca. Daniel lamentava o suicídio moral de um cara que podia dar contribuições interessantes a muitas coisas, inclusive culturais. Mas Imre só pensava em dinheiro. Um verdadeiro rodízio de partidos o comprava, embora ele sempre desse preferência, como prostituta maior da mídia baiana, a quem estivesse no poder. E era o rei do suborno. Apresentador de tevê, radialista, dono e editor de uma revista mensal de negócios e proprietário-colunista do site Bahia em Ação, com imenso sucesso nas quatro pontas, atacava políticos de algum destaque, para achacá-los logo adiante.

Se o cara não morresse numa boa grana, ele continuava batendo. Caso contrário, passava a elogiar. E nem se dava ao trabalho de fazer uma transição, mudando gradualmente a ideia que tinha do sujeito. Não: mudava da noite para o dia. Podia muito bem atacar um prefeito violentamente na quarta-feira e, na quinta, estender o tapete de veludo vermelho para o indivíduo, derramando-se em elogios à sua administração. A obra que era um trambolho e um desperdício se transformava, num passe de mágica, em bela solução arquitetônica, fundamental para o funcionamento da cidade. Com isso, o gatuno descolava casa em condomínio de luxo, comprava carrões, viajava. Era uma puta de alto coturno. Embora, com um desempenho que não ficava nada a dever ao dos melhores atores do país, fizesse praça de sério e posasse de honesto. Costumava inclusive citar, na maior cara de pau, uma frase do Barão de Itararé: "O homem que se vende sempre recebe mais do que vale."

E o que era especialmente grave: seu único filho, Miguel, puxara o pai em quase tudo. Fisicamente, não. Miguel era um moreno sedutor e bonito, cheio de falsas boas maneiras, ao contrário do pai, sujeito orelhudo e muito mal proporcionado, além de portador de um pau estranhamente fino e irremediavelmente torto, segundo as boas línguas. Uma comparação diz tudo. O sucesso de Imre entre as mulheres praticamente se limitava à roda de suas assessoras e secretárias. Ou seja: funcionava na base do contracheque. Miguel, ao contrário, embora quase um menino, andava já comendo uma jovem modelo cobiçada sexualmente em quase todos os quadrantes do país.

O filho era a cara do pai em outra matéria: ladroagem. Basta dizer que montou uma produtora de filmes publicitários com dinheiro desviado da Secretaria de Educação do município. A verba, que construiria escolas e creches, foi muito simplesmente endereçada à compra de uma sede para a empresa e de um vistoso elenco de equipamentos importados. Sobrou, ainda, para a aquisição de um apartamento, um barco (o moço era viciado em pôquer e pesca), um belo carro importado e uma nova namorada. Tão corrupta quanto ele, por sinal.

13

— Advogado é o pior tipo de gente que conheço.
— Voto nos jornalistas.
— Para mim, são os médicos.
— E os políticos?
— A gente tá falando de gente, bicho.

14

Victor gostava de citar Cummings, um de seus poetas favoritos:

> "um político é um ânus no
> qual tudo se sentou exceto o humano"

15

Zé Simões tinha um traço de caráter que Daniel não sabia se devia louvar ou criticar. Era que ele procurava sempre, sistematicamente, o aspecto elogiável de qualquer coisa, pessoa, processo ou evento. Corria o olhar pelo corpo inteiro de uma amiga que estava especialmente malvestida — e encontrava: "Linda a cor desse esmalte que você colocou." E assim por diante.

Ao ouvir a composição primária de um amigo da banda: "Adorei aquele bequadro justo ali, naquele momento." Para uma atriz: "Vi o filme, sim. Você ficou ótima com aquele chapéu de palha." Para uma artista plástica, num vernissage: "Nossa, Beatriz, que moldura espetacular!"

Era interessante tentar achar um detalhe elogiável numa montanha de lixo. Mas havia também um lado em que ele descambava todo para o deboche, sem abrir o jogo. Encontrando-se certa vez com um escritor, manteve com ele a rápida e seguinte conversa, quando restavam apenas duas páginas para terminar a leitura do livro do distinto:

— Ganhei seu romance de presente!

— E aí, gostou?

— Ainda não li inteiro.

Mas o que encantava em Zé Simões era o seu modo claro de fazer as coisas. O seu conhecimento musical. E a fantástica tese de doutorado que escrevia. Naquela época, na Barra, as pessoas costumavam se comunicar por assovios. Pelo assovio na porta da casa ou do prédio em que a pessoa morava, identificava-se de imediato quem a estava chamando. Famílias inteiras tinham o seu próprio código, a sua senha ou cartão de assovio. Zé Simões gravou aquelas coisas. E estava estudando as estruturas musicais, os desenhos melódicos dessa forma de comunicação comunitária.

16

Um dos deuses da rapaziada contracultural era um músico e místico chamado Smetak ou Tak Tak, nascido na hoje extinta Tchecoslováquia, filho de um professor de cítara com uma cigana. Estudara em Salzburgo e se diplomara como concertista em Viena. Era violoncelista de renome, olhado como virtuose, até que resolveu encerrar sua carreira de solista brilhante e excelente camerista no reino da música tradicional. Além disso, mergulhou em preocupações teosóficas, na eubiose, profetizando que o Brasil era a terra das "possibilidades impossíveis", onde um dia se iriam materializar uma nova ordem e uma nova lógica. Na música, partiu então para composições atemáticas em terreno microtonal, no caminho do tcheco Alois Hába e do italiano Giacinto Scelsi. E passou a criar instrumentos, esculturas que soavam. Era a música livre de qualquer organização hierárquica. Sextos e doze avos de tom para produzir sons em liberdade.

Havia uma história que sempre se contava a seu respeito. Smetak fora casado com uma alemã que era também música erudita, uma concertista tradicional que tocava numa orquestra sinfônica. Eles já haviam se separado há um bom tempo. Por coincidência, foi só depois da separação que Smetak enveredou por caminhos mais livres e experimentais no campo da música. Estavam há anos sem se ver: ela, morando em São Paulo; ele, na Bahia. Durante esse tempo, suas vidas musicais se afastaram totalmente. Smetak fazendo esculturas instrumentais e trabalhando com o acaso e os microtons. Ela, com seu inseparável violino, executando peças do repertório consagrado, sem nunca ir além da obra de alguns compositores mais convencionais das primeiras décadas do século XX. Mas Smetak foi a São Paulo mostrar suas "plásticas sonoras" e fazer uma apresentação. Ela leu a notícia nos jornais e foi ver a exposição dos instrumentos criados pelo ex-marido. Decepcionada e desconcertada com o que viu, não refreou a língua, expressando indignação e mesmo desprezo:

— Mas é isto o que o senhor anda fazendo?

Smetak não gostou do que ouviu. Mas se controlou. E, adotando seu tom irônico, quase sonso, com um sorriso matreiro nos olhos claros, devolveu:

— Se não tivesse me separado de você antes, me separava agora.

Todos riam dessa história, que consideravam um exemplo da firmeza de ideário do guru. Mas o velho era também engraçado e se divertia imaginando pregar peças no mundo. Nessa mesma exposição, conversando longamente com os irmãos Augusto e Haroldo de Campos, que muito admirava, sugeriu: por que um não usava o bigode do outro e o outro a barba do um — e passavam a falar um pelo outro?

Naqueles tempos, um pequeno grupo de músicos se reunia sempre, à noite, na varanda da casa do mestre, um terraço aberto, coberto de telhas avermelhadas. Ficavam por ali, em longas sessões de improviso musical, entremeadas de papos teosóficos, ióguicos, etc., sobre os destinos do Brasil, da humanidade e do cosmos. E faziam coisas especialmente bonitas, executando projetos de Smetak. Certa vez, o mago armou alguns violões microtonados sobre o telhado do terraço, com microfones presos no seu bojo, na caixa de ressonância, para gravar os sons que o vento produzisse naquelas cordas retesadas, e foi dormir. Os violões passaram a noite toda ali, no sereno, para enfim amanhecerem orvalhados e cheios de música.

17

Haveria o casamento de Aninha Fogueteira, em Arembepe. Daniel alugou uma casinha por lá, num lugar afastado do pequeno núcleo mais urbanizado. Existiam ali umas poucas outras casinholas e algumas cabanas. Era "a aldeia", como aqueles jovens passaram a se referir ao local.

Mel, morena linda e gostosa como raras, deu um trato no pouso de Daniel, onde se instalou juntamente com Pepeu, Patrícia Nuvens, Martha My Dear, Zé Simões e uma beleza andaluza cujo nome se perdeu. Um arranjo simples e de efeitos bonitos. Ela trouxe um pedreiro do arraial, fez ele abrir uns buracos na parede frontal da casa e fechou esses buracos com vidros coloridos de fundos de garrafas, de modo que, no final da tarde, quando o sol tocava a casa, ela se coloria por dentro.

A aldeia ficava num ponto muito especial. Atrás, a água morna de um rio formando pequenos lagos dourados — à frente, o mar quebrando com seus azuis na longa faixa de areia clara. As pessoas geralmente andavam nuas, exibindo seus corpos jovens ao sol. Pessoas pacíficas, felizes, festivas e namoradeiras.

Claro que de vez em quando pintava uma nota destoante, como a de Beto Frankel, um gordinho com cara de otário que se achava o sujeito mais culto e inteligente do mundo. O cara era arquiteto e chegou a projetar uma casa para Caetano Veloso, o príncipe da contracultura, morar na Bahia. Caetano tinha chegado do exílio londrino, amigos falaram maravilhas da arquitetura de Frankel, Caetano encomendou o projeto e ficou decepcionadíssimo. Não moraria jamais numa maluquice como aquela, misturando figurativismo e ângulos agudos, em escolhas sempre mal pensadas e incômodas. Mas havia um dado que fazia Daniel rir. Frankel queria comer todas as moças da aldeia, mas o que acontecia era justamente o contrário: os moços todos comiam a mulher dele,

Viviane, uma dondoca para cem talheres, mulheraço louca por artistas, que também adorava andar nua pela areia, estirando-se sob os coqueiros da beira do mar.

— Sentar à mesa com Beto Frankel, jamais. Esse cara é insuportável. Prefiro ficar menstruada duas vezes no mesmo mês — foram as palavras demolidoras e definitivas de Martha My Dear.

— E a mulher dele, convenhamos, não faz distinção alguma entre Merleau-Ponty e petit-gateau.

Outra figura que destoava total, em Arembepe ou no Rio de Janeiro, era a fotógrafa e costureira Lícia Lima, dando compulsivamente em cima de todos os maridos e de todas as mulheres dos outros. Era agressiva com o mundo inteiro. Em matéria sexual, fazia-se puta para os homens e macho para as moças — mas, em ambos os casos, sempre no domínio do script. Com homens, aliás, costumava levar sempre dois, ao mesmo tempo, para a cama — e comandava: um enfiando pela frente, outro metendo por trás. Viera da mais estrábica militância esquerdoide e nunca providenciou, depois disso, algumas mais do que necessárias correções de voo. Pelo contrário: recorria à máscara "revolucionária" para tentar conferir status elevado às baixezas (corriqueiras) que perpetrava. Por exemplo: surrupiava roupas, perfumes, joias e dinheiro dos outros — mas, em vez de admitir que era ladra, encarnava a arrogância para dizer que fizera pequenas e merecidas "expropriações". Ninguém escolheria de bom grado a sua companhia.

Logo, deixando de lado e de longe a chatice quadrupedante de Frankel e as "expropriações" de Lícia, eles armaram naquele dia, ao entardecer, um almoço-jantar de comida natural mais relaxada, sem a rigidez macrobiótica do dia anterior. E a conversa rolou solta, em torno da dieta patafísica de então. Para começar, com Pepeu, o lindo irmão de Martha My Dear, contando que tinha se concentrado na beira do mar, em Itapoã, para fazer o Pentágono levitar. Patrícia Nuvens fizera a mesma coisa em Ubatuba, como se tinha combinado: jovens do mundo inteiro mentalizando o forte apache contemporâneo, a fim de despregá-lo do chão.

Daniel Kertzman ria mais do que falava. Sentia-se, naquelas conversas, como se estivesse num ponto equidistante entre o próximo e o parecido. Adorava as pessoas, rejeitando seus credos. Ouvia papos sobre orientalismo. Louvações ao *Bhagavad-Gîta*, ao *koan* do budismo zen, ao I-Ching, ao sermão silencioso do Gautama. Lá pelas tantas, com a noite já instalada, estrelas para tudo quanto era lado, armou-se uma discussão sobre discos voadores. Gabriel, que alugara uma casinha ao lado ("ótima, vocês precisam ver a área de serviço"), deu um jeito: "Eu prefiro não discutir. Em temas assim, o melhor é seguir a antropologia: se um dia for o caso, abrir os braços e aceitar o outro."

Ecologia era outro tema que não faltava nessas conversas. Contava-se a história do profeta *sioux* Smohalla, que se recusava aos trabalhos agrícolas para não ferir o corpo da terra, nossa Mãe Comum. Falava-se da poluição local. Da prefeitura cedendo ilegalmente lindos terrenos praieiros para a implantação de fábricas e isentando-as de diversas precauções e obrigações ambientais.

— É como costuma dizer Eusébio Querido de Deus, lá no boteco dos pescadores: da cruza de buzo-macho com buzo-fêmea, não nasce beija-flor.

O antitecnologismo era unânime. Todos em uníssono, também, na crítica à sociedade de consumo. Questionavam o poderoso racionalismo tecnológico, que naquele instante matava gente em terras asiáticas e conspurcava os rios todos do mundo. O Vietnã, sob o napalm e a devastação das matas e arrozais, era visto como cenário do maior crime ambiental da história da humanidade. O futuro do planeta seria decidido entre os extremos do *flower power* e do complexo industrial-militar. Em suma, o grande e monstruoso inimigo era a sociedade tecnoconsumista, que enviava o homem à lua e não sabia o que fazer com o lixo industrial, embora soubesse empregar com absoluta tranquilidade suas mais terríveis armas químicas.

Invariavelmente, para falar de si mesmos e se definir no jogo do mundo, algum deles lembrava logo palavras do velho Henry David Thoreau, o discípulo de Gandhi que pregava a desobediência civil. Eles eram os novos andarilhos contemporâneos, "tentando sacudir de suas roupas a poeira da cidade". E então Victor avançava pela contramão, de faróis acesos em luz alta: "Esse negócio de Thoreau, andarilhadas, devaneios silvestres, não é comigo não. Todo mundo aqui mora em apartamento e anda de carro. Prefiro Norman O. Brown: na floresta das cidades, os novos bárbaros."

18

O poeta Paulo Leminski apareceu certa vez na aldeia, em companhia de alguns integrantes do grupo Novos Baianos. Martha My Dear adorou uma cortada que ele deu no arrogante (e exibicionista) Beto Frankel.

Frankel: Você precisa ler O *Mal-Estar na Civilização*, de Freud.

Leminski: Rapaz, se eu começar a dizer aqui o que você precisa ler, o dia amanhece.

19

Sexo. Transetê geral. Homem com mulher, homem com homem, mulher com mulher, etc. com etc. Trios elétricos, quartetos fora de si, quintetos violantes, sextetos do beco, surubas. "Quando três pessoas vão para cama, quem é do sexo diferente costuma dançar", dizia a andaluza, voz da experiência, com seu forte e bonito sotaque. Zé Agripino alertava: "É preciso ter cuidado.

Sexo aproxima, mas também afasta. Principalmente, quando tem lance extraconjugal na jogada." E enquanto alguns falavam, outros faziam. Martha namorando longamente o falo encantado de Daniel Kertzman. Como se aquele fosse um caralho cheio de luz, banhado em ácido lisérgico.

Mas havia muito mais. Todos já tinham ouvido psicólogos dizerem que não há uma só pessoa que não tenha fantasias incestuosas. Mas chegar à execução prática da fantasia era outra coisa. Kertzman nunca tinha imaginado a frequência com que o tabu era transgredido. Nem que o esporte (começou a tratá-lo assim) tivesse tantos adeptos: pessoas incestuosas como os ciganos cervantinos de *La Gitanilla*. Verdade que escutara já relatos da prática transgressora da norma social. Mas eram histórias contadas à meia-voz, falando de uma infração que se considerava monstruosa, envergonhando uma família ou até estigmatizando uma comunidade.

Ali, na aldeia de Arembepe, ao contrário, ouviu menção tranquila ao fato. E da boca de uma amiga que tinha cometido incesto. Não uma, mas algumas vezes. No começo, curtiu. Mas acabou enjoando com a prática, sentindo-se enojada do irmão bêbado que insistia em querer fazer sexo anal com ela. Aquilo foi um dos motivos (talvez o principal) que a fez se mudar de casa. Mas tudo foi dito num tom muito natural, distante de qualquer astral de trauma. E isso o impressionou.

Na manhã seguinte, sentado na areia da praia, comentou o assunto com Martha My Dear. Ela ouviu calma e calada, brincando com a areia clara entre os dedos da mão. Ao final, falou:

— Eu também transei uma vez com meu irmão. Ele parece que ficou meio grilado. Eu, não. Pra mim, foi legal. Sabe uma coisa ao mesmo tempo exótica e gostosa, como se você estivesse arrasando, de forma natural e suave, séculos de proibição familiar? É assim. Mas não dá vontade de continuar, de repetir. Não dá.

Será que ali, no meio daquelas pessoas que viam diariamente o sol nascer e o sol se pôr, andando nuas entre o rio e o mar, o sexo seria reinventado com outro sentido? Lembrava-se de frases de Bacelar. "Vocês dão muita importância ao sexo." "Sexo não é tão importante quanto vocês pensam." Etc. Daniel ouvia e achava caretice do amigo. Demorou anos para concordar.

Enquanto isso, Pepeu acompanhava a lua acariciando as pernas e entrepernas de Ana Elisa. Nem sempre as mulheres eram tão bonitas assim.

20

Contemplando aquela paisagem com banhistas nuas, Gabriel começou a falar do grande número de artistas plásticos mulherengos — e já ia engatar uma conversa sobre pintura, quando Victor, mesmo sem ser grosseiro, cortou:

— Não viajo muito nesse lance de pintura, de artes plásticas. Não me diz praticamente nada. Acho que é por isso que eu gosto de Picabia. É outro lance. Quando me lembro do retrato que Picabia fez de Marlene Dietrich, entendo o quanto a caricatura pode ser essencial e o quanto o superficial pode ser profundo.

21

— Aceita um suco ou sorvete de cajá?

— Não, minha gostosa, obrigado. Tudo o que eu quero hoje, em homenagem à memória de François Villon, é um xibiu *frappé*.

22

O casamento de Aninha Fogueteira com Victor Falcón foi a cara daquilo tudo. Um rito nupcial alternativo, com a noiva coberta por levíssimos panos indianos e o noivo vestindo uma espécie de minicalça folgada, enfeitada de palha, búzios e pequenas contas coloridas. Durante a cerimônia, uma cadela começou a parir nove cachorrinhos no terreiro da casa. Lá pela meia-noite, tartarugas desovaram na areia da praia. A moçada fez uma festa com vinho, algumas iguarias naturais e uns ovos de tartaruga. Quem comandou o ritual, devidamente nu, foi um ex-padre colombiano agora hippie, fazendo referências constantes, em sua fala, a mitos de antigos povos indígenas mesoamericanos. Meses depois, aquele ex-padre Hernán Miguez foi preso traficando cocaína na Amazônia brasileira.

E assim o planeta girava. E a deliciosa Mel dizia sempre que sensato mesmo era o freak que acabara de chegar de Ouro Preto. Um sujeito muito simpático e gentil, cujo relógio só tinha o ponteiro dos minutos. Quando alguém perguntava que horas eram, ele olhava sério para o relógio — e respondia, pausadamente: "... e quinze" — ou "vinte para...", por exemplo. As pessoas não resistiam, acabavam todas sorrindo. E isso, realmente, era o mais importante. Sorrir.

23

Show de Gal Costa no Teatro Vila Velha. Através de Tuzé de Abreu, seu amigo de infância, Gabriel chegou ao diretor do show, o poeta Waly Salomão, sujeito fascinante e radioso, mas que, na opinião de algumas pessoas que até gostavam dele, nem sempre era flor que se cheirasse. Ele mesmo dizia: "caráter dá bode". Mas produzia centelhas e cintilações também inesquecíveis. Waly conversou com Gal e, assim, Gabriel teve permissão para fazer um super-8 do show, registrando tudo.

No dia da estreia, lá estava ele. Chegou cedo e ficou perambulando pela coxia. Depois, resolveu subir a escada e ficar de plantão lá em cima, instalado ao lado da porta lateral do pequeno teatro, pela qual entraria a estrela do espetáculo. Queria filmar tudo desde o início: Gal estacionando o carro, descendo de mãos dadas com a namorada, entrando no teatro, chegando ao camarim. E foi o que fez. O que não esperava era que, já dentro do camarim, sem dar a mínima bola para as presenças dele e de Waly, Gal começasse a trocar tranquilamente de roupa, ficando nua em pelo, tesão de tirar qualquer um do sério. Gabriel experimentou um verdadeiro choque, mas logo se reaprumou. Respirando fundo, fez uma breve pausa na gravação para contemplar melhor as coxas de Gal, enquanto pensava para si mesmo:

— Gal, gracinha, tesuda, por você eu bateria todas as punhetas do mundo!

Chegou enfim a hora do espetáculo começar. As luzes do teatro se apagaram. Atrás da cortina, Gal se preparava para entrar em cena. Concentrada — densa e tensa. De repente, deu o grito de guerra de sua santa — eparrei! — e partiu como um raio para o meio do palco. A banda a mais de mil, o baixo elétrico sinalizando o solo para os voos e vaivéns da guitarra, a metaleira distribuindo brilhos. Depois de alguns números em desempenho quase frenético, Gal se sentou num banquinho alto, pegou o violão e o canto a fez cantar, com as pernas à mostra, em movimentos que estilizavam uma trepada.

Gabriel pensava (ou sonhava?): por que aquela bocetinha seria negada aos homens, salvo raríssimas exceções? A humanidade era bissexual — pansexual —, mas muitos não exerciam isso. Desprezavam ou desperdiçavam pelo menos metade do prazer que poderiam granjear nas ondulações do mundo.

Daniel dizia que Gal era ecológica, num sentido preciso. Ela tinha um pacto secreto na garganta com algum rouxinol. Nightingale, NightinGal. Assim, quando começava a cantar, ainda nos primeiros murmúrios e trinados, antes mesmo de se soltar na viagem do canto, realizava já uma proeza maravilhosa: elevava de imediato a qualidade de vida do lugar onde soava.

24

Apareceram duas novas agências na cidade. Pequenas, mas contando com dois ou três bons clientes cada. A de Marcelo Gambirasio e a de Umberto Calixto.

Marcelinho Gambirasio era figura fácil e folclórica, explícita e notoriamente venal, que adorava ir a bordéis se exercitar como conhecedor da arte divinatória da quiromancia, único momento em que ficava sério na vida, lendo concentradamente as linhas e os sinais das mãos de putinhas que depois comia. Calixto, não. Era fechado, agressivo, misterioso. Posava de artista, intelectual e místico, um subliterato escrevendo letras de música, consumindo litros de vinho vagabundo e fumando um baseado atrás de outro. Enquanto Marcelinho era moleque, blasé, Calixto colocava sua grana acima de tudo e se esforçava para aprender a se comportar na mesa, estudando, sem que ninguém visse, livros sobre bebidas, culinária e etiqueta.

Na verdade, Calixto era a figura mais estranha que eles tinham conhecido até então. Filho de fazendeiro rico, nascera em Vitória da Conquista, ponto invernal do alto sertão baiano, terras em que Glauber Rocha viera ao mundo e das quais começara a mirar em direção à heresia de Antonio Conselheiro, espaço de aridez, ardida valentia e muito sol. Calixto cultivava o mito sertanejo. Celebrava Euclydes da Cunha e Glauber Rocha. E tinha a mais absoluta certeza de que um dia seria artista consagrado, escrevendo poemas e romances, de modo que o seu nome seria citado junto ao de seus deuses: Cunha, Rocha e Calixto. Muito embora olhasse o lugar real com o mais profundo desprezo, fazendo de tudo (inutilmente) para ser assimilado ao ambiente cosmopolita e sofisticado das elites do litoral.

Diversa da dos pistoleiros de Vitória da Conquista, a valentia de Calixto nunca foi mais do que teatral. Era agressivo e metia medo em muitos. Mas, sempre que seriamente confrontado, afinava. Daniel Kertzman e Luiz Accioli presenciaram uma dessas cenas em que a capa da valentia foi prontamente ao chão, deixando todo de fora o recheio fofo da covardia. Numa noite, num bar do centro antigo da cidade, assistiram às provocações que Calixto fazia a um conhecido e respeitado antropólogo baiano, o mulato Vivaldo da Costa Lima, também candomblezeiro e homossexual. Lá pelas tantas, Calixto foi além dos limites, chamando Vivaldo de "mulherzinha". Vivaldo explodiu.

— Mulherzinha é você, seu filho da puta!

Calixto empalideceu. Vivaldo se levantou furioso e partiu pra cima dele. Calixto saiu correndo pelo meio das mesas do bar. E, enquanto a turma tratava de segurar e acalmar Vivaldo, escafedeu-se. O jornalista Renato Pinheiro, que estava presente, disse que aquilo não era novidade para ele. Tempos atrás, numa festa, Calixto provocou um grupo de "burguesinhos", que reagiram. Quando avançaram em direção a Calixto, com o claro propósito de surrá-lo, ele (Renato) e o advogado André Pereira entraram na briga. Enquanto trocavam socos e pontapés, dando e levando porradas, viram o valentão do Calixto fugir correndo. Provavelmente, para debaixo da saia da mãe.

Ficou também muito conhecida a cena de sua afinada diante de um motorista de táxi que ofendera, na porta de um hotel em São Paulo, num encontro de agências de publicidade. O motorista, agredido verbalmente por Calixto, veio na direção dele dizendo "não xingue assim não, bonequinho, que você se machuca". Foi o suficiente para ele ficar tremendo (e tentando disfarçar) na frente de todos, que evitaram a surra.

Apesar de tudo, Calixto não perdia a pose, sempre fazendo questão de deixar claro para todos, em seu discurso e em seus olhos estranhamente pretos, que era o feliz proprietário de uma coragem jagunça. Uma outra coisa engraçada era que Calixto, que também caprichava no palavreado boçal, repetindo à exaustão cada expressão nova que aprendia, como *lato sensu*, por exemplo, fazia de tudo para demonstrar intimidade com Paris, embora não falasse uma sílaba de francês. De fato, já tinha ido duas vezes lá. Mas, *nouveau riche* até ao fundo da alma, decorava mapas com a disposição geográfica e os nomes dos bairros, ruas e monumentos da cidade. Quando por acaso alguém falava de Paris, ele se inflava. "Não sou exatamente um turista acidental naquela cidade", costumava dizer, com uma boçalidade que era só dele.

Profissionalmente, era no raio de gente assim que Daniel Kertzman, Klara Waxman, Eduardo Bacelar e seus amigos e amigas iam parar. Mas nem era este o principal problema, dizia Kertzman. Patrões grosseiros e boçais existem em todo canto. O problema era que eles lidavam com extremos inconciliáveis. De um lado, falavam de recusa da sociedade de consumo e do mundo burguês. De outro, trabalhavam como publicitários. Como vendilhões de todos os grandes, médios, pequenos e pequeninos templos do mundo. E este, como adiante veriam, ainda seria o inferno menor. A degradação mesma, descomunal e disforme, ainda estava por vir: o marketing "político".

25

Quando chove na lua cheia, o mês é de chuva. Mas o aguaceiro deu um tempo, fez uma trégua, naquela noite. E lá estava a moçada no boteco do Xibé, sentada nuns bancos ao ar livre, na beira da praia, anoitecendo entre as estrelas.

Era sempre bom vir aqui no Mar Grande, pensava Daniel. Ficar à vontade entre nativos e visitantes, já que se dava bem com as duas turmas e até reforçava a sua aproximação, desde que começara a frequentar aquela parte da ilha. Ali tanto podia encontrar sua amiga Estrela d'Alva, professora de português numa escola pública em Salvador e filha de santo, iaô de Oxóssi, no candomblé, quanto conversar longamente com o escritor-guru Zé Agripino de Paula, o beatnik paulistano que a África e a contracultura converteram à ecologia, ao naturalismo e ao nudismo.

A primeira viagem de Daniel sob efeito de cogumelos alucinógenos tinha acontecido ali no Mar Grande. Estava sentado num banco, diante da mesa cheia de cogumelos, na varanda da cozinha da casa de veraneio da família de Aninha Fogueteira, onde tinham ido passar um fim de semana alongado por um feriado. Os pais de Aninha estavam na Europa, aproveitando o mês de junho, e a turma ocupou a casa para se divertir um pouco. Daniel hesitava em consumir algum daqueles exemplares do psilócibe. Eles estavam feios, sujos, cheios de terra e o cheiro que desprendiam não era lá muito bom. Daniel pegou um cogumelo, mas não conseguiu levá-lo à boca, sentindo um pouco de nojo.

— É *maya*.

A voz, pausada e firme, era inconfundível. Zé Agripino sentou-se à mesa e foi logo mastigando um cogum. Era a primeira vez que Daniel ouvia o conceito oriental de *maya* empregado assim tão direta e objetivamente, conceito em estado prático, numa situação qualquer da vida. Segundo o pensamento vedanta dos antigos hindus, *maya* é o véu da ilusão que não nos deixa ver a unidade essencial das coisas. É a ignorância ou até a desfaçatez sensorial que barra nosso caminho ao conhecimento último, íntimo e verdadeiro. No caso, o que Zé Agripino quis dizer foi que a sujeira e a feiura dos cogumelos estavam impedindo Kertzman de fazer uma puta viagem, entrando em contato com belezas e essências fundamentais. Zé engoliu ainda mais uns quatro cogumelos. "Esse é do bom, *golden top*, o chapéu de ouro", disse ele, sorrindo. "Zé cotidianiza essas coisas", pensou Daniel, nunca estará à espera de nenhum Maitreya. E tratou de também comer os seus coguns.

Depois de algum tempo sentado ali, Daniel se levantou e foi andar pela areia da praia, juntamente com Aninha Fogueteira e dois amigos dela. E quem ele encontra de pé, quase na beira do mar? Estrela d'Alva. Alegria. Com Estrela d'Alva, o lance não era alucinógeno, mas etílico. Ficaram amigos graças a um evento e a essa inclinação de ambos para a festa e o álcool. O evento foi o lance decisivo. Daniel tinha queimado um charo e resolveu passear pelo mato que se estendia atrás da chácara da casa. Olhava plantas, curtia folhas. Encontrou entre galhos mais ou menos secos de um pé de pitanga um ninho de pássaros com ovos róseos salpicados de pequenas pintas marrons. E, quando deslizou o olhar pelo mato, ao ouvir uns ruídos algo abafados, deu de cara com a cena: Estrela d'Alva nua, deitada em cima de uma moça. Era Danda, a jovem cozinheira, que ele costumava contratar para fazer alguma de suas duas moquecas favoritas: a de aratu e a de pitu. Nunca disse nada a ninguém sobre o que viu. Acabou ficando mais próximo de Danda e se aproximando de Estrela d'Alva. A cerveja selou a amizade, que o candomblé consolidou.

Com Estrela, que adorava cigarrilhas e charutos, mergulhou de fato no candomblé, mesmo sem nunca ter feito a cabeça ou ser recolhido a uma camarinha. Curiosamente, não entrou ali pela via do terreiro de orixás, mas pelo caminho de fogo dos eguns e dos aparakás. Do culto dos ancestrais. Um primo de Estrela, seu xará Daniel Flores, o guiou no luminoso daquela escuridão. Ele era omô-inxã do Barro Branco, em Amoreiras. Quando ia a Salvador, ficava numa pensão modesta, mas confortável e limpa. Um casarão antigo no bairro da Saúde. Daniel ia encontrá-lo — e bebiam muito. Numa dessas farras, acabou dormindo no casarão. E fez sexo duas vezes com aquele mesmo homem. Da primeira, foi praticamente obrigado a comê-lo. Na segunda, foi prazerosamente penetrado.

26

Cataram cogumelos num pasto à beira da estrada. E foram até à fazenda de Roberto Fonseca para viajar à vontade. Daniel saiu andando sozinho. Sentou-se a meia encosta na colina e ficou contemplando o vale. Acompanhava o voo de um que outro pássaro, apreciava a vegetação, viu duas cobras rápidas desaparecendo nas dobras do terreno. Até que percebeu que estava sentado ao lado de um pé de cansanção. Olhava sempre para aquela planta aparentemente inofensiva e pensava sobre ela. Aos poucos, já no tempo alto da borracheira, começou a dizer uma coisa e outra à planta. Frases amigas. Um arbusto nativo do Brasil, com suas folhas denteadas e cáusticas. Passou então a olhar direta e docemente para ela. A enviar mensagens telepáticas dizendo que não lhe faria nenhum mal. Horas depois, avisou: vou tocar em você, meu cansanção — e você vai deixar, não vai me ofender. Deixou passar mais um tempo. Deslizou então levemente o dorso da mão pela superfície das folhas. E quem olhou a cena, um pouco adiante, viu o quadro impensável: Daniel colado suavemente à planta. O cansanção acariciando seu rosto.

27

Talvez tudo realmente se escreva certo por linhas quase sempre tortas. Ou, pelo menos, sinuosas. Foi assim que, da recusa contracultural à "civilização ocidental", voltando-se para outros caminhos dos povos no mundo, aquela juventude se aproximou não só de práticas e formas orientais, mas, logo em seguida, dos índios que ainda tinham suas aldeias e línguas no Brasil — e do universo estético-religioso de extração negro-africana, dos afoxés e dos terreiros de candomblé. Victor sintetizava poeticamente: caminharam do I-Ching ao Xingu. E até escreveu um textinho, musicado por Kapenga, do conjunto Bendegó, grupo musical nascido sob o sol tantas vezes canibal do sertão nordestino:

> primeiro foi a vez do i-ching
> depois só falava nagô
> e assim com muito swing
> até o xingu chegou
>
> vaishnava no chuí
> fez a cabeça de um babalaô
> na cama de um cacique do oiapoque
> foi a mais bela iaô...

28

— Elas tiram onda, Eduardo, fazem pose, tentam disfarçar. Mas que nada. A verdade é que comi a bunda de todas as mulheres com que tive alguma transa de mais de quinze dias. Aliás, é mais fácil comer nesse comecinho de relação do que mais tarde, quando a gente vira prato caseiro.

— Nem sempre, meu amigo, nem sempre. Você conheceu minha primeira mulher — comunista, feminista, seríssima. Pois era só tomar umas e outras que deitava nua na cama, com a bundinha no ponto, e ainda gostava de ser chamada de veado. E isso já no final da relação.

— Você é um homem de sorte.

— Pode ser, pode ser. Nesse negócio de sexo não tenho do que me queixar.

— Comer a bunda é sempre humilhar, subjugar. É por isso que gosto de comer a bunda delas pela frente, buscando olhar acintosamente no olho da mulher ali entregue, quase envergonhada, tentando desviar o rosto. O fascínio que a gente tem pela figura do veado é exatamente esse: ser dominado. Como na imagem de Zeus-Águia imperando, com suas garras poderosas, sobre o corpo do dócil e delicado Ganimedes, para possuí-lo em pleno voo, na direção do Olimpo.

— Não tenho nada a ver com essa fantasia não, meu querido. Agora, se eu virasse veado, seria passivo, para saber como é. Porque esse negócio de ser ativo, de comer bunda, eu já conheço de sobra. Mas me diga uma coisa: você e Klara estão voltando, acertaram um "recasamento". Isso lá é conversa para quem está pensando em se reajuntar com a mulher de sua vida?

— Agora, vai ser diferente, Eduardo. Tivemos aquele casamento maluco, aberto, "sartriano", seja lá que nome tenha. Agora, não. Disse a Klara que topava voltar, mas se fosse pra dar uma chance real, verdadeira, ao amor. E o recasamento, como você diz, tem de ser fechado, monogâmico, formação de par.

— Muito bem, muito bem. Mas há sempre o risco de cair em tentação. A carne é fraca, como diziam os pré-socráticos. Então, deixa eu lhe dar um conselho.

— Sou todo ouvidos, como dizia Wittgenstein.

— Um homem casado não pode ter uma amante. O número par é o caminho do sofrimento e do desastre, porque polariza a vida entre a esposa e a rival. Se você quiser pular a cerca sem provocar maiores tormentos e tormentas dentro de seu próprio coração, como diria Marx, o número tem de ser ímpar. Se você tem uma esposa e duas amantes, tudo bem, não é pesado, não polariza. Tudo rola mais leve e mais festivo. Não se esqueça disso.

29

Aconteceu enfim o recasamento. Desta vez, sem maiores festas. Apenas uma reunião para os mais íntimos na antiga casa do casal, onde agora Klara morava sozinha. A novidade, aliás, era essa: eles voltavam a formar um casal, mas com cada um morando em sua casa.

A volta ao mundo conjugal implicava ainda a volta ao mundo do trabalho. Solteiro, Kertzman recorria à sua parte nos negócios da família. Casado, não gostava da ideia. Procuraria então Gambirasio ou Calixto para se vender? Voltaria a trabalhar em dupla de criação com o pamonha do Joel Mascarenhas, a quem Calixto, com aquele gosto de ferir seus funcionários mais avassalados e lerdos, apelidara de Gardenal, nome de um remédio contra crises convulsivas, que provocava sonolência e dificuldade para falar, deixando o sujeito meio apalermado? Era o mais provável. Klara estava bem posta, carreira de sucesso, profissional mais do que bem-sucedida na área. Embora muito jovem, era já redatora e diretora de criação, contratada agora para impulsionar a agência de Marcelo Gambirasio, a Oîkos, o nome grego para "casa", já que eles operavam basicamente com empresas imobiliárias, vendendo unidades habitacionais, de apartamentos luxuosos a mansões em condomínios na beira do mar.

Os publicitários baianos pertenciam invariavelmente ao reduzido estamento *nouveau riche* da sociedade e eram invariavelmente boçais. Robertão talvez fosse a única exceção, quanto ao segundo quesito. Eduardo Bacelar — que, apesar de comunista sincero, sempre gostou de ter a mão esquentada pelos donos do poder — dizia que, no fundo, era a mesma coisa o uso do sistema de ar-condicionado e das expressões gregas para designar agências. Segundo ele, o ar-condicionado friíssimo era para fazer de conta que não estavam no calor provinciano dos trópicos, mas na temperatura de lugares onde supostamente se sentiam bem e à vontade, como Paris ou Nova York — e no inverno. Era esse mesmo culto de signos de status que fazia com que procurassem falar "difícil" e batizassem suas empresas com expressões eruditas, sugeridas, em troca de bom troco, por especialistas em grego e latim.

O que levava a concluir que o padroeiro dos publicitários baianos, desse elenco de figuras que vai de Calixto a Carlos Alberto Torres Ribeiro, era Odorico Paraguaçu, o festejado personagem da televisão brasileira, rei da ignorância se manifestando em boçalidade linguística. Mas cobrir as cidades com outdoors cheios de erros de português não era uma especialidade baiana, e sim característica geral da publicidade brasileira, de erros menores como "prá" com acento agudo a erros estrondosos.

Kertzman acabou indo parar na agência de Calixto, que também precisava de gente nova no atendimento. Sugeriu a contratação de Gabriel Gorender e Roberto Boaventura, que não tinham experiência específica no ramo (trabalhavam no setor imobiliário), mas eram capazes de levar qualquer um ou qualquer uma na lábia. Boaventura era praticamente um profissional na arte da sedução. Certa vez, numa festa, ficou olhando fixamente para uma moça, que começou a se mostrar incomodada com aquilo. Depois de algum tempo, ao perceber que a distinta já estava irritada, Boaventura foi até ela, parou na sua frente, tirou uma figa de prata do bolso do blazer e disse:

— Tome. É um presente. Para lhe proteger de certos olhares.

Quando os conheceu, Calixto ficou maravilhado. Eram rapazes de fino trato, com uma desenvoltura verbal rara. O problema era que Calixto, como seu ídolo Torres Ribeiro, era um cavalo. Tratava os funcionários na base de berros e ofensas. Seu filho aprendera, copiando o figurino à risca. Kertzman cuidou então de avisá-lo que Boaventura e Gorender não aceitariam gritos. Calixto não acreditou. Via Kertzman como uma exceção, homem destemido que acabara de sair da prisão. Achava, porém, que podia gritar com todos os seus demais subalternos. Mas foi dito e feito. Da primeira vez que levantou a voz para Gorender, numa discussão de campanha na sala de reuniões, o rapaz se levantou, saiu batendo violentamente a porta e nunca mais voltou a botar os pés na agência. Calixto não entendia. "Ele vai deixar de ganhar assim aquele salário?" Vai, Calixto, respondia Kertzman. E sem nenhum arrependimento. Boaventura, irritado com o ocorrido, também tirou o time. A agência ficou de repente muito chata, sobrando apenas duas pessoas com as quais gostava de conversar, o redator Ricardo Pugliese, ex-jornalista, e a produtora Beth Cayres, que estudara antropologia, mas só ganhava dinheiro em produções publicitárias.

A essa altura, como Boaventura, também Gabriel se acasalou. Apareceu com uma namoradinha suíça que parecia um bibelô de porcelana, com seu corpo claro e seu cabelo de sol. Morava com eles o gato Boris, mestiço de ascendência siamesa, cujos olhos mudavam de cor ao correr das horas: eram azuis de manhã e pretos à noite. E Gabriel agora levava sua princesa a um barzinho charmoso que um compositor popular da cidade abrira no Mirante dos Aflitos, a cavaleiro da extensão marinha do grande golfo. "Weave, weave the sunlight in your hair", dizia, recitando

"La Figlia Che Piange" para ela. Mais tarde, quando deixavam o bar, iam andando para casa. E a cena era maravilhosa, como num conto de fadas ou num filme de amor. Seguiam a pé pelo Corredor da Vitória, dançando os dois ao som da flauta que ela tocava.

30

Daniel não seguiu o conselho do amigo. Em vez de partir para o número ímpar, constituindo um trio ternura ao seu redor, deixou o enredo polarizar. Teve um sério caso amoroso, que manteve no mais absoluto segredo.

Levou a bela moça (assim dizia ele — e era para acreditar que sim: ninguém nunca o vira namorando uma mulher que não fosse, no mínimo, muito bonita) para passar o dia dos namorados em Lisboa. A cidade em festa — eles, também. Era a semana do aniversário de Lisboa. No dia mesmo da festa, as pessoas dançavam nas ruas. Divertiam-se pela cidade. Na Praça Luiz de Camões, em frente à igreja, um garotão, comandante de uma banda de rock, apontou para a estátua do poeta, dizendo, como se recitasse um soneto:

— Quando as guitarras se acenderem, afogueando nossos corpos, até o gajo ilustre vai descer do pedestal para dançar. Para se dar à esbórnia.

Kertzman e a moça passaram dias de eventos inesperados e inesquecíveis por ali. Andando pela Alfama, circulando pelas ruas estreitas do Santo Antonio, comendo na Verina da Madragoa, comprando rendas de rara beleza na vizinhança da Torre de Belém, onde cada onda parecia dizer a Daniel que estava na hora de descobrir o Brasil.

— Como terá sido aquilo?

Sua amante, antes que apaziguar desejos, incitava incêndios. Não revelaria aquele caso a ninguém. Ela aceitara ser sua com esta única condição: ele não comentar o caso com nenhum amigo, nenhuma amiga, ninguém. E se por acaso alguém os visse juntos em intercurso amoroso, não contaria nada sobre ela, nem sequer diria seu nome. Jurou. Não diria o seu nome nem sob aqueles faróis incandescentes do interrogatório no quartel do Barbalho.

Gostava mesmo era de deletrear o seu corpo, sílaba a sílaba, fonema por fonema. E como ela soava bem. Que linda canção que ela era. Ficara totalmente encegueirado por sua luz. Eles poderiam se encasar, se anichar, se entremeter, se encaixar, engastar-se um no outro. E as chamas cresciam dentro da noite. Claro. Quando a paixão abre uma clareira ou instaura uma póvoa, toda flecha é incendiária, todo paiol é de pólvora.

31

Entraram num final de tarde no Mosteiro dos Jerônimos e não acreditaram no que seus olhos viram e seus ouvidos ouviram: nada menos do que Tom Jobim, entregue à beleza, extraindo um som maravilhoso do cravo, sob as joias do teto — céu ou firmamento esplêndido. Eles se ajoelharam diante daquela bênção. Dias depois, deram uma rápida esticada até Paris, para um ravióli de lagosta na Closerie des Lilas, em Montparnasse, onde Daniel Kertzman, mais uma vez, fez questão de ser fotografado na mesa em que Lênin gostava de se sentar.

Daniel não queria ninguém se metendo em sua vida. E se lembrava de uma frase de Gabriel, dita naquela mesma Lisboa, anos antes, quando foram a um almoço em casa de amigos de Belém do Pará e, contemplando o grande rio, o Tejo sagrado, comeram nada menos do que maniçoba e creme de cupuaçu.

— Quando o mundo é de telha-vã, o planeta ouve tudo errado.

32

Como se não bastasse a polarização, que começava a pesar pra valer, pintou o lance com o motorista. Kertzman contratou Marcos porque estava de saco cheio de dirigir e ele era considerado profissional qualificado. Mas, quando o viu, a onda logo aflorou. Daniel ficou encantado com sua beleza, reparando tudo: sua boca, seus olhos vivos, seu sorriso franco, seu corpo bem-feito, suas ancas, suas pernas grossas. Mas não cedeu. Manteve-se simpático, mas distante, embora volta e meia, depois de algumas doses de uísque, o desejo de acariciá-lo e ser possuído por ele ficasse flutuando em sua mente.

Naquela quinta-feira, contudo, Marcos apareceu especialmente bonito, atraente, sexy. Estava, ao mesmo tempo, suave e seguro, forte e luminoso. Kertzman ficou excitado durante o percurso de sua casa à agência, naquele final de tarde. Mas havia a reunião com Calixto e Pugliese por conta de duas campanhas. Quando a reunião acabasse, a excitação teria ido embora e Kertzman, cansado, só pensaria em dormir. Aconteceu, porém, que Calixto teve um problema familiar imprevisto para resolver. Não haveria reunião. Daniel ficou conversando um pouco com Pugliese, tempo em que entornou duas doses de uísque. Trocaram algumas ideias e acharam caminhos para as campanhas. Daí, ficava tudo para a segunda-feira, porque Calixto viajaria na sexta para o Recife, onde conseguira a conta de uma rede de supermercados, e só voltaria no domingo à tarde.

Daniel desceu então da agência e entrou no carro. Passaram umas bonecas pela rua e Marcos faz uma brincadeira bem de homem. Silêncio. Daniel não aguentou e fez a pergunta: "Você nunca transou com homem?" Marcos: "Com homem, não. Comi dois veados. Só." Silêncio. Daniel confessou que tinha vontade de dar, mas ficava com medo. "Deve doer." Marcos entendeu tudo.

Sorriu. Passou a mão nos cabelos de Daniel, que estremeceu. Meio confuso, falou de uma vez:

— Você não quer me comer? Me coma, Marquinhos.

Chegaram em casa. Daniel se sentindo nervoso, algo envergonhado, foi servir duas doses duplas de uísque, enquanto Marcos se sentou folgadamente no sofá branco da sala. Daniel entregou o copo a Marcos já se sentindo efeminado. Sentou-se na poltrona ao lado, sem saber direito o que fazer, esperando a iniciativa do macho. Que não demorou.

— Sente aqui.

Daniel se sentou então no sofá ao lado dele. Marcos, com um sorriso irônico e descarado, abriu a braguilha, tomou a mão de Daniel e a apertou contra o seu pau. Daniel se rendeu por inteiro. Ficou apertando o pau de Marcos, até que, num impulso, foi beijá-lo. Passou a língua. Marcos ordenou: chupe. E ele então começou a sugar aquele pau gostosamente, sentindo-se domado e vencido. Até que Marcos disse: vamos. E foram para o quarto. Ficaram nus. Daniel se sentou na beira da cama e voltou a lamber e a chupar o pau de Marcos.

— Deite e vire essa bundinha pra cima, que eu vou entrar em você.

Daniel, como todo veado, adorou ouvir aquilo. Obedeceu. E foi enrabado vagarosamente, com ritmo, gemendo e dizendo "me fode, me fode", enlouquecido de prazer. Marcos: vou gozar. Daniel: goze, goze em mim. Marcos gozou, com movimentos ainda ritmados, embora um pouco mais bruscos. E ficou deitado em cima dele. Levantou-se depois e fez Daniel lavar e enxugar o seu pau. Daniel quis tomar banho. Marcos não deixou:

— Agora, não. Vista uma calcinha de dona Klara. E você vai ficar um tempo assim, andando de um lado para o outro, me servindo uísque, com o cuzinho cheio da minha gala, do esperma que eu derramei aí dentro. É pra você nunca se esquecer desse dia.

33

— Dona Klara sabe?

— Não.

— Ah, se ela soubesse...

Kertzman ficou novamente excitado, desde que às vezes fantasiava ver um homem comendo sua mulher. Achou-se também mais uma vez meio perturbado e não disse nada. Mas Marcos parecia adivinhar a tecla, arriscando. Daniel, querendo evitar o assunto, foi até à janela e acendeu um cigarro. Marcos se juntou a ele, passou a mão em sua bunda e olhou para o céu cheio de estrelas. "Acenda um cigarro pra mim". Daniel acendeu. Marcos, agradecendo, passou a língua no seu ouvido e beliscou sua bunda.

— Ela é muito gostosa.

Daniel estava completamente perdido. Em outra situação, já teria dado uma porrada em quem falasse assim de sua mulher. Mas, naquele momento, não tinha reação. Cada observação erótica que Marcos fazia era antecedida, acompanhada ou seguida de um sinal de domínio sobre ele. Daniel não conseguia dizer nada, totalmente dominado por quem, naquele momento, era o seu homem. Marcos tomou novamente a sua mão e a colocou no pau dele. Daniel tentou ficar de frente, mas ele impediu, virando-o de costas e alisando sua bunda. "Aquelas coxas são demais, eu queria lamber ela toda." Deu uma palmada forte na bunda de Daniel, que gemeu um "ai" de fêmea. "Lamber e comer ela toda", disse por fim, abraçando Daniel por trás.

— Não é, minha doidinha?

34

Klara teve notícia do caso amoroso de Kertzman. Ficou péssima. Só não conseguia saber o nome da mulher que invadira triunfalmente o seu reino. "Quem é ela?" Kertzman admitiu o romance, mas se negou a nomeá-la. "Qual é o nome dessa fulana?" Disse que era uma moça de Santa Catarina, que morava no Rio. O nome — insistiu Klara. Para se livrar daquela aporrinhação, Daniel mentiu. Falou um nome qualquer. Klara sabia que era mentira. E, mais do que irada ou raivosa, estava abalada.

— Só vou continuar casada se tiver a certeza de que não vou usar isso contra você.

A frase arrasou Kertzman. Havia a amada-amante e, agora, a história com Marcos. Daniel gostou de ser humilhado e da palmada que Marcos aplicou em sua bunda. Era só se lembrar da cena, do que sentiu, que ficava excitado. Mas, ao mesmo tempo, queria se livrar daquilo tudo. Não dava mais para sustentar relação alguma. Estava completamente desorientado, perdido em raciocínios sem fundo, que só aumentavam sua angústia. Decidiu liquidar tudo de uma vez. Inventou uma viagem a trabalho para São Paulo. Demitiu o motorista. E disse às duas mulheres que estava enlouquecendo e precisava ficar só. Rever a sua vida.

Para completar, Calixto se associou a Carlos Torres Ribeiro. Agora, sua agência, a Morena & Cia., passava a atuar no marketing eleitoral, tornando-se sócia menor, mas um braço poderoso da Léxis. Ricardo Pugliese se entusiasmou com a mudança. Kertzman, não. Naquele período, não tinha a menor vontade de trabalhar em campanhas eleitorais — e pegou o seu boné. Voltaria à vida boêmia de solteiro, foi o que logo pensou. Mas do jeito que andava triste e algo deprimido, voltou, antes disso, às caçadas que tanto amava. E agora sumia pelo mato em tal estado de espírito, distribuindo tantos balaços letais, que, quando retornava, trazia o rosto túrgido, inchado dos coices fortes da arma.

O problema foi que nunca colocaram uma laje, um forro grosso, no imenso telhado do mundo.

35

Sacando o lance da demissão, Marcos fez charme, armou poses, alisando o pau por cima da calça jeans. Quando Daniel terminou de falar, deu de ombros, seguro de si, sorrindo. E deixou no ar a frase cruel, cafajeste:

— Ok, garoto. Mas, quando a saudade bater, quando a vontade chegar, não se agonie. Pode me chamar. Pagando bem, é claro.

Com seu amor, sua ocaia, a conversa foi muito mais adversa. Embaraçosa. E até áspera.

— Desde o início, eu vi logo que você gostava mais de sua cachorra, de sua pastora Nina, do que de mim.

— É verdade. Foi por isso que levei ela — e não você — para passar o dia dos namorados comigo, em Lisboa.

36

Daniel resolveu passar em revista esse lance do homossexualismo em sua vida. Porque não se via gay, não se sentia veado, não se achava bicha — mas era. Consolava-se com as divinas companhias de Gilberto Freyre e Pelé. Mas ainda se sentia perdido. Atarantado. Porque achava que não tinha nada a ver com aquilo. Fazia, inclusive, piadas machistas com veados. O que talvez confundisse tudo era que não tinha o menor desejo de ter um caso amoroso com outro homem. Era tomado por um tesão efêmero, intensa e exclusivamente sexista. Então, adorava ser bicha por algumas horas, no máximo, mas depois tudo voltava-ao-normal. E lá ia ele atrás das mulheres, que estas, sim, envolviam desejo e amor.

Mas, quando começou a rever cenas sensuais de sua vida, percebeu que a origem do deslize estava longe, já na sua infância. Lembrou-se de brincadeiras bélicas, coisas de guerras e lutas, em quintais de casas e no playground dos prédios que começavam a pipocar aqui e ali, mudando a paisagem da cidade. Embora fosse mais forte do que Paulinho Kozminsky e no final sempre vencesse a competição, deixava que ele o dominasse durante boa parte da luta. Sentia prazer com Paulinho tomando as iniciativas, imperando no jogo e montando nele. O prazer era ainda maior quando Paulinho, já montado, dava prosseguimento ao script do jogo, ofendendo e humilhando o adversário que tinha sob seu domínio.

Daniel se lembrou então de que, naqueles momentos, sempre dava um jeito de se mover, para que Paulinho ficasse gostosamente encaixado na sua bunda. E aí então se mexia e remexia lentamente, fingindo esforço de luta, para sentir e aconchegar o sexo do amigo, que desejava todo dentro de si.

Lembrou-se também de um banho que tomou, já na puberdade, juntamente com um primo algo aveadado. Começaram a falar de sexo, ficaram excitados e Daniel botou o pau no rabinho do primo afetado, sob o chuveiro. Mas o primo também quis. "Não fique posando de homem, não, que eu conheço bem nossa raça." Daniel fingiu que não aceitaria ser sodomizado, mas só para ceder sob a ameaça: "Se não deixar, conto para todo mundo." No final, gozaram ambos, em masturbação mútua e simultânea.

Nesse mesmo tempo, férias entre Saubara e Cabuçu, Kertzman ficou enlouquecido por um menino negro mais velho que ele, rapaz que se tornaria um artista plástico de renome, esbanjando charme pela vida afora. Em Cabuçu, inventaram um desfile de fantasias carnavalescas, do qual Daniel participou com panos e coreografias especiais, fazendo um misto de Carmen Miranda e Chiquita Bacana, a foliã existencialista.

No momento mesmo em que Daniel pisou os pés na passarela, o menino-rapaz, inteiramente dono de si, reinando como queria, lhe aplicou um forte beliscão na bunda. Daniel se enfureceu, mas, assim que percebeu quem fora o senhor do beliscão, sentiu--se ir às nuvens, inundado de prazer. Foi a primeira vez em que se sentiu mesmo uma boneca, plena e completamente veado. E deu o melhor de si no desfile, caprichando no remelexo, amando a calcinha de triângulos vermelhos e amarelos, que a prima Rebeca emprestara.

Nunca se esqueceu de nada disso, como nunca se esqueceu da primeira e até hoje única vez em que se entregou a um desconhecido, que encontrou na rua. O cara olhava fixamente para ele, quase entrando em seus olhos. Ficou meio atrapalhado, mas só depois de uns dois minutos percebeu que se movimentava como uma moça. O cara sorriu. Ele também, mas baixou os olhos. O cara se aproximou, apertou sua bunda, sorriu novamente.

— Vou lhe comer.

— Quando?

Mas o inesquecível foram as palavras que o cara disse quando começou a gozar, e que Daniel ainda hoje repete, sempre que come a bunda de uma mulher, dominando-a:

— Cuzinho quente, cuzinho doce.

37

— Menino, onde você arranjou esses cabelos grisalhos? O que houve com você?

— A mesma coisa que houve com você, Elaine. A diferença é que você pinta os cabelos e eu não.

38

Através de Patrícia Nuvens, ficou sabendo que Martha My Dear estava grávida. Mas que ele não se preocupasse, ela iria abortar. Kertzman ouviu calado — e calado ficou. Martha não significava mais para ele do que uma série relativamente espaçada de trepadinhas ocasionais. Cabia na clássica frase calhorda: "Foi só uma aventura."

Mas ele acabou querendo o filho. Telefonou para Martha, dizendo: se você quiser, eu topo. "Assumo, registro e banco." Telefonou depois para Patrícia Nuvens e a deixou a par da conversa. Patrícia gostou da ideia, ficou de conversar com Martha. Dias depois, Martha concordou. Fizeram os exames de praxe. Um menino. E Daniel decidiu colocar um nome árabe no futuro judeu: Omar — Omar Kertzman.

— Vê se você consegue corrigir uma coisa — falou Zé Simões, ao saber da notícia. — Nós não soubemos criar nossos filhos.

— Nós, quem?

— A nossa geração.

— Onde o erro?

— Fomos excessivamente liberais. Não demos os limites necessários. E o resultado é o que a gente vê. Uma turminha coroada e lassa, mal-educada, com pouca ou nenhuma noção do que é dever, respeito ou compromisso. Mas depois a gente conversa sobre isso. Agora, é hora de acumular carinhos e ameigar a moça.

39

Boca do Rio. Daniel Kertzman estava hospedado, praticamente exilado, em casa de um amigo recente, o guitarrista Tony Maia, que fumava maconha o dia inteiro e tocava em bandas famosas. O problema era que o cara se achava o máximo, comportando-se no palco como se fosse uma superestrela da cultura de massa. Logo, as estrelas reais ficavam incomodadas com sua presença excessiva, condividindo o espetáculo sem ser convidado e até atrapalhando o bom andamento do show.

Mas isso era problema dele. Daniel queria era ficar quieto naquele bairro, naquela casa. A tranquilidade, porém, não durou muito. Tony era mulato, fazia discursos diários contra a discriminação racial e logo militantes dos movimentos negros começaram a frequentar a casa. Passavam lá para tomar uma cerveja, discutir algum assunto com aquela gravidade comissarial que Kertzman conhecia de outros carnavais, fumar um baseado. Estranhavam a presença de Daniel na casa, que achavam que deveria ser um reduto negro.

Justificaram enfim sua presença ali, atribuindo-lhe exageradas virtudes antirracistas. Mas logo a ambrosia iria desandar. E justamente no cospe-em-pé fronteiro à casa, boteco de Mário Boceta, onde Daniel costumava tomar sua cerveja, comendo lambretas ou peixes fritos. Num final de tarde, ao chegar também ali, Manelito Almeida, o mais alto comissário do grupelho, dirigiu-se ironicamente a ele — e Kertzman deu o troco na mesma moeda.

— Podemos dizer que você é um branco honesto.

— Do mesmo que posso dizer que você é um mulato simpático.

Manelito fechou a cara. Mas todos continuaram por ali, bebendo e papeando. Lá pelas tantas, Kertzman deixou escapar um daqueles sintagmas automatizados, expressão cristalizada da língua, "e aí a situação ficou preta". Foi o bastante. Manelito subiu nas tamancas, aos berros. "Isso é racismo! Racismo!" Kertzman ficou acuado. Mas, logo em seguida, foi Manelito quem escorregou. "Estava lá a nata do movimento negro", disse, autovangloriando-se fanfarrão, na narrativa de uma ação política que comandara.

— Alto lá — interrompeu Kertzman.

Manelito o encarou sem a menor simpatia.

— A expressão é racista: nata é branca. Você quis dizer a *borra* do movimento negro, não foi isso?

O caldo entornou. Manelito fitou furiosamente o adversário: "No fundo, todo branco é racista." Kertzman não fez por menos: "Nunca se esqueça de que você é bastardo da alvíssima família de um ex-governador." Chegariam às célebres vias de fato, se a turma do deixa-disso não os tivesse apartado a tempo. Mas, como toda tempestade passa, voltaram às boas. Por pouco tempo.

— Eu sei que você é um aliado nosso na luta contra o racismo.

— Aliado!?! De jeito nenhum, não aceito esse papel não. Sou judeu, meu caro. Faço parte de um povo discriminado desde muito antes de existir racismo contra preto. Um povo perseguido há milênios, até chegar ao genocídio nazista. E eu me orgulho de, mesmo assim, nunca ter dito uma só palavra ofensiva a um alemão.

Manelito fora surpreendido. Kertzman entornou uma dose inteira de cambuí e prosseguiu:

— Não sou mero "aliado" porque vocês não monopolizam essa luta, nem são seus protagonistas solitários. A luta contra o racismo não é só dos pretos. É dos judeus, dos árabes discriminados nas cidades europeias, dos hispânicos, dos negros. Não é só de vocês. A luta contra o racismo é de toda a humanidade.

40

Em meio ao pequeno grupo de amigos e amigas de Daniel Kertzman, aconteceram, mais ou menos na mesma época, duas tentativas de suicídio. Ambas fracassadas. A primeira foi a de Patrícia Nuvens, que ela nunca conseguiu explicar — e, certamente, nem entender. A segunda foi a de Roberto Boaventura, que simplesmente sumiu depois do fiasco: meteu o pé no mundo e foi viver ninguém sabe onde.

Sempre que narrava o seu caso, Patrícia falava de uma neblina que enevoava passos e detalhes, impedindo que ela reconstruísse com nitidez a sequência de seus pensamentos, andanças e movimentos naquele dia. Lembrava-se claramente de que, uma semana antes, recebera um bom dinheiro de herança, com a resolução do imbróglio do inventário das coisas do seu pai. Decidiu então comprar uma casa, mas foi primeiro numa loja trocar o carro. Comprou um automóvel atraente e brilhante que estava na vitrine, lançamento recente da fábrica.

No dia em que saiu dirigindo o carro, resolveu se matar. Pensava sempre no assunto, já ali pelo comecinho da adolescência. Mas, naquela hora em que atravessou a avenida de sempre, não havia nenhuma razão especial para se matar, a não ser o fato de que desde criança achava a vida muito chata. E agora havia também, estranhamente, aquele carro novo. O cheiro e o brilho do automóvel a seduziam irresistivelmente em direção às falésias mais altas de suas fantasias suicidas. Parou numa loja de remédios e em outra de artigos domésticos. Comprou pilhas de pílulas na primeira e, na segunda, uma longa faca, aguda e afiada, brilhante como o automóvel. Tudo ok, pegou uma garrafa de vodca, gelo e isopor num posto de gasolina e partiu. Para onde, não tinha ideia.

Cerca de uma hora depois, estava em frente à construção abandonada de um hotel, numa praia deserta, fora da cidade. Sorriu. Desceu, fechou o carro e se encaminhou para o prédio inacabado, sem elevadores e sem as paredes e vidraças da fachada, com a estrutura carcomida pelo sal do mar, que vinha no vento constante e agradável daquele final de manhã.

Subiu os nove andares do prédio, movendo-se com cuidado por uma escada encardida e cheia de lodo esverdeado. Cogumelos tinham brotado no madeirame podre e havia ferros enferrujados em todas as direções. Os dois primeiros andares fediam a mijo e fezes. Daí em diante, não. Os eventuais vagabundos e marginais que apareciam por ali tinham preguiça de subir e o prédio ficava então com um ar mais saudável, lavado pelas brisas marinhas.

Patrícia chegou ao último andar e se instalou. Não tinha exatamente nada para fazer ali e ficou a girar de um lado para o outro. A ausência de paredes dava medo, puxava a vertigem. Até que ela se lembrava de que estava ali para se despedir de tudo — e o medo parecia ir embora, embora de fato nunca fosse. Finalmente, veio a noite. Patrícia engoliu todas as pílulas possíveis. Pegou calmamente a faca e começou a se cortar, com a lua clareando tudo. Foi cortando as veias e não sentia nada, nenhuma dor. Mas aí já não se lembra do que aconteceu ou pode ter acontecido. Desmaiara em meio aos talhos fundos que abria.

Acordou dois dias depois, com uma sede colossal. Queria beber toda a água do mundo. Abrindo os olhos aos poucos, ferida pela claridade, distinguiu o mar imenso, quebrando em ondas cheias na areia da praia. Sem nada pensar, desceu como um autômato os nove andares, atravessou a rua e começou a beber o mar. Era impossível. Olhou para trás e viu então o automóvel brilhante parado na porta do prédio ermo e solitário, do hotel que nunca se concluiu. E então começou a recompor as cenas. A se lembrar de como tinha chegado ali. O carro era dela — mas onde estava a chave? Lá em cima, claro. Foi a jornada mais dolorida que jamais fez ou voltaria a fazer em sua vida: subiu de novo e desceu novamente os nove andares do hotel fantasma, num estado de fraqueza e desorientação como nunca se vira. Com os olhos insuportando a lâmina do sol. Com o coração cheio de tristeza.

— Quando você muda de mulher, deve, se possível, mudar também de cidade, mesmo que seja na mesma.

Quem dizia isso era Eduardo Bacelar, de retorno ao convívio dos vivos, depois de quase um ano nos porões da ditadura e de algum tempo circulando por lugares variados. Exemplificando e explicando.

— Quando me separei de Cristina, dei sorte. Apareceu um emprego em Curitiba e eu me mandei. Fui trabalhar num lojão de produtos domiciliares. Fiquei um ano naquela merda e vendi muita máquina de lavar, meu caro. Quiseram até me lançar candidato a vereador. Já quando me separei de Sandra, não deu. Eu não tinha nada para fazer fora daqui, nem grana para dar um tempo no Rio, por exemplo. Mas acontece que uma cidade nunca é uma cidade. Essa palavra só deve ser dita no plural: uma cidade é feita de várias cidades. Então, eu me mudei de cidade dentro da mesma. Como eu sabia quem eram os amigos de Sandra, onde ela gostava de ir, o que curtia fazer, etc., passei a frequentar outros cantos. Descolei uma namoradinha adolescente, deixei de ir ao teatro, passei a beber em outros bairros e a mergulhar em outras praias, sacou?

Daniel Kertzman foi dar um tempo em São Paulo. Para não perder o hábito, arranjou uma namoradinha, passando a circular assim pela cidade com uma brasileira de raiz okinawana. Klara também estava em São Paulo. Solta e algo recuperada do golpe do rompimento, andava bem à vontade. Quando não estava trabalhando, divertia-se com moças e rapazes. Praticava sexo por esporte, digamos assim. Só quando conheceu Ana Luíza, numa agência em Vila Mariana, achou que alguma coisa poderia mesmo acontecer. Porque logo sentiu que era mais do que possível se apaixonar por aquela moça, amar Ana Luíza, namorar e até morar com ela. Estava, na verdade, se apaixonando por Ana Luíza, mulher de luz ao mesmo tempo intensa e leve.

42

A grande pedra escura, atravessando a cerca dos pereguns, não dava sinais de sentir o peso do seu corpo. Parecia pensar em outras coisas, enquanto ele respirava sem pressa o ar da noite. O que via dali, daquele canto segregado, era certamente muito pouco. O que sabia, menos ainda. A fumaça leve se soltava — e seguia, elevando-se lenta, ora cheia, ora esguia, em giros e floreios livres. Até que uma puxada mais funda, esbraseando o charuto, clareou a cara, o rosto de Odé Akowê, labareda negra, intensamente inteira, solitária, sob a gameleira.

Chegavam até ali fragmentos de conversa, pedaços de frases perdidas, ruídos de fim de festa, risadas, despedidas. Era o aniversário de uma afilhada de Odé Akowê, a bonita Maria, há treze anos nascida — e, há sete, feita no santo, iniciada. Maria de Oxumarê, a chamavam. E a comunidade de amigos e parentes estava ainda acabando de festejar a data. O dia passara, desde a manhã, entre comidas, batucadas, umbigadas e bebidas. Daniel se divertiu à vontade. Com o anoitecer, a maioria dos convidados se foi, em pequenos grupos, de barco. Diogo depôs o violão — em que tocava quase percutindo, deixando a melodia dançar sobre o tambor da corda mais grave, a partir da qual projetava a sua voz poderosa — e remava. Conduzia pessoas alegres e algo bêbadas à outra margem do dique de águas densas, ao ancoradouro mínimo, que se abrigava numa reentrância do manguezal. Agora, restavam apenas os que ficariam para dormir por ali mesmo, ajeitando-se cansados em esteiras distribuídas pelos cômodos irregulares da casa avarandada, com seu piso quase todo vermelho, de barro e tijolo queimados. Até os olhos de Maria, que insistiam em resistir, já vacilavam à luz do candeeiro. Daniel não demorou a se recolher, dirigindo-se à casa que sempre designavam para ele ficar.

Foi quando a noite se firmou que Odé Akowê retirou as sandálias de couro e, pedindo licença ao mato que adormecia, desceu em direção à gameleira. Era ali, consigo mesma e em silêncio — ou cantando baixinho, quase murmurando alguma cantiga de folha, orin ewê, enquanto girava na mão a pequena engenhoca de roldana e pedra, feita para produzir faísca e fogo —, que ela gostava de dar algum tempo ao tempo, comendo fumaça, pensando. A uma distância curta, também sentado e silente, Daniel às vezes se entregava a imaginar as cenas que poderiam passar então por aquela cabeça: as luzes das coisas, os acasos do som, as cores da memória.

O tempo passou muito rápido. Do colorido leve de alguns anos atrás, quando ela era apenas a encantadora Estrela d'Alva, aos dias de agora, em que se fizera a grave e majestosa Odé Akowê, a grande ialaxé, a mãe de santo mais ouvida e respeitada do país, tudo havia mudado. Mas, fora dos momentos do xirê dos deuses, da iniciação de filhos e filhas de santo e das práticas sacerdotais cotidianas, que podiam ir do preparo de uma comida de Oxum a uma sessão do jogo de búzios, Estrela era a mesma. Leve, alegre, dada a amores lesbianos, apreciadora do bom batuque, das palmas e requebros do samba de roda, das melhores cervejas alemãs. Daniel descobriu, inclusive, que uma namorada sua, gostosa e agressiva iaô do terreiro, consagrada a Exu der Kreuzweg, como ele gostava de dizer, era também comidinha de Estrela-Akowê, diante da qual se derretia dengosa em quindins de amor doce e submisso. Contou o caso a Estrela, aliás, e os dois deram boas risadas.

43

Tudo começou com a questão da sucessão no terreiro, coisa sempre sujeita a muitos meandros e confusões. Gabriel a Kertzman, numa roda de amigos:

— As pessoas costumam se esquecer de que o candomblé, como a igreja católica, é uma estrutura de poder. E que grupos se empenham em conquistar o posto mais alto na hierarquia político-religiosa. Ainda que, no caso do candomblé, intervenha o acaso dos búzios, a luz de Ifá, diretivas divinas nos octogramas de um I-Ching negro-africano.

A transformação de Estrela d'Alva começou assim. Anos depois do falecimento de Ondina Maria de Todos os Santos, mãe de santo do terreiro, que era dedicado a Xangô, chegou a hora da escolha da nova senhora da casa. Quem os orixás designariam para ocupar o lugar deixado vago por Ondina, há uns bons anos atrás? Para a surpresa e decepção dos dois grupos mais poderosos do terreiro, suas candidatas não passaram no teste dos búzios. Os babalaôs tentavam de todas as maneiras definir o quadro. Mas, por mais que acionassem seus poderes divinatórios, o desenho permanecia obscuro, indefinido. Até que um dia aconteceu o mais inesperado de tudo. Xangô tomou conta de todas as contas. Virou e revirou os búzios segundo os seus desígnios. E determinou que a nova zeladora do axé, a nova ialorixá do terreiro, fosse Odé Akowê, a filha de Oxóssi escolhida pelos deuses para reconduzir a casa aos seus dias mais altos de poder e glória.

Foi um deus nos acuda. Os mais velhos e poderosos membros do terreiro reagiram. Aquilo poderia ter sido algum equívoco. Convocaram os principais babalaôs do Brasil, que passaram noites inteiras em consultas incansáveis a Ifá-Orumilá, o senhor de todos os códigos e de todas as mensagens. E não deu outra: Estrela d'Alva — Odé Akowê — era a vontade nítida e inquebrantável dos deuses milenares que rebrilhavam nas alturas e determinavam os sentidos e destinos das trajetórias terrestres.

Estrela surpresa. Alguns dos mais velhos recusaram o resultado, fungando e refugando. Disseram que Estrela não tinha compromisso profundo com o egbé. Não era sacerdotisa integralmente dedicada aos santos. Passava tempos sem ir ao templo. Etc. Conhecia os fundamentos por causa de sua família, mas não tinha peso para assumir o comando do grande terreiro, que exigia responsabilidade e grandeza. Alguns, inclusive, abandonaram o ilê.

Foram os mais jovens que sustentaram a nova mãe de santo, como uma legião alegre e aguerrida. Foram eles que comemoraram, quando o governador dispensou Estrela de suas obrigações pedagógicas e a colocou à disposição de Xangô. Tudo isso ficou bem claro na primeira fogueira de Xangô Airá, no 28 de junho, sob a regência da ialorixá recém-escolhida. Estrela circulou com o adjá em volta da fogueira, abrindo o momento de todos fazerem os seus pedidos. Tutuca, filha de Oiá-Iansã, rebrilhou no meio do pequeno grupo. Saltou como um raio em direção à fogueira — e gritou no meio da noite:

— Iansã que queime a língua de quem fala mal de minha mãe!

Estrela se emocionou. Sentia feliz aquela força jovem com ela. Mas queria, também, trazer os mais velhos de volta ao terreiro. Com o tempo, foi se fazendo rainha. Aos poucos, quase todos se viram perdendo o hábito de tratá-la como Estrela. Ela virava Odé Akowê. E Odé Akowê se impôs. E não houve quem não viesse beijar a sua mão e lhe pedir a benção. Ela redimensionou as coisas, recolocando o terreiro no caminho do mais alto poder dos orixás. A seu lado — sempre — o mais que fiel Omolu Ìgbóná, vulgo João Schindler, elevado ao posto de zelador de Obaluaiê. Assogbá do terreiro.

E agora Odé Akowê estava ali, sob a venerável gameleira. Mas ela nunca se demorava ao abrigo da grande árvore. Fazia o caminho de volta com o charuto novamente aceso. E o aroma do tabaco, o perfume de suas folhas secas e curadas, tomava de novo a trilha estreita, trilha de areia subindo sinuosa por entre arbustos e orquídeas nativas, até à clareira onde ficava a casa — e de onde se divisava, inteira, a lagoa das águas sagradas.

44

Kertzman: Imagino que ele já deva ter dito "*la tigresse c'est moi*". Mas eu mesmo não tenho mais a menor disposição pra ficar discutindo, refutando as críticas e os ataques que esse pessoal de esquerda faz a Caetano. É muito cansativo.

Aninha Fogueteira: Uma baboseira só. Principalmente porque, mais cedo ou mais tarde, todo mundo vai ter de se render ao talento.

Victor (sorrindo): Concordo plenamente. Eu mesmo, na minha modestíssima opinião, acho que Caetano é o maior poeta brasileiro de *quase* todos os tempos.

Bacelar: O que complica é o seguinte: vocês se atrapalham na encruzilhada. A esquerda estreita, quadradona, diz que Caetano não faz política. Vocês, que também se consideram de esquerda, dizem que está tudo lá, que a política está presente em cada canção. Estão todos errados. O problema de Caetano não é que ele faça ou não faça política. Ao contrário do que o "pessoal de esquerda" pensa, o problema dele está na demasia. Ele faz políticas demais, para muitos gostos e ocasiões, com uma dose enorme de ambiguidades e até de contradições.

Boaventura: Também acho isso. Fica tudo sempre confuso. Ele passa muito fácil do lugar de soberano ao de súdito. E elogia igualmente milicos de esquerda como Guevara e milicos de direita como Geisel.

Bacelar: Eu não colocaria nesses termos. O negócio de Caetano é que ele é mestre tanto em agradar quanto em agredir. E tanto agrada quanto agride, muitas vezes, as mesmas pessoas. É um jogo sem fim. Ele é a verdadeira camaleoa.

45

— Meu amigo, tem três coisas que você nunca queira ser. Nunca queira dirigir grupo de teatro, casa de puta e terreiro de candomblé.

Daniel não só não conseguiu conter o riso, como caiu na gargalhada mais sonora. "Tô falando sério", advertiu Estrela d'Alva, também sorrindo. Falava com sabedoria, sublinhando a convergência das complicações dos tipos de grêmios a que se referiu. O mais interessante era que, embora nunca tivesse dirigido grupo de teatro nem casa de puta, ela era mãe de santo, dirigia o terreiro maior do candomblé em terras brasileiras.

46

Kertzman, que continuava ocultando seus poemas, estampou mais dois textos em antologias publicadas por editoras universitárias: "Mania das Marés" e "Abertura dos Poros". Irritou-se um pouco, o que era raro, pois ultimamente tendia sempre mais ao tédio e à ironia, quando Francisco Rosa criticou-lhe, em "Mania das Marés", o uso da "língua geral", quando deveria ter recorrido ao tupi clássico. Respondeu dizendo que também não escrevia no português estrito da época. E que nem sequer sabia o que seria um "português clássico".

Eduardo Bacelar concordou. Acrescentou que Rosa, na maioria das vezes, era um acadêmico enviesado, falto não só de maior erudição, mas, sobretudo, de lucidez crítica. O problema foi que Kertzman veio de novo com a velha e surrada ladainha de que não conseguia falar de si mesmo e do seu entorno, nos escritos literários que ia já acumulando, a ponto de começar a pensar seriamente em reuni-los num livro de estreia. Bacelar não tinha o menor saco para ficar ouvindo aquilo. E mais: embora nunca tivesse dito com clareza o que pensava, discordava frontalmente de Kertzman. Desta vez, foi explícito.

— Me passe aí essa garrafa de uísque antes que eu mude de ideia e de assunto. Você acha que não fala de você e do que existe à sua volta. Enfim, de sua realidade. Mas é papo furado, mentira. Você fala de você e do seu mundo o tempo todo, só que em outros termos. Sejamos óbvios: a sua prosa tem alguns problemas, sim, mas este certamente não é um deles.

47

Ano 2000. Aniversário sem festa, como de praxe. Embora fosse um cinquentenário: 50 anos de Daniel Kertzman. Ele, Gabriel, Bacelar, Victor e Ricardo Pugliese num bar.

— Pessoalmente, tem alguma queixa a fazer? Lamenta alguma coisa?

— Para dizer a verdade, lamento uma coisa. Aprendi pouco, muito pouco mesmo, com as mulheres que convivi. Não que elas não fossem grandes mestras. Eu é que fui um aluno medíocre.

— Medíocre e babaca. Mas não é só você. Todos nós somos babacas. Quem sabe lidar com mulher é muçulmano.

48

— A gente se separou, sim. Mas teve um lance curioso. Ela sempre se apresentava como portadora de uma pureza essencial. Dizia que era filha da contracultura e que eu tinha me perdido nos descaminhos do marketing. Mas, na hora da separação, na hora de dividir a grana, ela bateu pé firme: ficou com a parte do marketing — e a mim só restou a contracultura.

49

O trânsito estava amarrado. Chovia muito. Mas isso, agora, não crispava nem encrespava os nervos de Klara Waxman. Pelo contrário: o cortejo lento dos automóveis propiciava o tempo precioso para ela ficar sempre mais próxima de Ana Luíza, que também já não parecia tão reativa assim. Mesmo os vidros embaçados, esfumaçando o lá fora, deixavam as coisas mais cálidas dentro do carro. Klara falava com uma sensualidade sincera, olhando Ana Luíza nos olhos, que se retraía, mas logo retomava seu ar natural, aceitando pequenas carícias na nuca e nas pernas. Até que finalmente se beijaram. Um beijo calmo, gostoso, sem ansiedade ou ânsias de dominação. Nenhuma disputava o posto de ser o "homem" do casal. Não. Elas aos poucos se entregavam uma à outra, suavemente, como duas mulheres, duas fêmeas tranquilas.

Klara estava feliz. Conseguia, finalmente, sair com Ana Luíza. Iam jantar juntas. E Klara não só amava seduzir lindas mulheres que resistiam, como estava realmente louca de desejo pela moça. Ana Luíza era fêmea cobiçada, bonita, culta, inteligente, gostosa — muito gostosa. Uma ave rara, raríssima, naquele ambiente publicitário sempre tendendo a um misto de ignorância e arrogância, com uma fatia de humor estragado entre uma coisa e outra. E a conquista não tinha sido nada fácil. Klara foi avançando de forma ao mesmo tempo segura e incisiva, sabendo onde estava pisando. Quando avançou o sinal, com uma mescla de submissão e altivez nos olhos (mistura muito difícil de alcançar, mas que ela dominava à perfeição), Ana Luíza foi direto ao assunto: nunca tinha transado com mulher, nem tencionava fazer isso.

Klara não desistiu. Cercou-a de rodeios e floreios, sem nunca deixar de fitá-la nos olhos, de olhar para a sua boca, os seus peitos e as suas coxas, de modo a deixar claras as suas intenções sexuais. Investiu ainda, como dizia, no campo magnético das mensagens telepáticas. Era simples, exigindo apenas alta concentração. Ela olhava para Ana Luíza e mentalizava. Reunia toda a sua força mental para enviar uma mensagem. Por exemplo: "Vou beijar essa boca como ninguém até hoje beijou." E assim percorria todo o corpo da moça, massageando por vias astrais o objeto maior do seu desejo.

Com o passar dos dias, Ana Luíza como que foi invadida de modo sereno, mas firme, por aquela mulher, à maneira de um exército de Eros se movendo com suas mensagens silentes e sensíveis entre a sombra da tarde e as primeiras doçuras da noite. E, embora nada quisesse deixar transparecer, ia cedendo à vontade que se enramava e floria, deixando assim o terreno desimpedido para os avanços de Klara, que a excitavam mais e mais a cada noite em que ainda não a tinha. Verdade que não chegou a ter sonhos eróticos com a pretendente, mas quase. Já que bloqueara algumas iniciativas masculinas e não deixava de pensar na amiga quando adormecia, o cheiro dos jasmins sublimava os caminhos. E agora estavam ali, juntas, se beijando, muito mais virgens que viris, num começo do desfecho que as duas esperavam.

Deixaram a chave do carro com o manobrista, entraram no restaurante italiano que curtiam e foram até à mesa que Klara reservara, confiante de que naquela noite teria Ana Luíza consigo.

Sentaram contentes, trocando ternuras de olhar e voz, com estrelas viajando por seus sorrisos. Estranho: o modo como Ana Luíza passou a mão sobre o pano claro que cobria a mesa, olhou direto para o garçom e recebeu o cardápio trouxeram alguma lembrança remotamente densa à alma de Klara, que, todavia, não se indagou sobre a cena, deixando de lado os rápidos matizes que aquilo dera a reflexos obscuros de sua memória.

Chegaram finalmente a um acordo sobre o vinho. Um belo exemplar italiano de não muitos anos atrás. Klara chamou o garçom, que acabara de atender aos convivas de uma mesa próxima, na qual se encontrava inclusive o ex-presidente Fernando Henrique Cardoso, morador do bairro, e fez o pedido. Ok. O rapaz foi buscar o vinho. Mas voltou desculposo. O escritor Boris Schnaiderman, sua mulher Jerusa e alguns jovens tradutores do russo — que, agora, traziam para a língua portuguesa textos espetaculares como "A Caverna" de Ievguêni Zamiátin —, reunidos em mesa um pouco mais afastada, fizeram o mesmo pedido. Mas não havia como atender. Já não havia mais garrafas do vinho escolhido por elas, depois da farra de ontem, quando a seleção italiana de futebol, a *squadra azzurra*, empolgou o lugar.

— Vamos adivinhar outro? — perguntou Ana Luíza, ainda falando mais umas duas ou três frases relativas ao caso. Klara estremeceu forte, fortemente perturbada, diante do modo como ela reagiu à falta do vinho escolhido. Conhecia muito bem aquele comentário, com aquelas mesmas palavras, naquela mesma sequência, ditas naquele mesmo tom, com aquele mesmo ar. Seria coincidência? Estava ficando louca? Ou andava confusa e tinha ouvido mal? Ficou sem saber o que fazer com as mãos, sentiu o lábio tremer, desviou o olhar para uma parede cega numa curva da sala do restaurante.

E veio o que não podia ter vindo, manifestou-se o que não podia se ter manifestado, aconteceu o que não podia ter acontecido.

A bela Ana Luíza — animal já domado, em movimento jovial e amável, claramente encantada com o começo de aventura amorosa que se desenhava para as duas —, depois de dobrar e desdobrar e redobrar, cuidadosa e atipicamente, o guardanapo, sugeriu um prato "esplêndido" para ambas. Klara não se conteve. Explodiu num choro convulsivo, irrefreável, que parecia vir, ao mesmo tempo, das nuvens mais aéreas e de fundas locas submarinhas. Ana Luíza não entendia nada.

— Por favor, quero ir para casa... Você, você... você era a amante dele! Eu nunca soube seu nome, eu nunca te vi, é você...

Klara se viu de repente diante da sua grande rival. Da única mulher que a derrotara numa disputa amorosa, na batalha pelo grande amor de sua vida. E chorava, chorava muito — e estava certa. Ana Luíza logo também seria tomada por lágrimas e soluços fortes. No modo de se sentar, olhar o garçom e receber o cardápio; no modo de reagir à falta do vinho desejado; no modo de dobrar o guardanapo; na escolha do prato e na explicação da escolha do prato — Ana Luíza não tinha sido Ana Luíza, mas Daniel Kertzman. A personalidade forte e charmosa de Daniel imprimira nela, talvez até por saudade, as escolhas, os gestos e as palavras dele. E agora as duas, frente a frente, num caminho aberto para se amarem perdida e maravilhosamente, desatavam dores nas piores lágrimas que já haviam chorado.

Será que não haveria mesmo como passar a vida em prantos limpos?

D. Alma de Borracha

1

Kashassa. Peengha.

Éramos talvez os três mais pobres estudantes de direito da faculdade do Largo de São Francisco, em São Paulo: eu, Affonso e Godofredo. Mas, no começo da semana seguinte, estaríamos finalmente livres de toda aquela aporrinhação, das aulas metodicamente empoeiradas, dos mestres empalhados por técnicas milenares de assombrosa e inquestionável eficácia. O momento era, portanto, de comemoração. De goles largos de cerveja, entremeados de tragos de uma pinga forte e gostosa, que Affonso trouxera de algum alambique perdido nas terras fronteiras de Minas Gerais. Não havia dinheiro para petiscos, mas o velho Almeida, portuga dono da bodega, que acompanhara desde o início nossas estrepolias letradas, nos premiou, feliz, com porções de mandioquinha e torresmo. Os brindes se sucediam sem fim. Canecas erguidas em homenagem até mesmo às heroicas bocetas de todas as velhotas lúbricas da conspícua capital paulista.

De nós, Godofredo era o único a cultivar com seriedade um compromisso amoroso. E, também, o único a ter emprego fixo. Poderia, agora, subir de posto. Arranjar melhor "colocação" na vida, como estranhamente costumavam dizer, naquela terra onde nada ficava de cabeça para baixo, mas tudo virava de ponta-cabeça. E assim se dispor a adornar o dedo esguio de sua princesa — para nosotros, moça dedicada, porém sem viço e sem vintém — com anel de noivado.

Affonso voltaria para as suas montanhas mineiras, diploma em punho, à cata de algum emprego. Tinha tudo para fazer à perfeição o papel do servidor, em comédias e dramas vagabundos do surrado teatro dos serviços públicos. Reservaria as noites, certamente, para as suas metamorfoses boêmias, quando se transmudava em orador de botequim ou poeta de bordel, apaixonando-se, sempre perdida e desesperadamente derrotado, por cada putinha esperta que sabia assumir ares angelicais. Sem qualquer ingenuidade, por sinal, pois Affonso percebia tudo, expert calejado que manjava os mais mínimos detalhes daquele repertório de artimanhas, transmitidas, com seriedade e sabedoria, de geração a geração de prostitutas. Mas o rapaz era, acima de tudo, um esteta. Apreciava imensamente os lances e relances daquele jogo imemorial. E, quanto mais sutil e bem urdida a fraude, mais apaixonado ficava.

Completando o trio — e mais uma caneca de cerveja —, o sonhador, o mais ambicioso e menos claro em seus propósitos, entregue em excesso a desaconselháveis projetos próprios: eu. Cursara direito não por me sentir atraído pelo assunto, por amor a leis, parâmetros e paradigmas institucionais ou coisa que os valha. Regra geral, detestava não simplesmente a companhia, a empáfia e a prosápia daquelas decorebas, códigos travestidos de gente, emitindo fórmulas em latim como se nelas residisse a verdade última das coisas — mas a própria figura do legiferante empolado, fosse advogado ou juiz. Entrei para o curso jurídico por falta de opção — e porque o anel de doutor classificava as pessoas em um nicho acima da ralé das ruas. Não teria como ser médico ou engenheiro. Tijolos, réguas, vigas de ferro, anestésicos, seringas e bisturis não povoavam meu horizonte. Com relação ao que eu pretendia fazer na vida, estavam mais distantes de mim que um acampamento de tuaregues no deserto no Saara. Restava-me, então, o direito. Jamais advogaria. Mas pensava: quem se forma em direito, está apto a fazer quase qualquer coisa, engabelando seus semelhantes com a arenga prolixa, a lábia alambicada, a citação abstrusa, *ad usum, ad nutum, ad absurdum, ad captandum vulgus.*

O que eu queria mesmo era ser jornalista. Escritor. E agora, formado, me preparava para levar ao palco a peça tantas vezes ensaiada. Realizaria o sonho do meu finado pai. Advogado de profissão, trancado no gabinete a redigir cláusulas contratuais, ele atravessou a vida carregando consigo o desejo de ser escritor. E escrevia bem, de forma correta e elegante, com personalidade na escolha dos vocábulos e na construção de seus torneios frásicos. Chegou, inclusive, a publicar alguns estudos — jurídicos, históricos, políticos, genealógicos —, em gazetas e almanaques de prestígio. Mas morreu muito cedo, de doença desconhecida, sem chegar a compor um livro. E eu o faria. Publicara já um poema e um breve exame literário na revista do centro acadêmico da faculdade. Mas planejava resenhas, reportagens, romances.

Meu destino? A Amazônia. Desde que o meu tio Altamirando partira para aquelas terras — ou para aquelas águas, seria mais exato dizer —, quando eu ainda era um menino, a região amazônica se converteu no mundo mágico que coloria e clareava os meus passos, os meus descompassos. Estava sempre na minha cabeça, nos átomos mais distraídos da minha alma. Mais tarde, leituras e releituras fixaram definitivamente em mim a crença de que eu não tinha escolha. Tudo me empurrava, a favor da minha vontade, para o mesmo lugar. Meu destino estava traçado. Inscrito nas estrelas. Era a Amazônia.

Eu chegava a sonhar com coisas que lera no livro de La Condamine. Com o massacre de missionários no Ucaiale, com a curupa alucinante, a língua doce e a cara de lua cheia dos omáguas, com os antropófagos do Japurá, com as amazonas — comapuyaras de tetas decepadas —, com canoas perdidas no Xingu, com os olhos redondos do peixe-boi, com a lampreia-torpedo, os caimãs e os jacarés, com morcegos chupando o sangue dos cavalos e das pessoas, com o Eldorado. Vendo meu interesse pelo assunto, meu pai me presenteou então com um outro livro de relatos amazônicos, a *Viagem Filosófica*, de Alexandre Rodrigues Ferreira. E a festa, então, foi total. Ferreira me levou para dentro do mundo dos índios. Para as malocas dos curutus, para as máscaras dos yurupixunas, para o meio dos muras, para as visões do paricá. Para o amor e a guerra dos guaikurus, louvando o Sete Estrelo.

Fui assim crescendo e comigo também crescia o fascínio amazônico. O Euclydes da Cunha que me tomava não era o soberano de *Os Sertões*, mas o príncipe de *À Margem da História*. Antecipava para mim mesmo, inclusive, as coisas que um dia conversaria com ele, numa tarde sem pressa, no interior de São Paulo, sentado em seu gabinete, ou num banco de jardim. Falaríamos da desordem opulenta da Hylae. Dos seus prodígios se abrindo em cheio para a imensidão das águas. Dos meandros instáveis dos rios, da formação semestral de ilhas e lagoas, da grandeza imperfeita da flora, das feições singulares da fauna anfíbia, da monotonia da paisagem, das noites fantasticamente ruidosas. Grande foi a minha decepção quando soube que Euclydes não morava numa cidadezinha perto da minha, onde poderíamos entreter nossa conversa, mas no Rio de Janeiro. E maior ainda, imensa foi a minha tristeza, quando soube que ele morrera um pouco antes da publicação de *À Margem da História*. Chorei muito, para a minha própria surpresa. Era, de repente, uma perda pesada, um sonho travado, implodido. E eu não conseguia parar de chorar, sentindo-me só, em fundo e ainda mais fundo desamparo, girando sem rumo no vazio entre as estrelas.

2

Restava-me somente agora o meu bom e quase bem-humorado tio Altamirando. Mas ele também não viria. Não voltaria nunca mais do fundo das águas encantadas. Nunca me esquecerei da cena. Do japonês que entrou como um raio, pela noite da casa de meus pais. Era um homem sério, de óculos e gestos breves. Chamavam-no Takeshita, mas o seu nome real era Saidachi.

— Nosso barco naufragou, apagando as suas luzes — disse Saidachi, agora já pausadamente. Seríamos apenas dois, os sobreviventes. Eu e Altamirando. Mas tenho alguma culpa. E muito remorso.

Enquanto Altamirando só pensava em sair dali com vida, livrando-se das madeiras e da correnteza, Takeshita-Saidachi, especialista em medicina oriental sacramentado na China, em Xangai, estava louco porque o seu diploma desaparecera. Num certo sentido, até que tinha razão. Sem diploma, seria mais tarde obrigado a trabalhar como tecelão ou barbeiro, sei lá, quando pusesse os pés de volta em São Paulo. Mas aquela por acaso era hora de pensar em diploma? — perguntava Altamirando, esbravejante.

— Se não sairmos daqui com vida, de que vai valer o seu papel, ô japa? — Nem vaga de engraxate num boteco do céu Saidachi conseguiria. E a verdade foi que estavam a escapar por muito pouco, o barco inclinando velozmente para o choque num barranco, quando se despedaçaria de vez, com estrondo alarmante de madeiras, em meio à água tumultuada, mas atirando os seus náufragos em terra mais ou menos firme.

Naquele exato momento, Takeshita viu seu diploma revoar no vento. Gritou. O papel, em voo sinuoso e veloz, passou rápido pela cara de Altamirando, que, grudado no lado mais alto do barco que afundava, desgrudou-se do madeirame para tentar capturar o papel — e caiu na correnteza. Não havia salvação. O barco explodiu de encontro ao barranco. Takeshita voou pelos ares, agarrando-se em parasitas enormes. E ali ficou, estatelado, tentando se haver consigo mesmo. Foi-se o vento, o diploma, o corpo. Altamirando partira por dentro da tormenta, da enxurrada gigantesca da enchente, que arrastava, aos trancos e solavancos, pedaços de casas, troncos e bois.

Compenetrando-me então da violência mágica e aleatória do mundo, decidi de uma vez por todas. A Amazônia que esperasse por mim. Que aguardasse o peso do meu corpo em suas vias de lama, o escrutínio do meu olhar esquartejando suas lonjuras, o avanço de minhas mãos sobre suas caboclas e frutas, as palavras da minha boca volteando no seu ar.

3

Apertando os olhos, sentindo coceiras na perna, desperto. Estava dormitando, cabeça enterrada entre os ombros. A luz fraca da lamparina desenhava, animando, figuras disformes nas paredes irregulares e sujas da bodega. Affonso e Godofredo já se tinham ido. O português apenas esperava que eu também me fosse. Levanto-me, ainda tonto do naufrágio. Afebriado de tanta água-benta, água-lisa, água-pra-tudo, aguardel, aguaceiro. Encho pela última vez a caneca, mas não de cerveja, e sim de cachaça. Da velha e boa apaga-tristeza. Da ariranha azuladinha. Alatrevu, meu compadre, alatrevu. Alertei demais as ideias, caí no sono, mas já me vou. Deus proteja esta casa santa.

Mas tropeço nos meus próprios passos, andando aos bordos. Andando aos esses e erres, arpuado. Andando escrevendo, entregando cartas, arrelampado. Firmo então a mão no velho balcão desbotado, miro a porta e parto, decidido, em linha reta. Não sei como consegui, Aninha. Mas cá estou, ao ar livre, na garoa. Ai, aguandu, a rua ficou pequena. A baronesa não perdoa quem baixa tanto assim o bico. Estou barreado, baludô, na borracheira. Foi a danada, a dengosa, a doidinha. Mas tenho de chegar em casa. Embalado, elegante, embandeirado — pouco importa. A cama me espera.

Encachaçado, descortino a rua, meço o caminho. Mariposas cobrem o lampião, entroviscadas. Parece que também elas erraram a conta, encheram os chifres, molharam a alma. Dou um passo chumbado para cá, dou um passo dois dedos para lá. Vou me aprumando nos portões, me apoiando a meia-rédea nos muros, vendo o chão entrar na terra. Mas tudo bem, a distância é curta. Esse floreado fogoso forra o peito, homenageia o santo, jurupinga. Toda reiada é um riscado. E lá me vou. Suor de cana torta, sinhazinha, cá estou. E já bem perto. Mais uma tiliscada tira-juízo dessa caneca. Água de fogo. Tinguaciba. E paro no ponto.

Agora, é só meter a chave, rodar no travanquante, xambregar e abrir o portão. Dito e feito. A porta também se abre, vira o cangote, enternecida. Xinapre me suba xumberga em xipitrago cada degrau escabriado dessa escada envinagrada. E me deixe chegar chegando. E esquentar os peitos, enfrascado. Abro, enfim, a porta do quarto. Não chego a acender a luz. Melado, meio lá meio cá, me afundo por ali. Estou num arco. Tudo gira. Me deito na cama. Me leito na lama.

4

Bebidas alimentam. Mas a curto, curtíssimo prazo. Depois, a gente não come mais. A pele fica estragada, esfarelando, sem luz. Os olhos, avermelhando-se, já não brilham. A mão treme, antes do primeiro trago. Para se sentir alguém, é preciso beber mais.

A embriaguez, no entanto, não é um estado simples — dissertava Eudoro para si mesmo, sem pensar em ninguém. A gente vê coisas que não tinha visto. Descortina, desdobra e desembaralha detalhes insuspeitos da vida. Escreve o que não pensava. Destrincha dúvidas. E pode até mesmo, se for crédulo para tanto, se comunicar com os deuses. Sintonizar-se em vibrações extranaturais. Refazer viagens xamânicas. Mas pode também, mais simplesmente, quebrar a cara. Que é o que tenho feito, com desassombro digno de nota.

Há quem se interesse por saber se este ou aquele rio é navegável — e até que ponto. Mas não é nem pode ser esta a preocupação primária. Quando vamos assentar um pouso, desenhar uma póvoa ou construir uma cidade, devemos verificar se temos ali água boa. Para beber, para matar a sede — e mesmo a saudade das pessoas. Água colhida na chuva, água recolhida de um rio. Não foi por acaso que fizeram tantos aquedutos no mundo, como nas terras do império romano. Como o de Beleville, em Paris, com a aquiescência de todos. Vejam as cisternas areentas da Holanda, os trabalhos que tiveram no Tâmisa, os condutores aquáticos do velho Portugal — em Tomar, em Coimbra, em Lisboa. Milhares e milhares de pessoas sobreviveram, em quase todos os cantos do planeta, carregando e vendendo água. Mas, se aquele é o seu Sena, esta é a minha sina: não sou bebedor comum. Sou alcoólatra. Todos os vinhos, mesmo os mais antigos, flutuam aqui — e se encarnam no vinho que agora bebo.

5

A história de qualquer bebida é memorável. Vinhos chineses feitos de mijo, vinhos medievais feitos de missas. Padres plantando parreiras não apenas para o momento mais rubro da cerimônia. Reis que davam tudo por uns graus de álcool a mais. Uvas que brotaram nas ilhas atlânticas e, engarrafadas e exportadas, exterminaram os vinhos indígenas das Américas. Mas sou um bebedor, não um expert em bebidas.

Quando naufrago num copo, ou numa taça, nem bem sei o que anda por ali. Se são os goles generosos de Chipre, as velhas sementeiras de Sevilha, raras frutas mediterrâneas ou cálices do melhor que Portugal nos legou. E vinho é, afinal, o que menos bebo. Antes dele, tenho a cerveja, bebida de pobres e bárbaros, fermento de antigos soldados alemães. A cachaça tropical, que, ao destronar cauins e aprontar pileques, não tomou conhecimento de estratificações sociais. O uísque lá dos cafajestes nórdicos. Os conhaques, da cor dos olhos das mulheres mais sedutoras que conheci, flambando e inflamando as mais saborosas carnes.

Quando bebo, confesso: o mundo fica muito mais interessante. Parece, até, que está mesmo a girar. Todos soam mais inteligentes. As conversas me agradam. As canções me entusiasmam. As valsas chamam para dançar. Os cigarros se acendem sozinhos. As plantas crescem descuidadas. As mulheres ficam lindas.

Já quando o efeito cessa, pode ser apavorante. Três perguntas terríveis. Onde estou? Que horas são? E — a pior das três — quem sou eu? Como no caso da coroa que comi anteontem e, ao acordar, não soube o que fazer. Da noite para a manhã, ela tinha envelhecido. Os peitos eram balões amarrotados. Manteigas e outros lubrificantes, segundo o meu melhor juízo, tinham sido feitos para deixar úmidos o rego, a comissura e principalmente o olhinho do cu, não para passar em caras de vaginas velhas. A coisa mais esquisita é ver uma mulher fazendo lubrificação externa em sua boceta, para que, quando a coma, eu não sinta cheiro de borracha queimada. A filha mais nova arrancava os fios brancos de sua cabeleira. Mas logo os pentelhos ficaram também grisalhos. Quem os arrancaria? O ex-marido? Quem sabe. Ela, talvez, os pintasse. O fato é que não expôs, ao desnorteado namorado bêbado, os seus pentelhos brancos. E, se expôs, não os vi. Queria apenas saber como me levantar daquela cama, como calçar os sapatos, como sumir dali.

E assim os dias passavam. Numa noite, num bairro pobre da periferia, eles começaram a trocar tiros. Era uma beleza, no meio daquela quase escuridão. Balas acesas zunindo de uma esquina a outra, destampando rebocos de muros. Eu, reescrevendo letras em litros, caligrafando pontos e vírgulas, abreviando ou alongando reticências, atravessando travessões, abrindo ou fechando parênteses, não tinha mesmo para onde ir. Despenteava balaços. Desfazia feridas. Desviava azeitonas. Descomia as guaricemas que mais cedo beliscara. A moça, que estava comigo, sumiu, amedrontada, dobrando veloz para dentro de um beco imundo. E eu fiquei com Baco, baqueado. Não me lembro do desfecho do tiroteio. Mas, apenas, que acordei sem eira, na beira do rio. Com o sol batendo em cheio na minha cara.

Que diferença pode haver entre a Santa Missa e uma bela talagada de cachaça, se ambas fazem com que eu me esqueça de mim? O que ela gostava mesmo era de dançar. Escolada, tinha a sua maestria em dispensar ou atrair cortejadores bêbados. Se alguém tentasse agarrá-la, a regra era bem simples: se ela estivesse a fim, deixava. Disse-lhe, então, que todos os meus desejos eram vulgares, como a ideia de que palhaços, fora do picadeiro, são pessoas tristes. Ela se encantou. E eu acordei naquela merda. Com vontade de mandar o mundo tomar no cu.

6

Eis-me, enfim, ao segredo luminoso. À dádiva de uma vitória-régia. Preparado para tropeçar em sobras de pequenas cobras, enquanto não descortinasse coisas gigantescas. Mas não via nada. Difícil aturar a mesmice de tanta imensidão. Quando cheguei, nenhuma surpresa. Eu saltara de dentro de volumes encadernados. A impressão que dominara Euclydes também me dominou. O homem, aqui, era um intruso. Um penetra impertinente. Chegara sem ser esperado, nem querido — quando a natureza ainda estava a arrumar o seu mais vasto e luxuoso salão de festas.

Mas eu não tinha vindo para bailar. A paragem americana não necessitava de mais um sábio para a perlustrar — e desconhecer.

De instante em instante, repetia para mim mesmo o motivo da minha vinda. Queria evitar empeços, deletrear solidões, saber como dormir e comer, desde o alvorar da minha chegada. O entusiasmo não me sobressaltava de repente. Eu viera com o intuito de arranjar um emprego calmo e cômodo, que me possibilitasse, em suas dilatadas horas vagas, a feitura de um livro. De um estudo em que antropologias viessem entremetidas num enredo mais científico, envolvendo barragens, palafitas e impaludismos, ou de um romance menos sistemático, destratando árias, manicômios, índias puríssimas ou depravadas, cipós e folhas cheios de alucinações, lagartas assassinas e devaneios semidiluvianos. Tio Altamirando, carreado ao fundo pelas águas mais poderosas, que me desse um quinhão das bênçãos de que porventura viesse a dispor, em sua poupança do além. Que me fizesse perceber o que de outro modo eu não divisaria. Que me mostrasse os castelos de luz submersa. A boiada da boiuna. O bumba meu boi que ninguém vê.

7

Arranjei um emprego em Manaus, numa casa aviadora. Minha função era conquistar e garantir a fidelidade de alguns patrões de seringais.

De primeiro, entendi que não eram muitos, mas tinham dinheiro ou crédito. Que o negócio era vender mercadorias cobiçadas na mata — de lençóis a comidas enlatadas —, em troca do leite que os trabalhadores mais pobres extraíam das árvores, monopolizando em minhas mãos toda e qualquer gota da goma elástica, das pelas defumadas com carvão de coquinhos, que tomavam a frente dos barracões algo miseráveis. A casa aviadora era responsável por tudo. Estava na obrigação de abarrotar de mercadorias os armazéns, depósitos ou balcões dos donos das estradas de seringa, das trilhas que, abarcando dezenas de seringueiras, eram entregues à responsabilidade de um explorador — do homem que, carregando balde, espingarda e machadinha, via-se na obrigação de andar o dia inteiro, cortando árvores com talho preciso e geométrico, feito bocetas de pentelhos regulares, esculpidas num tronco que chorava.

Eu nunca estava só. Os seringueiros, sim. Viviam — ou subviviam — na solidão dos seringais. Nas estradas de sempre. E prosseguiam fazendo incisões naquelas árvores, futuras e simétricas cicatrizes, por onde o leite, abençoado, escorreria. Se ficassem ricos, caboclas cairiam melosas a seus pés. Teriam choupana de paxiúba, de pau a pique e cobertura de palmas, com um barco encostado, que os levasse, quando quisessem, a Manaus ou a Belém do Pará. Teriam filhos, noites milenárias, malárias. Mas a riqueza, afirmo eu, nunca viria. Porque a riqueza já tinha dono. Era das empresas estrangeiras, dos sócios maiores, dos proprietários das casas aviadoras, dos que tinham como vender a crédito, empenhando relógios. Dos que exploravam a sorte sanguessuga dos seringais, onde o látex seria sempre o látex, sem refúgio ou subterfúgio de pedras preciosas.

8

Quando cheguei ali, demorei um pouco a entender algumas coisas. Os caboclos falavam de anhangás, veados noturnos de olhos de fogo. Dos companheiros do fundo, habitantes dos leitos dos rios. Das mães de bicho, que tomavam conta das plantas e dos animais. Aprendi, então, que existia a panema, força que paralisa o indivíduo, vinda de mulheres grávidas ou menstruadas. A pajelança. A esperteza do boto, jovem belo e gentil, exímio dançarino, tomando a forma de maridos, para comer suas respectivas esposas. A lenda de amor da tambatajá, um tipo de tajá, planta de folhas verdes e brilhantes, que carregam consigo uma folha menor, de matizes avermelhados, a lembrar uma boceta — feia e singela como todas elas.

Mas é muito difícil falar da Amazônia. Não me lembro agora o nome do poeta que disse que as noites, ali, encalhavam com carregamentos de estrelas. Mas era a mais pura verdade. O céu latejava, pulsava na cara da gente. Era um céu cheio de vida, sem espaços para mais brilhos. E as terras abriam as suas fronteiras para pessoas de todas as procedências — além de estrangeiros e até de judeus perdidos pelo planeta, brasileiros de muitos e vários cantos: pernambucanos, potiguares, paraibanos e, sobretudo, retirantes do Ceará.

Enquanto a seca assassinava os raros verdes nordestinos, chupava toda a água ali existente, matava pessoas e rebanhos, sob um céu implacavelmente azul, crescia o cortejo de retirantes para a região amazônica. Os cearenses criaram o Acre — e a figura do seringueiro. Criação feita a facão, de peito aberto e olhos acesos, sem amparo de governos. Tanto que lá, até hoje, come-se carne de sol. A gente, na verdade, ia desindianizando aquelas terras, enquanto se indianizava também. Porque, quando um de nós pisava na beira de um igarapé, ali fazia as suas rezas ou curtia a carne de uma caça há pouco abatida, proferindo palavras em meio aos sons dos bichos, do vento nas folhas das árvores ou da água correndo entre as pedras do riacho, aquele igarapé já não seria o mesmo. Fora batizado por nós — por nossas palavras, por nossos suores, pelas secas e também por nossas tristezas. Porque muitos iam para lá não apenas em busca de dinheiro, mas para fugir de decepções, de chifres presenteados por mulheres supostamente virtuosas.

Cada um era dono da sua estrada de seringa, trilhas que nenhum outro percorreria. Os preços da borracha subiam, até pouco antes de eu chegar. Bicicletas eram moda na Europa, com seus coxins, selins, rodas raiadas, freios e pneus. Maquinarias pediam amortecedores entre os seus choques de metal com metal. Automóveis começavam a circular, entre os senões dos balões. E tudo isso significava borracha. Borracha e mais borracha — borrachas amazônicas. Sertanejos solteiros saíam em busca da sorte na selva das seringueiras. Deixavam as secas do Ceará para enfiar o pé enxuto naquelas terras movediças e alagadiças. Queriam fazer fortuna, ali onde o Tejo mais não era que um afluente, despejando-se todo no Juruá. Lugar de mulheres danadas e de moças tanadas.

Mulheres, aliás, eram muito valorizadas na região. Para comprar uma delas, gastava-se de quatrocentos a quinhentos quilos de borracha. E não faltava quem as quisesse comprar. Eu mesmo, na casa aviadora, aviava fêmeas. Vendia putas para esposas. Vendia esporas cansadas. Vendia meninas mal aprumadas, de coxas menos treinadas. E as vendia para seringais e seringueiras, elas alegres por terem sido compradas. Quando não, apresavam-se índias. Assaltos de mira sem desdouro. Mas estas, embora menos castas, eram muito mais rebeldes. Fugiam para as brenhas, irrecuperáveis. O melhor era o comércio das putas. A venda de mulheres oferecidas. Que sabiam fixar suas praças e firmar seus preços.

9

O sol batia já na cara da catedral. Graças ao meu bom Deus, a cerimônia terminara, ao som de suas luzes e à luz de mais um cântico. As pessoas fizeram então uma fila. Ocupei o meu lugar nela, que se movia de modo muito lento, quase se arrastando. Até que, finalmente, pude pedir a bênção ao corado e avantajado Monsenhor Felipe de Mendonça e algo mais, beijando a pedra preciosa que reluzia em seu grosso anel de ouro.

Quando vim para a Amazônia, minha mãe se lembrou de um seu primo distante, o magro e humilde padre Felipe, que saíra do seminário de Teresina para lá. Pois foi justamente a mão desse magro e humilde sacerdote que fui beijar... Mas eu acionava todo esse ritual como um disfarce. Um expediente para encobrir o que de fato eu ia fazer naquelas cercanias. Porque eu tinha um amor secreto. Era Rosa Maria, filha de alto potentado local, homem que, além de ter poder e dinheiro, fazia praça de honesto, competente e corajoso. É claro que casaria bem a sua filha mais velha, a sua querida Rosa Maria, com alguém da sua mesma laia, nunca com um doidivanas pobretão como eu. Se tivesse alguma notícia de mim, simplesmente mandaria me matar. O comércio com as coxas de Rosa era, então, coisa para manter em segredo.

Eu não adivinharia jamais a flor que se abriria para mim, no meio do meu caminho. Vinha cansado, depois de uma jornada de pesca, com uma blusa vermelha ensolarada, fedendo de tanto suor. Foi quando a encontrei, por acaso, ao passar por um dos jardins da Pupileira. Como, por iniciativa dela, já vínhamos há tempos trocando sinais de possíveis sins, nos quais eu de fato não acreditava, parei. Ela me olhou, terna ou safada, sem nenhum temor. Fez um movimento com o rosto, quase imperceptível, para que eu me aproximasse. Tomou a minha mão e, olhando para a grama que se estendia em direção aos pés de carambola e cupuaçu, às cupuaçuranas, fazendo uma linha de folhas e frutas nas proximidades de uma das portas laterais daquele sítio, disse que queria que eu fosse o seu amigo. Apertei a sua mão. Dei um beijo, de leve, em seus olhos fechados. Nos beijamos. Sentei num banco do jardim. Ela permaneceu de pé na minha frente. Levantei devagar a sua saia. Rocei, com a boca, as suas pernas. A penugem dourada de suas pernas.

Rosa queria que a gente se visse todos os dias, ali onde ninguém nos via. Não iria a lugar algum onde pudesse se despir para mim. Isto jamais aconteceria por enquanto. O pai escolhera marido, marcara o casório e ela teria de chegar virgem ao leito de núpcias. Depois disso, sim — iríamos para a cama à vontade. Até lá, o máximo que ela fazia era se sentar no meu colo, aninhando-se gostosamente, o seu sexo jovem colado no meu, evolvendo-o em delicados, roçagantes vaivéns. E que eu então caprichasse em carinhos, mordiscando a sua nuca, lambendo o seu pescoço longo e claro, puxando sem ferir os seus cabelos, passando a língua pelo canto dos seus lábios, beijando-os de passagem, passeando as mãos sob suas roupas leves, para apertar com jeito os biquinhos ouriçados dos seus peitos. Algumas vezes, eu deslizava a mão por aquelas coxas lisas e douradas, tocando então a sua flor. Ela estremecia. Apertava agoniada a minha mão sobre a grutinha orvalhada, umedecida. E, não raro, gozava.

Certa vez, vi que alguém nos via. Da última janela à esquerda, no alto da igreja. Só poderia ser um sacerdote, a madre superiora ou, quem sabe, a faxineira. É curioso como nos fixamos nessas coisas, mesmo sem querer: aquele era, com certeza, um olhar de pessoa mais velha. Mas, estranhamente, sem censura. E me apareceu em fantasias, durante dois ou três sonhos que tive, estranhos delírios noturnos. Eu acordava entendendo então o perigo de ser encontrado com a minha Rosa naquele jardim, ela pousada sobre mim, ave rara, rendida a carícias sem fim.

10

Num domingo como os demais, quando me despedi do meu quase tio Monsenhor Mendonça, um padre envelhecido, mas forte e vigoroso, de batina meio puída, resolveu me levar até à porta. Era o padre Elpídio Braga, vigário respeitado por todos. De repente, no meio do caminho, ele me deu um encontrão. Uma desviada. Parou-me então bruscamente no canto de uma das naves, ao lado da escada que conduzia ao coro da velha igreja azulada. Pegou, de repente, no meu pau. Pegou com gosto, de mão cheia. Dizendo logo o que tinha visto no jardim da Pupileira. E a solução era a seguinte: ou eu o comeria, quando ele bem entendesse, ou ele tornaria público o meu caso com Rosa Maria, com as consequências funestas que eu poderia prever. Morte para mim, dissabores fortes para Rosa. Não merecíamos isto. Sim, eu comeria sua santidade.

O padre era meio estranho. Pastoreava boa parte do rebanho local. Fazia sermões que impressionavam. Dizia palavras fortes e ardentes. Emocionava a plateia. Mas, na cama, era um bebê. Não pelo gosto de me ficar alisando e lambendo o saco, a raiz do pênis, de onde vem a sua veia forte. Mas quando se masturbava para gozar, depois que eu o comia: enfiava na boca o dedão da mão direita, como criança a mamar, fazendo sons infantis. Eu não sabia se ria ou se lamentava. Mas há meses comia aquele padre, a sua bunda magra, que a batina mal disfarçava. Um veado de sacristia. Um xibungo cheio de paramentos escarlates.

A desgraça, no entanto, ainda estava por vir. Foi numa noite chuvosa, no quarto de sua pequena casa, perto do convento. Relampeava lá fora. E, de repente, o padre pareceu se transformar. Rosnava, feito fera. Estalou um tapa de mão aberta em minha bunda. E me agarrou por trás. Tive medo. O pau endurecido roçando em meu traseiro, cutucando, querendo entrar de qualquer jeito. A sua língua rançosa se revirando dentro do meu ouvido. Tentei me livrar, mas estava sem firmeza, meio bêbado de vinho. E ele me prendeu com uma força surpreendente. Fui cedendo, com uma passividade que até hoje não consigo entender. E ele me conduziu, aos trancos e porradas, para a cama. Me deitou de bruços e enfiou a língua no meu cu. Até que começou a me enrabar, urrando de prazer. Falando em meu ouvido: "goza, putinha, goza". E eu comecei a mexer como um veado qualquer, movendo a minha bunda para trás, a fim de ter seu pau inteiro dentro de mim.

Um homem me fodendo como bem queria. Dando golpes, pontadas duras, que doíam gostosamente dentro do meu cu. E ele começou a gozar, gritando, esporrando, desmaiando de prazer, deixando-me melado de esperma e do sangue do arrombamento. Eu morto de vergonha e ele, dando palmadas na minha bunda, repetia: você gostou, meu menino, você gostou.

11

Claro que havia magias. Mas a Amazônia se desencantava, decantada aos olhos meus. E não demorei muito a me querer longe dali. Tudo conseguia me enfastiar. Este é o lugar onde até as bocetas bocejam, passei não só a pensar, mas a dizer. Comecei a querer voltar para São Paulo. Fugia de La Condamine, de Alexandre Rodrigues Ferreira, do finado Euclydes. E não largava a cachaça, que logo começou a dar ordens na minha vida, a marcar e desmarcar horários, a impor desobrigações, a me exigir mais e mais. De modo que acabei perdendo o emprego, sem ter escrito livro algum. Como poderei me redimir perante as pessoas e o mundo? Não sei. O que sei é que a Amazônia é o reino das águas e sobre as águas reina soberana a Senhora de Nazaré. Que a nossa devoção mariana atravessa os séculos e só a Virgem pode fazer com que a minha romaria na vida ganhe sentido.

Desde a antiga aldeia de Uruitá, na aba direita do Tabapará, cuja boca demora perto da ponta de Itapoã no lado oriental da baía do Sol, somos os seus filhos cheios de fé, os que renascem nas promessas e radiâncias de seus milagres. Desde que o caboclo encontrou sua imagem às margens de um córrego nas cercanias da cidade — e sempre que a levavam para outro local, ela retornava e reaparecia no lugar do seu achamento, mostrando que ali se deveria erguer a ermida de seu culto. E Belém ficou sob a sua proteção — e todos nós, náufragos, sob a sua proteção — oh, Senhora de Nazaré do Grão-Pará.

E se fez o círio. E tudo com música, fogos e danças. E tudo reza e comida, oração e sexo, cachaça e fé. E tudo lume e festa e tudo vela e procissão. Todos sabem do miraculório da Senhora — estrela-guia milagreira dos antigos nautas lusitanos, estrela-guia milagreira dos que perdem o rumo no mar da vida. É ela quem salva quem se afunda, que o retira do estado naufragoso, que o retira do domínio da morte. E eu aqui neste outubro, Senhora da Vida, no grande círio de Belém do Pará, peço para ser salvo.

12

Graças a Takeshita, a Saidachi, me aproximei da colônia japonesa. Fui bem recebido. Enamorei-me. Cortejava, agora, uma nikkei. Seu tio chegara mais cedo ao Brasil, num dos primeiros navios que aqui desembarcaram japoneses, depois da peripécia do Kasato Maru.

Acostumei-me a chamá-lo Kenjiro, porque ele me foi apresentado como um camponês, um homem envolvido nos cuidados diários das plantações. Só mais tarde soube que ele era, também, um poeta. De sorte que retive o seu nome próprio, mas não consegui guardar o seu haimei, o seu nome de haicaísta. O comandante da embarcação escrevera um estranho haicai. Não estava feliz, não sabia o que o aguardava — concluí. Mas Kenjiro era mais interessante do que o comandante. Escrevia em japonês, mas cantando a flor mais alva do café. Bebíamos saquê, a cachaça feita de arroz. Kenjiro nascera no Japão. Chegou aqui com uns vinte anos de idade. Quando embarcou para o Brasil, seu mestre japonês, educado no budismo zen, confiou-lhe a missão. Além de sementes, ele teria de plantar poemas, colhendo flores sem nenhum segredo.

Ela se chamava Yoshiko. Foi o nome que escolheram. Yoshiko Nomura. Eu vivia num bairro pobre, a caminho do parque da água branca, no fim da montanha das Perdizes, que já tinha as suas primeiras casas. Ela não ficava muito longe dali. E nos víamos sempre depois do expediente, quando eu começava a beber. E a conhecer coisas de que nunca ouvira falar: ikebana, origami, cerimônia do chá, sashimi. Mais tarde, sua família se mudou para Osasco, que parecia topônimo de extração oriental. E ficamos distantes. Mas havia o trem, invenção que eu, até então, não usava. Namoro Yoshiko, portanto, pelos trilhos do trem, cujos brilhos me dizem que, para mim, ela será ninguém.

13

As primeiras bombas começaram a cair. Em breve, bombardeavam alvos próximos ao Guarujá. Um outro meu tio, ascensorista de um hotel dali, quase presencia então o suicídio de Santos-Dumont, o inventor do Baladeuse e do 14-Bis, dono da Demoiselle e da pulseira de ouro de Cartier, enforcando-se no banheiro, com duas gravatas vermelhas penduradas num gancho da porta cor de marfim.

Mas aviões pareciam feitos para a guerra. E as bombas continuaram caindo, explodindo nas ruas e nos quintais. Destelhando casas. Arrancando pedras do calçamento. Atingindo velhos hidrantes. Ferindo pessoas. Granadas arrebentavam aqui e ali, danificando prédios, multiplicando incêndios, fazendo feios rolos de fumaça escura, enegrecendo o céu. Apagando os primeiros automóveis barulhentos. São Paulo vivia então dias pânicos, com um canhão nas mãos do profeta Serafim. Em Osasco, ao contrário, tudo era paz. Podíamos ir ao cinema. Ver Mae West, com a sua cara mais sacana, dizer que, para variar, fomos traídos.

Kenjiro não deixava de escrever os seus haicais. Plantava café, arroz, milho, algodão. Criava gado. Pouco, mas criava. Gostava de vê-lo em suas viagens, em suas reuniões, haiku-kai do haiku-jin, com seus discípulos poetas, mistos de lavradores e escribas, à luz da lua ou de lamparinas. Ele era o guardião de uma das mais cultivadas florações da poesia nipônica. E não dava as costas ao novo país. Escrevia em japonês, mas não falava das flores da cerejeira. Aprendia para onde sopravam os ventos tropicais. As marcas que faziam as passagens entre as estações. Reeducava, enfim, os seus cinco ou seis sentidos.

Cantava o trovão no meio da mata, a geada queimando a plantação, a brancura da lua se insinuando nas flores brancas dos cafezais, a borboleta no costado de um porco, a pinga e o papagaio, o homem aprendendo com a enxada as lições que a terra ensina, a roseira enroscada nos chifres de um touro, o suor no rosto de um negro. Mas nunca falou da guerra. Era como se não tivesse nada a ver com aquilo. Como se as bombas e os tiros inexistissem. O aqui e agora do mestre zen excluía granadas, aviões despejando a morte? Que dom é esse que têm os poetas, que fazem de conta que podem desconhecer os mundos?

14

De repente, me vi mais pobre do que jamais pensei. Estava desempregado. E ninguém se mostrava disposto a contratar um bêbado, com tantos italianos se matando por um primeiro emprego. Quando vi que não teria como pagar as minhas contas, parti para uma operação de guerra. Não acendia mais as luzes da casa. Deixei a barba crescer. Dispensei a cozinheira. Dei os cachorros de presente, antes que morressem de fome. Acabei com o luxo da compra de papel higiênico, que passei a roubar em bares e sanitários de lojas. O mato crescia ao redor da casa. E, na hora de comer, faltava tudo. Só não me faltaram dois amigos verdadeiros e uma verdadeira amiga.

As mulheres não gostavam do que viam. Yoshiko estrilava. Não é que elas só pensassem no dinheiro. É que amavam, e muito, o poder que as cédulas significavam. O que elas permitiam, em termos de fazer e acontecer. Por que eu não dava um jeito na minha vida? E eu, cansado, cheio de razões, não tinha a menor disposição para me explicar. Havia o compasso binário da existência. O tempo das bocetas alegres, o tempo das provações. Se os meus amigos e a minha amiga estavam comigo, conseguirei vencer a correnteza adversa. Quanto às mulheres, dignas e sérias, que deixavam de me procurar, bem, que fizessem o grande favor de me esquecer.

Pensei, pela primeira vez, em me matar. Em tirar o time de campo, desistir. Estava cansado de tudo. Não queria ter notícias de festas. Não suportava alegrias alheias. Considerava a amnésia alcoólica a última dádiva de algum demônio. Mas, numa noite, resolvi: se algum dia tiver de atirar na cabeça de alguém, não vai ser na minha. Entreguei meu revólver à sua ferrugem. Saí andando sem destino. Parei num boteco para jogar sinuca, com as moedas que me restavam. Andei sujo e descabelado pelas ruas. Vi uma moça morena de pernas cruzadas na madrugada fria. Seu nome era Cássia, Mônica ou Dulce, não me lembro. E eu a comi.

Só havia um modo de permanecer sóbrio aqui: bebendo. E se a cachaça não me conduzir a lugar algum, nem ao leito dela, ficarei sozinho e inteiro, despedaçado apenas para comigo mesmo. E que venha mais um trago. Não é difícil passar fome, mas a solidariedade etílica não falha — aparece, sempre, milagrosamente, mais um gole, mais um hausto, mais um sorvo. Mais uma dose descrida. Sim: a bebida é a joia mais estranha. Faz com que os dias amanheçam. Com que eu foda com quem não fodi. Com que as noites sejam bem mais curtas do que eu pensava. Com que eu sofra o que não sofri. Com que eu me humilhe sem ter sido humilhado. Com que eu me olhe, sem coragem de ser olhado. Mas, se há algo de errado comigo, errado anda o mundo também.

— A cada copo, uma culpa — me dizia o camponês polaco, enquanto me emprestava mais algum dinheiro.

15

As coisas seguiam o seu curso inevitável. A cada dia novo, um novo dia. Sem ressaca. Eu tinha inveja de quem era capaz de tomar somente um trago, um santo e glorioso gole, fosse do que fosse. Invejava o filhodaputa que bebia sem beber.

Por que a maldição da bebida caíra justo sobre mim? Yoshiko era uma figura cada vez mais distante. As bombas não a atingiam. Minhas talagadas, sim. Eu podia brochar, desafiar os seus deuses, dizer desaforos, empunhar palavrões sem fim. E ela ali, escutando. Fazia de tudo para que eu não bebesse. Acariciava a minha cara, dizia que eu era tudo que ela queria. E eu não gostava de nada. Detestava soluçar. E sabia que ela tinha razão.

Tudo começava bem, no final da tarde. Mas cedo, ao anoitecer, eu já não cabia em mim. Estava tomado, fora de controle, possuído por alguma entidade desditosa, que só conhecera fracassos ferozes. Explodia cristaleiras, atirava copos e cálices em diversas direções, espalhando vidros por toda a sala. E, no outro dia, invariavelmente, o meu arrependimento não tinha tamanho. Era sempre maior do que eu. E me encontrava envergonhado e frouxo, pedindo desculpas, mendigando perdão.

Ela pedia que eu parasse, que eu não fosse além de mim. Mas eu bebia, bebia muito. Os canaviais que não me esquecessem. As plantações de arroz, também. Assim como os mais velhos mijos dos chineses. Eu estava vivendo contra as paredes, tentando inutilmente atravessá-las. O drama do bêbado é uma trama dos outros. E já não bebia por prazer. Que vida foi essa que me inventaram?

16

Saidachi evitou que eu me tornasse pedinte — ou ladrão. Arranjou um emprego para mim no seu consultório. Era para eu receber os clientes, preencher suas fichas, separar as agulhas da acupuntura, receber os pagamentos. Prometi, para mim mesmo, que nunca mais voltaria a beber. Mas suava frio, escondia a mão trêmula, contava as horas passando, tentava me distrair.

Comecei, finalmente, a escrever o romance. Como não tinha notícias de mais ninguém, a todos transformei em personagens. Eles estavam, agora, na palma da minha mão. No palco e na cena escolhidos por mim — que colocava, em suas bocas, as palavras que eu queria. Todos serviçais e submissos, obedecendo às minhas ordens e aos meus caprichos. Fiz do velho Altamirando um xamã amazônico, fiz dos meus antigos vizinhos um bando de hipócritas, fiz do meu médico um alcoólatra, fiz do meu irmão um assassino, fiz da minha primeira namorada a rainha da felação, fiz do meu patrão da casa aviadora um corno asqueroso, fiz da minha madrinha a dona de um prostíbulo, fiz Yoshiko me pedir perdão. O romance é onde mais dói, mas, também, onde mais me divirto. Escolho, com prazer quase doentio, detalhe por detalhe. Tudo para matar o tempo, matar a sede, matar a saudade — que este é um romance de pequenos assassinatos.

A escrita me faz ter como encarar a noite, quando as sombras do mundo me visitam, pousando nos cômodos da casa encardida e nos incômodos da alma cheia de nódoas. Percebo que não vou terminar nunca este romance, a menos que volte a beber mais do que antes. Por enquanto, retardo o desfecho. Multiplico as vias de entrada e saída, ainda que mantendo a linha do enredo. É de suspense, amor e morte que as pessoas gostam. E eu quero leitores, muitos leitores, milhares deles, para confortar minha solidão. Para depositar trocados no meu bolso. Para gostar de serem trapaceados, iludidos.

Capricho assim no cinismo, alimento vulgaridades, não tiro a roupa do imperador, falsifico assinaturas e impressões digitais, falsifico a minha própria e falsa falsificação da vida. Escrever é meu modo de praticar estelionatos. E espero aplausos por isso.

Meu pai morreu cedo, renunciando a praticamente tudo, sem nunca beber. Sonhava luares de rês no curral, sonhava cachoeiras e inesperados poços artesianos, rios de minérios e mistérios, varandas de luz. Sonhava sonhos enquanto comia caquis vermelhos na noite do pequeno quintal, no espaço estrito de sua casa, onde todos se ocupavam de outras coisas, ouvindo rádio, fazendo contas, comprando ou tirando roupas, tomando banhos, planejando casamentos, emendando retalhos, lustrando móveis, limpando louças, tirando diplomas, bebendo. Não vou fazer como ele. Espero que as minhas pernas um dia me conduzam, mesmo cambaleante, para algum lugar. É para isso que eu as quero — e não apenas para colecionar varizes. Por enquanto, no entanto, a vida parece não ter remédio. Mas isso não pode durar tanto assim. Até que tudo mude, todavia, toda via é suspeita. E sigo escrevendo este romance sem fim. Ou sigo escrevendo este escrever que não termina, que não vai dar ao cabo de, que desejo continuar escrevendo até que mais nada reste de mim.

Penso que foi por isso que meu pai nunca escreveu seu romance em papéis. Ele desenhava as suas frases no ar, em longas horas de quietude e silêncio, sozinho, desacompanhado, em seu páramo das pedras brilhantes. Ele ficava ali, na varanda clara, enquanto o mundo seguia seu curso sempre improvável e sempre previsível. De que adiantaria mover uma palha, se os músicos não suspenderiam aquela música? Se o planeta não pararia, de repente, para dizer: chega! — vamos tocar outra coisa? Seja como tenha sido, sei que ele nunca deixou de escrever. Ainda que em lençóis astrais, em sedas etéreas, em nuvens nômades, em papiros de ar.

E é por isso que não devo — nada, a ninguém — terminar este romance.

4. JOGO DE BANDIDOS

1

— O mal dos políticos é que eles acham que são o povo eleito.

A frase trocadilhesca apareceu numa revista, em artigo assinado por um respeitado romancista brasileiro, Marcos Pompeia, e era citada em tudo quanto era canto e nos mais variados meios e ambientes. Pompeia era homem culto e ético, concentrado no seu fazer romanesco, mas que de tempos em tempos escrevia artigos, fazendo leituras muito pessoais e precisas — sempre bastante lúcidas — a respeito da vida política, social e cultural do país. E era sempre muito citado, em outros textos e inúmeras conversas. Algumas de suas frases ficavam gravadas para sempre no objeto a que se referiam. E os poderosos chefões da publicidade e do marketing não o suportavam. Por conta de uma definição do métier, que dera durante entrevista num longo e badalado programa de televisão sobre a sua vida-e-obra.

— O marketing eleitoral é a hipertrofia da mentira sistêmica da publicidade.

2

Falência da ditadura. Redemocratização. Anistia. Diretas Já. Todo mundo já falou demais disso — e, ainda hoje, a toda hora aparecem mostras e leituras retrospectivas na televisão. Daniel e seus amigos participaram de tudo. Assim como tinham deixado as organizações comunistas para trás, também para trás ficou o desbunde, a maré do neorromantismo contracultural. Do comunismo e do underground, tinham preservado apenas o que julgavam ser as suas melhores coisas.

— É como você faz com a cana-de-açúcar: toma o caldo e joga o bagaço fora.

3

A estrela do PT surgia então com a força de um ponto riscado da umbanda. A feitiçaria política empolgava. E eles passavam do androginismo difuso da contracultura à luta pelos direitos de lésbicas e bichas, com recurso sistemático ao proselitismo e a raciocínios de base jurídica. O ecologismo se foi politizando gradualmente e se empenhando em discussões técnicas. O elogio lírico da aldeia indígena se convertendo em movimentos objetivos de demarcações territoriais. O fascínio distante pelo *black power* refazendo-se em combate ao racismo. A defesa e celebração da igualdade entre os sexos dando lugar à nova onda feminista.

Como disse um dos gurus da época, aquele foi o instante da passagem da homeopatia ao antibiótico.

— O ambiente foi ficando mais vivo. A sociedade recuperou seu grau de informação sobre a vida brasileira. É verdade que, com a saída dos militares, a violência do tráfico de drogas veio com tudo. Mas o que clareou de bom foi muito maior e mais importante do que isso.

Começava ali, com o fim da ditadura, um novo período da história nacional, que se estenderia da volta dos exilados à imensa e depressiva frustração com o PT, onde muitos tinham depositado as suas mais generosas esperanças de afirmação de uma nova política, de vitória da ética e da solidariedade, avançando na construção de um Brasil novo de verdade. Mas o PT naufragou na corrupção, traiu a confiança da sociedade e se entregou aos domínios pantanosos das mandraquices marqueteiras.

4

— Este é o doutor Sinval Soledade, o filósofo do marketing. Um homem realmente de princípios: mal começa a foder, goza.

Kertzman não esqueceria. Na paisagem do marketing, a vegetação era toda de plantas de plástico. E estas palavras de Carlos Alberto Torres Ribeiro, o marqueteiro-mor do país, bem diziam do espírito que presidia ao nosso marketing eleitoral. Sim: eleitoral — era a palavra. Não tivemos, nessas últimas décadas no Brasil, um marketing realmente político — assim como não tivemos partidos políticos, mas partidos eleitorais. O que se tem visto são truques, falácias e falcatruas que se aproveitam da ignorância e da falta de memória da população, jogando ainda friamente com os temores, as ansiedades e as esperanças dos mais pobres. Com um único objetivo: ganhar eleições: custe o que custar — em todos os sentidos da expressão.

Aqui, como nas palavras de Carlos Torres Ribeiro apresentando Daniel Kertzman ao intelectual da agência Léxis, tudo era cinismo com revestimento de um verniz pretensamente espirituoso. Um meio profissional que caminhou da amoralidade para a imoralidade. A passos largos — e em linha reta. A história é conhecida. O marketing tradicional das agências de publicidade, voltado para a venda de produtos da indústria, de gomas de mascar e refrigerantes a roupas íntimas e máquinas de lavar, foi transplantado, com toda a sua lógica e a sua mesma moral, para o campo das artes do poder. Das apostas e disputas pela dominação pessoal e partidária da vida política e dos espaços públicos da sociedade. Por esse caminho, políticos viraram mercadorias. E num sentido nada superficial.

Eternamente curioso com tudo em que se envolvia, Kertzman estudara relativamente bem o assunto, desde os seus primeiros dias a serviço de agências de publicidade. Historicamente secundária em outras épocas, a campanha publicitária tomou, na segunda metade do século XX, a frente toda da cena. Mas as coisas já vinham desde um pouco antes. Marx já falava dos olhares amorosos que as mercadorias lançavam em direção aos seus possíveis compradores. Havia começado então esta espécie contemporânea de uso mercadológico das táticas atrativas do amor. As mercadorias passaram a se enfeitar e a se perfumar, a se maquiar, com o propósito de se fazerem belas e amáveis. Elas tomaram de empréstimo a linguagem estética da conquista amorosa. Convenceram. Seduziram. E, adiante, foi o ser humano que procurou consumir mercadorias saturadas de estímulos sensuais.

A ideologia do lucro passou a operar no campo da sensualidade, criando laços entre estímulo estético, valor de troca e energia erótica. Inicialmente, com sedas, especiarias, objetos raros e caros. Em seguida, passou do grande negócio do luxo para o grande negócio das mercadorias de massa. Investiu-se na aparência do produto padronizado. As mercadorias passaram a ter "marcas", que são o atestado de uma sua suposta qualidade. Na verdade, a mercadoria se transformou em marca. Em "marcadoria".

Foi também aí que se começou a forçar o consumo, que teve início a produção social da necessidade de comprar e comprar sempre mais. Pela redução do tempo de vida útil do produto e pela redução do seu tempo de consumo. No primeiro caso, a mercadoria é fraudada, para que não dure em demasia e seu proprietário logo tenha de comprar outra em seu lugar. No segundo, a mercadoria está sempre se renovando. É o "novo modelo" que aparece no palco. E a inovação incita o indivíduo a trocar sua máquina antiga por uma nova, mesmo que a antiga esteja funcionando perfeitamente bem.

Com isso tudo, dissertava Kertzman, a forma e a superfície do objeto ganharam autonomia, se descolaram do corpo da mercadoria, que então virou pura aparência que seduz, estranho espelho que adivinha, condensa e exibe os segredos e desejos da pessoa, acenando-lhe ainda com a promessa da satisfação. E assim se impuseram o emprego da aparência sexual e a sexualização generalizada das mercadorias no mundo do consumo. O desenho industrial e a publicidade foram e são peças centrais na produção desse mundo de aparências, regido pelo lucro.

— Uma aparência é acrescentada ao valor de uso da mercadoria. Temos a forma-objeto da mercadoria, a forma-aura a ela acrescentada, a embalagem e a campanha de venda. Todo um mundo de aparência e manipulação simbólica, que se materializa no plano estético, em termos plásticos, sonoros e linguísticos. E isso foi levado para o âmbito da política. O político tratado como mercadoria, com sua embalagem, seu discurso de sedução, seu slogan, sua trilha sonora, sua marca — para não falar do photoshop e de barris de botox. Com o intuito último, o propósito final de transformar clientes macabros em príncipes encantados. E o pior hipócrita, num espaço dessa natureza, era o intelectual, sempre meio filosofante, querendo explicar e justificar o facilmente explicável, mas dificilmente justificável.

— Você, Kertzman, é antigo. Ainda faz aquele tipo do homem que tem convicções. Não é o meu caso. Minha relação com o marketing é essencialmente pragmática.

— Sei. Nada a ver com os problemas do país — tudo a ver com as soluções para o seu bolso.

5

No Brasil, assim como a poesia simbolista, também o marketing medrou na província, dizia Francisco Rosa. E era até interessante o paralelo. Entre o final do século XIX e começos do século XX, reinava na corte a chamada poesia parnasiana, já mais do que cristalizada em fixidez formal e em suas soluções florais. Os parnasianos dominavam inteiramente a cena carioca. Por isso, a novidade, que era então o simbolismo, começou a vicejar no ambiente das províncias. Do mesmo modo, durante a ditadura, as agências do Rio e de São Paulo eram donas das grandes contas da publicidade, entre marcas de cervejas e de automóveis. Sobrava, para pequenas empresas de província, o marketing e a propaganda de governos e prefeituras. Era o rebotalho que os grandes não queriam.

Mas, com o fim da ditadura, veio a forte demanda pela propaganda política — e aquelas agências de província, que já vinham nessa batida, com todo um repertório de formas e de fórmulas, tomaram conta do pedaço. Tinham passado anos confinadas ali, se exercitando compulsoriamente naquele campo. Eram senhoras do *know-how*. Mas, bem, que diferença de anos-luz entre um Cruz e Souza e um Torres Ribeiro, entre um Pedro Kilkerry e um Paolo Garbogini, entre uma Gilka Machado e um Umberto Calixto.

Torres Ribeiro, por exemplo, que era guru e modelo de todo o marketing: um sujeito grosseiro, ignorante, semianalfabeto, gritalhão. Não sabia nem comer, engolindo vorazmente, quase sem mastigar, nacos enormes de carne. E comia com uma ansiedade maluca: parecia que a comida poderia a qualquer minuto fugir do prato, como se visse obrigada a correr da polícia. Ao mesmo tempo, era um sujeito excepcionalmente talentoso e criativo, embora decididamente brega.

Da mesma maneira que seus demais colegas, Torres Ribeiro ficara famoso e riquíssimo como marqueteiro da direita. Era a turma que marqueteava o malufismo e similares, por exemplo. E com a maior empáfia. Mas que depois, quando achou que a esquerda ia chegar ao poder, apressou-se em afivelar uma nova máscara. Torres, como Calixto, partiu para criar para si mesmo um passado de estudante de esquerda, mas se traindo sempre. De cara, porque, em vez de falar de golpe militar, como todo mundo de esquerda, ele falava automaticamente da Revolução de 64, como todo mundo de direita fazia.

6

Não se sabia se Torres Ribeiro, o marqueteiro-mor, era mais vaidoso do que vingativo. Mas as duas faces da moeda andavam coladas nele. Quem não estava do seu lado, era inimigo. E inimigo era coisa para se aniquilar.

Na sua vaidade extrema, não conseguia se conter. Falava que não podia revelar os nomes de seus sócios mais importantes. Mas insinuava que, por baixo do pano, um ex-presidente fazia as conexões para as campanhas internacionais, fossem elas na América do Sul ou em África. Boçal, tinha raiva de intelectuais, que realçavam a sua ignorância. Sentindo-se inferiorizado diante deles, buscava subjugá-los com seu dinheiro. E com o deboche. Mescla de preconceito e ódio que nenhum intelectual tinha contra ele, até porque só políticos e jornalistas lhe conferiam importância. Com toda a sua prosápia e fanfarrice, o falastrão era de fato um semiletrado rabiscando garranchos para dar e vender — principalmente, é claro, para vender.

O sentimento de inferioridade emergia às vezes numa borrasca de palavrões, se uma pessoa usava uma palavra que ele desconhecia. Como quando alguém mais letrado empregou, na exposição de uma pesquisa de opinião, a expressão "forças endógenas". De outras vezes, quando se encontrava seguro, imperando em meio à sua equipe, adorava algumas palavras que ouvia pela primeira vez. Ficou tomado, por exemplo, quando ouviu o vocábulo "taxonomia". Durante um bom tempo, sempre que achava que a hora era aquela, disparava a expressão. Regra geral, fora de propósito.

Certa vez, numa reunião da Léxis, discutia-se a definição do elenco de um filmete. Lá pelas tantas, Daniel Kertzman empregou o sintagma *physique du rôle*, colocando em dúvida a adequação entre ator e papel. Torres Ribeiro, o gênio do marketing, não conhecia a expressão e ficou fascinado. Todos os presentes saíram dali sabendo que ele a empregaria na primeira oportunidade que tivesse. E não deu outra. Só que as coisas embolaram antes na sua memória. E quando a tal da oportunidade chegou, em outra reunião, ele coçou a cabeça e, fazendo o gênero pensativo, questionou o ator que sugeriram, com a pergunta inesquecível:

— Será que ele tem o profiteroles?

Mas a grande peça de humor produzida por Torres — provocando gargalhadas espetaculares até entre amigos seus — foi quando, num depoimento superproduzido por ele mesmo, para dizer que não tinha nada a ver com Paulo Maluf e seu primeiro amor nunca deixou de ser o PT, teve a coragem de declarar:

— No fundo, sou o que sempre fui: um socialista romântico.

7

— Mas políticos e marqueteiros ficavam no mesmo nível — dizia Daniel, às risadas, ao citar o "profiteroles" do então governador da Bahia, um sindicalista chamado Jaques Wagner, que gostava de fazer pose de culto e cara de conteúdo, embora nesse campo, como a sua amiga Dilma Rousseff, fosse incapaz de distinguir entre uma capivara e uma carambola.

Pois bem. Deixando de lado o helicóptero, coisa que raramente fazia, o governador estava no carro oficial, a caminho do Solar do Unhão, onde aconteceria a cerimônia de lançamento do programa de cultura do seu governo. O solar ou quinta do Unhão era um belo prédio baiano, cuja história remontava aos passos mais antigos da cidade. Casualmente, alguém mencionou o trabalho de Lina Bo Bardi na recuperação do edifício. Para variar, Wagner fingiu que sabia. Mas registrou a informação, satisfeito por ter encontrado um modo "cult" de abrilhantar seu discurso. Mas também a memória resolveu lhe pregar uma peça, embaralhando as coisas em sua cabeça. Assim, quando tomou a palavra, no momento alto do evento, o governador deu uma de Torres Ribeiro com seu profiteroles, emitindo, com imperturbável solenidade, pausadamente, as palavras seguintes:

— Neste belo e histórico casarão colonial, restaurado pela grande arquiteta Bruna Lombardi...

8

Na rinha do marketing eleitoral brasileiro, galos se desplumavam por questões de quisquilhas. Os egos eram gigantescos. Cada um fazia mais gênero do que o outro. Mas as brigas, fissuras e arranhões ficavam sempre intramuros. Farpas midiáticas tinham de ser genéricas, travestidas em roupagens aparentemente mais sérias de análises conjunturais, porque não fazia parte do código da máfia se despentear em público.

Havia três grandes empresas de marketing no país — a de Torres, a de Paolo Garbogini e a de Sylvio Mello. Atrás de seus calcanhares — atrás da Léxis, da MD-Tudo e da Intersigno —, vinha a Strike, de um dos personagens mais folclóricos do ramo, Alcir Caldas, e seus sócios Pedro Martínez e Teodoro Alves, que morriam sempre pela boca. Numa conversa com um candidato a governador do Paraná, por exemplo, depois de vasculhar minuciosamente a conjuntura, Martínez sentenciou: "Acho, não — tenho certeza de que o senhor se fodeu." É claro que o candidato foi procurar outro marqueteiro. Mas Teodoro Alves ainda fez pior, numa conversa com outro candidato, desta vez a governador de São Paulo.

— Nós temos de estar atentos para os seus pontos fracos. Vamos conversar sinceramente sobre isso. Seus adversários o chamam de ladrão?

— Não, nunca fui acusado de roubo. De vez em quando, alguém faz uma insinuação. Mas sem provas.

— Quando querem lhe ofender, eles dizem o quê?

— Ah, às vezes falam que eu sou assexuado, por exemplo.

— O senhor é veado?

Também esse candidato saiu em busca de outros marqueteiros, obviamente.

Adversários cordiais, trocando deferências em público, esses marqueteiros colecionavam invectivas e insultos quando se achavam internados em seus respectivos reinos. Torres, referindo-se a Alcir: "Aquilo nasceu para ser meu empregado, mas nem esse prazer eu vou dar a ele." Alcir, referindo-se a Torres: "No tempo em que se vendia gente, a mãe dele era troco." Garbogini, referindo-se a Torres: "Se alguém for medir pelos inimigos que tem, vai ver que ele é inferior a todos." Alcir sobre Garbogini: "É um milionário que se vende por uma lata de cerveja." Torres sobre Garbogini: "Toda vez que ele diz que vai tomar uma decisão realista, pode anotar: ele vai foder alguém." Alcir sobre Torres: "Aquilo, para ser escroto, não precisa de motivo. Basta uma oportunidade." Mesmo Sylvio Mello, apelidado de "reverendo" pelos demais, sempre contava a cena de Umberto Calixto, ridiculamente pomposo, dizendo: "determinei à equipe que faça um *sobrevoo aéreo*", como se, dizia ele, existissem subvoos subterrâneos.

Alcir era visto como um porralouca ao mesmo tempo chato, inteligente, entusiástico e insano. À maneira de Torres Ribeiro, mentia muito. E não vacilava em apresentar ideias alheias como suas. À maneira de Garbogini, era voraz. E se lançava em aventuras bem acima de seus dons. À maneira de Mello, evitava confrontos. E acabava se satisfazendo com umas poucas consagrações meramente regionais. Mas não tinha o talento e o despudor moral de Torres, a segurança pessoal e a desenvoltura de Garbogini, nem a educação e a sensatez de Mello.

Afora isso, conseguia somar as paranoias dos três, sendo o menos rico e poderoso de todos. Para piorar, sonhava em ter maior fama e glória que o trio. Achava-se melhor que os três juntos, achava que merecia o mais superior de todos os sucessos. Seu rival, no cultivo da patologia fantasiosa e no rejume do ressentimento, era Calixto, o carcará recalcado. De qualquer modo, o quinteto tinha caminhado da luxúria publicitária à concupiscência marqueteira.

Alcir era capaz de engatar proezas e desastres. De realizar a façanha de ganhar a disputa para uma campanha que parecia impossível. E, por se encher de galardões e falar demais, perder tudo no dia seguinte ao da conquista. Torres também era boquirroto e se excedia em presunções. Mas tinha uma equipe mais sólida e experiente, que segurava a onda. A coincidir, todos se davam uma importância que estavam bem longe de ter. Julgavam-se personagens fundamentais da história contemporânea do Brasil, da qual, como sabe desde já qualquer historiador mais ilustrado e experiente, nunca passarão de notas de rodapé, como referências de profissionais da mentira — e rodapés sempre recheados de ressalvas, suspeitas e senões.

Torres, por exemplo, fora detido na história nunca esclarecida de um container cheio de cédulas de dinheiro numa fazenda no interior do Pará e da lavagem de montanhas de dinheiros africanos. A Polícia Federal ria de uma rede de pizzarias de Garbogini, que também era suspeito de velhacarias e trampolinagens, respectivamente, com um ex-ministro da Fazenda e um ex-presidente do Banco Central. Do triunvirato então relampadejante do marketing eleitoral brasileiro, nesse capítulo das macrossafadezas financeiras, somente Sylvio Mello não trazia razões para ter pesadelos com algemas.

9

Com o cabelo pixaim, os olhos de um preto bem esquisito e gestos desengraçados, a pança se projetando sem remédio, Calixto era caso diverso, mais para terapeutas do que para delegados. Tinha fome de poder e sede de domínio, mas, para o avolumar da alma despeitada, era obrigado a sempre relinquir. Poderia transcender aquele círculo pesadamente opressivo se obtivesse um claro reconhecimento vindo de fora, de uma instância cultural inquestionavelmente qualificada, superior àquele mundo da política e do marketing.

Tinha desistido já de alcançá-lo por meio de seus poemas e letras de música. Os grandes nomes da poesia brasileira — fosse ela escrita, falada, cantada ou computadorizada —, como Augusto de Campos e Chico Buarque, não eram tocados pelo que ele produzia. Demonstravam indiferença — e mesmo desdém — diante de seus pretensiosos e cambaleantes arroubos poéticos. E isto o deixava mal, muito mal.

No terreno ensaístico — onde, em sua insânia narcísica, chegou a imaginar que seria um novo Euclydes da Cunha —, revelou-se um raso, extremado e concludente fiasco. Faltavam-lhe ideias próprias, conhecimento rigoroso das matérias, densidade. Enfim, como intelectual, era uma vergonha. Restava-lhe, para não ser classificado como exemplo do fracasso, a cartada do romance que publicou, *Guerra Santa em Brasília*. E apostou todas as suas fichas nisso. Na base da grana, a língua franca do marketing, descolou entrevistas de grande destaque em cadernos culturais da mídia impressa. Contratou um tradutor de prestígio para "trasladar", como o boçal preferia dizer, o texto para o espanhol — e lançou o livro também na Venezuela, na Colômbia e na Argentina.

Nada. O reconhecimento não veio. Nenhuma resenha séria, nenhum comentário abalizado, nenhum elogio de peso. Nenhum elogio, na verdade. Em decorrência do fiasco, o boçal cancelou, inclusive, um projeto megalomaníaco já em andamento: a edição trilíngue (português-espanhol-inglês) do seu suposto romance, que planejava lançar na Flórida, em meio a outros movimentos e gestões para abrir uma agência de publicidade e marketing naquela faixa mais propícia dos Estados Unidos. Vendo que não faria mais do que jogar dinheiro fora, Calixto deu para trás. Encheu a cara na suíte imensa do hotel, sentindo-se humilhado, cheio de amargor. Não existia como intelectual, nem como artista. Era a prova viva da tese de Henry Fielding no *Tom Jones*: a pior de todas as invejas é a inveja intelectual.

E assim, já completamente bêbado, lá pelas quatro da manhã, aquele torcedor infeliz do velho Botafogo — cuja estrela solitária parecia tê-lo arrastado, sem retorno, para a zona de rebaixamento da cultura brasileira — quebrou quase tudo que havia de facilmente quebrável no quarto do hotel, atirando copos, garrafas, eletrodomésticos e aparelhos de telefone de encontro às paredes recém-pintadas de uma cor cremosa excepcionalmente vulgar e enjoativa. Em seguida, jogou pela janela livros autografados (não perdia lançamentos, na esperança de que todos sempre fossem ao seu) de autores bem-sucedidos de sua geração. E desmaiou de álcool e cansaço.

Mas, ao acordar e tomar o rumo da agência, vinha ele todo emproado e entufado, cheio de sol e de si. Consolara-se com facilidade da merda estética e cultural em que se atolara ao repetir sem parar, sob o forte jato de água quente do chuveiro, o mantra a partir de então milagrosamente ressuscitador: ele, sozinho, tinha mais dinheiro do que toda a Academia Brasileira de Letras junta.

Bacelar *dixit*: Calixto ficou rico daquele jeito para tentar compensar o seu fracasso como artista e intelectual.

10

O meio corroído e corrosivo era uma das piores coisas que havia no cotidiano do marketing. Para começo (ou fim) de conversa, as pessoas escondiam umas das outras até o valor de suas remunerações, por determinação mais ou menos expressa da direção. Ninguém podia saber quanto o outro ganhava, para não haver reclamações. A razão era simples: os donos das agências não pagavam tão bem quanto faziam questão de alardear. Além disso, pessoas no mesmo nível e função ganhavam somas diversas, a depender de sua disposição para regatear. Isonomia salarial era coisa que não existia. E os donos das agências não hesitavam sequer em sacanear os seus próprios amigos.

Em cada equipe, as rivalidades proliferavam. Ninguém hesitava em fazer e armar sacanagens. Em sabotar o trabalho alheio, fazendo cara de anjo, sempre que isso não representasse prejuízo para o sabotador. Kertzman ficava puto, mas não reclamava. Não fazia questão de assinar nada. Apenas observava o quanto as pessoas podiam ser escrotas umas com as outras. Gente que "se esquecia" de repassar tarefas determinadas pelos chefes, gente que "perdia" textos, coordenadores que não avisavam o horário da reunião a potenciais concorrentes na hierarquia da empresa, chefes que distribuíam o mesmo "job" para alguns profissionais, a fim de limar as peças produzidas por pessoas de que não gostavam, etc.

Kertzman e Bacelar comentavam entre eles sobre como as frases dos chefes eram repetidas à guisa de verdades geniais. Ou sobre como os clichês se multiplicavam diariamente, de boca em loca e de loca em boca. Alguns contra homossexuais, tachados como "falsos ao corpo", gente que "queimava na ré" ou "agasalhava croquete", etc. Menos grosseiro foi um comentário de Laonte: "Não, não é que seja veado — é que ele gosta de apreciar as coisas de outro ângulo." Não faltavam, também, os ditos machistas: "Mulher é como pesquisa — tem a espontânea e a estimulada." Em resumo, tudo rolava sob o signo de um cinismo ao mesmo tempo amargo e aparentemente bem-humorado. Piadista, na verdade. E o conjunto da população era tratado com profundo desprezo, como se o Brasil fosse habitado por 200 milhões de idiotas. Ou de otários. A exemplo da seguinte conversa:

— Qual o princípio maior do marketing?

— Você ainda não sabe? É muito simples: com cuspe e com jeito, enfia-se um boi no cu do sujeito.

11

Recebera um telefonema de Ricardo Pugliese. Já sabia o que rolaria: era o convite da Léxis para trabalhar na campanha eleitoral em São Paulo. Pugliese, fazendo o gênero dos seus chefes, não disse do que se tratava. Apenas pediu a Kertzman que fosse à sua casa, no começo da noite, que tinha um recado muito importante para ele.

Era interessante ver como o gosto pela bravata tomava conta das pessoas, quando elas andavam nos cercados da riqueza ou nos terraços do poder. Pugliese tinha adquirido esse gosto de posar de gangster. "Já fiz coisas de que Deus duvida", dizia ele, com um sorriso largo, tomando mais uma dose de uísque. E aí vinha a sua narrativa entediante de transgressões e baixarias, que exibia desavergonhadamente, com orgulho infantil. Tinha atravessado a fronteira da Argentina com o Brasil carregando malas cheias de dólares. Comprara esquerdistas numa campanha em Campinas. Andava com o cofre abarrotado de dinheiro vivo para qualquer eventualidade. Lavava dinheiro para o patrão comprando obras de arte — e para ele mesmo, colecionando automóveis antigos e criando cavalos de raça numa fazenda no interior de São Paulo.

Pugliese era também dos que tinham trocado a publicidade comum pela publicidade eleitoral. Explicava, com fluência e quase em altos brados, porque passava facilmente de um partido a outro, cobrindo qualquer espaço do espectro partidário para o qual fosse requisitado.

— Primeiro, eu não tiro onda de esquerda, não faço pose de direita, nem planto bananeira no centro. Porque tanto faz, esses caras e esses partidos, hoje, são todos iguais. Já não temos políticos como Leonel Brizola e Mário Covas. Em segundo lugar, sou como Robinho, como nossos jogadores de futebol. Numa temporada, visto a camisa do Santos, em outra temporada, a do Milan ou do Chelsea e — pode acreditar — cada um deles é o verdadeiro time do meu coração. Sou torcedor de cada um deles desde criancinha.

Mostrando uns novos gadgets que tinha comprado, aproximou-se:

— Como foi a sua palestra sobre literatura lá na bienal do livro? Muita gente?

— Não, meia dúzia de gatos pingados. E mais pingados do que gatos, para dizer a verdade.

Era o tipo de conversa que cansava Kertzman, já ansioso para chegar logo ao assunto de que viera tratar. Talvez por ler o tédio estampado em sua cara, Pugliese atalhou:

— Tenho dois convites para você. Primeiro, o cara do PT que vai ser candidato a governador da Bahia. Ele quer entrar em campo em alto estilo, com uma biografia bem escrita e bem editada. Você topa escrever?

— Não sei, cara. Tenho de pensar.

— Está bem, mas pense rápido. Tenho de responder até amanhã. Mas veja bem, Daniel: é uma grana fácil. A vida desse cara cabe em menos de quatro páginas. Você faz uma longa entrevista com ele, deixa o babaca falar sobre tudo quanto é assunto, desde a vida de costureira da mãe dele lá no cu do mundo, em Alagoinhas ou Tanquinho de Feira, sei lá, e depois você dá uma tremenda floreada.

— Vamos ver, vamos ver. E qual é o outro convite?

— Campanha para a prefeitura de São Paulo. Queremos você na equipe.

O que Kertzman fazia no marketing era considerado valioso. Ele era encarregado de sintetizar o pensamento geral do adversário, destrinchando seu discurso. Fazia relatos concisos de sessões de pesquisas qualitativas. Dava sugestões temáticas para falas do candidato. Funcionava na hora do necessário copidesque de quase tudo. E, principalmente, participava das reuniões para definições estratégicas.

Com a cabeça viajando por vários assuntos, chegou a tomar um susto quando voltou à terra, com Pugliese fazendo um discurso a seu respeito. "Mas isso de honra, meu amigo, é do tempo em que calcinha era peça íntima. Mais: do tempo de meu pai. Ou mais ainda: do tempo em que baianos viravam nome de rua em outras cidades, como Oscar Freire e Theodoro Sampaio em São Paulo, ou Barata Ribeiro no Rio. Mas vamos deixar isso para lá, vamos almoçar." Pugliese gostava de chocar, de escancarar:

— Não há lugar no marketing para essa figura de museu de cera que é o "Homem de Convicções", ou mesmo o tal do "Homem Honrado". Isso é mais antigo do que o Homem de Neandertal, que, pelo menos, nós sabemos que existiu. Em vez de convicções, temos táticas. Em vez de honra, advogados e contadores. Você sabe a moral da história. Com a alma irremediavelmente suja, nós nos empenhamos em ter pelo menos o dinheiro muito bem lavado, imaculadamente limpo.

12

Impressionava como o tema era recorrente, espécie de *leitmotiv* do aspecto financeiro do marketing. Em festas ou reuniões sociais menores, intramuros, as conversas iam e vinham e invariavelmente passavam por esse ponto da ilegalidade monetária. Citavam-se doleiros e paraísos fiscais. Falava-se de trocar dólares, esquentar dinheiro, arranjar notas fiscais.

No dia em que chegou a São Paulo para se matricular na campanha, Kertzman foi levado, por Ricardo Pugliese e Eduardo Bacelar, para jantar num restaurante de alto nível dos Jardins, que já conhecia de outros tempos. O restaurante estava do mesmíssimo modo como o deixara, da última vez em que estivera ali, há uns três anos. Luxuoso — e vazio. Há tempos, vazio. Uma conta feita na ponta do lápis mostraria de imediato que aquela casa não tinha como se sustentar e já teria sido obrigada a fechar as suas portas anos atrás, não fosse...

Claro: não havia clientes — logo, pela lógica, não haveria dinheiro para pagar funcionários e fornecedores, para o aluguel, as contas de água e luz, os novos e impecáveis uniformes dos garçons, etc. Mas a lógica era outra. Um ditado informal do comércio paulistano dizia: quem entende do riscado, não bota dinheiro bom em negócio ruim. E aquele negócio, contrariando todas as indicações, estava bem longe de ser ruim.

Víamos lojas nas mesmíssimas condições: chiques e vazias, atravessando os anos como se fervilhassem de clientes. Mas nem todos escolhiam abrir casas comerciais na cidade. Muitos preferiam comprar obras de arte — ou, mais genericamente, comprar coisas por um preço sempre bem acima de seu valor de mercado. Manter propriedades rurais especificamente direcionadas para tal fim — vale dizer, fazendas-lavanderias. Montar postos de gasolina. Aparelhar flats. Criar cavalos de raça. Abrir butiques. E até investir em futebol.

— Coisa de cinema, *mi caro*: lavar dinheiro financiando filme cult, desses que correm o risco de ficar na história do cinema nacional, ao lado das obras de Nelson Pereira dos Santos e Cacá Diegues, por exemplo. Ou seja: além de legalizar as verdinhas, o cara ganha prestígio no meio cultural. É celebrado como mecenas, elogiado por ministro e o escambau. Se der bobeira, até ganha condecoração da ordem do mérito cultural e janta com presidente lá no Palácio da Alvorada.

13

Por falar em cinema, Pablo Malagueta já tinha visto a cena em alguns filmes. Era imenso, de vários pavimentos, o bolo que entrava no salão, sobre um estrado de rodas, empurrado por dois funcionários do bordel. Nunca tivera uma festa de aniversário como esta, preparada impecavelmente, nos menores detalhes, pelo pessoal da produção da campanha — por ordem do marqueteiro-mor.

O locutor anunciou: "Senhores", sim: só havia homens no salão, "chegou o momento alto desta nossa cerimônia. Vamos ouvir uma gravação do 'Parabéns'. E, em seguida, repartir o fantástico bolo que todos vocês já viram e devem estar loucos para provar: uma talhada do delicioso bolo com o também delicioso champanhe que vamos servir."

As luzes se apagaram. E então Pablo teve a primeira surpresa. No telão que a produção colocara ali, começou a rolar um videoclipe. De início, o "Parabéns" tocado em compasso mais lento num piano, trilha acoplada à edição também pausada de imagens que os câmeras da equipe fizeram de Pablo Malagueta, sem que ele se desse conta. Pablo descendo do seu carro esporte importado — Pablo numa reunião dos editores de imagem — Pablo tomando uma coca-cola e selecionando figurantes para uma gravação — Pablo comendo um pedaço de pizza com as mãos — Pablo na madrugada da ilha — Pablo etc. Na segunda volta da música, uma banda de rock, andamento mais rápido, imagens velozes — fim.

Todos aplaudindo. E, enquanto o telão se apagava, a luz se acendeu sobre o bolo faustoso e dele saiu uma odalisca estonteante, cortesia da agência para a diversão sexual de Pablo naquela noite. Gritos e vivas, luzes piscando, balões coloridos e, subitamente, o salão da festa invadido por uma legião de lindas prostitutas adolescentes, que se atiraram nos braços e nos colos dos rapazes ali festivamente reunidos.

14

Dois discursos. O primeiro, clichê total:

— Tudo bem, é maravilhoso ir para a cama com sua mulher, sua namorada. Mas vamos e convenhamos: uma foda profissional é uma foda profissional. Insubstituível.

O segundo, clichê total 2:

— Quando você paga uma puta, não é pelo que ela fez na cama. É pra ela não lhe telefonar no dia seguinte.

15

Um dia, quem sabe, alguém ainda vai escrever sobre a relação entre marketing e putas. Na teoria de Sinval Soledade, o gosto pela putaria era mais acentuado e generalizado em algumas profissões do que em outras. Marqueteiros e políticos eram muito mais chegados a sexo e à realização de fantasias sexuais do que ginecologistas e professores de química, por exemplo, dizia.

— Ginecologistas?

— É. O cara passa o dia inteiro vendo xotas doentes, bocetas patológicas, acaba até com um certo nojo daquilo. Você já viu uma boceta ferida ou cheia de pus? Pois é: dá vontade de nunca mais trepar na vida!

Além disso, embora diversas profissões exibissem tendências altamente sexistas, nem todas, como a do marketing, propiciavam os meios para a consecução dos fins. Isto é: dinheiro. E dinheiro na mão de gente criativa, que, também de modo geral, sempre se distinguia por um elenco de muitas e diversas perversões. Uma turma que, por assim dizer, cultivava a ourivesaria da sacanagem. Kertzman sorria. Dizia que Sinval não contava com nenhuma base factual para fazer tais afirmações. Provocando, observava e perguntava:

— Não existe só a mulher, a prostituta. Para que haja prostituição, é preciso que haja quem prostitui. Então, o que você quer dizer é que, no mercado do sexo, o alto profissional do marketing é a figura por excelência do prostituidor?

— Não exagera, porra.

Kertzman sorria entre o irônico e o debochado. Mas, ao mesmo tempo, pesava as palavras de Soledade. Porque via que, com alguma constância, os altos profissionais do marketing se presenteavam com putas. Ele mesmo, numa daquelas noites tensas de campanha, ao abrir a porta do apartamento no hotel onde estava hospedado, deu de cara com uma putinha graciosa, excepcionalmente apetecível e adorável, que foi logo anunciando o patrocínio: "cortesia de Carlos Torres, o poderoso chefão".

Enfim, era alta a frequência do pessoal do marketing a puteiros. A casas de massagem — tântricas, inclusive. E faziam isso em tudo quanto era canto. De Buenos Aires a Manaus, passando por São Paulo, pelo Rio, por Fortaleza. Havia lugares a que todos se referiam com a maior familiaridade do mundo, como a Carmen, em Porto Alegre, e a Chácara da Albertina, em Ribeirão Preto. Certa vez, ao ser apresentado a um prefeito de Ribeirão Preto candidato à reeleição, Kertzman se viu às voltas com o seguinte diálogo:

— Está gostando da cidade?

— Estou. É bem organizada, limpa, cheia de bons restaurantes e tem muitas mulheres bonitas.

— Claro. Essas moças são bem alimentadas e têm dinheiro de sobra para se produzir. Ribeirão é a cidade que tem o maior número de BMWs por metro quadrado em São Paulo.

— Mas faz frio, hein? As pessoas estão recomendando que eu vá me esquentar na Chácara da Albertina. É isso mesmo?

O prefeito sorriu. "Sobre isso, não posso lhe dizer nada, não conheço." Em seguida, dando um gole no uísque, sorriu mais abertamente, como um cúmplice. "Eu a ajudei muito, quando ela era jovem. O lugar é de primeira. Vá lá, que você vai gostar. As meninas são universitárias da USP daqui. Trepam porque gostam de foder e por necessidade. Para pagar os apartamentos que alugam na cidade. Albertina franqueia a bolsa-putaria."

16

Kertzman gostava de assistir a sessões de pesquisa qualitativa — as "qualis", como eram chamadas, distinguindo-se das "quantis", as pesquisas quantitativas.

Segundo critérios estatísticos, demográficos, a produção reunia um grupo de pessoas — homens e mulheres — numa sala preparada para isso. Eram mostras representativas da situação populacional com a qual o marketing deveria lidar. No fundo da sala, ficava o vidro que só era transparente de um lado. Atrás do vidro, alguns pesquisadores, o pessoal do marketing, salgadinhos e, eventualmente, alguma bebida. Essa turma via o grupo reunido na sala, mas não era visível para este — como nas sessões de voyeurismo dos bordéis parisienses de fins do século XIX. Ouvia-se, então, aquela amostra da população discutindo os temas da vida social e política que a campanha deveria abordar. Os marqueteiros prestavam atenção em tudo — para depois bolar suas estratégias.

— Então, o marketing é isso? Contrata-se altos especialistas em sociologia, psicologia social, etc. para ficarem ouvindo ocultamente o que um bando de analfabetos diz que é para eles fazerem?

A pergunta de Diego Daviña foi recebida com gargalhadas. De fato, era mais ou menos isso. Especialmente depois que o marketing deixou a política de lado e se assumiu (intramuros) como francamente eleitoral. Quando se deu a mudança? Bacelar sustentava o ponto de vista de que tudo tinha começado a mudar em 2006. Porque antes, na campanha presidencial de 2002, o marketing ainda contribuía fortemente para a politização da sociedade.

— Em 2002, a campanha de Lula ficou entre a persuasão verbal e a sedução semiótica. Mas Lula dava recados claros ao país. Era um tempo em que ele ainda não tinha o que esconder. Enfim, naquela campanha, o PT levantou temas políticos, enquanto seu adversário, o Partido da Social Democracia Brasileira, PSDB, só pensava em truques manipulatórios para ganhar o jogo — e perdeu. Depois disso, também o PT deixou a política de lado. O que veio para o primeiro plano foi a prestidigitação para ganhar as massas.

17

— Eles falaram do "episódio"?

A pergunta foi feita por um deputado federal do PT, chegando atrasado a uma sessão de quali. "O episódio" era o eufemismo que o sujeito usava, para não dizer mensalão. Ali já estava o sinal da grande mudança — observava Bacelar, jantando mais tarde no hotel. A campanha do PT, naquele ano, não falou do mensalão, nem sequer se referiu, mesmo longinquamente, a qualquer "episódio". Inventou-se uma tremenda mentira, na qual os adversários se enrolaram como patos de primeira viagem: a de que a oposição, se eleita, iria privatizar a Petrobrás. O PT, ao contrário, seria o guardião da estatal, o zelador maior da empresa, patrimônio sagrado do povo brasileiro. E quem quiser que conte outra.

O grande barato das qualis, para Kertzman, era ouvir o povo se manifestar sem intermediários. Às vezes, de forma surpreendentemente aguda. De outras vezes, entregando-se aos disparates mais disparatados. Kertzman ficou impressionado, por exemplo, com uma quali no Recife, pela precisão das críticas à organização econômica regional e à transposição do Rio de São Francisco. Já numa sessão em São Paulo, em 2008, ouviu uma senhora pobre da periferia fazer uma defesa delirante de Marta Suplicy, dondoca da esquerda paulistana.

— Ela defende a gente porque sofreu tudo isso na pele. Sofreu discriminação, foi excluída. Ela trabalhou como empregada doméstica. Conhece nosso sofrimento.

Marta, a diarista... Pelo menos, era um delírio sincero. Bem diferente do que se via no marketing, reino da enganação sistemática, da mentira calculada e da baixaria em alta e impecável roupagem tecnológica. Muita manipulação, pouca politização. Se foi assim em 2006, em 2010 o barco virou de vez: pura prestidigitação. Falcatruas históricas, falsificações marqueteiras. E o PT se revelou imbatível nesse desempenho.

No meio de toda essa decadência de cortinas cor de vinho com debruns dourados, alguns começavam a perceber as coisas. Houve o projeto-sonho de contribuir para levar a esquerda ao poder, através do voto. Nisso, essa rapaziada era objetivamente útil ao marketing — e pensava, ingenuamente, que ela é que o estava usando para seus propósitos. Caíram violenta e depressivamente em si quando viram que, no limiar mesmo do caminho para chegar ao poder, a esquerda renunciou a ser esquerda. E, na sua nova essência, passou a ser indiscernível do marketing.

Um casamento de conveniências profundamente lucrativas. E tão indissimulável quanto indissolúvel.

18

É claro que havia pessoas realmente interessantes no marketing. Os músicos, por exemplo. Ou um rapaz "da técnica", chamado Lourenço, que, ao ser perguntado se estava tudo bem, respondeu:

— Tudo ótimo. A gente trabalha o dia inteiro. E à noite, quando chego no hotel, é sempre a mesma coisa: faço sexo, lavo as mãos e vou dormir.

Havia ainda o velho Laonte Klawa, autor de um estudo sobre histórias em quadrinhos, fumante absoluto, que sabia dizer a palavra "cinzeiro" em mais de trinta línguas. O mineiro da informática, apelidado Uai-Fai, que pintava aqui e triscava ali, como um vagalume elétrico, um pirilampo digital, um luz--em-cu dos tempos modernos. Diego Daviña, o ex-tupamaro. E mulheres gostosas e deliciosamente malucas como Maria Garcia. Kertzman gostava de contar histórias deles. Achava-as interessantíssimas.

Diego Daviña, por exemplo, chegou ao Brasil fugindo da repressão violenta da ditadura militar na Argentina, que deixou centenas de mortos. Cooptado pela irmã mais velha, tinha-se tornado, também ele, um tupamaro. Um radical de esquerda, voltado para ações de guerrilha urbana. Quando o Exército avançou para fechar o cerco sobre a militância esquerdista da província de Rosário, terra natal de Che Guevara, Diego conseguiu escapar para o Brasil. Atravessou a fronteira e entrou pelo Rio Grande do Sul. Passou um breve tempo por ali, onde até esteve num churrasco numa quinta semirrural, nas franjas de Porto Alegre, onde se banqueteavam líderes da oposição brasileira à ditadura militar local — entre eles, Fernando Henrique Cardoso, então ainda senador, provocando *frisson* em meio ao mulherio.

Dali, Daviña seguiu para São Paulo, onde se encontrava o "contato" de sua organização no Brasil. Ao descer de mala e cuia na capital paulista, telefonou para o número do "contato". Ninguém atendeu. Como estava morto de fome, resolveu comer alguma coisa. Só tinha dinheiro para um sanduíche e umas duas cervejas. Economizou a parcela etílica. Arranjou a página de classificados de um jornal velho e naquele mesmo dia começou a procurar trabalho. Depois de algumas noites vivendo feito morador de rua, deu certo. Como era fotógrafo e cursara cinema, começou a fazer bicos na área e logo se firmou, trabalhando em filmes que depois se tornaram famosos, a exemplo de O *Beijo da Mulher Aranha*, de Hector Babenco. Em seguida, foi casado por algum tempo com uma bela atriz esquerdista, desejada por milhões de brasileiros. E acabou chegando ao marketing, onde se fez um dos profissionais mais críticos do pedaço.

A história de Maria Garcia, concebida em Niterói e parida em Campos dos Goytacazes, era completamente diferente. O lance de sua vida que Kertzman gostava de narrar aconteceu quando ela tinha oito anos de idade. Filha de pais separados, Maria estava tranquilamente na casa da mãe em Botafogo, no final de tarde de uma sexta-feira. De repente, tocou a campainha. Ela correu, abriu a porta e, para a sua grande alegria, deu de cara com o pai, que não via havia uns três ou quatro meses. Trocaram abraços fortes e muitos beijos, entre os sorrisos mais lindos que ela guardara.

— Pegue umas roupas, que eu combinei com sua mãe e você vai passar o fim de semana comigo.

Maria era um contentamento só. Subiu voando os degraus da escada de madeira que levava ao andar onde ficavam os quartos da casa, pegou umas roupas que achava bonitas, mais a escova de dentes, atafulhou tudo na mochila e fez o caminho de volta em alta velocidade. O pai, Ramón Garcia, a carregou nos braços até ao carro, uma caminhonete confortável, cabine dupla, com bancos de couro escuro e ar-condicionado. Passaram num hotel entre Copacabana e Ipanema, onde ele também pegou suas coisas e fechou a conta. Em seguida, como ela se queixasse de fome, fizeram uma parada num restaurante japonês, devorando sushis e sashimis. E só então, com o dia já escurecido, tomaram rumo, para uma viagem gostosa pelo meio da noite.

Era impressionante — pensava Ramón — como as entradas e saídas das principais cidades brasileiras se faziam invariavelmente feias. Chegar em São Paulo era um horror. Sair do Rio, também. Ramón não conhecia exceções nessa paisagem. O que via se mostrava sempre como um quadro de casas decadentes, inacabadas ou simultaneamente decadentes e inacabadas.

O automóvel passou veloz por Guadalupe e logo depois eles pegaram a estrada para Paraty, margeando morros. Maria adormeceu assim que entraram na estrada, mas não demorou a acordar. Abriu o olho a tempo de ver a lua quase cheia clareando espaços entre montanha e mar, no caminho de Mangaratiba a Angra dos Reis, antes que as primeiras nuvens de julho a ocultassem. Quando chegaram em Paraty, a manhã apenas ameaçava amanhecer. Foram para uma bonita casa à margem do Perequê-Açu e dormiram juntos, sob cobertas de lã. Acordaram lá pelas quatro horas da tarde. O pai a levou ao restaurante de uma pousada próxima, onde era conhecido por todos os funcionários. E depois saíram a passear, andando a pé pela cidade. O que Maria não sabia era que nada tinha sido combinado com sua mãe. Ela fora, muito simplesmente, sequestrada pelo próprio pai.

Quando chegou em casa e deu pelo sumiço da filha, Carmen gelou. Ao ver a marca do toco de um cigarro esquecido no cinzeiro sobre uma mesinha alta da sala, entendeu tudo. Ligou para um jornalista amigo, disse que a filha fora sequestrada e que o sequestrador era o pai da menina, seu ex-marido, "que todos conhecem muito bem", como ela sempre dizia, quando, na verdade, só ela tivera alguma intimidade com o cavalheiro. Daí, fizeram contato com a polícia. Mobilizaram o que foi possível. Carmen forneceu todas as informações que tinha: número do telefone móvel, placa do carro, endereço de uma casa que ele tinha em Búzios, etc.

Já em Paraty, Maria amou aquela velha casa avarandada, cercada de grama verde, com um flamboyant coberto de bromélias e canários. Saiu andando com o pai pela cidade. Subiu e desceu a ponte. Brincou de pular de pedra em pedra, tirando partido do calçamento irregular das ruas. Comeu bobó de camarão. Escutou o sino da igreja da Praça da Matriz, onde não havia nenhum lápis. Comprou um pacotinho de maria-mole e um lenço de seda azul. Mas, acima de tudo, adorou passear pelo mar e pelo Perequê--Açu, a bordo de um barco curiosamente batizado de *Amor Eterno Número 2*.

Enquanto isso, o delegado Sérgio Sotero comprou a briga de Carmen. Tinha já a sua diferença com Ramón — não só porque nunca conseguira flagrá-lo no conhecido roteiro de repasses de cocaína onde praticamente batia ponto, como porque alimentava interesses explícitos na conquista de Carmen, mulheraço de primeira, com ares de andaluza. Logo, Sotero começou a vasculhar tudo. Mas só foi localizar o seu dileto inimigo no domingo, em rodada de telefonemas para todo o elenco de hotéis e pousadas do Rio de Janeiro. Descobriu que Ramón alugara uma casa em Paraty, no bairro do Caborê. Casa que pertencia ao dono de uma cervejaria local, cujo chefe de cozinha entregou involuntariamente o procurado.

Maria não entendeu o que estava acontecendo. Correu para se proteger dentro de casa, quando viu que tinham aberto ou arrombado o portão e carros da polícia entraram, estacionando no gramado verde, com suas sirenes e luzes giratórias. Soldados desceram armados e rapidamente cercaram a casa. Recorrendo a um megafone, o comandante da operação pediu a Ramón que não fizesse fogo e entregasse a filha, de modo que ninguém corresse o risco de ser ferido. Maria estava fascinada. Nunca tinha visto tantas luzes e brilhos no jardim de uma casa. E ficou emocionada quando o comandante a chamou pelo nome:

— Maria, fique tranquila. Está tudo bem. Nada vai acontecer com você, nem com seu pai.

Para ela, tudo já estava acontecendo. Uma excitação só. Ramón carregou a pistola automática de catorze balas. O comandante insistiu para que ele não colocasse em risco a vida da filha. Ramón hesitou. Um helicóptero surgiu, cheio de luzes, sobrevoando a casa. Quase um voo rasante. Ramón desistiu. Se entregou. Maria foi recolhida, sentindo-se o máximo ao atravessar o jardim nos braços do comandante, sob os aplausos dos policiais e os latidos dos pastores-alemães do destacamento. Era a heroína, a estrela da noite. E nunca deixou de ser, anos depois, mulheraço como a mãe, de peitos empinados, coxas carnudas e a boca de batom carmim, nas festas jovens do marketing.

19

Crepúsculo. Deslumbrante sol-pôr no céu de Brasília. Kertzman e Daviña deixaram a sorveteria e pegaram o caminho de volta para a Léxis, que alugara um casarão antes ocupado pela embaixada da Tchecoslováquia, país agora inexistente. De fato, os mapas mudaram muito a partir das últimas décadas do século que passou. E, pelo visto, vão continuar mudando. Ainda há arranjos e separações a serem feitos, na reconfiguração cartográfica do globo terrestre. A Catalúnia, por exemplo, pode estar a caminho. Naquele momento, todavia, Kertzman e Daviña não estavam preocupados com isso. Apenas seguiam andando por aquelas ruas sem vida do Lago Sul. Era como se caminhassem por uma cidade fantasma, acordada eventualmente pelo alarme de alguma cerca eletrificada ou pelos latidos agoniados de um cachorro solitário.

Entraram, por fim, na rua onde estava funcionando "a base" (*al-qaeda*, em árabe, lembrou Daviña) da Léxis. Na esquina, ficava a mansão onde se instalara a embaixada da Austrália. Silêncio e secura na rua. Na ponta de uma telha recurvada à chinesa, ao cabo da longa cobertura vermelha do prédio da embaixada, viram uma coruja. Parecia uma pequena estátua. Uma escultura breve. Um ornamento pétreo, de plumas pesadamente cinzentas com nuances levemente douradas.

Kertzman e Daviña pararam, contemplando aquela ave rara — e sempre misteriosa. A coruja não parecia temê-los, mas, antes, vigiá-los. Com um olhar forte e fixo, que não tremia ou piscava. Era como se fosse uma alucinação grega num telhado australiano. Hipnotizados pela coruja, nem perceberam que, naquele quase ao cair da noite, aproveitando-se da troca de turno dos agentes de segurança, um jovem se acorrentou nas grades que fechavam a fachada do prédio da embaixada, cobrindo-se de cartazes.

Só quando voltaram a si, liberados pela coruja, deram pela presença do rapaz. O cara tinha comido alguma gata australiana, engravidando-a. Agora, recebera: notícia e fotos. Uma filha sua nascera na vizinhança de Sidney, pouco importava se por descuido ou segundas intenções de uma namoradinha. Era sua filha e ele queria vê-la e tê-la. Se casaria, se fosse preciso. Mas a embaixada lhe negara o visto de entrada no país.

— Quando será que o planeta vai reconhecer que esta é a casa de todos nós e deletar essa imbecilidade de autorização para as pessoas se deslocarem na direção que desejem? — quase rosnou Kertzman, deixando a pergunta no ar.

Ao ver bloqueada a sua entrada na Austrália, o rapaz resolveu apelar. Acorrentou-se ali. Espalhou à sua volta cartazes toscos de cartolina, cheios de fotos da filha, contando em poucas palavras o drama que começava a atravessar. Kertzman e Daviña prometeram ajuda. E cumpriram. Foram direto ao departamento jornalístico da Léxis relatar o que rolava ali ao lado. O repórter André Noblat disparou então telefonemas para toda a mídia brasiliense. Funcionou. Na manhã seguinte, a embaixada australiana e seu jovem personagem acorrentado amanheceram cercados por flashes, câmeras, microfones. O rapaz pôde bradar aos quatro cantos a sua dor e o seu desejo. Os moradores da rua, que até então pareciam não existir, se solidarizaram, levando ao moço comida, bebida e palavras de incentivo e conforto.

O embaixador se viu constrangido. Depois de uns poucos dias, o rapaz foi recebido no prédio e concederam-lhe o tal do visto. Kertzman e Daviña foram comemorar com ele, que se chamava Mateus. Entornaram duas garrafas de vinho tinto italiano. E ainda amealharam alguns dólares para a viagem do papai, agora enlouquecido pela perspectiva de conhecer a própria filha.

Enquanto isso, Maria Garcia deslizava velozmente de skate, depois da meia-noite, na rua deserta que fronteava o hotel.

20

Kertzman se lembrava da primeira campanha que acompanhou mais ou menos de perto, atendendo a apelos do candidato e do pessoal do marketing, todos seus amigos, para dar palpites sobre uma coisa ou outra. Foi quando Armando Corsaletti saiu candidato a governador por um então apenas médio partido de esquerda, sem maior expressão regional.

No andar térreo de um prédio que pertencia ao convento que ficava no bairro, à semiluz de uma sala cheia de equipamentos de edição, encontrou-se com três integrantes do grupo marqueteiro — o diretor de criação Ricardo Pugliese, o diretor de arte Eduardo Maia Neto e sua ex-mulher Delanise Mendes, a diretora de produção (nesse meio, todo mundo era sempre diretor de alguma coisa) —, para apreciar algumas peças de campanha que estavam sendo finalizadas. Enquanto assistia à projeção daqueles filmetes de trinta segundos, Kertzman não pôde deixar de pensar no final do casamento de Maia Neto e Delanise. Quando se separaram, depois de uns chifres que ela plantou na cabeça dele, passaram ambos por transformações notáveis. Delanise, que era mocinha quieta e discreta, renasceu expansiva e falante, em versão *femme fatale*, sempre altamente produzida. E Maia Neto se assumiu como homossexual, namorando garotos pela cidade.

Ricardo: E então, Kertzman, o que achou das peças?

Daniel: Muito boas. Passam os tópicos principais e de forma sintética e sedutora. Acho que vão agir bem sobre o eleitorado.

Maia Neto: Quando estiverem finalizadas, com a animação das palavras que vão aparecer rapidamente, certamente ficarão ainda mais bonitas e atrativas.

Delanise: E não se esqueça, hein, meu querido? Fui eu que ensinei você a trabalhar com animação de letras.

Maia Neto: Você me ensinou muitas coisas, Delanise — inclusive, a gostar de homem.

Kertzman e Pugliese a duras penas contiveram a gargalhada. E saíram rapidamente da sala, dizendo que iam ao refeitório tomar um cafezinho. No corredor, passaram por dois padres, que vinham com aquela típica postura contraditória, ao mesmo tempo de suposta humildade e indisfarçável arrogância, característica dos sacerdotes-militantes "progressistas", filhotes malcriados de Dom Hélder Câmara, que pregavam segundo a cartilha da teologia da libertação.

Daniel: Detesto essa gente.

Ricardo: Que gente?

Daniel: Esses babacas proselitistas da teologia da libertação. Vivem falsificando a Torá, a Bíblia. Você conhece o mito da Torre de Babel, claro.

Ricardo: Claro. Os homens, que falavam todos a mesma língua, se entendem para fazer uma obra, a fim de concorrer com Deus.

Daniel: Esses padrecos estão agora interpretando o texto bíblico como um panfleto anti-imperialista. Dizem que esta única língua significava, na verdade, falar por uma única boca, que era a de um povo dominador. Logo, Deus não ataca a unidade linguística primordial da humanidade, mas a dominação imperialista. Uma vez, um deles me disse: Babel não fala de um castigo divino, mas da oposição de Deus ao imperialismo. É um absurdo.

Ricardo: Puta que o pariu.

Daniel: Babel é outra coisa. Por isso, a resposta divina, diante da jactância, é uma punição linguística. Temendo ser desafiado, Deus faz com que cada um fale uma língua diferente. É o mito da origem da diversidade linguística no planeta, sim. Se toda a humanidade falar uma mesma língua, Deus corre perigo.

Ricardo: É maravilhoso.

Daniel: Só que isso já aconteceu. Esses padrecos, em vez de falsificar a Torá, deviam estar pensando nisso. A humanidade voltou a ter uma linguagem comum, que é a linguagem digital. A linguagem do computador. E está cada vez mais assumindo atributos de Deus. Entre outras coisas, o poder para inventar vidas e destruir a Terra.

Bem. Mas aqueles foram tempos de puro (ou impuro) amadorismo. Na campanha seguinte, o marketing dito político já se transformara em território controlado por gângsteres altamente profissionais. E todos fazendo a mais absoluta questão de ter tudo rigorosamente limpo. Daí, é claro, a obsessão por lavagens.

21

Reunião de campanha. Powerpoint com os pontos fortes e os fracos do candidato, com estratégias para enfatizar os primeiros e encobrir os segundos, por todos os possíveis e impossíveis instrumentos e expedientes do hipnotismo de massas. Até chegar ao ponto principal: a criação de um mito e a venda de um sonho. Para vencer uma eleição, ensinava o marqueteiro-mor, três coisas eram indispensáveis. Primeiro, transfigurar o candidato num mito. Segundo, produzir um sonho capaz de despertar desejos e esperanças na população. Terceiro, colocar aquele mito para vender este sonho.

— E como se vai construir esse mito?

— Com a linguagem do mito, é claro. Temos de mostrar que o nosso produto, que esse cara que vem aí, é a encarnação do novo, tem força para vencer desafios e adversidades, vai dar a todos a oportunidade de ter uma vida nova, num novo horizonte, abrindo um caminho vitorioso para o futuro.

— Tudo bem. Mas como a gente vai fazer isso, objetivamente?

— Discuti muito o assunto com Calixto, Sinval e nosso diretor de arte, o Marcelo. A gente chegou a uma proposta concreta, que vamos expor e discutir aqui. Fale aí, Sinval.

— A ideia é construir o mito em cima de dois pilares. De um lado, com a linguagem das histórias em quadrinhos, levada ao cinema. Vamos mostrar um candidato super-herói, em movimento incessante, deslocando-se com ar confiante e vitorioso por toda a cidade. É estética, ideologia e simbolismo do cinema norte-americano. É Superman, Batman, Homem-Aranha. Sacaram?

— E o outro pilar?

— A perspectiva de futuro nós vamos desenhar com uma estética já comprovada na matéria, ainda nesse caminho da excitação/mobilização visual. É a linguagem do realismo socialista chinês, com aquelas imagens coloridas e vibrantes, pegando os personagens em *contreplongée*, sempre hiperrealistas e intemporais, com o olhar fixo num ponto futuro. Enfim, vamos retomar a arte comercial chinesa que os maoistas assimilaram e usaram à vontade. A trilha sonora irá também por aí, na base da axé music, entre o Homem-Aranha e a Revolução Cultural chinesa.

— Temos de racionalizar e mobilizar, sempre seguindo a lição conjunta de bolcheviques e nazistas. De uma parte, argumentos e números. De outra, processos simbólicos. A linguagem simbólica como ferramenta prática de combate para vencer a luta. Temos de vencer aí, na luta dos símbolos.

— Isso. Uma campanha eleitoral é uma guerra semiótica. E tanto mais fácil de vencer quanto mais tempo de televisão a gente tiver.

— E vamos recorrer ao mito maoista porque a estrela vermelha do PT já perdeu a sua magia.

— Já desbotou.

22

— O PT não tem projeto de governo. Tem projeto de poder.

Aproveitando a deixa de Kertzman, Bacelar soltou o verbo:

— O projeto do PT é muito simples: controlar tudo. A começar, claro, pelo Estado. Ao lado disso, trata-se de enfraquecer a tradicional "democracia representativa", via ONGs, sindicatos e movimentos sociais alinhados com o governo, que os financia. Ainda naquela conjugação verbal, o que eles pretendem é ter o controle político da educação e o controle político da mídia. Por fim, se uma hora isto for possível, fazer alterações providenciais na Constituição, de modo a permitir sua permanência *ad aeternum* no poder. E é uma lástima ver o Brasil decair assim, ao ponto de correr o risco de ver adotado, aqui, o modelo venezuelano.

23

Afora a face construtiva, a guerra semiótica tinha também (e, às vezes, até mais fortemente) a sua carga destrutiva. Predatória. Era necessário, seguindo a praxe do marketing atual, demonizar o adversário com sofismas. Com mentiras verossímeis. E com virais. Com a produção de coisas não assinadas, com a terceirização dos ataques. Torres Ribeiro e Calixto sublinhavam esses tópicos à exaustão, com uma insistência digna das moscas.

— É preciso defender com firmeza e atacar sem pudor.

— Atacar, atacar sempre. É como numa briga. Você não deve dar um soco — e pronto. Se o adversário baixou a guarda, abriu o flanco, marcou bobeira, se você achou o caminho para dar uma porrada, você não vai dar uma só. Deve desfechar uma série, uma saraivada de socos e chutes.

No quesito da mentira, Calixto multiplicava exemplos bem-sucedidos. E, não raro, salientava:

— A comunicação nazista foi só o início. A pré-história. Os nazistas contavam apenas com a mídia impressa e emissoras de rádio. Tecnologicamente, foi a idade da pedra do marketing. Hoje, a barra é muito mais pesada. Tudo é muito mais poderoso. A lição de Goebbels que ainda hoje nos inspira, ganhando dimensões inusitadas com a tecnologia de ponta da nossa época, é a de explorar ao extremo as formas mais inferiores e mais baixas do misticismo e da magia. Para fazer isso, dispomos de um formidável arsenal de armas psíquicas, em performance high-tech.

Ao que Bacelar, para si mesmo, acrescentava:

— E o marketing se configurou como o espaço por excelência para a prática de toda espécie de estupros simbólicos e curras mentais.

24

Naquele momento de decomposição temporária ou definitiva do sistema político, Bacelar manifestara, algumas vezes e a pessoas variadas, seu projeto de escrever um estudo sobre o marketing eleitoral, que considerava o mais agudo sintoma da podridão de tudo. Com esse objetivo, colecionava diálogos e frases, ditos em reuniões e conversas nas agências em que trabalhara, registrando-os num velho e bonito caderno de couro marrom. Vinha havia tempos fazendo isso. Anotando ditos e desditos de Torres Ribeiro, Calixto, Kertzman, Sinval Soledade, Pugliese, etc. E Kertzman o auxiliava na coleta.

Não podia gravar reuniões e conversas, que isso não era permitido. Até telefones celulares (microcomputadores de bolso, na verdade) eram deixados num vaso ou numa cesta sobre uma mesa, do lado de fora da sala de reunião. Mas Bacelar memorizava o que tinha ouvido e depois transcrevia no caderno, sem maiores preocupações em reproduzir a construção da fala, mas inteiramente voltado para a fidelidade ao conteúdo do que ouvira. Brincava dizendo que aquilo era um exercício da prática política da escuta. E a primeira coisa que anotou foi uma conversa entre Torres Ribeiro e Kertzman:

— Num discurso, batalhando para tomar o poder, Hitler chegou a prometer um marido para cada alemã.

— Hitler era mais cara de pau do que Lula. Mas você é mais cara de pau do que Goebbels.

— Obrigado.

Mas havia muito mais... Coisas assim:

A massa é sempre confusa e misteriosamente excitável.

A química das massas é imprevisível, mas nós temos meios para atiçar a energia em determinadas direções.

É preciso ser o mais convincente no sentido de convencer a sociedade de que o nosso candidato é todo a seu favor.

Devemos atacar seguidamente os pontos fracos do adversário. Mas, além disso, tratar de transformar seus pontos fortes em pontos fracos — e, então, atacá-los igualmente, sem piedade alguma.

Temos de escolher sempre um ângulo em que o adversário pareça estar em contradição com os fatos. Pareça estar escondendo alguma coisa.

Sejamos objetivos. Quando não há mito a criar ou sonho a explorar, a propaganda eleitoral deve se concentrar no oponente e ser quase exclusivamente mentirosa e destrutiva.

Os sociólogos, os racionalistas, os marxistas que se esqueceram das lições de Lênin e das ações bolcheviques quebram a cara. Porque eles acham que não existem inconsciente coletivo, magia anímica, correntes afetivas subterrâneas, signos ancestrais, arquétipos. Eles discordam da conceituação e por isso acham que essas coisas não existem. Mas elas estão aí na nossa frente, vivas e reais. Pouco importam os nomes com que as designamos.

Uma coisa — um som, uma palavra, uma imagem — que tenha o mais profundo valor afetivo... ache isso.

A massa não é o reino do raciocínio. O que predomina é o instinto.

Na maioria das vezes, é perda de tempo tentar convencer pelo raciocínio. Temos de despertar paixões. De apelar para a inteligência do desejo. De acender ambições.

A massa é acéfala. Temos, por assim dizer, de cefalizá-la.

A coisa mais difícil do mundo é encontrar alguém plenamente satisfeito com a vida que leva. É por isso que a gente tem de tocar, sem inibições, o teclado inteiro das esperanças e dos medos das massas.

O marketing é uma espécie de engenharia da alma das massas. Temos de despertar o medo e o entusiasmo, não se esqueçam.

A televisão pode ser o energético, a cocaína das multidões.

Não existe essa história de conduta racional, nem o ser humano se acha sob o controle exclusivo de forças econômicas. Temos crateras nervosas, focos de fogo e vulcões em nossa constituição.

Palavra, música e imagem. Programa eleitoral na televisão é isso: criar um conjunto excitante e persuasivo de informações, conjunto simultaneamente verbal, visual e sonoro.

Jingle insuperável é a "Marselhesa".

A população carece de imunização psicológica. Não tem proteção contra nossos ataques. Depois de dois ou três balões de ensaio, podemos convencê-la das coisas mais absurdas. Até de que, apesar de tudo, ela está vivendo muito bem, bem melhor do que antes.

O ministro da propaganda de Lênin falava de "meteorologia política". Temos de ser experts nisso. E não hesitar quanto ao emprego sistemático da canalhice e da velhacaria.

Alguém já disse que a multidão é um animal cego.

Se a gente parte para a calúnia e a agressão, eles não têm saída. Ou respondem nos mesmos termos, ou são derrotados.

25

— Vocês já ouviram falar de Anchee Min? É a nossa candidata à prefeitura de São Paulo.

Torres Ribeiro já esbanjava erudição na frente de todos. Depois da conversa sobre o realismo socialista e a absorção maoista da arte comercial chinesa, encheu-se de livros sobre o assunto — livros de arte, com a reprodução de centenas de cartazes, todos em cores vivas. Anchee Min era uma criança que adorava Mao e era apaixonada pelos cartazes da Revolução Cultural. Chegou a ser escolhida atriz principal de um filme que seria feito por Jiang Ching, a mulher de Mao. Com a morte do grande líder, no entanto, o filme foi cancelado. Em 1984, Anchee Min migrou para os EUA, escrevendo então o livro *Becoming Madame Mao*, que a fez famosa.

A explanação erudita de Torres Ribeiro, sempre preocupado em fascinar o planeta, rolava em frente à porta do corredor que conduzia às salas das ilhas de edição. Ou seja: no limiar do espaço onde as manipulações se mostravam em sua face mais primária e ridícula. Bastava pensar nas diferentes edições que faziam de um mesmo debate na televisão. Cada equipe de campanha selecionava cenas para exibir seu candidato como o grande vitorioso do confronto. E assim transformavam um mesmo debate em muitos debates diferentes. Sabe-se mentir — poderia ser o slogan dessas ilhas de edição, espaços por excelência para a produção visual de doenças contagiosas do espírito.

Na parede da sala de Calixto, havia um pôster preparado pela turma do departamento de arte, adaptação de um fragmento de Tchakhotine, excluindo o nome de Hitler: "É preciso aprender bem a regra geral que domina tudo, se desejamos nos colocar no plano de ação da propaganda sem escrúpulos. No momento em que um dos lutadores ultrapassa a fronteira da lealdade, seu adversário não tem mais escolha. Deve resignar-se a utilizar as mesmas armas. Ou perecer." Em outro pôster, uma afirmação de Hitler (junto com Lênin, um gênio do marketing), extraída do *Mein Kampf*: "Para ganhar as massas, é preciso contar, em proporções iguais, com a sua fraqueza e a sua bestialidade."

Outra coisa também era certa: ninguém deveria criar ilusões em demasia. Quem ultrapassasse o limite, teria de encarar o seu *day after*. A mentira era uma entidade sempre bem-vinda e até festejada, mas no ponto exato — ou o tiro poderia sair pela culatra. "Devemos escolher duas ou três boas mentiras e ponto final", dizia Torres Ribeiro, "mais do que isso, não". Também o exagero era personagem indispensável. E também ele tinha de ser mantido sob um certo controle, trazido na rédea curta. Havia toda uma técnica para empreender violações anímicas.

Kertzman se lembrava então de Oscar Wilde, adaptando-o ao contexto. O marqueteiro é um sujeito que sabe o preço de tudo, mas não conhece o valor de nada.

26

Noite no terceiro andar da agência, onde ficavam as salas dos membros do escalão mais alto do marketing. Aline Moura e Alice Barral conversando, com aquele misto de intimidade e falsidade absolutas. Alice ficou encantada com o pen-drive de Aline, todo cravejado de diamantes.

— Ganhei lá na África, de um dos financiadores da campanha. Deu um trabalho filho da puta eleger aquele corrupto, mas valeu a pena.

As mulheres dos chefões. Mulheres vulgares. Aline era casada com Torres Ribeiro; Alice, com Umberto Calixto. E pareciam, em tudo, caricaturas grotescas de seus grotescos maridos. Kertzman ficava espantado. E Bacelar acabou comendo uma delas, que, sempre que o cumprimentava, aproveitava para se roçar de leve no seu pau, endereçando-lhe um sorriso vagamente vagabundo. Eram mulheres sem linhagem — e sem linha.

De um ponto de vista intelectual, ou apenas um pouco humanamente mais profundo, eram duas perfeitas imbecis, incapazes de distinguir um urubu de um rouxinol. Mas, de outro ponto de vista, nada tinham de idiotas. Eram gângsteres, como os maridos. Espertíssimas. E o que queriam da humanidade e da vida era muito simples. Cabia numa palavra: dinheiro.

Aline Moura, por exemplo. Abocanhara já enxurradas de dinheiro, mas nunca conseguiu se tornar uma mulher ou pessoa elegante — embora "elegante" fosse uma das palavras que mais gostava de usar, como se tivesse alguma noção do sentido do sintagma. Na verdade, aquelas mulheres, entupidas de dólares e cobertas de caríssimas roupas perfeitamente inadequadas para elas, não alcançavam sequer ser educadas. Não logravam contradistinguir coisas básicas. E eram até ridículas: coroas de minissaia, posando de adolescentes; cinquentonas bobas fantasiadas de paquitas. Elas não entendiam que há coisas que não se compram. E que, por isso mesmo, nem a roupa mais cara e mais maravilhosa do mundo ficava bem em quem não tinha estilo.

Mas a frase de Aline sobre a eleição africana era bem característica do rol das orações que circulavam pelos corredores, salas e estúdios da empresa. Alguns exemplos, que Kertzman ia ouvindo aleatoriamente:

— Vamos transformar aquele débil mental num gênio.

— O sacana é ladrão, mas sabe posar como o sujeito mais honesto do mundo.

— Senadora, assim não. Vermelho, não. Vamos de pastel. Vá se trocar, ok?

— Ministro, você vai dizer o seguinte...

— Fulano é um puta ator: até parece que entende do que está falando.

— Fique tranquilo, governador. Todo mundo vai achar que você é a maior autoridade do país nesse assunto.

— Candidato, esqueça isso. Bote na cabeça que você tem de falar como um estadista. Não toque nesse problema, que é bobagem. Estão lhe acusando, mas e daí? Entrar na discussão só vai lhe atrapalhar e render cobranças.

— Não se preocupe: o discurso é com a gente, que isso a gente faz muito melhor do que você.

No campo visual, a partida continuava, entre a diversão e o escárnio. Todo um repertório de truques, enquadramentos, movimentos. Ângulos, maquiagem, jogos de luz.

— Se for de perfil, o rosto dela tem de ser filmado do lado direito. Do esquerdo, fica estranho.

— Vamos produzir bem essa caminhada de amanhã. Já correram o lugar direito, ajeitaram a pracinha? Já contrataram os figurantes?

— Tira a papada da deputada, diretor!

Um senador, cuja esposa era também candidata, só que a deputada federal, manifestava com firmeza seu ponto de vista:

— Eu quero meu retrato feito pelo mesmo sujeito que fotografou minha mulher. É um danado, um craque. Você viu o que ele fez com ela? Por incrível que pareça, Helena ficou uma beleza. O cara fez um verdadeiro milagre.

O diretor de cena se queixou para a equipe: o candidato tem um corpo completamente desequilibrado. A figurinista pegou então a tesoura e fez um buraco enorme no paletó que ele ia vestir. Avisando: agora, o caimento vai ficar perfeito.

E lá se via depois o candidato, circulando de um lado para o outro, com um rombo enorme no paletó, mas fazendo a cara mais séria do planeta.

Como alguns candidatos pós-malufistas tinham a língua presa, o pessoal da técnica montou um banco com vários tipos de emissão da letra/fonema "s". Gravava-se a fala do candidato. A cada "s" que ele falhava, a turma do estúdio entrava em ação. Editava a fala com um dos "ss" do banco fonético. E estava resolvido o problema.

Comentário geral do marqueteiro-mor: política só é bom para isso: para a gente se divertir — e ganhar dinheiro. Alguns cínicos inteligentes da equipe, por sinal, debochavam da campanha, mas caprichando na técnica. Porque era com a técnica que asseguravam seu dinheiro.

Kapenga no violão:

> Olê, muié rendêra
> Olê, muié rendá
> Tu me ensina a fazer renda
> Que eu te ensino a renderizar.

27

— A teoria do marketing está na *Retórica* de Aristóteles, meu querido. Aristóteles é o patrono dos marqueteiros.

— Não, Sinval, não é. Está errado. Não meta Aristóteles nesse comércio imundo. O patrono dos marqueteiros não é ele. É Goebbels. Melhor: é uma mistura de Goebbels com Odorico Paraguaçu.

— Você acha que não havia política na Grécia? Foi lá que inventaram essa conversa de democracia.

— Política é uma coisa, marketing é outra. Se é para remeter o marketing à Antiguidade Clássica, à Grécia e a Roma, os personagens são outros. Boato e Caco, por exemplo. Mesmo eles, bastante pervertidos.

— Como assim?

— Boato é o nome de um personagem da *Odisseia*, sabia? Naquela época, era o mensageiro que corria ligeiro por toda a cidade, espalhando notícias. Hoje, no marketing, é um bandido. Aliás, o marketing é um jogo de bandidos. Boato agora espalha inverdades e infâmias — algumas delas, digitalizadas. E Caco também cresceu muito como bandido. Na Roma antiga, furtava apenas um animal ou outro do rebanho do rei. Hoje, ele é o próprio rei. E aparece como o grande saqueador do dinheiro público. Não há lugar para Aristóteles nisso.

— Mas Aristóteles não é um técnico da retórica, não é o cara da arte da persuasão?

— Vamos voltar às distinções elementares, *mon ami*. Retórica é uma coisa, canalhice é outra. Persuasão é uma coisa, adotar e praticar a sistemática da enganação é outra. E é mais uma mistura de canalhice e enganação até essa jogada marqueteira de sair por aí à cata de ancestrais ilustres para um ofício baixo e sujo. É boçalidade de bandido. E é, também, coisa de *nouveau riche* — de novo rico do espírito.

28

Kertzman *speaking*:

— Sempre os vendedores fizeram propaganda de seus produtos. Mas a publicidade é uma criação moderna. Não existiam agências de publicidade no Egito ou na Grécia. Do mesmo modo, sempre se fez propaganda política. Mas o marketing eleitoral é uma criação moderna, filha da publicidade. Não havia marqueteiros, estruturas empresariais para mercadejar políticos profissionais, em Atenas. Pensar o contrário é mero anacronismo. Como dizer que Xenofonte foi um teórico do desenho industrial.

29

A equipe imensa era distribuída, segundo gradações de prestígio e grana, por uns dois ou três hotéis. O grosso da turma morava no mesmo lugar. Fofocas rolavam. Principalmente, sexo. Fofocas e quizílias do campo corneal: "Beto acaba de ser minotaurizado", por exemplo. E a equipe sempre trazendo umas raras caras novas, um coordenador aqui, um contador ali, etc. "Rodízio de salafrários", dizia Rui Rodrigues.

Não se podia falar de um estilo, mas de regime de trabalho na agência. Regime de quartel. Estilo implicaria elegância. E o que vigorava ali era o modo rude do soldado. Capatazes e capitães do mato circulando. A gritalhada do marqueteiro-mor se espalhava sem remédio, praticada por cada chefe de departamento ou setor. Todo bobo se achava bambambã. Como não havia fim de semana, feriado ou dia santo, todo dia era dia de trabalho, fosse ou não fosse preciso fazer alguma coisa. E daí decretaram a proibição de qualquer pessoa ficar gripada (ou ter outro tipo semelhante de chilique ou achaque) entre a sexta-feira e o domingo.

Torres Ribeiro vivia em estado de tensão permanente. Era um angustiado. A insônia era a única entidade do mundo que parecia não ter o menor desejo de se afastar dele, desvelos de vê-lo o mais longe possível. Seu sono era sequestrado diariamente. E ele achava que todos os seus empregados tinham de passar pelo mesmo sofrimento. Acordava as pessoas de madrugada e ficava remoendo coisas pelo telefone. Tinha de perturbar o sono de todos.

Mas sofria mais que isso, quando já estava acordado. Se jovens funcionários passavam alegres e leves, flanando pelo pátio do prédio, eram imediatamente premiados com a distribuição de tarefas árduas, ossos duros de roer. Esta era a sua formação. E também a de Calixto. Trabalho como dor, angústia, sofrimento. Como punição bíblica, fardo judaico-cristão. Nunca como espaço que tivesse lugar para a alegria e o prazer, a não ser o prazer perverso de torturar e humilhar.

Todos balançavam ironicamente a cabeça quando marque-teiros falavam de seus relacionamentos com suas equipes, em entrevistas ou artigos de jornal. Reinava a falsidade, reinava a mentira. A conversa era sempre a mesma e até as palavras eram iguais: pagavam bem, eram generosos e não havia um só dentre eles que não fosse companheiro, amigo, amigo-irmão e até "pai-zão" de seus subordinados. Do outro lado da cerca, a paisagem era outra: pessoas exploradas, fodidas e mal pagas, porque só um minigrupelho recebia relativamente bem. A maioria se dava mal, enquanto os chefes e suas mulheres mastigavam e ruminavam dinheiro.

O único momento de celebração conjunta era quando todos viam seu produto na televisão: o momento de calotear o povo com a exibição de mais um programa eleitoral. Mas a preocupação central da maioria era outra. Desde o primeiro dia de campanha, torcer para que os dias passassem voando e aquilo chegasse logo ao fim. Se possível, passando pelo segundo turno, que representaria uma boa grana a mais. Os mais jovens, por sua vez, faziam de tudo para aliviar o peso daquele trabalho semiescravo, na base de drogas, festas-relâmpago, bebida e sexo.

30

Depois de Kertzman, Bacelar:

— Teoria e prática do marketing eleitoral? Simples. Todo mar-queteiro é filho de Goebbels. Em linha direta. Filho de Goebbels e de Pavlov. Para ele, o povo é o cachorro pavloviano. E a sua ge-nialidade é medida nos mesmos termos pelos seus pares e pelos representantes do povo no sistema político. Está na capacidade marqueteira de fazer com que a população sinta realmente, sinta de verdade, que a pimenta no seu cu é refresco.

31

Marqueteiros. Marreteiros.

Sugestão de um deles: o novo Lula inverter o discurso suicida do velho Getúlio: SAIO DA HISTÓRIA PRA CAIR NA VIDA!

32

Entre o marasmo das massas e a embriaguez da multidão, Kertzman, com o passar dos anos, foi ficando cada vez mais crítico. Mais distante. E desiludido. O entusiasmo inicial com as primeiras vitórias do PT foi se transmudando em claras frustrações, pelo abandono do ideário do partido e por sua conversão em antro, altar ou caverna de corruptos.

O que produziam ali? Farsas para ganhar votos, álibis para não perdê-los. O que havia era a sistematização tecnoideológica da mentira. O mais baixo nível político em concubinato com o mais alto nível técnico. Sentia-se, enfim, numa fábrica de mentiras lustrosas, cada vez mais reluzentes. No reino da enganação.

— A gente olha para o sistema político brasileiro, a gente olha para o marketing, e a conclusão só pode ser uma: eles se merecem. Foram feitos um para o outro. O que temos aí é o casamento da degradação com a degradação. Não há marketing, há máfia. Não há partidos políticos, há quadrilhas. Isto, sim, que é o crime organizado no Brasil. E o tal "projeto de país", de que tanto falam, não passa de miragem num vasto deserto de ideias.

— Se podemos falar de um paradoxo político brasileiro, ele deve ser colocado nos seguintes termos: quanto mais você sobe na hierarquia do poder, mais você se afunda no submundo do mundo.

Bandidos dos partidos, bandidos do marketing. A política brasileira se transformara mesmo nisso: um jogo de bandidos. Para manter o povo em estado de dependência material e escravidão anímica.

33

— O que é uma campanha, não do ponto de vista do marketing eleitoral, mas no dos técnicos, artistas e mesmo no de uns poucos intelectuais recrutados para a empreitada?

A pergunta de Bacelar ficou na cabeça de Kertzman. Para tentar respondê-la, o próprio Bacelar observou, podíamos deixar os publicitários de lado — porque o mundo do marketing é o mundo deles, que continuam bolando peças criativas e sedutoras para vender seu produto, ou bombas destrutivas destinadas a esfrangalhar a concorrência.

Podíamos deixar de lado, ainda, os jornalistas que escolhiam ser funcionários de carreira de uma agência. Exemplos disso, bem à nossa mão, eram Adriano Sampaio e Jeferson Ferreira. Os dois tinham o mesmíssimo objetivo: se dar bem. E nenhum dos dois transcendia aquele círculo de ferro falsamente folheado a ouro. Jeferson tinha sido repórter esportivo no Rio Grande do Sul, era um sujeito mentalmente limitado, cujo propósito na vida eram cargos e salários sempre mais altos. Para isso, demonstrava, a qualquer chefe, uma lealdade canina estudadíssima. Adriano o detestava. "Nelson Rodrigues ensinava que o sujeito que faz o tempo todo o gênero de bom moço só pode ser um canalha." Adriano não queria ser braço direito de ninguém. Planejava era ocupar, ele mesmo, o lugar do marqueteiro-mor. Por fim, deixássemos de lado também os militantes partidários, que estes eram peças voluntárias e autoconscientes da máquina de enganos.

Mas que a gente pensasse nos casos de Paulinho Cavalcanti, Kalaf Matumbi e Roberto Santana, por exemplo. Paulinho Cavalcanti era cineasta. Tinha feito um curta de ficção, de que não gostava, e um bom documentário sobre Santos Dumont. Preparava-se para filmar a adaptação de três contos de Guimarães Rosa, que já estavam roteirizados, quando se sentiu intimado a integrar a equipe de campanha — já que, se você recusasse um convite do marqueteiro-mor, jamais seria chamado novamente para qualquer outra coisa na área. Além disso, o problema de sempre: a campanha significaria pelo menos um semestre de bons salários, para os padrões em que subviviam.

Kalaf Matumbi era músico — cantor e compositor. Caminhava para o estúdio, quando a rede da Léxis o alcançou. E Roberto Santana era romancista. Para ele, a campanha ia interromper tudo, cortar o fio da meada do livro que estava escrevendo. Como Paulinho, também Kalaf e Santana suspendiam contrariados os seus projetos por conta de dinheiro. O marqueteiro-mor, em entrevistas, falava como se pessoas assim, brilhantes e cheias de talento, fossem seduzidas pela viagem do marketing e da campanha. Era mentira. O que falava alto era a grana. E ele, embolsando ou engolindo mares de dinheiro, nem pagava o que elas realmente mereciam.

Tortura. Para gente como Paulinho, Kalaf e Santana, a campanha representava um intervalo imenso e pesado, paralisando suas vidas. Uma prisão. Cárcere do espírito. Ali, naqueles muitos meses, que podiam chegar a um ano, as pessoas paravam de criar e produzir — canções, poemas, esculturas, filmes, romances. E tudo passava a girar em torno da melhor maneira de convencer-enganar o eleitorado e demolir-desmoralizar o adversário. Tudo na base da grana e do poder. Em termos de vida mental, de exercícios espirituais ou estéticos, era o momento mais baixo que podia acontecer na vida de uma pessoa reflexiva, sensível e criadora. O ponto mais baixo na vida do espírito. E não para fazer um sacrifício que valesse a pena. Para fazer o melhor para o país e para a gente brasileira. Não. Era para fazer o que fosse melhor para o partido e o consórcio no poder.

Aridez do espírito. Mediocrização e apequenamento da alma. Não era possível reduzir a vida a uma merda dessas. Aquelas pessoas queriam outras coisas, outros lances. Uma vida digna para o corpo do seu espírito e para o espírito do seu corpo. Uma tarde azul na ilha, ouvindo os Beatles cantar "Happiness is a Warm Gun". Coisas assim. Mas, decididamente, não havia lugar, no marketing, para os sonhos e os milagres da arte e do pensamento.

34

Como jogadores num cassino, políticos são mais supersticiosos do que paranoicos. Como empresários num ambiente de concorrência feroz, marqueteiros são mais paranoicos do que supersticiosos.

Contava-se inclusive uma história para ilustrar até onde a "noia" podia chegar. Certa vez, um marqueteiro famoso, mestre de Torres e Calixto, rei da desconfiança e sacerdote do segredo, entrou num táxi, carrancudo e calado, de modo que o motorista, depois de alguns instantes esperando o comando que não vinha, perguntou:

— Para onde o senhor vai?

— Para que você quer saber? Não interessa. Vá andando aí com seu carro, que você não tem nada de querer saber para onde eu vou.

35

Carlos Torres Ribeiro deixava sempre no ar esse lance de ter um ex-presidente como uma espécie de sócio clandestino. O cara usaria seu prestígio e seus contatos para armar investidas e conquistar clientes e campanhas internacionais. Com isso, montanhas de dinheiro se formavam — serras de reais, serranias de irreais.

É claro que não dava para fazer isso nos EUA, embora eles estivessem agora tentando uma entrada pela Flórida — a *florida* dos colonizadores espanhóis —, por Miami ("a verdadeira capital do Paraguai", como levava no deboche o ex-presidente), no rastro da presença de tantos latinos naquela área. Seria mais fácil penetrar nos EUA do que na Europa, eles sabiam. E Torres, provavelmente com muito dinheiro por baixo do pano, conseguira inclusive emplacar no *New York Times*, sem passar pelo crivo da sucursal brasileira, uma matéria sobre ele e sua equipe. Na França e na Inglaterra, não tinham como entrar em campo. Na Alemanha, muito menos.

A mamata mesmo rolava na lambança dos países fodidos ou "em desenvolvimento". Basicamente, nas Américas Central e do Sul e na África, o paraíso dos contraventores, o éden dos bandoleiros, o céu dos salteadores. E tudo em pauta solene, oficial. A solidariedade socialista era um passaporte seguro para todas as trambicagens.

Em nome de uma revolução que na verdade jamais tinha se realizado, o marketing "vermelho" se credenciava a lucrar e a sugar na roleta de quase todo o continente africano. Depois, era só enviar dinheiros para o Brasil e legalizar uma fatia do bolo, que ninguém fazia a menor questão de ser rico em África. Não faria sentido ter uma Mercedes em Luanda, se o sonho *nouveau riche* apontava enlouquecidamente para Nova York, já que, embora fizesse de conta, Torres não se sentia nada à vontade nas rodas mais charmosas de Paris. Era como se a antiga cidade luz ainda hoje enceguecesse cretinões, cretininhos, cretinozinhos e cretinoides.

36

As pessoas pagavam o que podiam e o que não podiam para chegar e — principalmente — para permanecer no poder. Mas a narrativa de todas as tramoias desses aventureiros — das cartas passadas sob a mesa, da compra de zagueiros ou atacantes adversários, das chapas frias, das clonagens, da navegação de cabotagem em fundos e sinuosos cursos de rios de dinheiro, com suas águas sempre muito barrentas — não caberia em poucas páginas.

As mais poderosas empresas de marketing eram espaços tão suspeitos, e seus donos tinham tanta clareza sobre a montanha de transgressões que colecionavam, que, não raro, quando uma das casas de campanha era assaltada, em alguma das grandes cidades do país, eles não davam queixa na polícia. O bando que conseguia penetrar ali sabia de tudo, em seus mínimos detalhes: onde ficavam os capangas armados, como estava montado o sistema eletrônico de segurança, em que ponto se localizava o cofre. Por que os marqueteiros preferiam permanecer calados e nunca dizer nada aos responsáveis pela segurança pública? Façamos de conta que não se sabe.

Ou será que levavam radicalmente a sério o dito popular de que ladrão que rouba ladrão tem cem anos de perdão?

37

Somente para o segundo ou terceiro time do marketing as pesquisas eram escrituras sagradas.

38

Bacelar estava sempre sublinhando aspectos nefastos do métier. Falava agora, nos intervalos para almoço num dos restaurantes do bairro, o Feitiço Mineiro, da "perigosa, arriscada e maligna ascendência dos marqueteiros sobre seus clientes". Ficara impressionado ao ver uma política dondoca, Marta Suplicy, se aconselhando sobre roupas com Umberto Calixto, sujeito que, em matéria de elegância, jamais distinguiria entre cisnes e pardais. Bastava olhar para ele, que vestia roupas caras e estava sempre a parecer um jagunço de Canudos. A mulher do vice-governador, que coordenava a campanha do marido, também ouvia relatórios subsociológicos de pesquisas como se ali falasse a sibila, tomada por Apolo, o deus da loucura profética.

Mas o grande problema era quando entravam em jogo a política ou a economia. Torres concebia a política como se estivesse num grupo de autoajuda — e eles devessem se dirigir à classe média na base do bom-senso, da moralidade pequeno-burguesa e das banalidades mais banais. Qualquer "pecado", que porventura tivessem cometido, seria perdoado, apagado por um contrito, constrito e contristado arrependimento cristão. Falava bobagens monumentais sobre o mundo e o sistema internacional das relações de poder. Na economia, o marqueteiro podia conduzir um país ao desastre. Tinha acesso ao palácio, tarde da noite. E era capaz de convencer um presidente a jogar no lixo o dever de casa da economia, a fim de alcançar rapidamente determinados índices de popularidade, que seriam valiosos para fechar certas alianças ou fazer o seu sucessor.

Nessas conversas, o marqueteiro tinha sempre no coldre duas armas que raras vezes falhavam, além do seu poder pessoal de sedução. Uma era a própria publicidade, o poder poderosíssimo da propaganda. E ele era o senhor da imagem e da mensagem, o gênio maior de todos os campos da psicologia social. A outra eram as pesquisas. E os marqueteiros mentiam, sustentando seus argumentos em pesquisas que às vezes nunca tinham sido, nem seriam feitas.

39

Diego Daviña não se cansava de ridicularizar o deslumbramento dos petistas e do pessoal do marketing pelo poder, fosse numa pose intramuros ou numa função de exposição pública.

Seu caso favorito era o de um secretário-executivo do Ministério da Cultura, que, devido às muitas viagens do chefe, estava sempre assumindo aquele posto ministerial. Quando isso acontecia, ele ocupava correndo o carro oficial do ministro. E, ao ver como era tratado em eventos oficiais, gostou tanto do título que mandou fazer um cartão bilíngue, em letras douradas, onde se lia "Ministro Interino". Até que o avisaram que "interino" não era cargo e que ele estava sendo ridicularizado no palácio. O sujeito quase enlouqueceu. Destruiu ansioso a pilha de cartões que ainda tinha nas gavetas de sua mesa e saiu feito um louco atrás dos muitos que já tinha distribuído.

Havia diversos outros exemplos igualmente circenses. Quando Lula assumiu o posto pela primeira vez, foi notável a mudança nas roupas, nos charutos e conhaques, nos gestos e no ar de muitos petistas. Eles se comportavam de modos que oscilavam entre o hilário e o grotesco, como se quisessem compensar situações humilhosas do passado. Ou como se tivessem comprado Brasília em alguma superpromoção imobiliária. Enfim, o PT era uma espécie de dente de ouro na paisagem candanga. Mas o pessoal do marketing não ficava atrás. Daviña costumava citar o caso de Pugliese. A certa altura, Calixto passou a apresentá-lo assim: "Este é Ricardo Pugliese, o meu braço direito." Não demorou e o próprio Pugliese passou a se apresentar no mesmo tom: "Eu sou Ricardo Pugliese, braço direito de Umberto Calixto." Como se aquilo fosse cargo ou, quem sabe, título honorífico.

40

Os redatores pareciam cães treinados. Qual a função do marketing?
— Dourar a pílula.
— *To gild the pill.*
— *Dorer la pilule.*
— *Dorar la píldora.*
— *Die Pille vergolden.*

41

Mais. Os redatores do marketing eleitoral se tornaram especialistas em relativizar o tempo. Em dissolver balizas temporais. Aprenderam a escrever de tal sorte que o receptor de suas mensagens ficava perdido, totalmente confuso, se buscasse qualquer demarcação cronológica. Ninguém conseguia saber se o anunciado elenco de obras de determinado governo foi ou ainda será realizado. Eles inventaram um novo tempo das coisas: o presente contínuo.

42

— Gostei do filmete. O recado está muito bem dado.
— Até você, Bacelar? Eu não faço filmete não, meu amigo. Nunca lhe contaram? Eu faço filmes.

Torres se exasperava quando alguém se referia, a qualquer comercial que tivesse bolado, usando a expressão "filmete publicitário". Ele era incapaz de ver, em "filmete", o diminutivo de "filme". Na sua paranoia, Bacelar criticava, diversamente, o uso da palavra "comercial" para designar filmetes de quinze ou trinta segundos numa campanha eleitoral. Mas talvez o espírito marqueteiro estivesse correto. Tudo ali não era comércio?

— A gente não acende a luz, de uma só vez, em todas as salas da consciência.

A observação de Bacelar, feita assim que se sentaram à mesa do restaurante, a fim de comer alguma coisa antes de dormir, mostrava que ele queria conversar sério, longe da tagarelice das tertúlias mexeriqueiras da agência. E era isso mesmo. Foi com alegria que aceitou entrar no marketing, na equipe que faria a campanha de um partido até então de esquerda. Entrou em campo cheio de entusiasmo, encharcado de frases de Maiakóvski, ditas nos dias mais rubros da revolução russa: publicidade era agitação de massas. Citava, ainda, o célebre trem de Trótski, durante o processo que consolidou a Revolução Russa. Era um trem com um vagão-oficina para imprimir o que fosse necessário e um vagão-vitrine onde as peças publicitárias ficavam expostas.

Aos poucos, a luz foi clareando as salas que tinham ficado escuras. O partido de esquerda aplicava golpes baixos — e seus militantes eram loucos por dinheiro. Esquerdistas da boca para fora, nunca do bolso para dentro. Bacelar começou então a tomar conhecimento, também, dos demais cômodos daquele casarão imenso, suntuoso e sujo. Da copa, dos sanitários, das áreas de serviço, do porão, das garagens, dos depósitos, dos sótãos. Para não falar dos corredores — dos múltiplos, labirínticos e muitas vezes misteriosos, inexplicáveis e esfíngicos corredores. Por alguns deles, inclusive, não era permitido transitar. Seguranças armados fechavam o caminho. A que câmaras secretas, cofres ocultos e alcovas recônditas conduziriam?

Depois de três campanhas eleitorais ali — para prefeito, governador e presidente —, foi percebendo que todos os quase incontáveis cômodos do prédio tinham uma só e mesma função. O casarão, em verdade, era uma gigantesca cloaca. Uma enorme, disforme e reluzente latrina.

43

— A gente cometeu vários erros na vida, por conta da política. Fizemos tremendas bobagens, grandes injustiças. Tudo em nome de uma revolução que nunca aconteceu, nem poderia ter acontecido.

— Tudo bem. Mas vocês acreditavam no que estavam fazendo. Vocês achavam que estavam certos. Esta é a grande diferença. A diferença estelar, vamos dizer assim, entre vocês e esses bandidos do marketing. Esses caras não acreditam em porra nenhuma. Em nenhum gesto do que fazem, em nenhuma sílaba do que dizem.

— Mas o pior nem é isso. Além de não acreditar em nada, eles, na grande maioria das vezes, sabem perfeitamente que estão errados, que estão sendo injustos. Mas seguem tranquilamente engendrando e espalhando mentiras mais ou menos verossímeis, deturpando fatos e ideias, destruindo reputações. E não é para mudar o mundo, para melhorar a vida da coletividade. Não: é para ganhar a eleição, manter ou colocar alguma máfia no poder e encher o cu de dinheiro.

— Não há nenhum sentido superior no que fazem. Nenhum objetivo mais elevado. Nenhuma transcendência.

— Transcendental, para eles, é meter a mão na grana, venha ela de onde vier, e comprar um apartamento em Nova York.

— É impressionante ver a que ponto esses nossos amigos ou ex-amigos chegaram.

— Desencana, cara, eles já ultrapassaram essa coisa ingênua de ter amigos, cultivar amizades. Isso não está mais no cardápio.

— A cada passo no caminho da riqueza, foram jogando fora alguma coisa em que um dia acreditaram. Até se verem livres de todas elas.

— Eles são piores do que quem, desde o início, nunca acreditou em nada, a não ser em dinheiro.

— O que é ridículo é a necessidade de tentar provar o impossível. De querer mostrar que têm vida espiritual.

— Outro dia, Calixto citou Rimbaud. Não consegui ouvir sério, disfarcei o riso. Dá vontade de ser bem redundante — e mandar ele tomar no anelzinho do rabicó.

— E Garbogini se metendo a falar de arquitetura e artes plásticas?

— E todos posam de conhecedores do Brasil. Talvez até já tenham se convencido do teatro que fazem, achando que são nossos psicomagos e profetas.

— Mas me diga uma coisa: por que você está tão calado? Está achando a conversa muito chata? Não aguenta mais ficar ouvindo a mesma coisa? Está mais interessado no cardápio?

— Não, não. Nem uma coisa, nem outra. É que eu hoje só estou conseguindo ficar às voltas com a civilização latina.

— O que houve?

— Veja bem. O espécime mais característico do marketing não é o *homo sapiens*, mas o *homo trium litterarum* de que falava Plauto. O homem de três letras, em alusão à palavra latina *FUR*.

— E o que isto significa?

— Procure no dicionário, que é um hábito que precisa ser mais cultivado.

— Você já soube que o avião de Torres caiu no mar do Caribe, né? A secretária me ligou. O filho dele acaba de chegar lá e assumir o comando.

— Entre ricos e poderosos que se perpetuam, o antigo dito latino continua em vigor: sob a máscara, o choro do herdeiro é riso.

— Algo mais a declarar?

— Aníbal ainda não está às portas de Roma.

— E o que o buzanfã tem a ver com a pantalona?

— Ainda não sei exatamente.

— Se a gente estivesse na aldeia de Arembepe, eu diria que o marketing é uma das expressões mais pesadas da Kali-Yuga. Do negror dos tempos.

— E o panorama político brasileiro hoje se resume ao seguinte: num extremo, a indignidade; no outro, a indignação.

44

Bob Dylan cantando "Lay, Lady, Lay" no rádio do carro: "his clothes are dirty/ but his, his hands are clean"... Era o contrário do que acontecia ali. Todos com roupas caras e invariavelmente limpas, mas as mãos inteiramente imundas. E o pior: era praticamente impossível sair com as mãos imaculadas daquele ambiente degradado.

O próprio Daniel Kertzman, atendendo a um "pedido" do chefe, teve de levar uma maleta cheia de dinheiro até Ribeirão Preto. E tinha certeza, ao longo da estrada, de que aquela grana podia ser tudo, menos legal. Chegou à noite na cidade — e foi comer e bebericar com um amigo no Cipreste. No dia seguinte, deixou o hotel e foi à agência entregar a maldita mala. A região estava muito seca e os fazendeiros se dedicavam ao escândalo ambiental da queima dos canaviais, quando as cinzas cobrem praticamente toda a cidade — incluindo a mesa do restaurante e seu prato de comida. Almoçou assim mesmo. Voltou à agência.

O retorno a São Paulo seria bem mais tarde. De avião — depois do crime cometido, não precisava mais fazer a viagem de carro.

Sob um céu já bem escuro, foi caminhando pelas ruas em direção ao hotel. O cheiro de damas-da-noite impregnava tudo. Aliás, se tinha uma coisa realmente boa em Ribeirão Preto, era isso: as damas da noite.

45

Tudo indicava que a morte de Torres Ribeiro pertencia mesmo a outro mundo. Ninguém se mostrava triste ou sequer incomodado com o que tinha acontecido. Funcionários da Léxis comentaram detalhes técnicos da queda do avião, mas não demonstraram maior preocupação com relação ao finado. "Já foi tarde", pareciam dizer. Torres Ribeiro, como os demais chefes da marquetagem, não era pessoa realmente querida. Nunca foi.

O filho assumiu seu lugar com algum estardalhaço — e foi logo metendo os pés pelas mãos no departamento financeiro. Além disso, como se achava o maior diretor de cinema do planeta, tratou de fazer do antigo chefe da área seu mais novo subalterno. Ninguém ia com a cara dele. Era sujeito mal-educado e arrogante, dono do mundo, que tratava trabalhadores a pontapés e postava no facebook fotos bebendo champanhe na luxuosa lancha do pai, invariavelmente acompanhado por alguma jovem arrivista com pinta de putinha angelical.

Mas é certo que havia ainda outras movimentações naquele submundo milionário. Depois da morte de Torres Ribeiro, o velho e encruado Calixto, agora com seus 65 anos de idade, fazia de tudo para ser o mais alto dos anões.

46

— "Melhor idade" é o caralho!

O brado de Pugliese, completando os 64 anos de sua idade, tinha toda a sua razão de ser, foi logo dizendo Bacelar. Calixto, que talvez achasse que era eterno, não se meteu na conversa. Kertzman filosofou:

— Detesto essa história de idealizar a velhice e os velhos. Um sujeito que foi sacana a vida inteira não vai se transmudar em anjo só porque os seus cabelos ficaram brancos. Assim como crianças e adolescentes, existem velhos maravilhosos e velhos que não valem nada. É por isso que nunca emprego o diminutivo com relação a eles. Não existe essa história de "velhinho". Boa parte deles é de velhacos. Você vai querer botar num mesmo saco o velho Caymmi e o general Pinochet?

Bacelar ia além. Dizia que só poderia achar que a velhice era "a melhor idade" uma pessoa que tivesse passado a adolescência internado num reformatório tipo Febem. Mas que ele, que passou aqueles anos se divertindo, mergulhando nas águas do Porto da Barra, degustando moquecas e comendo princesas, não achava graça nenhuma em coisas como incontinência urinária, pontes de safena e dietas alimentares. Muito menos na perspectiva de ficar brocha, que já começava a assustá-lo.

— Você sabe quando está ficando velho? É quando você canta uma mulher que você está a fim — e morre de medo que ela aceite.

47

Bacelar: Há gerações que envelhecem bem e gerações que envelhecem mal. A nossa é um exemplo das últimas. Estamos envelhecendo muito mal.

Daniel: Metade da nossa turma chegou ao poder — e a outra metade ficou muito perto dele, nas suas vizinhanças mais lucrativas, em termos sociais, culturais e publicitários.

Bacelar: O poder é um mal em si. É intrinsecamente degradante. Corrupto. Acho que o grande problema do nosso envelhecimento geracional foi que, depois dos 40 anos, nos tornamos uma geração de covardes. Não brigamos por mais nada, a não ser por dinheiro. Fugimos de polêmicas, não queremos incompatibilidades, escondemos opiniões. Desejamos que todos os poderosos nos vejam com bons olhos. É isso o que caracteriza uma geração covarde. Envelhecer bem, para essa turma, é envelhecer com uma bela conta no banco. É sonhar com os anjos num travesseiro recheado de dólares. E o que é pior: os covardes tratam de tentar desqualificar os que permanecem combativos, os que ainda contestam e polemizam, os que não se vendem.

Daniel: E procuram justificar isso. Não só são covardes programáticos, covardes por opção, como alinham argumentos em defesa do temor e da falta de ousadia.

Bacelar: Nós dois e mais uns poucos, Kertzman, vamos morrer como cavaleiros solitários e quixotescos, cercados de amebas e balilas por todos os lados.

Daniel: O consolo é saber que nenhuma covardia é digna.

Bacelar: Sim. Nenhuma covardia é sublime.

48

Kertzman enviou um artiguete para o site de Thiago Mascarenhas, artista-jornalista amigo. Quando for publicado — pensa —, não sabe o que acontecerá consigo no campo de concentração do marketing. Será condenado à forca? Ou se verá, simplesmente, num beco sem saída?

— Depende. O que você diz nesse artigo? — pergunta Bacelar.

— Digo que falsificar a história, seja para legitimar golpes ou para permanecer no poder a qualquer preço, não é prática incomum na política. Os militares que deram o golpe de 1964, derrubando Jango, fizeram isso. Hoje, entre nós, imbatível nesse desempenho é o PT. O partido promove uma leitura absolutamente falsificadora da história recente do país. É uma espertíssima jogada discursivo-marqueteira, que se aproveita da proverbial falta de memória dos brasileiros e aprofunda irresponsavelmente a alienação da consciência popular no país.

— E daí...

— Digo que todo mundo sabe que o Brasil experimentou grandes transformações (mudanças políticas, econômicas e sociais; mudança no lugar do país no sistema das relações internacionais; etc.) nas últimas décadas. Mais precisamente, de 1985 para cá. E o que faz o PT? Na base de distorções, falsificações e recortes arbitrários, elimina do horizonte todos os avanços promovidos por outras movimentações e correntes políticas, com o objetivo de enquadrar cronologicamente a maré das mudanças nacionais no campo exclusivo dos governos petistas. O novo Brasil não teria começado com o fim da ditadura militar e a eleição de Tancredo Neves, mas somente a partir de janeiro de 2003, com a posse de Lula. O PT quer se apropriar até da conquista da estabilidade econômica, como se o Plano Real (que o partido tanto combateu) tivesse sido elaborado na cantina de algum sindicato do ABC. Uma visão ideológico-fantasiosa que não encontra a mínima correspondência em fatos.

— E então você parte para desmontar a farsa?

— Mais ou menos, que o espaço é curto. Digo que é preciso colocar as coisas em perspectiva. Mostrar que a transformação nacional não é monopólio petista: vem de Tancredo, passa por Sarney--Collor-Itamar-Fernando Henrique, para chegar a Lula (Dilma, com seu governo até aqui impróspero, será um episódio menor nessa história). Nossa grande conquista política começa com a campanha pelas Diretas Já. A eleição de Tancredo marca o fim do regime militar. Depois, temos a Constituição de 1988, que o PT quis jogar na lata do lixo. O Mercosul veio se configurando a partir de Sarney e Alfonsín. Fernando Henrique nocauteou a inflação. Bem, estamos aqui, da reconquista da democracia à estabilização econômica, num país com imprensa livre e um Judiciário fortalecido, entre 1985 e 1995. Ou seja: oito anos antes que o PT se implantasse no poder!

— Isso vai se chocar frontalmente com a estratégia marqueteira do partido.

— Eu sei.

— E ainda tem dúvida sobre a condenação com que aqueles grandes democratas vão lhe premiar?

— Qual?

— *Paredón!* — sentenciou Bacelar.

49

Havia as searas da entressafra. Além disso, Kertzman gostava de ficar observando as pessoas que não tinham compromisso algum com aquilo, que não estavam envolvidas com a política ou o marketing. Que estavam ali como estariam em outro trampo qualquer. Como Vera, Juliana e Renato conversando e tomando sol sempre que podiam. Ficando ali, no pequeno pátio, a bichanar. Relaxadamente.

Daniel dizia que às vezes tinha vontade de alterar o verso de abertura do "Howl" de Allen Ginsberg, para recitar:

"I saw the best minds of my generation destroyed by marketing..."
"Eu vi as melhores mentes da minha geração destruídas pelo marketing."

*

Victor, que nunca embarcara em nenhuma canoa furada de publicitário ou marqueteiro, mantendo uma saudável distância daquela mistura de festa de máscaras e baile de horrores, observou que era um exagero.

— Vocês, mesmo quando contestam, se acham no centro do mundo. São incorrigivelmente narcisistas. Você não deve alterar assim o verso de Ginsberg por uma razão óbvia: as melhores mentes da sua geração não estão no marketing.

50

Míope, barrigudo, com o pau sumindo nas dobras das calças, Calixto deixava sempre um rastro de ódio atrás de si. Por um motivo muito simples: não sabia andar sem pisar em cima dos outros.

51

Pugliese: Nesta sua fantasia, o marketing não tem saída alguma?

Bacelar: Talvez. Se deixar de ser marketing eleitoral e voltar a ser marketing político.

Pugliese: E você acha isso possível?

Bacelar: Possível, é. Mas entre uma coisa ser possível e ela de fato acontecer, pode haver uma distância estelar.

52

Kertzman pegou o avião e voltou para casa. E como a casa mudou! Salvador não era mais a cidade de vanguarda das décadas de 1950 e 1960. Não era mais a cidade iluminada do desbunde e da contracultura. Não era mais o espaço da recriação da negritude brasileira. Tinha-se tornado uma cidade medíocre, desinformada, de costas para o mundo.

Tudo tinha virado um carnaval de cordeiros. Uma festa empresarial, cheia de balizas e altamente lucrativa, com uma trilha sonora nascida de cretinismos vários. Todo mundo pulando, gritando e dançando sem parar. Não haveria mais tempo para sentir, pensar ou sofrer, coisas que passaram a ser consideradas de extremo mau gosto. Pura perda de tempo. A palavra de ordem era: ser alegre. Sem descanso. Compulsoriamente. Como se aqui não houvesse lugares chamados Soledade, Desterro ou Mirante dos Aflitos.

Poucas vezes uma cidade foi tão estúpida e autocomplacente. O lócus mesmo da alienação. Mas a verdade, pensava Kertzman, era a seguinte. Uma cidade que se investe da obrigação de ser alegre 365 dias por ano, uma cidade onde não há lugar para a tristeza e a melancolia, é uma cidade doente. Uma cidade maníaca.

53

Passando a mão pelos cabelos grisalhos, Kertzman repetia para si mesmo que já não tinha nada a ver com aquela bandalheira, com aquela bandidagem irresponsável, enganando criminosamente o povo e fodendo o país. "Nesse ambiente, a última coisa que interessa é o Brasil." Mas era preciso não perder a esperança. Ainda que, como dizia Marcuse, em nome dos desesperançados. No avião, voltando para casa, leu o letreiro à sua frente. E fez a sua versão. Entre o agudo, o til, o circunflexo e a crase — use o acento para flutuar. E mantenha a máscara afivelada enquanto estiver vivo.

Depois de tudo, ainda teve de ir a São Paulo. Foi logo antes da eleição presidencial. Mas, desta vez, respirando à vontade. Não participou do crime político do marketing eleitoral com Dilma Rousseff no papel de mercadora de ilusões. Esteve fora das jogadas e se sentia bem por isso. Como era bom não ter mais nada a ver com o jogo sujo. Kertzman realmente estava já anos-luz distante daquilo. Bacelar também tinha saltado da canoa furada. "Não podemos ajudar esses putos a foder o país", proclamou. Por conta disso, sofreu um tremendo baque financeiro. Mas, contra tudo, acabou apoiando Marina, a candidata dos ecologistas e descolados em geral.

— Foi para a direita, Bacelar?

— Não, meu filho, saí de lá: a direita é o marketing, você ainda não sabe?

No dia anterior à eleição, ainda no começo da tarde, Kertzman foi com seu amigo Eduardo Giannetti almoçar no Loi, na Rua Mello Alves, nos Jardins. Lá chegando, pediram suas doses de uísque e se sentaram na saleta, à espera de que vagasse alguma mesa. Mas eis que entram seus amigos Pedro Novis e Rubens Ricupero, que tinham feito uma reserva. Seguem juntos, então. Pedro e Ricupero vão de massa, Giannetti, de peixe, e Kertzman pede um paillard de filé. São interessantes os roteiros da vida. Kertzman conheceu Ricupero na casa de Ana Elisa, na Praia do Forte. Gostavam de conversar, embora nem sempre concordantes. Da última vez, por exemplo, Ricupero tinha dito que foi uma bobagem mudar a capital do Rio para Brasília.

— Não se devia mudar a capital do país de uma cidade requintada para um lugar ainda tosco — disse.

— Por esse raciocínio — contestou Kertzman —, a capital deveria ter permanecido na Bahia. Salvador era então uma cidade requintada. O Rio, não. No final do século XVIII, era um lugar tosco, grosseiro e violento. Ainda não se tinha abaianado.

Ricupero acabou concordando. E logo a conversa chegou ao lance das eleições. Ricupero falou longa, pausadamente — e bem:

— Esta foi a campanha mais sórdida em setenta anos. A democracia saiu degradada pela manipulação dos marqueteiros. Lula, Dilma e seu partido escolheram o confronto e a violência verbal como tática para ganhar. Se vencer, a presidente já vai tomar posse derrotada. A democracia deve encarar a alternância no governo como o único antídoto contra a inevitável corrupção do poder perpétuo. Não se trata de esperar, por absurdo, que o governo cometa suicídio em nome da alternância. O que se tem o direito de exigir é que nenhum partido, muito menos o que goza da vantagem da situação, se comporte como aquele coronel do interior para o qual só havia em política um crime imperdoável: perder eleição. E esse governo tem muito mais pecados do que virtudes. Deixou que os problemas brasileiros adquirissem dimensões quase sobre-humanas. Do lado econômico, inflação em alta, estagnação do crescimento, déficits assustadores no orçamento e nas contas externas. Do lado político, um congresso ainda mais fragmentado em partidos fisiológicos combinado com instituições públicas desmoralizadas por escândalos. Para quem age dessa forma irresponsável, a política não passa de um moinho que deve ser usado para triturar vidas exemplares como a de Marina. Ou para reduzir a pó as ilusões dos que sonharam com uma vida pública renovada e mais pura. O sábio Cartola já nos antecipou o destino que os aguarda: herdarão somente o cinismo e resvalarão no abismo que cavaram com seus pés.

À noite, chegando de volta ao hotel, Daniel ligou a televisão para ver como as coisas andavam. E lá apareceu um outro amigo deles, o geógrafo Demétrio Magnoli, no momento de seu comentário. Como sempre, com a lucidez de uma lâmina:

— A semente transgênica e o Código Florestal. A hidrelétrica e a licença ambiental. Os evangélicos e os jovens libertários. O Estado e as ONGs. Os serviços públicos e os tributos. A "nova política" e o Congresso. A política e os partidos. O PSB e a Rede... Na candidatura de Marina Silva, não é difícil traçar círculos de giz em torno de ângulos agudos, superfícies de tensão, contradições represadas. O PT preferiu investir na indignidade, na mentira, na difamação. Por isso, perdendo ou ganhando, já perdeu. As peças incendiárias do marketing, referenciadas no pré-sal e na independência do Banco Central, inscrevem-se na esfera da delinquência eleitoral. A primeira se organiza em torno de uma mentira (a suposta recusa de explorar o pré-sal), de cujo seio emana um corolário onírico (a "retirada" de centenas de bilhões de reais supostos e futuros da Educação). A segunda converte em escândalo um modelo que pode ser legitimamente combatido, mas está em vigor nos EUA, no Canadá, no Japão, na União Europeia, na Grã-Bretanha e no Chile. Na TV, o partido do governo acusa Marina Silva, a candidata desafiante, de conspirar com banqueiros para lançar os pobres no abismo da miséria. O fenômeno vexaminoso não chega a causar comoção, pois tem precedentes. Contra Alckmin e Serra, o PT difundiu as torpezas de que pretendiam privatizar a Petrobrás e cortar os benefícios das políticas sociais, ambas já reprisadas para atingir Marina. O que leva o lulismo a fazer isso com tranquilidade, já se sabe. O PT aposta na ignorância, na desinformação, na pobreza intelectual. Enfim, no fracasso do país.

Perfeito, pensa Kertzman. Inaugurara-se a era do terrorismo publicitário no campo político nacional.

54

Crimes foram cometidos contra a jovem democracia brasileira. Querem que ela cresça apodrecida. Mas os donos do marketing e os políticos de profissão não têm pesadelos. O segredo? Simples. Para dormir com um estrondo desses, é preciso ter o travesseiro, o colchão e o coração abarrotados de dólares.

55

— O que vem por aí é mais do que previsível: o grande fracasso do próximo governo. E, com o PT caindo em desgraça, vai começar a migração dos marqueteiros. Alguns, para outros partidos. Os mais poderosos, para o exterior. E aí é que vai ficar bem claro o que esses escroques entendem por "socialismo romântico".

— Não é só isso, meu amigo. A debandada dos "socialistas românticos" vai ser muito maior se vingar a proibição de doação financeira de empresas para partidos e candidatos. A gente vai ver as estrelas do marketing se safando da merda com frases bolorosas sobre condições de trabalho. Um prato cheio para o pernóstico do Calixto, por exemplo. Ainda mais que os mais ricos, aí por volta dos 60 anos, estão ricos demais — e procuram a tal da saída honrosa pra tirar o time de campo e não emporcalhar ainda mais suas biografias, antes que a polícia segure eles.

— Para os políticos, a desgraça será maior. Eles abusaram do marketing. E, mais cedo ou mais tarde, a política vai cobrar o seu preço.

56

— Cada comunidade tem um escritor que ela não merece. O da comunidade judaica, no Brasil, foi Kneizer. Não quero ser escritor de comunidade nenhuma, mas, muito menos, ser uma espécie qualquer de Kneizer. É esse o tipo de escritor que não quero correr nenhum perigo de ser — disse Kertzman.

Gabriel Gorender ficou curioso. E Kertzman fez questão de esclarecer. Kneizer, o professor Kneizer, era funcionário da máfia de judeus do submundo da prostituição no Rio de Janeiro. O *ghost-writer* total. Era ele quem escrevia as cartas que as putinhas judias enviavam para as suas famílias na Rússia, na Polônia, enfim, nos *shtetls* da Europa Oriental. E mentia a valer. Era o ficcionista de aluguel. Ele tinha uma caligrafia esplêndida. Domínio da sintaxe e da prosódia. Da retórica, principalmente. Escrevia cartas que as putas assinavam com prazer ao se verem produzindo textos tão chiques — e olha que transformando a vida miserável das escravas sexuais em inacreditáveis fábulas maravilhosas. Elas eram analfabetas e ele sentia um prazer enorme ao ler as cartas em voz alta, caprichando no ritmo e na entonação. Elas ficavam inebriadas. Adoravam ver os seus fracassos transmudados em sucessos. E com toda aquela elegância!

Ao mesmo tempo, Kneizer — Sigmund Kneizer era o seu nome — podia destruir para sempre a imagem dessas garotas junto às suas famílias pobríssimas. Bastava escrever uma carta em nome do benfeitor de uma delas, comunicando que a moça tinha perdido a cabeça e descambado para a prostituição — ou, o que era bem pior para a reputação de qualquer uma, tinha se apaixonado e fugido com um negro. Kneizer escrevia, com a mesma facilidade, cartas radiosas e cartas sombrias. No cenário de fundo, a cidade era a mesma. O Rio de Janeiro ensolarado e vital — ou o Rio de Janeiro chuvoso e cheio de doenças noturnas.

— Saí da agência principalmente por isso, Gabriel. Todo redator publicitário, todo escriba do marketing, com maior ou menor talento, é um Kneizer. Um puto escrevendo para dizer que a vida é outra. Que é um engano acreditar no que os nossos olhos veem. Um puto mentiroso, trapaceando com o mundo e a sociedade. Prejudicando, principalmente, os mais pobres. A população mais humilde das favelas, dos bairros populares, das periferias marginalizadas do país.

Kertzman podia romper tranquilamente com a bandidagem marqueteira. Não tinha problema algum para sobreviver. Bacelar, ao contrário, sabia que ia quebrar a cara. Mas também foi honesto o bastante para mandar o mundo de Torres e Calixto à merda. E mergulhar na crise de um país perplexo e um povo atormentado.

— No marketing, toda mulher, assim como todo homem, é de vida fácil. Cá fora, no mundo real, a batalha da sobrevivência é dura. Ainda temos de ganhar a vida biblicamente, com o suor do nosso rosto. Se houver o que fazer, obviamente. Porque o desemprego e a desilusão crescem a cada dia, a cada hora.

Era o que dizia Bacelar, sem fazer queixa alguma da nova situação em que passou a viver. E concordava com Kertzman quando este dizia que era preciso subverter a sensibilidade social brasileira. Tentar transformar as estruturas mentais do país.

Kertzman: Às vezes, fico pensando que é impossível.

Gabriel: Impossível, meu caro, é desfritar um ovo.

Como a turma falava anos atrás, na aldeia de Arembepe, era necessário reinventar o sentido da presença humana no mundo.

Conseguiriam?

E. Autorrelevo

Criptomaníaco — sou. E o que anuncio:
decifro qualquer esfinge.
Há quem acredite.
Mas, para dizer a verdade, minto.
É que a falácia muitas vezes
encanta os incautos.
E vou me divertindo como posso.
Contemplo estrelas em voo rasante.
Vejo mulheres instantâneas,
que dissolvem sem foder.
Desprezo pessoas térreas.
Ouço cintilar o aço das canções mais belas.
Amo um rosto que oscila a lucilar à luz solar.
E sei que todo telhado é de vidro.
Que todos os gatunos são pardos
nas noites brasileiras.
Que palavras me faltam
para agradecer
o que assassinos e suicidas
fazem por mim.
Em dias raros, no entanto,
sou quem destrama os fios,

quem desata os rios da meada,
quem refaz os riscos da memória,
quem duvida da vida
e desmente a morte.
Nesses dias,
astros brutais me revelam estupros astrais,
chagas de vulcão, segredos oceânicos
diante dos quais
até as mais estranhas trevas estremecem.
Mas, para que a gravidade não me tome
e escravize, volto logo ao jogo.
Numa infração de segundo,
recodifico fêmeas efêmeras.
E sou uma explosão de risos
girando em torno de nada.

5. PONTO DE PARTIDA

1

Daniel Kertzman alugou uma casa logo depois do Farol de Itapoã. Lembrou-se inclusive de que, muitos anos atrás, o amigo Accioli se inscreveu num concurso público para trabalhar ali. O ocupante do posto tinha falecido, abriu-se a vaga e ele pensou que raros empregos poderiam ser tão charmosos quanto o de faroleiro de Itapoã. Imaginou-se ali todas as noites, acendendo as luzes convencionadas, ouvindo as ondas e o mar a lamber os pés do totem, enquanto leria algum romance, ou escreveria outro. Pensou até que em noites mais sossegadas ficaria ouvindo João Gilberto cantar "Farolito". Mas teve de viajar, por conta de um trabalho que apareceu no inverno de Porto Alegre, e assim deixou de prestar o exame. Perdeu a chance de ter o emprego menos perigoso e mais lírico de sua vida.

Agora, de volta a Itapoã, Daniel olhava carinhosamente o farol, cercado já por uma pista asfáltica que seguia em direção a Pedra do Sal, Stella Maris e Praia do Flamengo. A paisagem fora simplesmente destroçada por trambolhos arquitetônicos, automóveis barulhentos, pessoas que não tinham noção de nada. E por uma igreja evangélica, uma universal de deus ou coisa que o valha, tão ruidista quanto proselitista, sufocando o som do mar com seus berros cacofônicos.

Kertzman se irritava, em especial, com o fato desses neopentecostais abomináveis baterem de manhã cedo ou no final da tarde na porta de sua casa, imaginando convertê-lo. Nas duas primeiras vezes, não os tratou mal. Disse, apenas, que não tinha interesse na conversa. Depois, como os evangélicos persistissem, já quase o olhando como emissário do diabo, começou a perder a paciência. A coisa foi ficando impossível. Até que, diante da insistência insuportável de uma crente, explodiu:

— Quer saber de uma coisa, minha senhora? Vá se contrafoder!

Resolveu então acabar de uma vez com aquela história e partiu para conversar com o pastor. Depois de dizer que morava ali perto, na Rua da Brisa do Amanhecer, entre a esquina do boteco de Cachinho e a esquina do bar Dona Eva, onde costumava comer siris e lambretas, foi direto ao assunto:

— Vamos fazer um trato, pastor. O seu negócio é Deus e o meu é sexo. Então, é o seguinte: nem você vai pregar na minha casa, nem eu venho foder na sua igreja. Ok?

2

— O presidente dos Estados Unidos manda jogar bombas atômicas sobre cidades japonesas (num momento em que não havia nenhuma necessidade disso, em que a guerra já estava ganha), mata ou contamina para o resto da vida uma multidão de pessoas e ninguém o chama de assassino. Claro: assassino é o pé-rapado que disparou um velho revólver, um Rossi 32 enferrujado, despachando alguém para o outro mundo. Dá para entender? É claro que o pé-rapado é assassino. Mas e o presidente, não?

— Você está certo, Gabriel. Andei até pensando sobre isso, nesses últimos dias. Porque é mais ou menos esse o desequilíbrio que vejo na mídia, quando falam dos chamados "vândalos", dos black blocs, os anarquistas mascarados, que resolveram botar pra quebrar, literalmente, nas ruas das maiores e mais inquietas cidades brasileiras.

— Infelizmente, Kertzman, Salvador já não faz parte desse rol. Foi cidade corajosa e contestadora, tempos atrás. Hoje, é um curral de bois mansos ou vendidos, de vacas e vaquinhas relaxadas e de novilhos abestalhados, que passam o tempo todo pastando, falando bobagem e ensaiando novas coreografias de axé music, que é o que realmente importa para o futuro da humanidade.

— O que quero dizer é o seguinte. A mídia fala de modo enfático e agressivo sobre o assunto, numa verdadeira cruzada contra os "vândalos", que, aliás, eram um povo germânico, em nada piores do que romanos, celtas ou eslavos. Eles são apresentados como a própria encarnação da destruição. Coitados. Será que têm poder para tanto? De modo algum. A televisão mostra carros e ônibus incendiando, fogos de artifício explodindo, um garoto atirando uma pedra na vidraça de uma loja ou de uma agência bancária. E fica todo mundo horrorizado. Vejo a indignação de jornalistas, empresários, políticos, pessoas comuns. Mas me pergunto se é mesmo esta a medida das coisas. E penso que não.

— Claro que não, *mi caro*. Comparativamente, as pequeninas ações dos "vândalos" são mesmo coisas menores, insignificantes até. Na semana passada, os jornais mostravam como cresceu criminosamente a devastação da Mata Atlântica. Aqui mesmo, na Bahia, o governo do PT entregou uma bela fatia do litoral a uma fábrica chinesa, condenando a praia. Empresários seguem destruindo vales e emporcalhando as águas e o ar. Isto, sim, é que é destruição. Vandalismo.

— Era onde eu queria chegar. O governo autoriza que a turma poderosa devaste e deteriore o litoral brasileiro. E "vândalo" é o jovem que joga uma pedra na fachada de vidro de uma empresa? "Vândalo" é o estudante que quebra a janela de uma velha igreja no centro do Rio — e não governadores que fazem o patrimônio histórico de nossas cidades cair aos pedaços? Queimar um ônibus não é nada, em comparação com as matas incendiadas pelo agronegócio. Um banco tem como repor facilmente suas frentes envidraçadas. E nós — como vamos repor a Mata Atlântica? A baía de Guanabara foi destruída sem pena por empresários e governantes, virando um vasto poço de merda. E "vândalo" é o garoto black bloc que quebra uma butique de artigos de surfe ou uma loja de roupas de grife? Não, não faz sentido.

— Você tem toda a razão. E não é só isso, meu amigo. Como você bem sabe, os empresários não sairiam por aí destruindo e saqueando as coisas se não contassem com o beneplácito dos governos. Então, o que tem de ser dito é isso: vândalos — de verdade — são nossos empresários e governantes.

3

Na casa nova de Itapoã, Kertzman começou a criar outros cachorros. Uma buldogue francesa chamada Carlota, que foi buscar em Maceió, e três lindos vira-latas que recolheu nas redondezas, entrada da favela do Alto do Coqueirinho: Zé Mestiço, Olga e Sophia.

Mas o curioso, naquela casa, era que os bichos não tinham somente nomes, mas apelidos — e atendiam por ambos. Carlota, por exemplo, era também Putchuka. E Zé Mestiço vinha pulando alegremente quando o chamavam de Mosquito Elétrico. Até a gatinha branca de olhos de amêndoa, chamada Francisca, era também Sorvete de Coco ou Pedacinho de Lua. Querer tê-los era uma das razões que Kertzman dava para ter escolhido morar numa casa e não num apartamento. "É impossível criar cachorro em apartamento. Cachorro, gato e criança. São três espécies de animais que precisam de outro tipo de espaço." Além disso, era gostoso quando, à noite, a chuva linguajava à sua maneira no telhado da casa.

Quase no final da rua, uma mulher antipatizada por todos instalou uma empresa de seguros. Kertzman conversou primeiro com seu caseiro e depois com a peãozada local, que se entusiasmou com a ideia. É que havia duas vans e oito mesas com computadores na empresa. E o que Kertzman sugeriu foi que, sem dizer nada a ninguém, eles fizessem ali, à noite, entre as 21 e as 23 horas, dois cursos: um de motorista e outro de informática. Mano, motorista profissional, comandaria o primeiro curso. O segundo correria por conta de Omar, filho de Daniel, que agora estava morando com ele.

Foi uma jogada altamente produtiva. Em seis meses, já se tinha trabalhador com carteira de motorista (um deles virou, inclusive, dono de mototáxi, circulando basicamente entre Itapoã e os bairros de Santo Amaro do Ipitanga) e todos viajando pelo mundo digital. Kertzman para Bacelar:

— Essa pequena, minúscula atividade clandestina deu mais frutos do que tudo que fiz nos meus tempos de militância esquerdofrênica.

4

Victor implacável, na mesa do bar.

— É uma merda. Intelectuais e literatos, de um modo geral, são incorrigíveis. Começam a ficar velhos e vão abrindo progressivamente a guarda. Passam a olhar com olhos gulosos, ávidos até, prêmios e condecorações oficiais. Como a gente está vendo agora: antigos revolucionários estéticos de décadas atrás se convertendo em medalhões que não resistem a medalhinhas.

5

A mudança para Itapoã significou não apenas um retorno ao comum do dia a dia, à convivência entre pessoas num cotidiano real, bem diverso da mistura de *bunker* e ilha da fantasia (perversa e perversora) que tipificava a agência de marketing. Representou, também, ser atirado de volta num mundo de que Daniel Kertzman se descolara e quase esquecera.

Porque Itapoã era um bairro social e culturalmente mesclado, reunindo desde dondocas que faziam pilates e criavam raros cães de raça até mendigos candomblezeiros e lunáticos das mais diversas extrações. E isto era imediatamente visível para quem, como ele, morava numa casa avulsa, numa rua corriqueira, e não num condomínio fechado, com guarita, vigilantes, câmeras de segurança e cercas elétricas — isto é, condomínios construídos segundo os princípios da "arquitetura do medo" e que recorriam, para se garantir contra intrusos, a esquemas e elementos da engenharia bélica.

Pela rua de Kertzman, passavam tanto o automóvel luxuoso quanto o pária meio amalucado. Um dos sujeitos que estava sempre por ali, atrás de alguma grana e esquadrinhando com olhos tarados os corpos das moças que voltavam da praia, era de fato muito pobre — e feio de dar dó. Tão pobre e tão feio que, aos mais de 30 anos de idade, ainda não conseguira dar uma só trepada em sua vida. Amaldiçoava o fato de ter nascido homem. Dizia que, se fosse mulher, já teria conhecido o sexo.

— A mulher pode ser feia como for. Quando ela quer dar, sempre aparece um homem disposto a comer. E fode com ela.

As mulheres seriam mais seletivas, afirmava. Se o homem era ao mesmo tempo muito pobre e muito feio, como era o seu caso, elas o ignoravam completamente. E ele já não aguentava mais de tanto se masturbar. Não adiantava nem virar veado, porque não teria dinheiro para convencer um bofe a comer sua bunda.

Num domingo, já quase ao pôr do sol, com as últimas gatinhas deixando a praia e desfilando seminuas pela rua, ele, com lágrimas apertadas de raiva e de dor nos olhos miúdos, confessou. "Desse ano não passa. Não posso ficar a vida toda assim, sem foder. Tenho que sentir isso que todo mundo sente. Se nenhuma mulher quiser dar pra mim, vou comer na raça, de qualquer jeito. Vou currar." Daí em diante, começou a repetir obsessivamente a frase, até mesmo falando sozinho.

— Vou currar... vou currar... vou currar...

Kertzman ficou preocupado. Tinha receio de que Gilmauro tentasse cometer ou de fato cometesse algum estupro, e fosse preso ou, quem sabe, morto — a depender de quem comesse. A verdade era que seus olhos diziam, em fúria contida e com estranha certeza, que não era para levar aquelas suas palavras na brincadeira. Quando comentou o assunto com Victor e Gabriel, eles riram. Não deram maior importância ao caso. Para a surpresa de Kertzman, disseram que era a coisa mais simples do mundo resolver o problema. Bastava eles contratarem alguma mocreia, alguma puta bem vagabunda, mequetrefe total, para dar pro cara. E assim aliviar essa dor que já crescia sem tamanho e poderia ter um desfecho barra pesada.

Dito e feito. Contrataram uma puta meio coroa e já bem derrubada. Para Gilmauro, o rei da secura, no entanto, a velha prostituta não seria menos do que a Vênus Anadiomene de Ticiano. Combinaram então que ela não diria nada do acerto, comportando-se como uma atriz — coisa que, de resto, a deixou muito envaidecida, cheia de si. Daniel reteve Gilmauro em pequenas tarefas domésticas, até que anoiteceu e a praia ficou deserta. Quando ele saiu da casa de Kertzman, a velha puta, a escolada e descolada Mirtes, deu um jeito de atraí-lo e o conduziu a uma moita na beira do mar, para uma noite de sexo. É claro que Daniel, Victor e Gabriel não ficaram à espreita para apreciar a cena. Nem teriam a menor

361

ideia do que se passou então pela cabeça do sujeito. Mas podiam imaginar que, no momento mais alto daquela peça, Gilmauro devia ter se sentido imperador dos mares, rei de todas as estrelas do firmamento, soberano alado das legiões e falanges dos grandes galos rubros de guerra.

Nos dias seguintes, ninguém aguentava mais a conversa do sujeito. Ele contava e recontava a todo mundo o ocorrido, esmiuçando os mínimos detalhes, acrescentando, a cada volta, mais um pormenor. Com a fantasia de que a mulher estava apaixonada por ele. As pessoas começaram a se irritar com a repetição sem fim daquela narrativa — e mandavam Gilmauro calar a boca. Menos Daniel, que sorria de leve ao vê-lo mentirolando mentirosamente para si e para os demais. De qualquer modo, a expressão do cabra agora era outra. Aquela foda praieira mudou até o seu jeito de andar.

6

Naqueles dias, aconteceu também por ali um assalto que passou a fazer parte do anedotário histórico do bairro. Um ladrão cearense, muito esperto e muito conhecido nas imediações, assaltou tranquilamente a casa do alemão que morava na rua, embora a "unidade residencial", como seu proprietário a designava, fosse protegida por um potente, adestrado e bem fornido cão rottweiler.

Otto fora passar o fim de semana fora, na Praia do Forte, na pousada de Claus Komiker, seu patrício. Deixou Bismarck, como o cão era chamado, tomando conta de tudo. No boteco de Cachinho, o caseiro Ataulfo se lamentou da obrigação de ter que dar comida a Bismarck naquele domingo de manhã, dia em que sempre acordava tarde, graças às boas farras dançantes dos sábados na boate Língua de Prata. Sabendo que seu amigo tinha marcado um encontro com a cabrocha Fafá Fartura justo naquele dia, o velho

Nego Bujão prontamente se ofereceu para solucionar o perrengue. Serviria a ração à fera, desde que isso fosse possível. Isto é: que o rottweiler não esbagaçasse suas carnes. Ataulfo adorou a ideia. E, ato contínuo, ensinou ao companheiro os comandos a que o cachorro obedecia, todos em alemão.

Acontece que, também presente ao balcão do boteco, Chico, o cearense, escutou e gravou tudo. E é claro que não esperou o dia amanhecer. Aproximou-se do portão da casa de Otto no finzinho da noite e se apresentou a Bismarck como amigo da família. "Fróindi, fróindi", foi dizendo. Bismarck rosnou. Mas Chico insistiu, com toda a habilidade e persistência de que só um filho do Ceará é capaz. Bismarck acabou balançando o toco do rabo. Chico, então, pulou o portão, já ordenando: "Halt! Halt!" Bismarck obedeceu. Foi o bastante para Chico se sentir à vontade para fazê--lo sentar, em *deutsche* esmerilhado no mais legítimo sotaque do Cariri: "Zitzê!" Bismarck hesitou. Não deve ter entendido bem aquele alemão. Chico não se fez de rogado: "Tu num tá ouvindo não, seu corno? Eu disse zitze! zitze!" Bismarck, algo encabulado, consentiu. Cheio de si, Chico convidou então o seu melhor amigo do homem a fazer com ele a visita à casa: "Komem, komem." Bismarck o acompanhou. E Chico surrupiou o que conseguiu carregar daquela casa cheia de adesivos alemães e de uma bandeira do Borussia Dortmund. Pegou até um engradado de cerveja alemã. Na saída, agradeceu ao vira-lata:

— Danke, Bismarck. Muito danke, meu querido amigo.

7

Victor fazia isso raramente, mas fazia. Uma breve conferência. Por um caminho que quase nunca ninguém esperava. Desta vez, a conversa foi a seguinte:

— Vivemos ainda na corte da fada Ninete.

Onde? — foi a pergunta geral. E quem era Ninete? Victor explicou calmamente. Ninete era personagem que aparecia numa categoria tão interessante quanto pouco conhecida de textos literários: os contos erótico-paródicos do século XVIII, a face oculta dos contos de fada. Mais exatamente, era personagem de uma narrativa de Charles Pinot Duclos, "Acajou et Zirphile", publicada na França em 1744.

Antes que fizessem mais alguma pergunta, Victor esclareceu. A história de Ninete apareceu na onda daquelas narrativas setecentistas que surgiram no rastro do grande sucesso público dos contos de fada. Nestes, dirigidos a um público menos letrado e mais ingênuo, encontrava-se a suposta pureza radiante dos sonhos infantis. Era o modelo do conto maravilhoso. O reino de Cinderela e de tantas fadas encantadoras, que, inclusive, ganharam versões modernas em obras variadas, como a de Walt Disney. Narrativas para crianças, que ligamos ao nome de Charles Perrault.

— Você pode fazer a gentileza de ir ao assunto?

— Sim, sim: é que há o outro lado.

— Qual?

— Havia contos de fada bem pouco ingênuos. Contos de fada eróticos, pornôs. Ou "licenciosos", como se costumava dizer.

— Por exemplo?

— Contos onde, lá pelo meio da madrugada, um rapaz come a Bela Adormecida e a engravida. É a versão paródica da delicadeza e do pudor das narrativas infantis, com suas fadinhas que, mais tarde, ganhariam varinhas mágicas brilhantes, despedindo pequeninas estrelas ao seu redor. E estes contos paródicos subverteram totalmente o gênero. Neles, princesas podiam se transformar em baleias ou macacas. Peitos enormes eram carregados em carrinhos de mão. Uma princesa se transformava em coelha e era assediada sexualmente por muitos coelhos. Enfim, a sexualidade entrava

364

em cena. De forma algo codificada, mas nunca incompreensível. Num escrito chamado "O***, História Indiscreta", Antoine Bret se demorou horas na descrição de um bidê.

— Mas onde você quer chegar?

— Deixa ele falar, porra.

— Posso falar?

— Pode.

— Então, é o seguinte.

— Diga logo!

— Nesse rol aí, um dos meus textos favoritos é "Acajou et Zirphile". Nele, Pinot Duclos criou uma dupla curiosa: o gênio Podagrambo e a fada Harpagina, que é descrita, vejam só, como horrenda, grande, seca e preta. No seu esforço para fazer de um jovem príncipe um perfeito imbecil, Harpagina prepara duas balas de açúcar mágico, colocando numa delas pastilhas que inspiram o mau gosto e a falsidade e, na outra, drágeas de presunção. O príncipe cuspiu as balas no nariz da fada. Harpagina as deu então a um viajante, que as levou para a Europa, onde fizeram um tremendo sucesso. É a melhor explicação que conheço, aliás, para o etnocentrismo daquela gente. Para a grande presunção europeia.

— Mas o que temos a ver com isso?

— Temos, sim, antropologicamente.

— Não, meu amigo. Me refiro à corte da fada Ninete, quando você disse que ainda vivemos nela. Até agora, não entendi a razão.

— Ninete, a minha querida fada, aparece justamente nesse conto que mencionei. É uma criaturinha pequena e muito vivaz. E raros são os dias em que não me lembro dela. Certa vez, num passeio, uma namoradinha me disse: "Eu *odeio* carro preto." Não resisti — e perguntei: "Mas você odeia como? Com toda a força do seu coração?" Ela me olhou um pouco (ou muito) surpresa e não disse nada. Mas minha mãe *adora* deitar numa rede. Tenho uma amiga que *ama* taças de cristal e outra que tem *paixão* por cavalos árabes, assim como um amigo que se confessa *louco* por pitangas e notebooks. E tudo isso se passa na corte da fada Ninete.

— Não entendi nada.

— Mas vai. Posso ler um pequeno trecho de Pinot Duclos para vocês?

— Claro!

"A corte da pequena fada reunia tudo o que havia em matéria de gente amável no reino de Minúcia. Nos dias em que ela recebia em casa, nada era tão brilhante quanto as conversas. Não se tratava absolutamente daqueles discursos onde só existem lugares-comuns; era uma torrente de ditos espirituosos e sutilezas; todo mundo perguntava; ninguém respondia com precisão e todos se entendiam às mil maravilhas, ou não se entendiam, o que vem a dar no mesmo para os espíritos brilhantes; o exagero era a figura favorita e em moda; sem terem sentimentos brilhantes, sem se ocuparem de assuntos importantes, falavam sempre a respeito de tudo com desembaraço. Ficavam *furiosos* com uma mudança de tempo; uma fita ou um pompom eram *a única coisa de que gostavam no mundo*; entre os matizes de uma mesma cor, encontravam *um mundo de diferenças*; não havia nada com que não estivessem *cumulados* ou *misturados*; esgotavam enfim as expressões exageradas com bagatelas, de maneira que se, por acaso, viessem a sentir alguma paixão violenta, não conseguiriam ser ouvidos e seriam obrigados a ficar calados."

Ficou todo mundo algo sem graça. Afinal, quando você odeia um carro preto e adora um copo redondo, como vai se referir a coisas maiores da vida? E Victor insistiu:

— Na corte da fada Ninete, as pessoas usam palavras grandiosas para falar de nonadas, bobagens, questões de quisquilhas. *Adoram* vinho tinto, *amam* roupas de seda, acham *genial* um sambinha qualquer ou uma declaração de uma atriz perfeitamente estúpida, *não podem viver* longe do cinema ou privadas de telefone sem fio, são *apaixonadas* por comida japonesa — e assim por diante, que a lista é infinita. Mas, como gastam as grandes palavras com tolices ou coisas banais, essas pessoas ficam sem ter o que dizer quando se defrontam com algum sentimento realmente grandioso. Ou com certas coisas que são de fato raras e grandiosas.

8

Às vezes, Daniel Kertzman sentia ímpetos de reproduzir, como conselho ou alerta às mocinhas de hoje, as palavras que o velho comunista sírio-libanês Alberto Carmo, exilado em Berlim, dizia à sua neta.

— Minha filha, toda mulher é mercadoria. O que ela tem de fazer é escolher que mercadoria quer ser — e em que lugar da prateleira quer estar.

9

Roberto Boaventura foi outro que cuidou de escafeder-se em definitivo. De tentar se matar, sem que ninguém nunca soubesse exatamente o motivo, se é que havia algum, além da insatisfação geral com a vida, que aqui e ali carregava alguém para o além.

Mas a tentativa não deu certo. A mão deve ter tremido na hora em que espremeu o gatilho do revólver. Atingido pela bala, perdeu os sentidos. Mas ficou longe de morrer. Voltou a si aos poucos, percebendo, decepcionadíssimo, que estava todo entubado num quarto de hospital. Foi-se recuperando aos poucos, fingindo que estava *out* quando alguma enfermeira aparecia, até se sentir totalmente consciente e senhor de seus movimentos. Ao abrir num momento os olhos, passeando-os pelos quatro cantos do quarto e vendo que estava só, foi rápido. Arrancou os tubos, correu em direção à janela e se atirou, num voo, para a liberdade da morte. Mas acontece que o seu quarto ficava no térreo do prédio, a pouco mais de um metro do chão.

Os amigos achavam que aquele fracasso foi tão imensamente ridículo, que só isso poderia explicar o fato de ele ter sumido da vista de todos, mudando-se, sem dar a menor notícia, para alguma cidade onde ninguém soubesse dessa historieta tragicômica.

10

Naqueles dias de tantas chuvas e chuvaradas, quando casas deslizavam e gente morria, repetindo uma situação de séculos em Salvador — cidade que sempre se enfeitava para as frescuras do verão e nunca se preparava para os aguaceiros e as enchentes de quase todo o ano —, Daniel Kertzman andava pensando (e, aqui e ali, falando) o seguinte.

Era possível antever várias situações muito difíceis para o Brasil. Para além dos enfrentamentos conjunturais do momento, que deverão levar à liquidação do atual sistema político, a mais extrema delas — e, em sua cabeça, a mais terrivelmente provável — era a do grande conflito final, que não se daria sem violência, entre o que classificava como "evangélicos" e "sebastianistas". Mas então, ao dizer isso, se viu na obrigação de responder a três perguntas, que vinham sempre na seguinte ordem. *Primo*: o que você quer dizer com "sebastianistas"? *Secondo*: por que o conflito não se daria sem violência? *Terzo*: por que o conflito seria justamente esse, entre essas duas forças messiânicas, e não, por exemplo, entre trabalhadores e empresários? Não era este o melhor sequenciamento para as perguntas, dizia. E então — depois de descartar os trabalhadores, por considerá-los totalmente cooptados ou comprados pelo governo — organizava o quadro à sua maneira.

— O conflito será violento porque os neopentecostais, que todo mundo chama de "evangélicos", estão se preparando para a batalha final. Para a guerra. Eles entraram em cena para tomar conta do campo, tomar o poder no país, destronar a Igreja Católica, desbaratar as correntes liberais e fazer disso aqui a grande nação evangélica do planeta. Não vão abrir mão desse projeto. Vão querer nos impor isso de qualquer jeito, enfiar esse negócio à força goela abaixo dos recalcitrantes. E, se virem que as coisas começam a tomar outra direção, não vão abrir mão de nada. Nunca irão recuar. E, para isso, não haverá nenhuma hesitação em recorrer à violência.

— O que o faz pensar assim?

O modo como eles começaram esse jogo, dizia Kertzman. O que eles fizeram não foi uma entrada em cena. Foi uma irrupção. Antes deles, o espaço religioso brasileiro, apesar de um que outro entrevero, era predominantemente pacífico. Espíritas, umbandistas, católicos, judeus e mesmo os mais antigos e tradicionais "crentes", como os batistas, conviviam em relativa harmonia, se respeitavam. Quem quebrou isso foram os evangélicos. Eles instauraram a intolerância bélica. Na base da chantagem, da cara feia, da gritaria e da porrada. Eles transformaram a vida religiosa brasileira num campo de batalha. E, a cada vitória que alcançam, riem da nossa covardia. Dos políticos frouxos que tremem de medo deles. Dos candidatos a prefeito, governador e presidente que vão se ajoelhar em seus templos. E de todos nós, que fazemos pose de "civilizados", enquanto eles avançam dominando o terreno.

— E tem uma coisa que a gente não deve esquecer. Para os evangélicos, o Mal não se manifesta somente na vida do indivíduo. Satanás, além de provocar desajustes na existência individual, perturba, também, a ordem na sociedade. Mal individual e mal social andam juntos. Para que a sociedade seja próspera, é preciso realizar a sua conversão, abrindo fogo, como eles dizem, na "guerra espiritual" contra o mal social. O projeto neopentecostalista envolve, portanto, toda a sociedade. Não há lugar para dissidentes. O Brasil tem de ser um país de 200 milhões de evangélicos.

Bacelar concordava com a análise, mas achava a hipótese do conflito — evangélicos x sebastianistas — delirante. Pedia mais clareza a Daniel:

— Volto à pergunta: o que o faz pensar que o conflito final se dará entre evangélicos e sebastianistas?

— É porque ambos têm projetos gerais para o Brasil — e são projetos antagônicos. Porque os evangélicos entraram na política e a política é o espaço da luta pela conquista do poder. Porque os evangélicos formam hoje grandes organizações políticas nacionais e têm os seus programas, que vão querer impor ao conjunto da sociedade, assim que tiverem poder para isso. *Mutatis mutandis*, meu amigo, os evangélicos são o nosso Estado Islâmico, entendeu?

Gabriel entendia. Victor Falcón concordava. Aninha Fogueteira não tinha a menor dúvida: assinava embaixo.

— Para impedir ou evitar esse conflito — dizia Kertzman —, temos dois caminhos. Um deles, o menos indicado, é apelar para o Exército. O outro, oposto em que aposto, é o do fortalecimento da cultura liberal democrática.

11

Kertzman gostava mais quando lhe pediam explicações sobre o sentido da expressão ou do conceito de "sebastianismo". Porque aí a viagem não ficava na grosseria popularesca do neopentecostalismo. Era mais refinada. Mais iluminada, iluminosa e iluminante.

Pensava, inclusive, em escrever um ensaio sobre o assunto, cujo título já tinha — "De Sagres a Salvador". Mas ainda amadurecia o tema em sua cabeça. A qual, de resto, fora tomada por uma observação de Marjorie Reeves: "Os sonhos dos homens constituem uma parte de sua história e explicam muitos de seus atos."

Queria também, de alguma forma, se deter na figura do Infante D. Henrique, sem a qual, em última análise, o Brasil não existiria. A propósito do Infante, aliás, já tinha escrito dois parágrafos — e, infelizmente, estacionado aí:

"O Infante D. Henrique foi bem um exemplo da mistura portuguesa de experimentalismo renascentista e misticismo medieval. Aquele príncipe que raramente sorriu, envergando, em batalhas cruzadistas como as de Ceuta e Tânger, a sua invariável e pesada cota de malha negra, fora educado em conformidade com os princípios da Ordem dos Templários. Conduziu a sua vida ao largo dos prazeres do vinho e do sexo, depreciando, sempre, a companhia de mulheres. Com os seus cabelos grossos e negros, a pele "queimada", muito escura para um português, o príncipe navegador surge para nós como a encarnação mesma tanto do fervor religioso como do incipiente pragmatismo cumulativo da ciência. Fez com que as ilhas atlânticas que descobrira e colonizara, como a Madeira e o arquipélago dos Açores, ficassem sob a jurisdição espiritual da Ordem de Cristo, instituída por D. Dinis para suceder a organização templária. Ao mesmo tempo, recolhido na desolada ponta de Sagres, o *promontorium sacrum* (e Sagres vem de 'sagrado') de que falava Ptolomeu, tratou de banir as barreiras do medo e da superstição, que se interpunham entre Portugal e o grande mar, impedindo que as navegações fossem além do Bojador, cabo finalmente vencido por uma ordem sua.

"Entrelaçavam-se assim, em sua personalidade, coisas como a prática da mortificação física e o estudo objetivo da astronomia.

'Foi um Príncipe da Renascença, e não um cavaleiro medieval, quem conseguiu contornar o Cabo Bojador', escreveu o historiador inglês John Ure, que soube sublinhar esse misto de cavaleirismo medieval e iluminismo renascentista que constituía a personalidade do Infante, 'regedor' (governador e administrador) da Ordem de Cristo. Graças a essa disposição antissupersticiosa de um supersticioso que morreu sexualmente virgem, audácia e tecnologia puderam se fundir na comunidade cosmopolita e multicultural de Sagres, onde viviam cartógrafos judeus de Maiorca, como o filho de Abraão Cresques, *magister mappamundorum*. Mas quem de fato esclarece a dimensão mística da expansão ultramarina lusitana é Agostinho da Silva. Observando que a cultura europeia do século XVI marca principalmente o abandono da centralização no sagrado e o início de um período de centralização no econômico, Agostinho faz a ressalva de que, apesar da predominância desta linha pragmática, 'de Império mais do que de Fé', também devemos acentuar que 'a porção particular da Europa que abordou o Brasil e nele exerceu maior influência', vale dizer, Portugal, destoava das linhas mestras do desenvolvimento cultural europeu. 'Para resumir tudo com alguma coisa que, por certos aspectos, se aproxima da imagem, chamaria a atenção sobre o fato da saída para o mar e da conquista do planeta se ter efetuado em toda a Europa sob o signo de companhias comerciais e de organizações bancárias, e de ter vindo de Portugal sob a orientação de uma instituição tão fundamentalmente religiosa como a Ordem de Cristo', escreve o pensador português. Em outras palavras, Portugal não dissociava Fé e Império. Agia em nome de Deus e do Lucro. E está no infante monástico-renascentista o ponto de partida de sua aventura planetária."

De qualquer modo, isso era apenas um começo e Kertzman sabia que precisava organizar melhor as ideias em sua cabeça. Achava engraçado ainda ser preciso explicar que a célebre Escola de Sagres não era uma instituição ou uma espécie qualquer de academia de ciências instalada num prédio, mas uma escola de pensamento, um *corpus* teórico e prático da arte e ciência da navegação, construído por meio de estudos sistemáticos e substantivos nas áreas da arquitetura e do design navais, da técnica náutica e da cartografia.

Mesmo assim, o Infante D. Henrique e Sagres não eram o seu tema principal. O que ele trazia na cabeça — e acreditava divisar no horizonte — era o futuro confronto entre a maré conservadora dos evangélicos e a maré utópico-transformadora dos sebastianistas.

12

Andando à noite pelas ruas de Itapoã, entre morenas e mulatas esplêndidas, Gabriel se divertia perguntando a Victor:

— Que conselho você daria a essas jovens, meu amigo?

— Sejam puras de dia — e sejam putas à noite.

— Mas, então, que conselho você daria às putas?

— O mesmo de Ovídio, no *Primeiro Livro Dos Amores*: cessai, formosas, cessai de negociar preços pela noite.

13

Martha My Dear e seu irmão Pepeu adoravam se divertir com uma cena que aprontavam desde a adolescência. Paravam os dois na esquina de uma rua bem movimentada do centro da cidade e ficavam olhando para o céu e conversando entre si, como se trocassem comentários sobre alguma coisa especialmente interessante que estavam vendo lá em cima.

Nunca falhava. Em questão de minutos, outras pessoas paravam ao lado deles e começavam a também olhar para o céu. Trocavam impressões. "Você está vendo? É uma coisa meio intrigante", provocava Pepeu. "Mas é linda!", dizia Martha. E o fato era que, dentro de no máximo meia hora, havia já uma pequena multidão aglomerada no local, com uma parte vendo coisas no céu — e outra parte procurando ver. Ansiosamente.

— A viagem pode ser essa: olhar para o céu, mesmo que não haja nada ou ninguém lá — e fazer com que os demais olhem. Quem sabe assim, um dia, alguma coisa realmente extraordinária apareça ou se configure lá no alto.

14

Finalmente, saiu o primeiro livro de Daniel Kertzman, autor que até então só frequentara antologias. Estavam agora os seus contos favoritos enfeixados num só volume: *Teoria e Prática do Sistema Solar*. E o livro, se não parecia destinado a cativar um número significativo de leitores, já entrou em cena recebendo o beneplácito dos especialistas. Bacelar ironizava: "você nasceu para ser cult, Herr Kertzman". E Victor já estava com o seu rebento engatilhado, no prelo, ansioso para vê-lo à luz do sol: O *Disco Voador Pré-Histórico*, reunindo poemas e textos vários, além de colagens e uma peça-relâmpago de "teatro futurista", como sublinhava. Mas a academia-de-letras daquela turma não se resumia à dupla.

Klara Waxman, àquela altura, era autora mais conhecida e mais lida do que os dois juntos. Passara do conto pop — "eu queria ser uma espécie de Roy Lichtenstein da literatura" — para o romance. E aqui, com o avançar da idade e a mudança de gênero, seu estilo ganhou outras cores, mais graves e até sombrias. Ela estava agora mais hebraica do que nunca. E se fizera uma senhora séria, atravessada pela tristeza, mas ao mesmo tempo alegremente empenhada em movimentos e iniciativas ambientais, como a luta pela despoluição das águas urbanas, pela recuperação dos rios da cidade. Afora isso, passava horas e horas em passeios solitários, catando conchinhas na beira do mar.

15

— A gente sabe que os cristãos esperaram longamente pela volta de Cristo, até que cansaram. Esperaram por mais de um século. Quando o retorno passou a demorar demais, os intelectuais e políticos cristãos partiram para cristalizar institucionalmente a Igreja Católica. Os judeus, diversamente, não foram brindados sequer com a chegada do Messias. Mas nunca deixaram de esperá-lo.

Ali pelo final do século XV — narrava Kertzman — os judeus sefaradis da Península Ibérica sabiam que seriam expulsos da Espanha e não sabiam o que os aguardava em Portugal. Naqueles tempos de angústia e incerteza, ou de incerteza e angústia, começaram a pensar que o Messias estava já a caminho — e logo resplenderia em terras hispânicas. Criou-se, a partir daí, uma atmosfera messiânica que contaminou tudo. Os cristãos-velhos, com a expansão planetária de Portugal, passaram a sonhar com um império religioso universal. Com a imposição mundial do cristianismo. Formou-se assim um compósito judaico-cristão, articulado em perspectiva lusitana.

Tempos depois, no reinado de João III, o rei que ordenou a construção da Cidade da Bahia, tomaram conta do povo as trovas do sapateiro de Trancoso, o Bandarra, profeta iluminado, anunciando a volta do Encoberto — isto é, de um rei que viria para inaugurar o "tempo desejado" pelas gentes, fazendo-se imperador universal. Era o mito do Quinto Império, que Bandarra fora buscar na Bíblia

— e que por isso mesmo conheceria a condenação da Inquisição. Trovas proibidas, sim, mas lidas, ditas, decoradas, repetidas e recitadas pelo conjunto da população portuguesa.

E foi aí que entrou em cena o rei D. Sebastião. Ele ganhou o epíteto de "o Desejado" quando ainda morava no ventre da mãe. Motivo: o trono português não tinha herdeiros — se, naquele momento, não nascesse uma criança do sexo masculino, a coroa lusa iria para uma cabeça castelhana. E assim o nascimento do futuro rei produziu uma onda de júbilo em Portugal. Educado pelos jesuítas, tomado desde cedo por um férvido espírito de conquistador e cruzado, D. Sebastião subiu ao trono aos 14 anos de idade. Conquistar o Marrocos era, desde a infância, uma obsessão sua. E foi justamente a tentativa de realização desse antigo projeto que teve, como desfecho, a sua derrota e a sua morte em 1578, aos 24 anos de idade, na batalha de Alcácer Quibir.

Acontece que o desastre militar de D. Sebastião se projetou, dos terrenos mais grosseiros e acidentados do real histórico, para as paragens superiores do mito. Como nenhum dos sobreviventes da expedição marroquina viu a cena da morte do rei, o seu cadáver não foi identificado com precisão e nunca ninguém encontrou a sua armadura e as suas armas, correu então velozmente, pelas terras de Portugal, a versão de que o rei não havia sido morto. Entrando no circuito da conjuntura do messianismo luso-judaico, a narrativa adquiriu rapidamente substância e coloração mitológicas. As pessoas passaram a acreditar que o rei retornaria para redimir o revés de Alcácer Quibir e reconduzir Portugal a novas e inéditas alturas de glória. Por esse caminho, deu-se a identificação da figura de D. Sebastião com o Encoberto, o rei-messias das trovas proféticas do Bandarra.

Assim configurado, o mito sebastianista encontrou solo mais do que propício para florescer, utopia redentora gerada no momento mesmo em que Portugal passou a amargar a dominação espanhola. O mito assumiu então uma clara dimensão política. Era o sebastianismo restaurador, com as trovas do Bandarra soando na luta para a reconquista da autonomia lusitana. O sebastianismo se converteu então tanto em refúgio e trincheira de um sonho português para Portugal, quanto em profecia libertária, anúncio de uma incomparável grandeza no futuro.

As coisas assumiram tais proporções que a Restauração de 1640, a recuperação da independência lusa, foi vista como uma confirmação óbvia das trovas do sapateiro de Trancoso, agora considerado o profeta nacional português e venerado como santo. O arcebispo de Lisboa permitiu que se colocasse uma imagem do Bandarra num altar da cidade. E D. João IV se viu praticamente obrigado a prometer que, caso D. Sebastião voltasse, lhe entregaria o trono.

16

— Com o tempo, foi-se desenhando, em torno da figura de D. Sebastião, toda uma constelação de sonhos, esperanças e mitos de origem variada.

Como se sabe, os jesuítas trouxeram para o Brasil, no momento mesmo em que começaram a desembarcar em nossas praias, o pensamento milenarista. Já com Nóbrega e Anchieta, portanto. E Vieira — que chegou a ser objeto de uma intervenção milagrosa de Nossa Senhora das Maravilhas, sob a forma de um estalo anunciando o súbito clarão de sua genialidade — pegou justamente essa estrada. Falava de dentro de um universo visionário. Viajava no discurso profético. Sonhava um planeta regido pelos princípios do Cristo. Anunciava o Império do Mundo, subordinado ao Espírito Santo. E havia um dado fascinante, enfatizava Kertzman. Vieira, ao pensar o reino milenário, já não via salvação para a sociedade cruel e corrupta da velha Europa. O Quinto Império se estabeleceria com os índios do Brasil, descendentes diretos de Adão, que viviam em estado de pureza.

Vieira achava, aliás, que os grandes descobrimentos lusitanos estavam já previstos num dos Salmos consagrados a Iavé. Antevia-se o Brasil na Bíblia, lugar onde Deus faria "gritar de alegria as portas da manhã e da tarde". E, na imaginação do jesuíta, o Brasil se transfigurava no cenário onde se iria materializar a profecia estampada no Livro de Daniel. Onde se irá realizar o sonho do Quinto Império. Militante das grandes causas públicas, Vieira aparece, enfim, como o estratego pragmático-messiânico a sonhar com a chegada de um reino universal de fraternidade, onde os seres humanos cheguem a se ver sem distinções de classe ou de cor.

— Vieira foi a personagem máxima daquele messianismo lusitano. Mas fazendo uma leitura muito própria dos mitos que então se cristalizavam. Na verdade, adaptava esses mitos em função das injunções mais concretas da realidade em que se movia. Foi assim que traduziu, em termos práticos, o regresso do Encoberto e a perspectiva do Quinto Império. Contrariando conjunturalmente a corrente sebastianista, pregou que o Encoberto era o rei D. João IV, que já estava no trono. Quando o rei morreu, não recuou. Disse que ele ressuscitaria para estabelecer o Quinto Império.

— E, para ele, o que seria esta nova ordem imperial?

— A palavra de Deus encarnada na História. Uma utopia igualitarista, em última análise — porque, como ele falava, a Lei de Cristo se estendia a todos com igualdade. Deixa eu ler um trecho do "Sermão de Santo Antônio" para você: "Se os três estados do Reino [nobreza, clero e povo], atendendo a suas preeminências, são desiguais, atendam a nossas conveniências, e não o sejam. Deixem de ser o que são, para serem o que é necessário, e iguale a necessidade os que desigualou a fortuna."

— Porra, merece que eu diga uma palavra já praticamente em desuso: é formidável.

378

— Em Vieira, se mesclavam o mítico e o político, o realista e o profético, o visionário e o pragmático. Ele está sempre trazendo para a areia movediça da história o que seria somente do domínio do mito. Daí o caráter muito particular do seu discurso profético. É uma espiritualidade que se enraíza no processo histórico e alimenta a ação prática.

Séculos mais tarde, Fernando Pessoa, que se definia como "nacionalista místico" e "sebastianista racional", vai sentir em cheio, à flor e ao fundo de si mesmo, o impacto do ideário vieiriano. Fascinado pela "grande certeza sinfônica" daquela prosa ("aquele movimento hierático da nossa clara língua majestosa, aquele exprimir das ideias nas palavras inevitáveis, correr da água porque há declive, aquele assombro vocálico em que os sons são cores ideais — tudo isso me toldou de instinto, como uma grande emoção política", ele mesmo escreveu), Pessoa vai redimensionar o messianismo lusitano, situando não mais na política, mas na língua portuguesa, a realização do Quinto Império, numa visão que será retomada por Caetano Veloso em sua composição "Língua". Caetano cita Pessoa: "minha pátria é minha língua". Pessoa, por sua vez, perguntava-se — e respondia: "Imperialismo de poetas? Seja." E Caetano: "sejamos imperialistas, sejamos imperialistas".

— Outro dia, li um excelente estudo sobre isso tudo, "Sebastianismo: Imagens e Miragens", de Eduardo Lourenço, filósofo português que passou um tempo aqui na Bahia. Ele diz que o Quinto Império com que Pessoa sonha é um império cultural. E que, desse império, talvez seja ele mesmo o D. Sebastião. Lourenço fala isso com muita elegância e certidão: "Esse D. Sebastião-Pessoa não anuncia mais que um império cultural sem imperialismo de culturas nem de verdades, mero espaço da absoluta liberdade de cultivar as múltiplas e inconciliáveis 'verdades', que, na ausência definitiva de Deus, nos servem de simulacros plausíveis e implausíveis do verdadeiro."

17

— A questão política do sebastianismo está sempre no futuro. É instaurar um tempo de prosperidade e paz. Um mundo sob o signo da harmonia, uma sociedade sem distinções classistas ou raciais. Enfim, trata-se de inaugurar uma nova era planetária.

18

A base bíblica das viagens era o Livro de Daniel, constante do Antigo Testamento, em função do anúncio do Quinto Império, que o próprio Deus faz, através de um sonho de Nabucodonosor, rei da Babilônia. Daniel (e Kertzman adorava que o profeta hebraico fosse seu xará: "deve haver algum sentido na coincidência"), jovem descendente da nobreza de Judá exilado na Babilônia, interpreta o sonho do rei, falando da instauração última de uma monarquia universal, segundo os desígnios de Iavé.

Na verdade, a profecia falava de quatro impérios que se constroem e são destruídos, sucedendo-se no tempo. Primeiro, o de Nabucodonosor, "o rei dos reis, a quem o Deus do céu deu o império, a força e a majestade". Viriam depois, segundo a interpretação católica vigente, o predomínio medo-persa (segundo império), o reino e as conquistas de Alexandre Magno (terceiro) e o dos selêucidas da Síria (quarto). Passado este, o próprio Deus suscitará o Quinto Império — eterno e universal. Mas cada sebastianista ia tratando o esquema à sua maneira. Fernando Pessoa, por exemplo:

> "Grecia, Roma, Cristandade,
> Europa — os quatro se vão
> Para onde vae toda edade.
> Quem vem viver a verdade
> Que morreu D. Sebastião?"

19

Os evangélicos de Itapoã detestavam aquela mulata gostosona e desbocada. Com razão. Eudóxia era a própria encarnação da safadeza. Desregradíssima. A rainha do sexo e da esbórnia. Martha My Dear detestava a ideia de Eudóxia estar comendo seu filho. "Não é ele que está comendo ela?" — perguntou papai Kertzman. "Claro que não. Omar é uma criança". E Martha foi tirar satisfação.

— Eudóxia, eu posso saber o que você está fazendo com meu filho?

Eudóxia ficou séria. Compenetrada. "Claro que pode, dona Martha", disse. "Eu tô ensinando a ele tudo direitinho", completou, soltando a sua gargalhada altíssima, audível num raio de quilômetro, enquanto batia palmas também muito altas. Martha ficou puta da vida com Eudóxia. Omar, quando soube da história, ficou puto da vida com a mãe. E Kertzman se divertia com tudo.

Eudóxia, aliás, ainda teve o atrevimento de dar um conselho a Martha. "Pode tirar o cavalinho da chuva, dona Martha, pode tirar o pangaré do aguaceiro", dizia rindo. "Seu Daniel não tem mais nenhum interesse na senhora, não". Martha ficou vermelha, enfurecida. Fuzilou Eudóxia com os olhos. E caminhou a passos largos para casa. Mas Eudóxia tinha razão. Martha fazia de tudo para atrair a atenção de Daniel. Ele não correspondia. Parecia estar em outro mundo. E a sua incuriosidade primeiro a irritava e, depois, a deprimia.

20

— Os incomodados é que mudam — disse Victor, com seu inegável prazer frasista.

Aninha, por sua vez, insistia: os evangélicos delatavam de imediato a sua ignorância — e pisavam com pé de lama no tapete da vida.

— Tudo que significa liberdade, festa, alegria e prazer é condenado e combatido por esse rebanho de filhos da puta.

Gabriel escutava Aninha e Victor, curtia a conversa, mas, assim que pôde, trouxe as reflexões de Daniel para mais perto de si.

— Sempre aparecem judeus nesses lances, sempre o judaísmo está presente. Durante séculos, Portugal foi um paraíso para os judeus. E os judeus participaram vivamente da construção do Brasil. Vejam o caso da Bahia. No começo e durante muito tempo, boa parte da população da Bahia foi de judeus. É por isso que, mesmo hoje, a gente pode dizer que todo baiano não só é muito lusitano e muito africano, mas também que todo baiano é, pelo menos, um pouco judeu.

E, depois de algum tempo:

— A gente só não pode idealizar os judeus. Não vamos nos esquecer da excomunhão de Spinoza, no século XVII. A sinagoga de Amsterdã excluiu o filósofo do círculo dos eleitos. Eu li a sentença num livro. É pesadíssima. Diz mais ou menos assim: "Com a ajuda do julgamento dos santos e dos anjos, excluímos, expulsamos, amaldiçoamos e execramos Baruch de Spinoza. Que ele seja maldito de dia, que seja maldito de noite." E nunca me esqueço de que ele, indo contra a ideia de povo eleito, escreveu: "Os hebreus não brilharam sobre as outras nações nem pela ciência, nem pela piedade."

Victor completou:

— Gabriel, a gente não deve idealizar nada.

— É... só em inglês os judeus são coisas preciosas. *Jews*, joias — ironizou.

21

As investidas agressivas dos evangélicos contra a umbanda no Rio e o candomblé da Bahia já vinham se multiplicando há alguns anos. Agressões verbais condenáveis. Agressões físicas mais condenáveis ainda.

Há algum tempo atrás, um grupo desses crentes invadiu um terreiro meio isolado, na estrada velha do aeroporto. Os dois filhos de santo, que estavam lá naquela noite, ficaram amedrontados. Não reagiram. E os arruaceiros quebraram os pejis do terreiro, destruíram os assentamentos dos santos. Agora, recentemente, há não mais de um mês, outros crentes apedrejaram sem piedade, numa rua do Rio, uma criança que passava toda de branco, levando uma oferenda para os seus deuses. Até quando o Brasil vai permitir que essas coisas aconteçam?, perguntava, indignado, um obá de Xangô do Axé do Opô Afonjá.

Correndo paralelamente aos ataques e às ofensas do mais rasteiro calão, havia o furor discursivo, com os candomblezeiros classificados como inimigos do divino e da fé, filhos evidentes de Satã, enviados do demônio para tentar impedir a vitória de Deus no mundo terreno. Aqui, as pregações eram exaltadas e o fanatismo ignorava quaisquer limites. "É preciso destruir o candomblé", dizia o coro dos esdrúxulos pastores, sem a mínima ideia do significado dos valores da convivência social. E era terrível que, para isso, recorressem a procedimentos tipicamente candomblezeiros. Como o transe, por exemplo. Ou o princípio da religião como geradora de ganhos e favorecimentos terrestres, mundanos. Além de capaz de resolver tudo quanto é tipo de drama diário — das traições conjugais ao alcoolismo.

Religião populista, sim. Mas com uma diferença e tanto — frisava Kertzman — porque o populismo, no Brasil, sempre foi prato que as elites e seus intelectuais preparavam e temperavam para o consumo das massas pobres e, no máximo, semiletradas. Com Lula e as igrejas ou empresas evangélicas tínhamos, pela primeira vez na história política e cultural do país, um populismo produzido de pobres para pobres e de ignorantes para ignorantes. Com uma incansável militância catequética nos meios de comunicação de massa, combatendo sem cessar o que eles definiam como as filiais do inferno neste nosso mundo humano. E esse neopentecostalismo populista se apropriava de expedientes e técnicas das religiões afro-brasileiras, mas para combatê-las, exorcizando orixás, pretos--velhos e caboclos.

Outra coisa: os evangélicos adotaram os mesmos objetivos mundanos encontráveis no candomblé e na umbanda.

— Consultando búzios, cumprindo obrigações, fazendo oferendas, o que o fiel procura é evitar sofrimentos, solucionar casos e coisas do amor, superar dificuldades, arranjar emprego, ter saúde, criar os filhos, ser bem-sucedido profissionalmente — analisava Kertzman. E não são outras as dádivas que o neopentecostalismo promete, quando fala de "prosperidade". O que está em questão são as mesmas coisas: sucesso material, sexo-amor-casamento, saúde, relações familiares. No caso evangélico, com ênfase na violência, no desemprego e na ruptura da dependência do álcool e de outras drogas. Em lugar do ebó e do patuá, aparecem o "martelo de fogo" e o "spray do amor". A diferença é que não só o candomblé não se resume a isso, como trata todas as coisas numa ciranda mística e esteticamente encantadora.

Mas o fato foi que — entre agressões, discursos, exorcismos e promessas materiais — a estratégia da igreja eletrônica, midiática, funcionou. A massa dos fiéis desertou dos terreiros para os shopping centers de produtos simbólicos a que os neopentecostais dão indevidamente o nome de templos. Claro, prosseguia Kertzman:

— Cada igreja do neopentecostalismo é uma *jukebox* do sobrenatural. É só enfiar a moeda e apertar o botão, que a máquina fornece um milagre ao freguês. A moeda é a hóstia do neopentecostalismo. O sacramento da *jukebox* evangélica.

Era na deserção religiosa dos pretos e mestiços pobres da Bahia que Gabriel mais pensava, àquela hora da noite, caminhando pelas ruas, depois de ter assistido à festa de Nanã Buruku no Gantois. O barracão estava praticamente vazio. Com isso, a festa foi linda — porque aquelas poucas pessoas ali presentes eram as que realmente tinham fé nos orixás e conheciam as coisas do culto. Cantavam, por exemplo, os cânticos e as cantigas da deusa — peças poético-musicais que raros sabiam de cor, no sentido mais imediato e também no etimológico, no sentido em que "saber de cor" significa "saber de coração". Por outro lado, batia uma certa tristeza de ver a casa quase vazia. Os orixás abandonados pela vasta maioria de seus súditos.

Era uma grande e terrível contradição — dizia Gabriel. No momento mesmo em que o candomblé se firmou e se projetou no campo da chamada "cultura superior" e no meio das elites, ele perdeu a parada no terreno popular. Hoje, os terreiros baianos mostram um auditório mesclado. Gente de diversas cores e classes sociais, o que é louvável. Mas, infelizmente, com o povo cada vez mais distante, evitando até, as casas do culto. Hoje, o povo é o grande ausente dos terreiros.

22

Quando os cabelos brancos tomaram conta da cabeça de Kertzman, ele finalmente teve a maior facilidade em separar o joio do trigo. Quem o olhava atravessado, cheio de reservas e sabe-se lá mais o quê, dizia que ele estava cada vez mais parecido com Ferreira Gullar. Já quem gostava dele, se lembrava de Andy Warhol. "Triste escolha", dizia, já que não admirava nenhum dos dois. Mesmo achando que, no plano do saque e da fatura artísticas, Warhol era bem melhor que o maranhense.

23

Longe e perto de tudo, estava o olhar sempre muito próprio de Odé Akowê. Ela e João Schindler — ou Omolu Ìgbóná — juntos na luta contra as atrocidades — verbais e físicas — dos evangélicos.

— Como pode se dizer evangélico quem apela para a brutalidade no trato com outras religiões e outros religiosos que querem o bem do mundo?

Odé Akowê falava de amor. De compreensão e tolerância. De cordialidade e convívio. Quando você se oferenda ao bem, tem de procurar entender e perdoar, pensava. Mas criticava também a passividade. Achava que os terreiros estavam baixando a cabeça, como não tinham feito nem nos tempos do escravismo. Sentiam-se acuados, temerosos, botando o rabo entre as pernas, diante do rolo compressor dos evangélicos.

— Perder uma guerra não é feio. Feio é ter medo de lutar.

Ela achava que era possível ser superior, ficar acima da barbárie evangélica. Mas que, se tirassem o time, o campo seria totalmente ocupado. Era preciso partir também para o enfrentamento.

— E até para a porrada — completava João Schindler.

Mas, nesse aspecto, Akowê e Schindler-Ìgbóná eram minoria. Pior ainda: vozes solitárias. E os evangélicos avançavam em todas as direções. Principalmente, na política. Não só tinham sua bancada no Congresso, como intimidavam políticos de todos os partidos. Coisa que, de resto, enfurecia tanto Ìgbóná quanto Gabriel.

— Lugar de religião é dentro da igreja.

— E pagando imposto, como tudos e todos e todas.

— Bando de escrotos, chusma de sacanas, rebanho de xibungos.

— Vigaristas posando de pastores. E a manada pagando dízimo.

E havia uma grande ironia nisso tudo, dizia a mãe de santo. Foi justamente quando os maiores e mais famosos marqueteiros e publicitários do país procuraram se aproximar e se vincularam aos terreiros, que o candomblé perdeu a guerra da comunicação para os evangélicos.

24

Um evangélico, avançando em sua direção no antigo Aeroporto de Ipitanga:

— Jesus te ama!

E Aninha Fogueteira, seríssima, respondendo:

— Pois você diga a ele que eu não gosto de homem que manda recado.

25

Àquela altura, Daniel queria escrever — ou, se fosse o caso, até certo ponto inventar — uma biografia (não autorizada, é claro) de Jacob Rosales, figura ímpar de judeu sebastianista do século XVII, circulando entre Lisboa, Madri e Hamburgo. Contemporâneo de Antonio Vieira e também preocupado com a sorte do Brasil, Rosales se movia em meio às elites dirigentes, exercendo diversas e incessantes atividades. Foi poeta, médico, astrólogo, astrônomo, consultor político e comercial, matemático.

Daniel Kertzman gostava de chamar a atenção, também, para coincidências existentes entre interesses e trajetórias de Jacob Rosales e Fernando Pessoa. Eram, ambos, descendentes de cristãos-novos. Moraram na mesma cidade, andando pelas ruas de Lisboa, ainda que com a distância de alguns séculos. Foram poetas. Astrólogos (Pessoa pensou mesmo em se estabelecer como tal na capital portuguesa). E, sobretudo, sebastianistas. Este, o elo mais forte a aproximar suas almas.

Mas era muito pouco o que se sabia de Jacob — Ya'aqov — Rosales, figura influente nos círculos mais fortes da Ibéria seiscentista. Serviu a imperadores, reis, personalidades da nobreza peninsular. Um dos lances mais tensos de sua vida aconteceu, certamente, no ano de 1624, quando um seu irmão o denunciou como "judaizante" ao Tribunal da Inquisição de Goa, na Índia. Mas ele conseguiu sair se desvencilhando de tudo. Em alto estilo. Tanto que, em 1641, o imperador Ferdinando III concedeu-lhe o título de Conde Palatino, assegurando-lhe a cidadania hamburguesa. Desde a década de 1630, por sinal, achava-se instalado em Hamburgo, onde se incorporou à comunidade luso-judaica da cidade, aderindo formalmente ao judaísmo. Mas havia ainda muitas outras trilhas a serem consideradas pelo biógrafo. Como, por exemplo, a notícia de que levara tremendo calote numa operação de venda de madeiras e armas à marinha espanhola.

Seus escritos justapunham ou mesclavam afirmações científicas e formulações proféticas. Regra geral, principiavam por desconstruções da física aristotélica e findavam com previsões feitas com base em seus sólidos conhecimentos de astrologia. Senhor da escrita críptica, era, em suma, um cientista messiânico, encharcado de esperanças sebastianistas. Por isso mesmo, manifestou preocupação com a sorte da Bahia, quando ela foi invadida pelos portugueses em maio de 1624, permanecendo um ano sob domínio batavo. O sebastianista queria a Bahia de volta à órbita lusitana, provavelmente por uma mistura de dados místicos e comerciais. Seria melhor, para o futuro do mundo e da humanidade, uma Bahia lusa — e não flamenga. Mesmo que os batavos dessem aos judeus liberdade religiosa e cultual.

Por fim, Jacob Rosales tinha uma obra de extensão considerável. Tratados sobre fenômenos celestes, como cometas e eclipses. Profecias distribuídas por diversos manuscritos. Uma obra, enfim, que Daniel Kertzman precisava conhecer total e diretamente, desde que contava apenas com informações de segunda e terceira mãos a seu respeito. E aqui era ele especial e intensamente atraído por um livro que Rosales publicou em 1626 — *Luz Pequena Lunar e Estellifera da Monarchia Luzitana* —, com um prefácio assinado por ninguém menos do que Galileu Galilei.

Mas, enquanto não escrevia a biografia do judeu sebastianista, Kertzman ao menos passou a empregar cotidianamente, com uma dose de humor, uma frase-conselho sua: "Abroquelha-te contra o inimigo infestante."

26

Heresia. Uma palavra de origem grega — *hairesis, hairein* —, significando escolha, escolher — ia lembrando Kertzman, enquanto mais uma frase de Gabriel Gorender não lhe saía da cabeça:

— Não tenho apego a nada. Nem à vida.

27

Victor estava com Aninha Fogueteira passando uns dias em Arraial da Ajuda. Seguia lendo a esmo, salteadamente, alguns livros. Às vezes, parecia que estava submerso ou hibernando, algo catatônico, numa espécie qualquer de estado letárgico. Mas, de repente, reemergia elétrico, hiperativo, com os olhos pulando de ponto em ponto, excessivamente inquieto e agoniado com tudo.

Ali era o lugar das longas conversas sobre "sustentabilidade". Da retórica engajada na redução das poluições atmosférica, aquática e sonora. Da defesa das reservas e dos cantões florestais. Da condenação do avião, do automóvel e do filé-mignon. Dos ataques ao agronegócio. Das pregações em favor da recuperação dos rios e córregos soterrados pelo crescimento predatório das cidades. E assim por diante. "Acho que é aqui, nessa região da descoberta do Brasil, onde se concentra hoje no país o maior número de pessoas, por metro quadrado, dispostas a salvar o mundo", provocava Victor. E nunca deixava de ser cruel, curtindo com a fantasia alarmada de tantos sudestinos. Para eles, dizia, parecia definitivamente provado que o mundo acabaria bem mais cedo na Avenida Paulista do que entre as lagoas de Maceió, em meio aos igarapés amazônicos ou aos pés das falésias da praia cabralina de Porto Seguro.

Mas gostava de tudo ali. Na verdade, também tinha um pé no ambientalismo — mas fazendo o elogio das cidades e argumentando racionalmente no sentido de que não haveria alternativa à verticalização: a cidade compacta é muito menos predatória do que a cidade que se espalha horizontalmente, insistia. Só não gostava mesmo era do som que vinha alto de uma casa relativamente próxima, repetindo indefinidamente algumas composições latino-americanas de música andina e quejandos. Dizia que uma pessoa que passava o dia escutando Joan Baez ou Mercedes Sosa, num lugar como aquele, só podia ser mesmo um tremendo estraga-prazer. A vontade era ir até lá e partir a vitrola ao meio. O que, feliz ou infelizmente, nunca foi feito.

Para a grande surpresa de ambos, Aninha e Victor, ao sair da igrejinha do Arraial da Ajuda em direção ao sol que reluzia no cimo do azul, encontraram ninguém menos do que Boaventura, que andava inteiramente sumido desde o grande fiasco que foram as suas duas tentativas de suicídio. Mas, antes que tivessem tempo de dizer qualquer coisa, Boaventura veio logo fazendo a maior festa. Uma verdadeira folia, saudando aquele encontro. Aninha e Victor ficaram algo desconcertados, até porque não tinham maior aproximação com ele, que, de fato, era ligado mais a Gabriel e, secundariamente, a Kertzman. Além disso, nunca o tinham visto tão eufórico. Tão excitado e efusivo. De olhos acesos e gestos rápidos, cortantes. Enfim, era uma cena estranha — e não exatamente agradável.

Assim que conseguiram se livrar do ex-suicida, Aninha e Victor partiram para ultimar preparativos de viagem. Não sem antes Victor comentar consigo e sua mulher:

— Muitas vezes, Aninha, o que se encontra, sob o disfarce colorido dos confetes, não passa de ruína humana. São restos desmantelados de uma vida.

— Eu sei, bem sei o que é isso.

Mas chegaram finalmente ao carro, com todos os trastes que vinham carregando. Subiriam de Arraial da Ajuda até Valença, onde deixariam o carro, pegando então o catamarã para a Gamboa do Morro, como tinham combinado com Bacelar, que lá se encontrava desde há alguns dias, numa casa que alugara. E na qual, de resto, não estava sozinho. Trazia a tiracolo umas das suas atuais gatas avulsas — esta, de nome Laura —, sempre uns trinta anos mais novas do que ele. Era curiosa a mudança. Bacelar tinha andado sempre só, ou em companhia de amigos e amigas, a vida inteira. Nunca apareceu com esposas ou namoradas. Ao completar 60 anos de idade, porém, deu-se a mudança repentina. Nunca mais foi visto só, nem com a turma. Surgia sempre com alguma mulher, que apresentava como namorada, noiva, futura esposa. Kertzman debochava. Dizia que Bacelar andava com medo de ter algum piripaque mais sério — e que aquelas vagabas, caso fosse necessário, funcionariam como sistema de alarme e serviço de busca de socorro médico. Bacelar não gostava dessa versão. Dizia que estava gozando o que havia de melhor na vida — uísque, praia, mulheres —, antes que a idade o proibisse de cometer excessos.

Pouco importava. Estavam agora ali, instalados na casa da Gamboa, sob a chancela do velho amigo Bacelar. O programa, naquele primeiro dia, para além da praia e de muitas e diversas biritas, na base da vodca regando frutas da região, seria uma bela moqueca de pitu. Se alguém não quisesse dendê, havia o restaurante de um francês, que providenciava bons peixes grelhados, com batatas douradas. Depois, descansariam. Para, mais tarde, deslizar pela noite e acariciar a madrugada. Bacelar decretando:

— O lance aqui, meus queridíssimos, é dormir e comir. Ou, ao contrário, comir e dormir.

Lá pela quinta ou sexta caipirinha de vodca e cajá, Victor anunciou, com eloquência bêbada, uma nova guinada em sua vida literária:

— Chega de expandir e adensar todo um fabulário de agruras. Eu agora quero ser o biógrafo ensolarado da baía de Camamu e dessas praias um pouco mais ao sul do arquipélago de Tinharé.

28

Começaram, no dia seguinte, a cumprir as excursões combinadas. Primeiro, foram de barco até Moreré e passaram uns dias paradisíacos por lá, na pequenina vila de pescadores, sob todas as estrelas possíveis. Na volta, o que ninguém jamais previra aconteceu. A caminho de casa, Bacelar passou pelo quintal do barzinho de Vicente para pegar o seu cachorro, um dos raríssimos boxers agressivos de que se tinha notícia. E seguiram os quatro a pé, com alguns postes e a lua clareando o caminho. Bacelar abriu o portão, com o boxer Fidel ainda na guia e seguiu em direção à porta da casa. De repente, virou-se de forma quase elástica e fez sinal para que o trio fizesse silêncio e se afastasse de volta em direção ao caminho de areia, depois da cerca. Victor, Aninha e Laura obedeceram.

Bacelar tinha escutado alguma coisa dentro de casa. E sua intuição, como um raio, clareou de imediato o quadro. Homem treinado para tais peripécias, abriu rapidamente a porta e lançou Fidel dentro do corredor, com um comando de ataque, ao tempo em que acendia as luzes e se deslocava em passo de ganso acompanhando o cão. O assaltante estava com uma faca na mão. Quase não deu tempo para nada. Fidel voou em sua direção. Ele ainda conseguiu enfiar fundamente a faca no pescoço do cachorro. Enquanto Bacelar, já de pistola em punho, o fuzilou com uma precisão admirável.

Três tiros certeiros. Mas agora era sangue para tudo quanto era lado. Do ladrão e do cão. Foi uma correria danada. Chamaram vizinhos, polícia, maca para levar o cachorro. Naquele momento, a preocupação maior de Bacelar era Fidel. Alterou-se até com o delegado, intimidando-o ao dizer, com expressão de fera, que, antes de prestar qualquer depoimento, iria socorrer o seu cão. E foi o que fez.

Pegou o primeiro barco que encontrou na Gamboa e foi à vila do Morro de São Paulo, atrás de um veterinário. Só bem mais tarde voltaram. Fidel foi colocado num sofá para descansar. Bacelar tomou banho e veio reencontrar os amigos. Passaram todos, então, inclusive o cachorro, para uma pousada quase fronteira à casa. Nesta, era impossível permanecer. Estava como que empesteada, com o cheiro forte de sangue misturado — o do cão e o do bandido — tomando conta de tudo. Para relaxar, começaram a beber na varanda lateral da pousada. Bacelar tomou dois copos cheios de conhaque. E, depois de algum tempo em silêncio, olhando vagamente o mar, sentou-se numa velha cadeira de balanço, realizando então, à vista de todos, o clichê de tantos textos: chorou como uma criança.

29

— O país que gerou Gregório de Mattos, o Aleijadinho, Euclydes da Cunha, Gilberto Freyre e Pelé não pode ser condenado ao passado.

— Eu diria de outro modo. Um país que inventou a capoeira, o terreiro de candomblé, o trio elétrico, a bossa nova, o cinema novo, Brasília, a poesia concreta e a tropicália pode sempre nos surpreender. Sempre. A qualquer momento. E não há como prever a explosão de uma supernova transcultural.

30

A luz da sala se apagou e mais um filme estava prestes a tomar a tela. Desta vez, uma das criações cinematográficas brasileiras que mais o fascinou: *Quem É Beta?*, de Nelson Pereira dos Santos — ao lado de *Os Cafajestes*, de Ruy Guerra, e de *A Mulher de Todos*, de Sganzerla. Era o seu gosto pessoal, que incluía ainda alguma admiração por Glauber e coisas de Júlio Bressane, como *Matou a Família e Foi ao Cinema*. Bem diferente das preferências de Bacelar, que gostava mesmo era de Cacá Diegues. Mas, até ali, o que vinha rolando, naquelas projeções, era outro lance. Espécimes das primeiras tentativas de fazer cinema autoral no Brasil, do final da década de 1950 até mais ou menos um decênio depois.

Não, não era nenhum festival. Victor estava em Brasília para um curso de cinema. Três meses de duração, com aulas práticas e teóricas: direção, roteiro, montagem. Mas, antes do curso propriamente dito começar, os alunos andavam revendo filmes cinemanovistas. E alguns deles apresentavam uma hibridização bem interessante: a narrativa ou o entrecho descendia em linha direta do neorrealismo italiano, mas a montagem era soviética. Vinha de

Eisenstein, dos russos da época da guerra civil, da tomada do poder pelos bolcheviques. Em meio àqueles encontros cinéfilos, Victor seguia emitindo suas opiniões sobre os mais variados tópicos. Por exemplo: considerava *Vidas Secas*, o filme, infinitamente superior a *Vidas Secas*, o livro. Aliás, não conseguia ter Graciliano Ramos sequer em média estima como escritor.

À noite, às vezes, ficava se lembrando de apaixonadas discussões cinematográficas com seus amigos mais próximos. Zé Simões não contava. O negócio dele eram os musicais norte-americanos e ponto final. Bacelar, por sua vez, era eclético demais, colocando Fellini acima de tudo. As refregas fílmicas corriam por conta de Kertzman e sua paixão por Godard, Gabriel e sua loucura por Kurosawa e dele, Victor, que aplaudia Kubrick freneticamente — e de pé. Mas desta vez, em Brasília, ele mesmo teve de encarar sua própria cena de cinema.

A fim de acompanhar o curso, tinha se aposentado no quarto de um hotel do setor hoteleiro sul. Aninha Fogueteira permaneceu na Bahia. Mas ficou de visitá-lo logo que tivesse um fim de semana inteiramente livre. E assim foi. Numa quinta-feira à noite, telefonou avisando que chegaria no dia seguinte mais para o final da manhã. Victor não perdeu tempo: andara pulando a cerca com uma linda putinha de Goiânia e uma colega de curso — logo, deu uma geral no quarto, apagando indícios até dos mais leves vestígios. Para a sua sorte, a roupa de cama tinha sido trocada naquele dia.

Aninha chegou — e ele fez uma festa. O casal eternamente apaixonado. Quando entraram no quarto do hotel, Aninha foi correndo ao banheiro. Victor, enquanto esperava, abriu uma gaveta em busca do isqueiro. Gelou: a gaveta estava cheia de camisinhas. Que vacilo! Rapidamente, retirou a gaveta do móvel, foi voando até à janela e despejou fora a carga incriminadora, repondo a gaveta vazia no lugar, antes que Aninha acabasse o xixi.

Aconteceu que os preservativos de embalagens multicoloridas caíram todos nas folhas e nos galhos de um arbusto que ficava justamente embaixo de sua janela — e sob cuja sombra estacionou o automóvel que alugara para circular com Aninha pelo autorama de Lúcio Costa. As camisinhas, dependuradas na pequena árvore, eram como frutos de várias cores, cujos nomes e sabores ninguém sabia. Que árvore seria aquela, afinal?

Não demorou até que Victor e Aninha desceram do quarto para dar uma volta pela cidade. Entraram no estacionamento para pegar o carro. Foi quando Aninha viu aqueles frutos-camisinhas colorindo os ramos do arbusto. Olhou intrigada. E, antes que dissesse qualquer coisa, Victor se adiantou, teatral:

— É. A natureza de Brasília é mesmo surpreendente. Temos aqui um raro e belo exemplar da árvore que combate a AIDS. Não é o máximo?

Cara de pau, ainda recolheu uns três ou quatro frutos do arbusto e os enfiou no bolso, dizendo:

— Vamos guardar essas raridades, não é mesmo?

Aninha desatou a rir do insólito da cena e da sempre adorável maluquice do marido. Entraram os dois no automóvel. Saíram do estacionamento do hotel. E foram passear felizes para sempre, em dia de luminosidade plena, pela capital do país.

31

Henequim. Profeta do Quinto Império. Figura de infinito fascínio. Filho bastardo de mãe católica (jovem e pobre moça lisboeta) e pai calvinista (o cônsul holandês na capital portuguesa), Pedro de Rates Henequim, natural de Lisboa, veio sozinho para o Brasil ao tempo dos primeiros rebrilhos do ouro nas Minas Gerais, logo entrado o século XVIII. Firmou-se aqui em meio aos emboabas.

E, então, Kertzman suspendia a narrativa, com aquele seu jeito de quem jamais pediu licença ou desculpas a ninguém, em lugar algum, para informar: apesar de estudiosos dizerem que se tratava de um vocábulo da língua geral, tudo indicava que "emboaba" era uma palavra de origem hebraica. Uma palavra judia, que os paulistas, julgando-se senhores daquelas terras, usavam para designar os "forasteiros".

Mas o que importava era que Henequim — grande conhecedor da vida e da obra vieirianas; em especial, da *História do Futuro* — veio para o Brasil. E aqui formulou uma cosmologia radicalmente ousada e singular, apesar de assentada no solo generoso das heresias ibéricas e da cultura popular medieval. Não acreditava, por exemplo, no mistério da Santíssima Trindade: considerava que o Filho e o Espírito Santo eram também deuses — e autônomos. Além disso, homem de erudição, o sujeito tinha um considerável conhecimento da Cabala judaica, a seita rabínica que vicejou na Espanha, ali pelo século XIII. Acreditava ele que, nas letras do alfabeto, haviam-se entrincheirado poderes extranaturais. Que cada letra era um espírito criado por Deus. E só as letras transcendiam a sexualidade.

Em 1741, já de volta a Lisboa, Henequim foi preso. Era mesmo um homem da linhagem a um só tempo visionária e pragmática de Vieira, em quem o místico e o político se fundiam. No caso, o que temos é o Henequim conspirador, participando de uma conjuração para conquistar a independência política do Brasil, bem antes da Inconfidência Mineira e da Conspiração dos Búzios (ou Revolução dos Alfaiates), que levou à forca quatro incautos mulatos baianos. A ideia era aclamar o Infante D. Manuel rei do Brasil, o que nos subtrairia dos domínios da monarquia lusitana. Mas D. João V, irmão mais velho de D. Manuel e então rei de Portugal, foi avisado da perfídia. Ficou evidentemente furioso com aquela história e determinou a prisão de Henequim.

Ocorre que, ao prender Henequim, confiscaram também seus manuscritos, claramente heréticos. Com isso, ele acabou arrastado aos Estaus, o prédio pesado — lúgubre e fúnebre — da burocracia e das operações inquisitoriais do Santo Ofício. Como Simão de Vasconcelos, que foi julgado pela Inquisição por ter afirmado que o paraíso terrestre se encontrava no Brasil. Vieira também passou por ali. E a verdade era que muitos tremiam de medo só de ouvir falar daquele tribunal. Muitos — mas não todos. Havia os que não baixavam a cabeça, os que não se intimidavam. Como algumas mulheres acusadas de feitiçaria e lesbianismo, na Bahia do século XVI, que se expressaram com clareza e altivez durante os interrogatórios a que foram sujeitas.

Henequim foi ainda mais brioso, arrogante até. Não escondeu o jogo. Não procurou driblar, dissimular, desmentir. Muito pelo contrário. Como acreditava que o que pensava era o certo e que ele mesmo seria imbatível em qualquer contenda sobre as Escrituras, achava também, consequentemente, que convenceria os inquisidores e até mesmo o papa sobre a retidão e a veracidade dos seus argumentos. Assim, aproveitava cada pergunta dos inquisidores para explicitar, explicar e defender seus pontos de vista — chegando, inclusive, a frequentemente tratar os representantes do Santo Ofício como ignorantes das coisas de Deus e das Escrituras Sagradas. Mas na verdade seus pontos de vista apontavam-lhe, invariavelmente, a direção da fogueira inquisitorial. Até nos tópicos menores e mais desimportantes, como a defesa da fornicação e do concubinato.

32

Tudo, em Henequim, era ousadia. Sua teoria sobre a criação do universo nada tinha a ver com as tradições bíblica e eclesiástica. Apenas para que se tenha uma ideia de sua audácia intelectual, desafiando frontalmente a ortodoxia, bastava pensar na visão que tinha da Virgem Maria, a Madre de Deus, que projetava cristalizar e expandir melhor num livro que se intitularia *Divindade Feminina*.

A Senhora, que ele venerava acima até de Deus, seria uma deusa. Andrógina. Tinha uma vulva única, sem qualquer buraquinho penetrável. E ainda trazia, genitalmente, insígnias carnais de varão. Era a "virgem varonil". Mais que uma deusa lésbica, uma senhora que transitava entre os sexos, ignorando barreiras. A androginia fazia dela a mediadora por excelência entre o humano e o divino. E a colocava acima de Deus — porque, como dizia o herege, se ser Deus era melhor do que ser homem, o ser Deus e homem ao mesmo tempo, à maneira de Maria, era certamente melhor do que ser somente Deus.

— Junto dessas especulações sobre a anatomia de Nossa Senhora, sobre os segredos vaginais da Virgem, o filme de Godard, *Je Vous Salue, Marie*, parece coisa carola.

— Um cara que estudou o assunto, um historiador chamado Freire Gomes, escreveu o seguinte, a propósito da Virgem Hermafrodita:

"Dada a importância que Henequim atribuía às categorias sexuais, a ambiguidade da anatomia mariana servia para colocá-la [à Madre de Deus] numa posição de absoluto destaque dentro da arquitetura universal. De fato, dissimulada sob o verniz da alegoria, Nossa Senhora estaria presente em inúmeras passagens do Velho e do Novo Testamento. No Paraíso, ela era a árvore da ciência que Adão e Eva foram proibidos de tocar. Era também a embarcação em que os familiares de Noé se salvaram das tempestades diluvianas; e igualmente a Arca da Aliança, cultuada pelos israelitas no tempo de Salomão. Seu corpo majestoso identificava-se ainda ao da mulher recoberta com luz solar e à Nova Jerusalém descritas na narrativa profética do Apocalipse."

Mas havia mais. No rastro de Vieira, Henequim, que acreditava que um dia até os demônios seriam salvos, defendia que as profecias bíblicas sobre o Quinto Império diziam respeito ao Brasil. Mas havia uma diferença. Vieira situava o cenário da profecia de Daniel no interior do Maranhão. Henequim vai situá-lo na serrania interiorana de Minas Gerais. Mas indo bem além: segundo ele, o próprio Jardim do Éden se localizava aqui no Brasil, sacralizado assim como a pátria adâmica.

Os manuscritos de Henequim, que foram apreendidos quando ele foi aprisionado, eram projetos ou esboços de livros que pretendia escrever. Entre eles, o *Paraíso Restaurado — Lenho da Vida Descoberto*, sobre a localização geográfica do Éden na superfície terrestre, mostrando, ainda, qual era a planta do fruto proibido: a bananeira — *musa paradisíaca* — teria sido a Árvore do Bem e do Mal. Ainda segundo o herege, os rios que realmente atravessam o espaço edênico não eram o Gion ou o Eufrates, mas, entre outros, o Amazonas e o São Francisco. Portanto, Adão flanara por aqui. Não muito longe de Ouro Preto. E o que era fundamental: nos deixou mensagens escritas nas folhas das palmeiras.

Um outro ponto, prosseguia Kertzman, era a questão linguística. Os jesuítas ficaram perplexos quando começaram a estudar as estruturas idiomáticas que ouviram por aqui. Foi uma surpresa admirável — e eles falavam da perfeição da língua tupi. Perfeita como a língua do Paraíso, diziam Anchieta e seus pares. Aluno dos jesuítas ao longo de toda a sua juventude, Henequim radicalizou. Tinha já esboçado, inclusive, um livro sobre o tema: *Divina Linguagem*. Discordava de Dante, que, no seu *Paradiso*, fazia Adão dizer: "La lingua ch'io parlai, fu tutta spenta" — a língua que eu falava se extinguiu por completo. Henequim, diversamente, afirmava nunca ter existido um idioma paradísico específico. Era esta a sua tese: quando falava, Deus o fazia na língua portuguesa, a mais perfeita de todas. A língua sagrada.

Ou seja: além de decretar o fim do inferno e pretender abolir a noção de pecado, o erudito herético constatava, em sua cabeça e na sua alma, que, de fato, Deus era mesmo brasileiro. Por tudo isso, a Inquisição não hesitou. Henequim foi condenado, morto e queimado, para que dele não restasse memória alguma no mundo.

33

O sexo dos anjos? Sim. E todo anjo, por falar nisso, pecava muitas e muitas vezes.

Passando uns dias em Campos do Jordão, enquanto Aninha Fogueteira participava de um congresso de profissionais de sua área de trabalho e Nicole Kidman arrasava em beleza num filme que se repetia na televisão, Victor, além de se entregar aos melhores prazeres e calores do vinho, começou a pensar na montagem de uma peça de teatro juntando Henequim e Goethe. A Inquisição e o Fausto. Quase como um balé pansexual, com anjos e demônios.

"Me explique aos poucos, Victor, ou vou confundir as coisas", pediu Aninha. Tudo bem. Victor já vinha com quase tudo na ponta da língua. E começou a esboçar a peça na pele do ar. Partia do herege e só depois chegaria a Goethe. A visão geral era a seguinte. Para Henequim, os anjos eram filhos bastardos de Deus. E eram sexuados. Havia anjos masculinos e anjos femininos. "Vai ver que é por isso que até hoje vocês chamam uma mulher de 'meu anjo'", sorriu Aninha. Mas Victor estava sério, às voltas com o plano da peça. Por que os anjos não se repartiriam em machos e fêmeas?

Os diabos conheciam a distinção sexual. Havia os íncubos e os súcubos — palavras algo pavorosas, por sinal. E as palavras remetiam à posição do capeta no ato sexual. Íncubo era o diabo masculino, o demônio macho que, na hora da foda, deitava por cima, cobrindo e comendo seu objeto de desejo. Súcubo era o diabo fêmea, que se botava por baixo no momento daquela mesma cópula carnal. Era o diabo ou a diaba que dava, que alguém montava em cima, comendo.

— E Goethe com isso? — perguntou Aninha.

Goethe vinha para bagunçar ainda mais a paisagem. Ou melhor, para completar o quadro. Porque o que ele mostrava magistralmente, nas cenas finais do *Fausto II*, é que não existiam somente anjos e demônios machos e fêmeas. Mas, também, anjos e satanases gays. E Victor estava pensando em montar isso no teatro, da forma mais sedutora possível.

A história é simples — explicava. Ganhava forma no quinto ato do *Fausto*, "*Grablegung*", ou "Inumação". Àquela altura, Fausto já estava morto e sua alma — ou sua essência imortal — era alvo de uma disputa entre anjos e demônios. Aí, então, se configurava a jogada homossexual explícita, a cena esvoaçantemente gay. Mefistófeles é "vítima" de uma chuva de pétalas de rosas. Um arrepio corre então seu corpo todo. Os diabos caem de bunda, de cu ou de culatra no inferno. Só Mefisto permanece no seu posto. E, à vista da legião celeste, de uns anjos maravilhosamente belos e gostosos, ele é tomado por um tesão total — da sola do casco à ponta do chifre. Um "raro ardor-carícia" atiça o Demo. Um elemento suprademoníaco (*Ein überteuflisch Element*) queima-lhe a cabeça, o coração e o fígado, que a crença popular tratava como a sede da volúpia sexual. Aquilo é mais abrasador do que o Inferno. E Mefisto comenta:

> "Eu vos compreendo, que chorais de dor,
> Amantes desdenhados! A amargura
> Do olhar que em vão um outro olhar procura."

Ele é o inimigo dos anjos, mas, agora, algo estranho o invade e atravessa. E ele não tem como maldizer os anjos, aquelas lindas crianças, aqueles jovens lindamente lindos. Está encantado Quer beijar aqueles meninos, que chegam mansos e sensuais, como gatos. "Um olhar ao menos vos peço! Dai-me a graça de um olhar!"

Nesse momento da peça, os anjos, em movimento envolvente, circunvoando, ocupam todo o palco. A "atração felino-angelical" vai chegar ao seu ponto mais alto. Mefistófeles pede que os anjos cheguem mais perto, que sorriam e requebrem mais safadamente. Aborda um deles, rapaz alto, solicitando olhares lascivos. Deseja ternura nos lábios. E que eles tirem as roupas e fiquem nus. E então os anjos viram-lhe as costas. Mas Mefisto não perde o rebolado: de costas, com aquelas bundinhas, eles ficam ainda mais apetitosos: *apetitlich!* — escreve Goethe. Na montagem, Victor vai usar a "transcriação" de Haroldo de Campos, midrashita semiótico, que faz Mefistófeles falar assim:

"Vós nos tratais de espíritos danados,
E vós, que sois? Bruxos enfeitiçados,
Corruptores de homens e mulheres.
Que aventura mais negra, mais sinistra!
A este princípio é que chamais amor?
Meu corpo inteiro se incendeia e agita,
Mal sinto a nuca, é uma agulha de ardor.
Chega de voejar! Vinde! Mais perto!
Sede um pouco mais laico nos requebros.
Por certo fica bem esse ar composto,
Mas se eu pudesse um riso nesses rostos
Ao menos divisar, que graça eterna!
Quero dizer, qual comissura terna
Nos lábios, quando se olham dois amantes.

Tu, longilíneo, não me desagradas,
Modos padrescos não te assentam nada.
Se me olhasses com ar mais provocante!
E esses vestidos longos, tão sem graça!
O nu seria aqui mais decoroso.
O quê? Viram-me as costas? Por detrás
Os traquinas são mais apetitosos..."

Aninha, cansada, adormeceu. Victor, não. Ligado na sua viagem, permaneceu e vai permanecer aceso, imaginando e estruturando o imaginado. Pegou então mais uma garrafa de vinho e se aninhou perto da lareira. Fazia frio, sim. Muito frio em Campos do Jordão. Mas, felizmente, as línguas de fogo falavam mais alto.

34

— Eu queria fazer uma coisa que fosse rápida e brilhante. Uma coisa assim como a guerra das espadas no São João de Cruz das Almas.

— Ah, mas aí esqueça a prosa, meu amigo. Uma coisa assim você só faz em poesia. Ou em vídeo.

35

Viajando pela beira do mar, entre o Rio de Janeiro e Ubatuba, Kertzman irresistiu. Aquela era uma das estradas mais maravilhosamente lindas de todo o planeta. Mas havia crimes ali, corporificados nas usinas nucleares de Angra dos Reis. E os assentamentos humanos pareciam todos degradados, agredindo a paisagem, a natureza divina.

— Nossas cidades, na maioria dos casos, sugerem ruínas recém--construídas. Ou melhor: ruínas ainda em construção.

36

Fidel não sobreviveu à facada, falecendo silenciosamente de um dia para o outro. O dono ficou arrasado. Afinal, Fidel morrera por ele. Com a dignidade irretocável de um boxer de alta linhagem.

Depois da morte do cachorro e do assaltante morto, Bacelar nunca mais foi o mesmo. Eram as ondas desordeiras da vida, que nos atiravam em direções imprevisíveis, dizia Kertzman. Bacelar quase emudeceu. Tornou-se algo bíblico: "Tenho tudo e falta-me tudo. Mas não devo caluniar o sol." De vez em quando, se referia ao cachorro e ao "irmão" que tinha despachado para o outro mundo. Um rapaz muito jovem, bonito, quase um menino, que ainda ia completar os seus 18 anos de idade. Engravecendo ao extremo a tristeza, uma filha sua se foi num acidente de automóvel — o carro capotou na estrada, sob a chuva da noite, a caminho de Cachoeira e do sítio do pai. Bacelar não aguentou. Virou espírita. Ao se referir à conversão, numa conversa com Kertzman, deixou-se ficar entre o amargo e o irônico:

— Sou um caso vulgar de psicologia barata, meu amigo.

Kertzman achou que Bacelar ainda estava envergonhado de sua opção pelo espiritismo e resolveu não baratear o acontecido.

— Intuo e percebo que a coisa é mais profunda do que você quer dar a entender.

Bacelar fez que sim com a cabeça. Sentia-se melhor agora. Mais pleno. Mais verdadeiro e honesto. Aquelas mortes apenas deram o empurrão que faltava, apressando uma conversão que já se vinha desenhando há bem mais de um ano.

37

Kertzman foi passar um fim de semana no Rio, a fim de rever amigos e também a cidade, que amava. Aceitou então o convite para ir à cobertura de um deles, onde um seleto grupo de convidados assistiria a um filme inédito de Fernando Meireles — e depois se entregariam todos a delícias culinárias e *finesses* etílicas.

Parecia um *flashback*. Anos atrás, naquela mesma cobertura, diante de praticamente aquelas mesmas caras, Kertzman assistira a uma das cenas mais comicamente ridículas que até então vira. Daquela vez, o filme escolhido fora *Clube da Luta*, de David Fincher. Acontece que o filme de Fincher era baseado no livro de Chuck Palahniuk. E aquele bando de cariocas narcisistas & exibicionistas fazia questão de dizer que conhecia o livro como a palma de sua mão. E esperavam, sinceramente, que o filme de Fincher estivesse à altura do livro maravilhoso de Palahniuk. Etc.

Mas, enfim, todos se acomodaram com seus copos à mão e a sessão começou. Ocorreu que lá adiante, bem no meio da projeção, o equipamento teve um problema, pifou e tudo foi suspenso. Kertzman, que era um dos dois ou três ali presentes que disseram desconhecer o livro, perguntou então, a um dos muitos que o tinham lido com raro deleite e atenção, como é que o enredo seguia. "Dali pra frente, como é que as coisas prosseguem?" Bem, foi o início do vexame. Todo mundo disfarçando, momentaneamente sem saber onde botar as mãos ou enfiar a cara. Por uma razão muito simples: ninguém sabia como o filme continuava, porque, ao contrário do que se alardeou, a verdade era que ninguém tinha lido o livro. Ninguém sabia do Projeto Desordem e Destruição. Nem do seu propósito central de destruir a civilização para, em seu lugar, fazer do mundo um lugar melhor.

"É a cara do Rio de Janeiro", pensou Kertzman. Lembrando-se de uma observação que Paulo Leminski lhe fizera, anos atrás.

— O intelectual carioca típico é o jornalista.

38

Numa quarta-feira, entre as três horas da tarde e o pôr do sol, uma esquadra de navegadores ousados, que vinha há mais de um mês atravessando as águas do oceano Atlântico, viu de repente surgir, diante de seus olhos mareados, um monte muito alto. Em seguida, serras mais suaves. E, por fim, a terra plana.

Aconteceu então — nas praias que cintilam no que é hoje o nosso litoral sul — aquele que foi o primeiro encontro dos portugueses com seres, coisas e cores que povoavam a fachada atlântica das terras brasílicas. Índios e lusos trocaram então sinais, acenos, presentes. Apesar da distância linguística e cultural que os separava — uns apenas pintados de urucum, outros inteiramente envelopados em tecidos grossos —, chegaram mesmo a dançar juntos, de mãos dadas, ao som de uma gaita lusitana. Dias de festa, férias e congraçamento sob o céu azul dos trópicos.

Sim. Em tela, a "Carta" de Caminha. Ainda no Arraial da Ajuda, Victor prometera a si mesmo que se daria finalmente o prazer de ler o célebre texto sobre o achamento do país. E era o que fazia agora. Pensava a partir da ancoragem das naus na Baía Cabrália. No domingo de Páscoa, plena Semana Santa, passou pela missa que os portugueses celebraram no ilhéu de Coroa Vermelha. Adiante, viu que eles achantaram uma grande cruz na praia, próxima às margens do Mutari — onde haviam abastecido de água doce os seus navios —, como signo ou marco de uma tomada de posse espiritual daquelas terras. Pragmáticos, os lusos registravam a fartura de águas, a fertilidade do solo, a natureza ou o temperamento dos "nativos" e, ainda, procuravam acreditar que ali se encontraria muito ouro e prata. Até que, no dia 2 de maio, a armada levantou âncoras e seguiu viagem, rumo ao seu destino, que era Calicute, na Índia.

Muitas coisas chamaram a atenção de Victor nessa leitura. Entre elas, o fato de que a esquadra não deixou apenas lembranças na atual região de Porto Seguro. Deixou, também, dois degredados, a fim de que, aprendendo a língua e os costumes do lugar, viessem a ser de alguma serventia futura, em função da conquista e eventual colonização das novas terras. Conta-se que esses dois degredados, ao se verem abandonados no litoral ameríndio, naquela imensidão de céu e mar, desataram em prantos, no que foram consolados pelos índios. E já a partir daí nasce a lenda de que o Brasil, em seus primeiros anos de vida, não passou de uma vasta e esparsa colônia de degredados. De contraventores. De gente indesejada em Portugal.

— Esta é apenas uma parte da verdade — e nem sequer a maior — dizia Victor. — Os degredados não eram simplesmente criminosos, como se costuma pensar. Pessoas eram condenadas ao degredo, naquela época, por motivos que hoje soariam ridículos. Por serem videntes, por exemplo, predizendo coisas futuras, olhando a sorte dos que as procuravam. Além disso, nem todos vieram para cá ou ficaram por aqui contra a sua vontade. Muitos vieram por impulso próprio. Muitos ficaram porque se deixaram fascinar pela vida e pelas cores e luzes dos trópicos.

Victor exemplificava com o que aconteceu à passagem da expedição cabralina. Os dois degredados chorões permaneceram compulsoriamente entre os índios de Cabrália e Porto Seguro. Mas alguns marinheiros, na véspera da partida da esquadra, simplesmente fugiram das embarcações, mergulhando na noite tropical. Ocultaram-se na mata, em alguma dobra ou curva de rio, ou nas malocas indígenas. Não mais desejaram prosseguir viagem em direção às Índias, nem retornar a terras lusitanas. Haviam *escolhido* viver ao sol e à sombra do Monte Pascoal, circulando livres por aquelas praias claras, entregues ao doce balanço das redes tupis.

— Pero Vaz de Caminha, escrevendo no mesmo dia da fuga dos marujos, diz que eram dois os fugitivos. Mais tarde, a conta subiu para cinco. Ou seja: o número de marinheiros que fez a arriscada opção pelos trópicos foi mais que o dobro do número dos degredados.

Sete europeus passaram então a viver em terras do atual extremo sul da Bahia. O que significava — salvo a ocorrência de algum desastre, que parece não ter acontecido — que aí tiveram início os processos de miscigenação e sincretismo entre europeus e ameríndios na Terra do Brasil. Porque os índios não rejeitaram os forasteiros. Antes, os abrigaram. Estes, por sua vez, estavam já enfeitiçados pela beleza das mulheres indígenas. Nem mesmo durante a celebração da Santa Missa, o escrivão Caminha conseguiu desviar os olhos das coxas de uma jovem índia, que se estendia nua nas imediações do altar.

39

— Eu entrei numa fase — acho que é uma fase — meio esquisita. Tenho um desinteresse quase total por sexo. Há dois anos não vou para a cama com ninguém. Raramente, muito raramente, bato uma punheta. Mas, mesmo aí, não sou protagonista. Apenas aprecio a cena. De longe. Outro dia, me masturbei imaginando uma trepada do jogador Neymar com a atriz Letícia Spiller. Quer dizer, estou vivendo dias de voyeurismo masturbatório.

40

— Uma ópera, Kertzman! Uma ópera!

Kertzman estava em casa sossegado, ouvindo umas canções medievais dos trovadores da Occitânia (ou Provença), quando Victor irrompeu aceso na sala da casa. Estava com a cabeça esfervilhando. A "Carta" de Caminha lhe dera a ideia de uma ópera.

Queria escrevê-la em parceria com Kertzman. Poderiam convidar Aldo Brizzi para fazer a música. E...

— Calma, Victor, calma. Vamos até à varanda. E aí você me conta direito essa história.

Andaram então até à varanda de ladrilhos pretos e alaranjados, a lembrar o piso de Vermeer em O *Copo de Vinho*, e Victor desandou a falar. Um trecho da "Carta" foi a centelha. É quando Caminha se refere a um acontecimento entre os dias 23 e 24 de março: o desaparecimento misterioso de uma nau, comandada por Vasco de Atayde, sem que houvesse razão alguma para isso. Victor leu para Daniel, no texto da época: "...a noute segujmte aa segunda feira, lhe amanheceo se perdeo da frota Vaasco d Atayde com a sua naao, sem hy aver tempo forte, nem contrairo pera poder seer". Victor insistia nisso: não houve nenhuma tempestade; nenhum vento forte ou contrário para explicar o sumiço da nau. Aquilo era um mistério.

— Mas eu ainda não atinei, Victor. Tudo bem: o navio de Vasco de Ataíde azulou, apagou-se, dissolveu-se ou se extinguiu misteriosamente. Mas e daí?

— Daí, temos a nossa ópera. Uma ópera ao mesmo tempo épica e brasilírica. A ideia é a gente pegar a nau de Vasco de Atayde e navegar pelo avesso da história do nosso país. Sacou?

41

Eduardo Bacelar, como a maioria de seus amigos, quase todos ex-marxistas, sempre tinha se referido com desprezo à vida religiosa. Achavam que a religião era uma fuga às verdadeiras ocupações da vida. Refletia o medo que todos tinham da morte. Compensava as restrições e repressões impostas pela existência em sociedade. Atenuava o desamparo cósmico da humanidade.

E coisas assim. Os mais esquerdistas diziam mesmo que ela não passava de um expediente especialmente eficaz na manipulação da consciência popular. Só não se arriscavam a repetir o dito do velho Karl Marx sobre o ópio do povo, que a frase se tornara um tremendo clichê.

Aos poucos, porém, o edifício teórico, que Bacelar construiu para consumo próprio, começou a exibir infiltrações e rachaduras. Mais tarde, os fundamentos que o sustentavam começaram a ceder. Pensando em si mesmo e em fatos de sua vida, Bacelar entrou em crise. Mas preferiu não dizer nada a ninguém. Por dois motivos. Primeiro, aquela era uma questão muito pessoal, um dilema somente seu. Segundo, não tinha intenção de se expor a ironias e zombarias alheias, em consequência de uma perturbação ou inquietude de natureza mística. Mas o fato foi que, mesmo sem presenciar qualquer fenômeno extranatural, ele acabou se livrando do materialismo. Passou a considerar, inclusive, que a religião em nada se opunha ao pensamento científico. E que tanto o Gênesis quanto o Big Bang não passavam de fantasias mais ou menos inconsistentes.

Voltar-se para si mesmo: foi este o seu *fiat lux*. Entrou a sondar e a ruminar seus próprios sofrimentos. A se concentrar nas coisas que aconteciam à sua volta. Até que se deu o evento sensacional, deixando-o leve e iluminado, em estado de comunhão cósmica: perdeu, de repente, a vergonha de se reencontrar com Deus. Admitindo e aceitando todos os seus simbolismos. Resignando-se, inclusive, a entender a limitação do ser humano na vida carnal, sujeita às mais variadas tentações e a múltiplos pecados.

— Retornei à religião gradualmente, como num voo com escalas. Primeiro, por medo de morrer. Depois, por medo de morrer sem estar em comunhão com o divino. E, mais tarde, pela compreensão de que não temos qualquer controle efetivo sobre o destino: somos guiados pelo mistério da Graça, que se fortalece à medida que nos deixamos tocar pelo Espírito Santo — disse, em conversa mais recente e séria com o amigo Kertzman, numa noite na casa de Itapoã.

Prosseguindo: "Esta convicção foi decisiva para eu me abrir, permitindo que o espiritualismo pudesse morar em mim. Pouco depois, cheguei ao espiritismo, que você acha mórbido, mas que é, principalmente, uma doutrina de conforto." Kertzman ouvia com atenção, sem dizer palavra, apenas acendendo um que outro cigarro e repondo a intervalos mais ou menos regulares a costumeira dose de uísque, enquanto Bacelar consumia seu vinho. "Vi pessoas ficarem mais felizes graças ao espiritismo. As mensagens, as leituras, as reuniões mediúnicas proporcionavam uma espécie de compreensão circunstancialmente mais satisfatória dos seus problemas, das suas dificuldades, perdas e frustrações. A família em que vivi (transitando entre o comunismo e o espiritismo), a cidade onde cresci e a cultura mediúnica desse povo afro-brasileiro, tudo foi estreitando meu contato com o além, labirinto em que resolvi andar tomando como guia o kardecismo, que não deixa de ser uma espécie de positivismo religioso."

— Você acha que o colapso mundial do comunismo teve alguma coisa a ver com esta sua mudança pessoal?

— Sem dúvida, meu caro. Esse colapso suprimiu, para muitos, as esperanças de se ter um novo mundo no âmbito da existência terrestre. Abriu para alguns — e foi o meu caso — a janela do espiritualismo, como meio de encontrar respostas tanto para dramas pessoais quanto para frustrações coletivas, a exemplo do fracasso da utopia comunista da construção de uma sociedade fraterna durante a vida terrena. De certa forma, eu substituí um "ismo" por outro, menos limitado e dogmático. Sem esquecer de que isso foi favorecido pela forte presença dos valores de solidariedade e amor ao próximo, que encontramos no marxismo.

— Mas houve também esses desenlaces, sua filha se foi.

— Sim, sim. A dor, meu amigo. O sofrimento e a tragédia pessoal abriram picadas para mim. Eu precisava disso para suportar o que aconteceu. "O fado e o fardo", diria Victor. Eu precisava disso até para relativizar a minha dor. Além disso, posso dizer que o espiritismo me livrou da morte física, quando eu tinha principiado a achar a vida uma coisa indesejada. Graças ao kardecismo, entrei a viver novos tempos, a me reconstruir como uma nova criatura, abrindo-me à evolução do espírito para além das limitações do corpo físico, a uma razão menos conflituada e mais amiga do mistério.

— Mas você vai a sessões, conversa com espíritos, essas coisas?

— Não, não mais. Na verdade, eu digo que já saí do espiritismo, mas o espiritismo não saiu completamente de mim. O mais importante, de Marx a Kardec, são os valores sólidos que aprendi a cultivar: a justiça, a vontade de servir, a necessidade permanente do aprimoramento pessoal. E sei que, para ter o Senhor conosco, a gente deve falar muito mais ao coração do que às expectativas do mundo.

42

— Mas você acha mesmo que eu vou cair nesse conto de Quinto Império, de volta de D. Sebastião?

— Não se trata de acreditar em nenhum desses mitos. O que se quer dizer é que aí temos sonho e invenção, anticonformismo, disposição para construir um outro mundo, fazer futuros. "Sebastianismo" é um rótulo, uma expressão para isso. Desde que foi sob este guarda-chuva que tantas vezes a esperança social se expressou no mundo de língua portuguesa.

— *Les parapluies de la utopie?*

— Justamente. Às vezes, tenho até vontade de parafrasear Goethe: sejamos todos sebastianistas — mesmo que cada um à sua maneira. Em todo o caso, o que vejo em Vieira e Pessoa é isso: vontade de beleza aliada ao dom de projetar futuros humanamente mais elevados.

43

Parado na porta do boteco de Cachinho, Kertzman viu um grupo de evangélicos seguindo em fila indiana para a igreja. À frente, com um exemplar da Bíblia na mão, o pastor. Era notável a feiura daquela gente — não pôde deixar de pensar. Parecia uma procissão de carrancas satânicas arrancadas de um quadro de Goya.

44

Glauber: O segredo do Cinema Novo é o sebastianismo.

Caetano: Certa vez, tive uma conversa fascinante sobre a canção "Tropicália", num castelo medieval em Sesimbra, com Roberto Pinho e um senhor português que era tido como alquimista. O ponto de ligação entre eles era o professor Agostinho da Silva, um intelectual português que foi perseguido por Salazar e veio para o Brasil, onde participou da formação da Universidade da Paraíba, da Universidade de Brasília, e que, durante o período dos grandes projetos culturais da Universidade da Bahia no fim dos anos [19]50 e inícios dos 60, organizou e dirigiu o Centro de Estudos Afro-Orientais em Salvador e disseminou uma forma de sebastianismo erudito de inspiração pessoana que atraiu algumas pessoas que me pareciam atraentes. Não foi sem pensar neles que eu incluí a declamação de um poema de *Mensagem*, de Fernando Pessoa, no *happening* que foi a apresentação da canção "É Proibido Proibir" num concurso de música popular na televisão em 1968. Mas eu não tinha embarcado na viagem desses sebastianistas nem como estudioso nem como militante. Apenas me parecia interessante que houvesse gente falando no Reino do Espírito Santo e numa futura civilização do Atlântico Sul, numa época em que todo mundo falava em mais-valia e nas teses científicas de transformar o mundo através da classe operária. E, sobretudo, foi por causa disso que eu entrei em contato com o livro *Mensagem*, que revelou para mim a grandeza da poesia de Fernando Pessoa. Não me parecia possível que se demonstrasse mais fundo conhecimento do ser da língua portuguesa do que nesses poemas, por causa de cada sílaba, cada som, cada sugestão de ideia parecer estar ali como uma necessidade da existência mesma da língua portuguesa: como se aqueles poemas fossem fundadores da língua ou sua justificação final. O fato de *Mensagem* ter como tema o mito da volta de Dom Sebastião e da grandiosidade de um adiado destino português enobrecia, a meus olhos, os interesses daquele grupo de pessoas que cultivavam tais mitos. De modo que, em Sesimbra, comecei a ver "Tropicália" — e a pensar o tropicalismo — também à luz do sebastianismo, ou melhor, da minha versão do sebastianismo, que consistia em adivinhações do que fosse o sebastianismo deles.

45

Uma das coisas que mais deslumbravam Kertzman, na casa de Itapoã, era o seu reencontro com a natureza. Ele não se cansava de dizer isso a quem aparecia para visitá-lo. E, no caso, natureza não significava, principalmente, vegetação. Kertzman gostava de plantas, sim. Curtia o cheiro do manacá, o aspecto de xibiu colorido de algumas orquídeas, a rosa do deserto. E admirava, contemplativo, os coqueiros e as grandes árvores. Jaqueiras e mangueiras, por exemplo. Gostava de ouvir os seus compositores favoritos, de Bach a Erik Satie, enquanto olhava para o mato, sem propósito ou compromisso. Mas a verdade é que não nutria um interesse intenso, ou mesmo especial, pelas extensões, passagens ou pelos pontos verdejantes do bairro. O mundo vegetal não habitava enraizadamente a sua alma. Seu interesse maior era devotado, sobretudo, a pássaros, peixes e bichos terrestres. Ou, como Victor gostava de dizer, à "avifauna".

Kertzman não era sequer um biólogo amador ou um leigo que gostasse de ler sobre o assunto, comprando livros, filmes ou álbuns que tematizassem a vida animal. Longe disso. Apenas gostava de observar o que circulava no seu entorno. Pássaros que pousavam por ali, peixes das praias próximas, bichos que viviam no chão de barro de terrenos baldios ou girando pelos quintais das casas, já que alguns deles ignoravam as barreiras dos muros, dos portões e das cercas — como se aqueles quintais formassem, juntos, um só bosque, feito sob medida para suas investidas, seus passeios, suas procuras alimentares e seus cruzamentos sexuais.

Quando o dia principiava a amanhecer, uma multidão de pássaros passava por ali. Cardeais com a coroa escarlate na cabeça. Sabiás em voos largos e rasteiros, entre o pé-de-santo-antônio e o pé de jabuticaba. Lavadeiras bebericando em travessias rasantes, à flor d'água, na piscina. Sanhaçus ou assanhaços de cor azul-cinzenta, lembrando o pelo de alguns dogues alemães. Coleiras, caboclinhos e canarinhos-da-terra. O papa-capim, tirado a cantor, voando alegre e ao léu, como se estivesse o tempo todo a brincar. O bem-te-vi, com seus gritinhos quase irritantes. Etc. Gabriel dizia que quem falava de "canto" de pássaros tinha um ouvido nada musical. Em todo caso, Kertzman sentia prazer em apreciá-los e eles até já se mostravam algo acostumados com a sua diária e inofensiva presença. Nunca haveria uma arapuca naquele quintal. Mas não eram esses pássaros os objetos de sua mais alta estima contemplativa.

Desde criança, Kertzman gostava mesmo era de pescar. Já entrando na adolescência, ele e seus amigos andavam por diversas praias, pescando ou jogando futebol na areia. Frequentavam pedras do Porto e do Farol da Barra, da Areia Preta, de Amaralina, do Jardim de Alá, da Praia dos Alecrins, da linha litorânea que se estendia de Piatã a Itapoã. O Jardim de Alá era, naquela época, o seu ponto favorito. Pescava inúmeros peixinhos por ali. E, à noite, a turma fazia a festa, fritando e comendo os petiscos. O mais comum, então, era o preparo e a devoração de uma boa farofa de corrococó, que já consumiam com alguma pinga — ou, se estivessem com dinheiro, uma boa cerveja gelada. O que, naquela época, era mais simples: ninguém condenava a venda de bebidas alcoólicas a menores de idade, considerando aquilo uma prática normal. Kertzman, por exemplo, que foi iniciado sexualmente aos 12 anos de idade, começou a beber e a fumar aos 13, comprando as peças do vício em qualquer ponto de venda.

Mas voltemos ao mar. Kertzman era fascinado pela beleza da carapiaçaba. Ainda na pré-adolescência, mergulhava em minilagos, pequenas piscinas marinhas, nas pedras do Jardim de Alá, para ficar quase enfeitiçado, contemplando o peixe. Subia, tomava ar e mergulhava de novo, sempre atento às locas onde poderia estar vivendo algum caramuru, peixe-cobra que representava um perigo imenso, capaz de matar aquelas crianças que zanzavam por ali, submergindo. Diante de seus olhos, passavam marias-pretas e outros tantos peixes pequeninos das pedras da beira do mar. Até que surgia a carapiaçaba, rainha daquelas águas rasas e cálidas, com uma beleza que encantava. O corpo ovalado, bem comprido, era de um amarelo belíssimo, muito intenso. E, sobre este fundo amarelo vivo, Deus pintara, na vertical, cinco nítidas faixas pretas.

Era um dos maiores prazeres de sua vida ficar olhando aquele peixe, como um pequeno e colorido milagre da maré, um presente de beleza das águas marinhas, para a ainda quase criança que ali mergulhava, até mais dedicada a sonhar do que a pescar.

46

— A maré das utopias e a maré conservadora andam evidentemente em direções contrárias. De um lado, ousadia, heresia, originalidade. De outro, conservadorismo, regressão, violência repressiva. São disposições culturais radicalmente dessemelhantes. Antagônicas mesmo.

Palavras iniciais de Kertzman, que foi em frente, em mais uma de suas atuais explanações. Dizendo que, "num amplo arco histórico", de Alcácer Quibir e Antonio Vieira ao Cinema Novo e à Tropicália, o sebastianismo se apresentava em processo de transformação permanente. De contínua metamorfose. Podia-se falar assim de seu caráter dinâmico e sortido. Antiestático e diverso. Era uma fantasia sociocultural que vinha atravessando os séculos, de modo múltiplo e se modificando sempre. E, mais interessante ainda, manifestando-se tanto em plano erudito quanto no espaço popular. Com direito ao entrecruzamento de olhares.

Kertzman recordava então coisas como os cultos, as festas populares do Espírito Santo, o rei-menino, a coroação da Criança, com a distribuição de comida e a libertação dos presos — tudo carregado de simbolismo. Assim como narrava coisas de Canudos, mas, principalmente, do Céu das Carnaíbas, de que raros tinham ouvido falar.

— "Céu das Carnaíbas" foi o nome pelo qual ficou conhecido um movimento herético popular que aconteceu em terras de Sergipe. Céu, porque se pretendia a realização do lócus paradisíaco — e Carnaíba porque a heresia, a "escolha", se manifestou num lugar com esse nome, um distrito ou povoado de Riachão do Dantas, ainda hoje existente. Sabe-se, por sinal, que o então jovem Antônio Conselheiro passou por lá, antes de promover o lance de Canudos, assentando seu sonho sebastianista. Naquela época, aliás, ele já andava com aquele chapéu de abas derrubadas, camisolão azul e sandálias de couro, carregando um surrão com papel e tinta.

Carnaíba se quis um céu na terra. Um céu ao vivo. Girando em torno de um rezador que mais parecia um pajé, pessoas se reuniram ali para viver livres — e em total promiscuidade, já que, naquele sítio celeste, vigorava o comunismo sexual. Casadas ou solteiras, as mulheres eram de todos. E o número de adeptos da heresia aumentava quase diariamente. Mas as autoridades locais mobilizaram a polícia para acabar com a festa. Não admitiam aquela justaposição de marginalidade social e liberdade sexual. Eros e miséria no sertão. Havia até negros foragidos por ali, naqueles dias ainda escravistas. E a polícia atacou a comunidade. Desmantelou aquele foco herético e erótico que vicejava na paisagem sertaneja.

Mas Kertzman cuidava não só de contar essas histórias, como de providenciar sínteses didáticas. Festas do Espírito Santo, Céu das Carnaíbas, Canudos, Bandarra, Vieira, Rosales, Henequim, Fernando Pessoa... essas narrativas todas fascinavam. Mas o que interessava mesmo era o sumo e o resumo que se podia extrair delas. E o que se via, em tudo, era que os sebastianistas estavam sempre a tentar desapertar os horizontes. Era a aposta na imaginação utópica, na sensibilidade social, na invenção de novos futuros. Sob tal luz, invertia-se o dito: nada de velho sob o sol.

Sebastianismo. Um nome para a utopia lusitana. Um codinome para a utopia brasileira.

Em toda a região de Itapoã, não faltavam micos, ratos e camaleões. Da janela do quarto, no segundo pavimento da casa, Kertzman, caçador que já depusera as armas, costumava cumprimentar o camaleão que gostava de se plantar no andar mais alto do pé de pitanga. Era um de seus animais favoritos. Na juventude, quando ainda havia matagais na Barra, chegou a criar um filhote, que levava no ombro, andando pelas ruas do bairro.

É claro que considerava maravilhosa a capacidade ou o dom de mudar de cor. De se metamorfosear em resposta a estímulos ou determinações ambientais. Era um animal que não apenas tentava, mas que acreditava desaparecer no cenário envolvente. Como se fosse mais uma planta daquele arvoredo, em seu colorido vivo. Ou: como se fosse uma fantasia de folhas verdes cobrindo um corpo carnudo, imóvel no galho ou esgalho de uma árvore, ou se movendo quase imperceptivelmente numa touceira, moita ou caramanchão.

Kertzman às vezes se perguntava, assumindo, ao mesmo tempo, falsos ares de cientista e seduções de mitômano: lagarto arborícola ou um pequeno dragão privado de fogo? Difícil dizer. O que detestava era o sentido pejorativo com que tantas vezes se empregava o santo nome do bicho, usado como substantivo ou adjetivo: camaleão, camaleônico. "Camaleão" passava a significar, então, indivíduo sem caráter, maleável, que mudava segundo a direção dos ventos do poder político ou econômico. E era óbvio que isto nada tinha a ver com o bicho. Kertzman protestava, também, quando alguém ousava dizer que seu admirado animal era covarde. Puro despropósito, assinalava.

— Não há um sentido moral subjacente na briga entre animais extra-humanos — dizia. — A gente aprende isso lidando com eles.

Sua argumentação era simples. Entre os humanos, havia o conceito de covardia. "Isso não vale para onças, gatos ou macacos, por exemplo. Um homem pode levar uma tremenda surra de um adversário obviamente mais forte, sem recuar ou fugir. Age assim para afirmar seu caráter, sua coragem, sua firmeza, impedindo que lhe pespeguem o rótulo de frouxo. Mas os bichos são outra coisa, não fazem a menor ideia do que seja isso." O camaleão era um excelente exemplo.

— Se eu avanço em sua direção, é bobagem. Ele não vê motivo para lutar, caso sua sobrevivência não esteja correndo risco. Sempre que possível, evita o confronto, não gasta energia à toa, vai embora. Quando não, fica ali totalmente parado, como se fosse uma estátua, achando que eu sou idiota e vou me confundir, tomando-o como parte da folhagem.

— Mas ele nunca reage, nunca enfrenta?

— Claro que enfrenta. Já fiz a experiência e, quando vi sua disposição, fui eu que desandei, desisti, cobrindo meus passos de volta.

— Dá medo, então?

— Dá. É o seguinte. Quando percebe que estou avançando para pegá-lo ou arrebentá-lo, e ele se vê acuado, sem ter para onde correr, então ele me encara e me enfrenta. Majestosamente. Infla o saco gular, uma espécie de bolsa que tem na garganta. Eriça a crista dorsal. E tudo indica que é de uma ferocidade espantosa. Mas só fui até aí. Recuei. Dizem, nunca vi, que, quando conseguem morder o adversário, travam a boca e não largam mais a presa, permanecendo ali o tempo que for preciso, com os dentes fincados e cerrados.

Mas Victor ficou interessado mesmo foi na distinção entre animais em geral e humanos animais humanos, no plano da dimensão moral da luta. Kertzman dizia que era possível verificar isso até no campo das artes marciais. Nenhum professor de karatê admitiria a fuga. Os alunos eram ensinados a ir para cima dos adversários, nunca a fugir. A exceção estaria na capoeiragem. Mas na capoeira de rua, não na modernosa, ensinada nas academias atuais. Ainda aqui, a coisa era colocada na conta da malandragem, não da covardia. Kertzman e Bacelar tiveram o mesmo mestre de capoeira, um marinheiro a que todos chamavam Pessoa. Era um sujeito que andava com areia no bolso, para, em caso de briga, jogar nos olhos do adversário. E que aconselhava a seus alunos: se vocês acharam que vão apanhar, melhor correr, fugir, para depois pegar o sujeito de jeito e tronchar o distinto.

— Ou seja: o que vem para a frente é a malandragem. Mas ninguém na capoeiragem aceita que o cara que faz isso esteja cometendo uma covardia. Ele está sendo malandro — e ponto final. O que quer dizer que a moral continua lá, aparentemente intocável.

Mas eis que, justo aí, o camaleão se fez presente, deixando-se ver ainda entre os galhos mais baixos da pitangueira, que adiante se apressaria em escalar. Um animal de excepcional beleza — sentenciou Kertzman. Feios, apenas, os dedos excessivamente compridos. Especialmente, quando se acinzentavam. Mas isso era o mínimo. Aos que não o conheciam, nem de modo superficial — prosseguia Kertzman —, o camaleão costumava surpreender por duas coisas: agilidade terrestre e intimidade aquática. Ele tanto podia ficar estático no jardim, como uma escultura que respirava, quanto disparar veloz sobre as folhas secas que cobriam o gramado. E, quando os cachorros não estavam vigilantes, aos primeiros brilhos do dia, não raro deixava-se despencar da palma do coqueiro anão, caindo na piscina da casa, onde mergulhava e nadava. O problema era que enfurecia Omar, seus amigos e o caseiro: invariavelmente, antes de deixar o banho, o camaleão fazia cocô dentro da piscina. O único que não se aborrecia era Kertzman — antes, sorria, de tanto que admirava o bicho.

— Ah, outra coisa: camaleão só dá as caras em dias de sol.

48

— Daniel, eu não estou vendo saída. Acho que ninguém está. E a política parece que não vai ajudar em nada. Pelo menos, a política profissional em vigor, dominada pela ladroagem e por interesses pessoais. Direita e esquerda se tornaram entidades foscas e permutáveis. E assistimos a uma desmoralização sem precedentes da política nacional. O Congresso virou o picadeiro da picaretagem.

— Eu penso o seguinte. A gente está vivendo a realidade de uma desilusão e o risco de uma grave derrota, numa conjuntura de degradação inédita do sistema político brasileiro. A desilusão está na renúncia da esquerda em ser esquerda, desde que se firmou no poder. Na desfiguração brutal do ideário, com tudo virando mera pilantragem marqueteira.

— Mas tem também a frustração de ver que o reacionarismo se expande e se impõe na prática cotidiana da vida brasileira. De ver que uma onda de conservadorismo vai cobrindo o país, como um triste manto do atraso.

— Num ponto, Gabriel, a gente se enganou redondamente. O Brasil avançou bem menos do que a gente pensava. Principalmente, no campo da moral e da cultura. Dos comportamentos sociais. A gente chegou a imaginar que estava bem à frente. Achamos que a discussão do aborto era praticamente página virada. Que a maconha estava na véspera de ser legalizada. Que a homofobia seria prontamente banida. E não era nada disso. A gente estava dançando em outro ritmo, alguns compassos adiante, sem perceber que a população estava lá atrás. Os avanços não foram mais do que pequenas ilhas de calor e luz na maré do conservadorismo. Agora, as coisas estão desandando. Os tempos são de paralisia e retrocesso.

— Kertzman, meu amigo, as massas não engoliram as nossas conquistas. As pessoas podem não agredir um veado na rua, mas não é porque aceitaram a veadagem — é porque não querem ser presas. Essas coisas de drogas, homossexualismo, etc., nada disso foi realmente aceito. E isso vai continuar tendo de ser empurrado goela abaixo da sociedade, em nome da democracia.

— Não tenho dúvida disso.

— Os políticos fecham os olhos e os ouvidos, se trancam, a cada vez que uma ideia nova bate à porta. Nossos partidos — fingindo-se de direita ou de esquerda, pouco importa — promovem a sacralização do atraso e da ignorância, porque dependem disso para sobreviver e dominar.

— A ex-esquerda no poder está trocando nossos direitos e conquistas por votos de senadores e deputados, a fim de tentar governar o país. Se continuar assim, tudo o que conquistamos nos será negado. Os avanços nos serão retirados um a um.

— Esse governo de merda podia pelo menos não atrapalhar. Ele impede que o Brasil dê o seu recado ao mundo. O Brasil vai acontecendo culturalmente no mundo apesar dos seus governantes. Se for pelo desempenho e pela ignorância deles, isso aqui acaba.

— Mas, pelo menos, ainda não acabou. Fico até adaptando à nossa situação um verso de Huidobro: no deserto da política brasileira, cada estrela é um desejo de oásis. Mas precisamos dar voz à indignação nacional brasileira. E até apostar em novos avanços. Afinal, a utopia é a última que morre.

49

Porreta, o cara que estava e esteve no comando prático daquela operação invasora, não pestanejou uma só vez enquanto encarou o sargento que veio dando ordens para a turma dispersar. Foi uma troca seca de palavras rápidas, ásperas e desafiadoras. Atrás do sargento, armados, policiais do destacamento do bairro. Ao lado de Porreta, não se sabia se armados ou não, jovens e fortes moradores da comunidade. Algumas mulheres, inclusive.

— Saia da frente — rosnou o sargento, alteando a voz.

Porreta, olho no olho, sem alterar a fisionomia ou o tom, devolveu:

— Se você der mais um passo na minha direção, a coisa não vai ser nada boa. Nem pra mim, nem pra você.

O sargento hesitou. Na brecha, Porreta mandou o discurso que tinham combinado na reunião — e que trazia na ponta da língua:

— O que você quer fazer é ilegal. Você não tem autorização nenhuma da Justiça para entrar aqui e agredir as pessoas. Se você avançar, corre o risco de apanhar. Pode ter morte. Mas, mesmo que você ganhe, vai perder. Porque seu destino vai ser a cadeia.

O sargento olhou furioso para ele. Mas recuou. Foi até uma das três viaturas ali estacionadas, para consultar a chefia. Ficou mais puto ainda. Recebeu ordem de manter o cerco ao terreno invadido. Mas não tentar desalojar ninguém. Não empregar nenhum tipo de violência. Aguardar ordens superiores. E assim os dois bandos ficaram frente a frente. Se medindo.

Noite de tensão. Os moradores do bairro protegendo a grande cabana que tinham recém-construído. Os policiais dispostos em semicírculo ao seu redor. Uma fogueira acesa na porta da cabana. Aqui e ali, para inveja dos soldados, uma garrafa de cachaça circulava de mão em mão, molhando os lábios e umedecendo a alma daquela gente. Mas ninguém se via tranquilo ali. Ninguém deixava de torcer para que o dia não demorasse a amanhecer. Porque ambos os lados confiavam nos expedientes que acionariam assim que o sol desenhasse a manhã.

50

Aquela noite tinha começado há mais de um mês. O advogado candomblezeiro João Omolu Ìgbóná Schindler, que conhecia no detalhe a situação territorial do bairro, falou casualmente, no meio de uma conversa, que havia ali um enorme terreno baldio, pertencente à prefeitura — vale dizer, à cidade; logo, ao conjunto da população local. E que ali caberia um terreiro majestoso, com muitas árvores e uma nascente fria e clara, que rapidamente ganhava som de riacho de água limpa, em meio a muitas pedrinhas.

Gabriel sugeriu, então: por que não invadir e ocupar o terreno? Poderiam abrir um terreiro ali — e ver no que o gesto daria. Odé Akowê discordou. A abertura de um terreiro teria apoio de apenas uma parte da comunidade — e de uma parte menor dela. Mas, se ocupassem a área e erguessem de imediato uma escola, colocando-a em funcionamento, o apoio seria geral. Era a antiga professora falando, de mistura com a autoridade da mãe de santo. Com uma escola, seria possível conquistar as simpatias da mídia e de toda a cidade. E colocar o prefeito numa situação difícil.

O passo seguinte foi a reunião na casa de Kertzman. Um grupo restrito: o trio do terreiro, o próprio Daniel, Aninha Fogueteira e Celso Lasquinê, o cara mais influente da Associação de Moradores. Ficou ali decidido que Odé e Lasquinê arregimentariam os invasores, que agiriam sob o comando de Porreta, homem tão temido quanto destemido, inteligente, grande capoeirista e porradeiro de rua, exímio nos manejos da faca e da navalha, experiente e sério. Ficou decidida então a construção da escola — uma grande cabana de madeira, que levantariam rapidamente entre a meia-noite e o sol nascente —, para educar as crianças pobres da comunidade.

O que existia no bairro, sob a denominação fraterna de "escola pública", era na verdade um cubículo emparedado, cheio de goteiras e mofo, com pouca luz, cadeiras quebradas, nenhuma brisa. A nova escola seria totalmente aberta. Já tinha um pomar, graças às grandes e médias árvores de fruta que verdejavam pelo terreno. Tinha uma nascente, que seria destacada e protegida. E a comunidade faria ali, com as crianças, um canteiro e uma horta. Com essa "aura ecossocial", dizia Kertzman, dificilmente não ganhariam a opinião pública, a voz geral da cidade.

51

Na noite determinada, Porreta tomou o caminho do sítio, à frente de sua falange de guerreiros joviais, dispostos a ocupar o bosque e a não tirar os pés dali. Foi fácil chegar lá. O terreno já estava cercado simbolicamente, sem que as pessoas das redondezas percebessem. Um marco colocado aqui, outro ali, uma estaca acolá, etc. — e a coisa se fez. Os materiais para a feitura da cabana, juntamente com as ferramentas mais pesadas para o trabalho, também já se encontravam no sítio. Tinham sido depositados discretamente no local, dia após dia, ao longo de quase quatro semanas.

Alcançado o ponto combinado, ninguém teve descanso. Atravessaram a noite armando o barracão do jeito que foi possível. Quando o dia clareou, alguns ficaram por lá, no intuito de revezar sonos, para não deixar a escola-bosque desguarnecida. Mas nada aconteceu. Nos dois primeiros dias de existência, a escola passou em brancas nuvens, de modo que a obra construtiva se foi ajeitando melhor. E uma moça chamada Marinalva fez até a placa com o nome da escola comunitária levantada em terreno público. Ia se chamar Escola Comunitária Dona Francisquinha, nome de uma senhora centenária já praticamente cega, que alfabetizou muitas das mães daqueles rapazes e moças que hoje construíam e defendiam a cabana.

Só no terceiro dia a polícia teve notícia do que estava acontecendo. A essa altura, no entanto, graças à ação de Kertzman-

-Gabriel-Ìgbóná acionando amigos, a mídia já se achava avisada e informada de tudo, inclusive da natureza socioambiental do empreendimento. Assim, quando a polícia cercou o terreno e a obra, logo percebeu que não se movimentava sozinha. Repórteres acompanhavam cada um de seus passos, registrando seu discurso e sua conduta. O sargento se mostrava irritadíssimo, vendo-se milimetricamente monitorado. Por isso, a coisa só pesou quando a mídia se foi. E assim aconteceu aquela noite tensa de quase enfrentamento, quando Porreta e o sargento ficaram cara a cara.

52

A manhã traria uma bela surpresa aos moradores de Itapoã, à mídia, às autoridades, aos policiais. Grupos que formavam o movimento pelo transporte público gratuito, aos quais Aninha Fogueteira era ligada, e jovens lideranças estudantis, mobilizando a moçada do bairro, tomaram posição naquele tabuleiro. Não só para chamar a atenção para suas próprias reivindicações, como para, mais imediatamente, naquele justo momento, perturbar a polícia, retirando-a do cerco à escola, de modo que esta ganhasse mais tempo para negociar sua existência.

Partiu de Kertzman a sugestão de convocar o movimento ao tablado. Ele sempre repetia que — num país onde milhões de pessoas andavam diariamente a pé, por não terem dinheiro para pagar ônibus ou metrô — era preciso apostar todas as fichas naquele movimento, que ganhava facilmente o apoio popular: até para quem contava com o dinheiro da passagem para ir ao trabalho, o preço do transporte pesava absurdamente no orçamento familiar, cortando coisas que seriam mais agradáveis e até socialmente saudáveis para as pessoas.

Naquele dia, essa argumentação se traduziu num *sit-in*, velha forma de luta posta em prática nas batalhas pela conquista de direitos civis nos EUA da década de 1960. De repente, quando o sinal fechou, cerca de cem pessoas, em vez de atravessar, se sentaram na faixa, ocupando uma das duas pistas da avenida principal do bairro. Foi um deus nos acuda, uma tremenda balbúrdia, com carros buzinando, motoristas xingando e manifestantes distribuindo panfletos e mandando brasa pelos megafones. A mídia, já alertada, não demorou a chegar. O sargento, sob as risadas provocadoras de Porreta, foi chamado para o local: deixasse aquela merda de invasão e viesse com os soldados se postar na área da manifestação, aguardando as determinações da Secretaria de Segurança Pública, que não deveriam demorar.

O prefeito ficou atordoado. Mas escolheu, é claro, ficar bem na foto. Chamou a mídia e tomou o rumo da invasão-escola. Lá estava, à sua espera, Odé Akowê, a zeladora maior do axé do Brasil. O prefeito tomou-lhe a bênção. À distância, Gabriel Gorender e Omolu Ìgbóná acompanhavam tudo. O prefeito veio cumprimentá-los, conhecidos que eram desde tempos ginasiais. A um canto, Marinalva fazia já a matrícula das primeiras crianças que iam estudar na Escola Comunitária Dona Francisquinha.

Odé Akowê conduziu então o prefeito pela escola e sua área. Falou da natureza ecossocial do projeto. Do pomar, da nascente, do canteiro e da horta. E o alcaide ainda tomou um susto quando viu o escritor Daniel Kertzman ali, empurrando um carrinho de mão cheio de tijolos, para a construção da cozinha da comunidade escolar.

53

Bacelar acompanhou tudo pelos noticiários televisuais. Reclamou. Ele, que desde os tempos da Polop se julgava o grande estrategista, não fora convidado para a festa. Kertzman justificou: "Mas você estava no mato, cara."

— No mato, não. Eu estava ultimando a criação da Associação dos Apicultores do Recôncavo da Bahia.

— Tanto faz, estava envolvido com mel, na doce vida do Paraguaçu.

— Ah, vai tomar no cu.

"Vá, não — venha", lembrou Daniel. E os dois caíram na gargalhada.

54

"Temos de escapar da soma dos mesmos e do sono das lesmas", dizia Victor, o frasista incorrigível. Estava quase delirante. Olhava a loucura que tomava conta do país, sonhava discursos proféticos. O Brasil parecia girar em parafuso numa manhã onde tudo poderia ser lúcido e límpido.

— Há alguma maldição sobre nós? Ou esta é mais uma provação no caminho de nossa alucinação maior?

Kertzman não estava com saco para aquela conversa. Dizia que alguns consensos tinham se estabelecido no país. A urgência em debelar ou ao menos atenuar a poluição era um deles. A defesa do transporte público e a condenação do automóvel individual era outro. E ainda existia a grande unanimidade nacional, que era a necessidade de colocar a educação no centro de todas as atenções. Ora, argumentava ele, no dia em que tais consensos forem levados à prática, vai acontecer uma revolução no país: revolução ambiental, revolução urbana, revolução educacional. Revolução cultural, em suma. E era por isso que agrupava essas convergências sob a expressão "consensos subversivos".

O problema era o governo. O cinismo, mais até do que a corrupção, era a figura que o regia. Sim. O governo falava de energias renováveis, matriz energética limpa, mas dizia, ao mesmo tempo, que o nosso futuro era o petróleo, com as jazidas do pré-sal. Falava da prioridade do transporte público, mas subsidiava mesmo era a produção industrial de carros particulares. Falava em proteger o patrimônio ambiental brasileiro e deixava o desmatamento correr solto. E ainda vinha com a maior mentira, a impostura maior que até aqui se aprontou neste nosso século XXI: o slogan "Pátria Educadora".

O Brasil aconteceu — e tem de saber continuar acontecendo — à revelia do Estado. Nós é que temos de tocar o barco. De transformar a vida urbana. De abrir, limpar e alargar os caminhos. E a barra vai ser pesada. Anunciam-se agora tempos cada vez mais difíceis — e a gente tem de se esforçar para tentar entrever adiante alguns retalhos de azul. Como nos búzios e no arco-íris, em fragmentos sebastianistas, nos risos dos rios, na claridade do mar. Nada do que é mágico nos é estranho.

Odé Akowê:

— Vai cair uma chuva muito forte. Resta saber se depois haverá tempo de o tempo limpar.

55

... tal ambição denuncia extrema calamidade... causa a guerra a seus filhos e entre si e em seu ventre se consumirão os mais estranháveis... quer a ruína e sepultura de seus argonautas... ilhas imoladas... muitas desnegadises confusas... até que o mundo ocularmente o veja... e vença e se convença... e avance e se lance... excelentemente e valentemente... em ânsias de mais vitórias...

... travejam crespradas, trombucam crospantos... trâmpagos triplumbam nos carvazes... pratentai?... dezumbra entre o trovo astravão... roquedos ventrecham gratando pelos trundos de trondos...

mas trisos e zastros retinem no azul... greus eflourados zirzem... e a tanhã represce em sonstons... das mais trisânteas tranaras às menores tralinas, em traíscas de estralários sem fim...

... suas colunas, em que luas se verão tremular... abaterá aos que injustamente enganam com a sombra... expulsará alguma e toda espécie víbora de virtude... abaterá... ah grande traidor do povo quanto melhor lhe fora ao Brasil o não haveres nascido... o tempo se fecha sobre ti... as palmas e as palmeiras triunfando... e que então chova... e faça sol no coração do país...

56

— O Brasil pode ser a poça d'água onde a gente se afogue. Ou o oceano onde a gente navegue.

Este livro foi composto na tipologia Berling LT BT/
Cantoria MT Std, em corpo 11/16, e impresso em
papel off-white no Sistema Cameron da Divisão
Gráfica da Distribuidora Record.